BAIN DE SANG

DU MÊME AUTEUR

Romans

Machine God, Montréal, Hurtubise, 2015.

Dix petits hommes blancs, Montréal, Hurtubise, 2014.

Les Visages de l'Humanité, Lévis, Alire, 2012.

La Faim de la Terre, tome 2 (Les Gestionnaires de l'Apocalypse – 4), Lévis, Alire, 2009.

La Faim de la Terre, tome 1 (Les Gestionnaires de l'Apocalypse – 4), Lévis, Alire, 2009.

Le Bien des autres, tome 2 (Les Gestionnaires de l'Apocalypse – 3), Lévis, Alire, 2004.

Le Bien des autres, tome 1 (Les Gestionnaires de l'Apocalypse – 3), Lévis, Alire, 2003.

L'Argent du monde, tome 2 (Les Gestionnaires de l'Apocalypse – 2), Beauport, Alire, 2001.

L'Argent du monde, tome 1 (Les Gestionnaires de l'Apocalypse – 2), Beauport, Alire, 2001.

La Chair disparue (Les Gestionnaires de l'Apocalypse – 1), Beauport, Alire, 1998.

Blunt. Les Treize Derniers Jours, Québec, Alire, 1996.

La Femme trop tard, Montréal, Québec Amérique, 1994. Réédition remaniée : Alire, 2001.

L'Homme trafiqué, Longueuil, Le Préambule, 1987. Réédition remaniée : Alire, 2000.

Nouvelles

L'Assassiné de l'intérieur, Québec, L'instant même, 1997. Réédition remaniée : Alire, 2011.

L'Homme à qui il poussait des bouches, Québec, L'instant même, 1994.

Essais

Questions d'écriture. Réponses à des lecteurs, Montréal, Hurtubise, 2014.

La Prison de l'urgence. Les émois de Néo-Narcisse, Montréal, Hurtubise, 2013.

La Fabrique de l'extrême. Les pratiques ordinaires de l'excès, Montréal, Hurtubise, 2012. Finaliste aux Prix du Gouverneur général 2013, catégorie « Essais ».

Les Taupes frénétiques. La montée aux extrêmes, Montréal, Hurtubise, 2012.

Autres publications

La Gestion financière des caisses de retraite (en collaboration avec Marc Veilleux, Carmand Normand et Claude Lockhead), Montréal, Béliveau éditeur, 2008.

JEAN-JACQUES PELLETIER

BAIN DE SANG

POLAR

Hurtubise

Catalogage avant publication de Bibliothèque et Archives nationales du Québec et Bibliothèque et Archives Canada

Pelletier, Jean-Jacques

   Bain de sang

   ISBN 978-2-89723-877-3

   I. Titre.

PS8581.E398B34 2016   C843'.54   C2016-941072-2
PS9581.E398B34 2016

Les Éditions Hurtubise bénéficient du soutien financier du gouvernement du Québec par l'entremise du programme de crédit d'impôt pour l'édition de livres et de la Société de développement des entreprises culturelles du Québec (SODEC). L'éditeur remercie également le Conseil des arts du Canada de l'aide accordée à son programme de publication.

Financé par le gouvernement du Canada | Canadä

Conception graphique de la couverture : René St-Amand
Maquette intérieure : Folio infographie
Mise en pages : Folio infographie
Illustration de couverture : Émilie Duchesne, iStockphoto.com

Copyright © 2016, Éditions Hurtubise inc.
ISBN 978-2-89723-877-3 (version imprimée)
ISBN 978-2-89723-878-0 (version numérique PDF)
ISBN 978-2-89723-879-7 (version numérique ePub)

Dépôt légal : 4e trimestre 2016
Bibliothèque et Archives nationales du Québec
Bibliothèque et Archives du Canada

Diffusion-distribution au Canada :
Distribution HMH
1815, avenue De Lorimier,
Montréal (Québec) H2K 3W6
www.distributionhmh.com

Diffusion-distribution en Europe :
Librairie du Québec/DNM
30, rue Gay-Lussac
75005 Paris FRANCE
www.librairieduquebec.fr

Imprimé au Canada
www.editionshurtubise.com

LES PERSONNAGES

L'unité spéciale
Unité spéciale d'enquêtes criminelles du SPVM

Dufaux, Henri	Inspecteur au SPVM. Directeur de l'unité spéciale.
Kodak	(François Beaudoin)
Paddle	(Patrick Moquin)
Parano	(Basile Préval)
Sarah la blonde	(Sara Pronzini)
Sarah la noire	(Sarah Delorme)
Sarah la rousse	(Sarah McNeil)
Sundance	(Vittorio Rinaldi)

Autres personnages principaux

Balco, Lydia	Directrice adjointe au SCRS
Chicoine, Louis-Marie	Dit Œkoumenn. Artiste. Inventeur de l'art hyper-collectif.
Drouganine, Anatoly	Chef de la mafia russe à Montréal
Dufaux, Louis-Simon	Frère de Henri Dufaux. Agent du SCRS.
Godin, Robert	Directeur du SPVM. Supérieur et ami de Dufaux.
Grégoire, Karine	Médecin légiste
McDuff, Albert	Dit « Two-Face ». Motard. Membre des Black Death.
Miron, Léo	Dirige une des unités de la criminelle. Ami de Dufaux.
Morel, Wayne	Dit « The Silent ». Motard.
Œkoumenn	Louis-Marie Chicoine. Artiste.
Paradis, Christophe	Sergent-détective aux Affaires internes du SPVM

Tonino	Barman du 3845
von Paulhus, Jane	Psychanalyste

Personnages secondaires

Bernier, Pete	Agent du SCRS sous couverture.
Borzilov, Makari	Mafieux russe, adjoint de Drouganine.
Bourdages, Louis.	Ancien adjoint de Dufaux.
Chloé	Jeune mannequin, amie de Sarah la noire.
Christian	Ami de Parano. Ancien Seal.
Fortier, Pierre-André	Chroniqueur télé
Goulet, Pierre-Yves	Écrivain. Alias : P.Y.G.
Klimenko, Oleg	Chef de la mafia ukrainienne à Montréal
Kopeïkine, Dimitri	Mafieux. Homme de main de Drouganine.
Jolicoeur, Léandre	Propriétaire du local où a lieu l'exposition d'Œkoumenn
Lily	Jeune mannequin, amie de Sarah la noire.
Nadya	Épouse de Drouganine
Normandin, Steve	Propriétaire du bar New Vegas.
Pavlenko	Officier du SPVM. Parle le russe.
Provençal, Mathieu	Financier, ami de Dufaux.
Rodrigue	Travaille au labo
Sirois, Eddie	Dit « Ti-Coune ». Motard. Membre des Black Death.
Thibault	Directeur des Affaires internes au SPVM
Stanley, Henry W.	Sergent-détective à la SQ

Débusquer les mensonges est une tâche relativement aisée.
Découvrir comment la vérité nous ment : voilà le vrai défi.

Henri DUFAUX

Journée ordinaire…

À la Mecque, les décapitations se succèdent.
Chaque vendredi.
Monotones.
Petit train va loin…
Ici, le pétrole coule.
Les voitures klaxonnent…
L'amnésie triomphe.
Discrète.

Un handicapé mental est retrouvé dans le métro.
Battu à mort.
À la télé, un témoin explique en direct qu'il ne sait rien,
qu'il n'a rien vu.

Des pauvres ont faim et dénoncent les riches qui les
exploitent.
Des riches essaient de se mettre au régime et dénoncent les
pauvres qui vivent aux crochets de la société…
La classe moyenne applaudit.

Un ixième ministre annonce des énièmes coupures.
Des chercheurs colloquent.
Des postdocs soliloquent.
Des indignés s'indignent qu'on ne s'indigne pas davantage.

11

Loin, très loin, des migrants se noient, imperméables aux discussions qui parlent de les sauver... un jour... peut-être... si ça adonne... ça dépend lesquels...
Le tirage d'un journal explose grâce à un scandale.

Des politiciens déclarent qu'ils n'ont pas déclaré ce qu'ils ont pourtant déclaré.
D'autres expliquent, longuement, qu'ils n'ont rien à dire...

Des manifestants manifestent pour le droit de manifester.
D'autres, pour l'arrêt des manifestations.
En conférence de presse, le gouvernement annonce qu'il va gouverner...

Un milliardaire s'est acheté une île.
Il veut désormais investir dans les soins funéraires alternatifs.
Parmi ses projets, aucun cimetière marin pour migrants.

Un jeune en peine d'amour croit sa vie terminée.
Il jette sa voiture contre celle qui arrive en sens inverse.
Il a dix-sept ans.

Une femme se dépêche d'aller apprendre à son mari la bonne nouvelle : son cancer est en rémission.
Elle voit surgir devant elle le jeune amoureux désespéré.
Puis, très rapidement, elle ne voit plus rien.

Des journalistes organisent la défense d'un collègue emprisonné, encore un, quelque part sur la planète.
Des levées de fonds se poursuivent dans les milieux pauvres, pour venir en aide à des plus pauvres.

Un artiste s'excuse de son vingt-troisième dérapage.
Devant la caméra, il promet de ne plus recommencer, sanglots étouffés et petite famille à l'appui.

Des nabads drabes régentent le pays sans même avoir à s'impliquer en politique.
Ouvertement, s'entend...
Money talks!

Des étudiants manifestent parce qu'ils sont des étudiants.
Des crétins réclament qu'on leur tape dessus parce qu'ils sont des crétins.
Des animateurs de radio se déchaînent sur commande.
Une fois encore, money talks!

Le sous-sol du pays est à vendre.
Le reste est déjà vendu.
Ou sur le point de l'être... On attend le bon prix.

En caucus, des politiciens soupèsent le coût des votes.
Dans un isoloir, un électeur se paie une danse.
Full contact.
Comme le sport.

Les cols blancs lavent plus blanc.
Les journalistes traquent les enveloppes brunes.
Le paradis devient fiscal.

Pour avoir sa dope, un ado se laisse tripoter au fond d'une ruelle.
Toujours et encore, money talks...
Et, bien sûr, il pleut.

Journée ordinaire dans un Québec ordinaire...

UN BAIN, DU SANG...

1.

Ça n'existe pas, un bel enterrement. Sauf dans le besoin de consolation de ceux qui restent.

Je le sais.

Mais parfois, la chaleur des vivants qui assistent à la cérémonie suffit presque à faire illusion.

Aujourd'hui, c'est l'anniversaire de la mort de Louis. Il me suffit de fermer les yeux pour me retrouver dans la maison qu'il habitait. Elle lui appartient encore. Enfin, pas exactement à lui. À sa succession.

C'est là qu'on s'est retrouvés après la cérémonie. Toute l'équipe. Pour se souvenir. Et pour essayer d'apprendre à vivre avec sa mort.

Je revois sa dépouille... Déjà, ce n'est plus personne. Ce qu'il lui reste d'existence s'est réfugié dans ce qu'il laisse derrière lui: les choses qu'il a accumulées, les souvenirs qui survivent dans la mémoire de ceux qui l'ont connu, l'absence lancinante qui habite ceux qui l'ont aimé.

Refuge temporaire...

Tout cela menace déjà de disparaître. D'abord de façon insensible. Puis, dès qu'on cesse d'y prendre garde, des pans entiers d'existence glissent dans l'oubli.

Je nous revois au cimetière…

Tous les membres du groupe sont là. Les trois Sarah, les kids, moi… Même Louis, dans sa tombe.

On ressent tous quelque chose d'assez semblable. Une gêne. Comme si une loi non écrite de l'univers avait brusquement été abolie.

Pour un policier, c'est toujours étrange, un cadavre avec lequel il n'y a rien à faire. Un cadavre dont on ne peut pas se protéger en le transformant en problème à résoudre, qui ne devient pas une enquête…

À l'enterrement, il y avait la jeune médecin légiste qui avait constaté son décès. Et une voisine, celle à qui il avait l'habitude d'acheter des plats cuisinés.

Miron aussi était là. Son ancien coéquipier de patrouille.

Et c'est tout.

Les suicidés ont rarement la cote.

Louis Bourdages était mon adjoint. Il était sur le point de fêter son treizième anniversaire de sobriété. Il avait cessé de boire le jour même où sa femme l'avait quitté… Il était devenu sobre un jour trop tard, avait-il l'habitude de répéter.

Puis son fils unique était parti à son tour. En Australie. Il avait besoin de mettre un continent entre son père et lui, disait-il. Il n'était pas sûr de vouloir le revoir.

Et maintenant, c'était son travail qui allait le quitter. Le service des ressources humaines s'était montré intraitable : Louis devait partir le jour de ses vingt-cinq ans de service. À cause de l'enquête des Affaires internes. Aucune accusation ne serait déposée, mais il y avait trop de rumeurs, trop de questions demeuraient sans réponse…

Et puis, on voulait rajeunir l'image de la police. Il fallait du sang neuf.

Alors Louis a décidé de faire sa part. Il a aspergé de sang neuf les alentours du fauteuil où il s'est tiré une balle dans la bouche.

Dans la lettre qu'il m'a laissée, il m'a appris, en s'en excusant, que j'étais son exécuteur testamentaire. Il n'avait personne d'autre.

C'est pourquoi, aujourd'hui, je vais encore dans sa maison. De temps à autre. Elle est entièrement libre d'hypothèque. Les taxes et l'électricité se paient automatiquement à même un compte où il a laissé toutes ses épargnes.

À l'intérieur, la chambre de son fils l'attend. Elle est telle qu'il l'a laissée, le jour où il est parti.

Louis m'a demandé de le retrouver. Et de voir à ce que la maison soit maintenue en bon état en attendant qu'il revienne.

Il y a maintenant près de trois ans que je suis le gardien de ce lieu étrange : le sanctuaire d'une absence. Car je n'ai toujours pas retrouvé son fils.

Au bureau, la vie a repris son cours le jour même de l'enterrement. D'autres cadavres demandaient qu'on élucide les circonstances de leur mort, qu'on leur rende un minimum de justice. Puis d'autres encore s'y sont ajoutés. Et nous avons continué d'enquêter.

Mais Louis ne nous a pas quittés. Pas complètement. Son absence est toujours là. Manifeste. Derrière son bureau vide. Parce que la direction a décidé de ne pas le remplacer. Coupures de postes et rationalisation obligent…

17

Je le revois à son bureau, en train de manger une pointe de pizza. Je revois son air étonné quand je lui ai annoncé qu'il serait désormais mon second. Je revois son acharnement à tout reprendre, à tout réanalyser quand une affaire était bloquée. Je revois sa tête quand il a appris que les Affaires internes enquêtaient sur lui... Je le revois dans sa tombe...

Subitement, mes souvenirs se dissolvent. J'ouvre les yeux. Paddle vient de faire irruption devant moi.

— Un bain de sang! Dans une galerie d'art!

2.

Dans la voix de Paddle, il y a le même émerveillement que lorsqu'il tombe sur une vidéo de YouTube particulièrement délirante.

— Un vrai bain de sang! insiste-t-il.

Paddle est le plus jeune des enquêteurs de l'équipe. Dire qu'il a tendance à exagérer est un euphémisme. J'ai parfois l'impression qu'il mène sa vie comme s'il habitait à l'intérieur d'une BD.

Il en a d'ailleurs des dizaines dans les tiroirs de son bureau. Il les feuillette pendant les pauses-café. Il aime particulièrement les albums de *Kid Paddle*. C'est de là que lui vient son surnom.

Son enthousiasme a beau être touchant, je ne peux m'empêcher de le rembarrer.

— Un bain de sang! Vraiment?

— Je vous jure!

— Tu devrais laisser ces métaphores douteuses aux médias.

Ma remarque n'a pas l'air de l'impressionner. Même qu'il sourit, comme s'il venait de faire une bonne blague.

Piqué par son attitude, j'en rajoute une couche :

— Il est temps que tu vieillisses, Paddle. La vie n'est pas une BD. Déjà que je supporte tes T-shirts...

Il baisse les yeux vers la pièce de vêtement incriminée : un tableau violemment coloré couvre sa poitrine. Un mot que je n'arrive pas à lire s'y détache en lettres tordues. C'est sûrement l'œuvre d'un de ces artistes dont il ne cesse de parler, le genre qui peint sur les murs et les wagons de métro avec des bombes aérosol.

— C'est une reproduction de Rammellzee ! proteste-t-il. Il est dans les musées et les plus grandes galeries d'art !

Paddle tourne sur lui-même en écartant les bras pour me permettre de le voir sous tous les angles.

— Jeans designer ! ajoute-t-il. Veston déstructuré avec élégance !

— Ce que je retiens, c'est "déstructuré".

— Le T-shirt, c'est une touche de personnalisation. Vous ne pouvez pas nous demander de penser par nous-mêmes et, en même temps, de nous habiller comme tout le monde !

Il faut lui donner ça, à Paddle : il a beau avoir l'air d'une réclame pour bar branché, il ne manque pas de répartie.

J'insiste néanmoins :

— Je veux un rapport clair et précis. Pas de "bain de sang", pas de "scène apocalyptique", pas de "meurtre sordide"...

Son sourire s'élargit.

— Je ne fais que répéter ce que m'a dit Kodak. Il vous attend là-bas.

3.

Maintenant que je suis sur les lieux, je peux constater que Kodak a utilisé l'expression la plus appropriée. Comme toujours.

Il y a une baignoire. Il y a du sang dans la baignoire. Et il y a un cadavre qui baigne dans le sang.

Kodak, c'est un autre des kids. Lui, c'est monsieur rationalité, comme dit Paddle. L'objectivité impassible et impitoyable de la caméra. Le virtuose de la description exacte.

Grand, mince, des lunettes, l'air réservé, il ressemble à ces intellectuels qu'on voit au cinéma : l'air en retrait, peu adapté au monde réel. Mais, sans qu'il y paraisse, rien ne lui échappe. Il a une véritable enregistreuse dans le cerveau. Si besoin est, il pourra tout récupérer à volonté. Demain ou dans deux ans. Dans les moindres détails. Comme quand on feuillette un album photo. Ou qu'on revoit un film... C'est cette mémoire qui lui a valu son surnom.

— Quand je suis arrivé, dit-il, les médias avaient envahi la place.

— Les techs vont avoir du plaisir à analyser la scène de crime...

Kodak attire mon attention sur les vêtements de la victime. Du moins, je présume que ce sont les siens. Ils sont soigneusement pliés et empilés derrière le bain. Selon toute apparence, un costume chic.

— Armani, précise Kodak.

— Tu es expert en vêtements, maintenant ?

— Paddle en porte souvent. Dans le style "chic décontracté".

— Paddle ? Du Armani ?

Tout ce que je connais d'Armani, c'est que c'est censé coûter cher. Trop cher pour un salaire de policier.

— Il achète de l'usagé sur Internet, répond Kodak, comme s'il avait suivi le fil de mes pensées. Des trucs presque jamais portés. Et il court les ventes avec les Sarah.

D'un geste, je ramène son attention sur la victime.

— Tu sais de qui il s'agit ?

— Jamais vu.

— Des pièces d'identité ?

— J'attends l'équipe technique avant d'y toucher.

Je me force à regarder plus attentivement le cadavre.

Le sang lui arrive au nombril. Les jambes, allongées au fond de la baignoire, sont complètement recouvertes par le liquide. Le dos bien appuyé, les yeux clos, un coussin derrière le cou, il semble confortable. On pourrait croire qu'il s'est endormi. Son bras gauche, qui pend sur le côté de la baignoire, confirme cette apparente sensation de bien-être chaud et humide qui pousse à la somnolence… Personnellement, j'ai toujours préféré la baignoire à la douche.

Sur ce qu'on peut voir du corps de la victime, peu de traces de blessures. Juste deux petites incisions, sur la gorge, qu'on a pris le soin de recoudre.

À première vue, cela exclut l'hypothèse du suicide. Quoique ça pourrait être un suicide assisté…

Je me tourne vers Kodak.

— Il est mort au bout de son sang, dirait-on.

— Le sien et celui de plusieurs autres, précise aussitôt Kodak.

Puis il ajoute :

— Dans un corps humain, il y a en moyenne 5 litres de sang. Ça varie selon le poids et la grandeur. Ici, on a un cadavre de taille moyenne. Donc, ça doit être autour de 5... Une baignoire relativement petite, comme celle-ci, contient entre 120 et 150 litres. Disons 135. Environ.

Je ne lui demande même pas s'il est sûr de ce qu'il dit.

Au début, bien sûr, je vérifiais. Mais à force de constater qu'il a toujours raison... Et le pire, c'est qu'il fait cela sans le moindre effort. Il lui suffit de lire ou de voir quelque chose pour s'en souvenir...

Kodak continue son explication :

— La baignoire est remplie à peu près aux deux tiers. Ce qui donne... 135 multiplié par deux tiers... 90 litres. C'est l'équivalent d'à peu près 18 personnes.

— Il n'y a pas le sang de 18 personnes là-dedans !

— Bien sûr que non. Il faut soustraire le volume occupé par le cadavre. Son poids doit faire autour de 85 kilos. Or, le corps humain est composé en très grande partie d'eau. Comme l'eau a une masse volumique de 1...

Il s'interrompt un moment et me regarde comme s'il tentait d'évaluer mon QI.

— La masse volumique, reprend-il. C'est le rapport entre la masse et le volume.

Puis, comme s'il doutait brusquement de l'utilité de ses efforts, il décide d'aller à l'essentiel :

— Retenez qu'un litre d'eau pèse un kilo. Pour avoir 85 kilos, ça prend 85 litres.

Il poursuit ensuite son exposé :

— Si le corps était entièrement submergé, il faudrait soustraire 85 du 90 total. Mais il est submergé à seulement... 70 pour cent, je dirais. Ça veut dire qu'il faut soustraire 85 multiplié par 0,7, ce qui donne 59, 5. Quand on soustrait ça de 90, on obtient un résultat final de 30,5 litres. Et donc de 6,1 personnes.

— Tu veux dire qu'il nous reste 6 virgule 1 cadavres à trouver?

Ignorant l'ironie de la question, il s'empresse de me corriger :

— Si le sang de la victime est dans le bain, comme c'est envisageable, il faut soustraire 1. Ça donne 5,1. Comme il y a beaucoup d'approximations dans mes calculs, je dirais : au moins 5 ou 6 personnes. Peut-être un peu plus.

— Au moins… ?

— Rien ne dit que tout le sang de chacune des victimes s'est retrouvé dans le bain. Si ce n'est pas le cas…

— Ça prend plus de cadavres.

— Exactement.

4.

Autour de nous, les techs s'affairent : ils photographient, arpentent la scène de crime à la recherche d'indices, prélèvent des échantillons…

De mon côté, je donne mes instructions à Kodak.

— Tu t'occupes des vêtements en priorité. S'il n'y a pas de pièces d'identité, envoie une photo de la victime à Sarah. Elle pourra peut-être identifier le corps.

Pendant qu'il se dirige vers un des techs, je me tourne vers la jeune médecin légiste qui vient d'arriver, Karine Grégoire.

— C'est le meurtre dont ils parlent dans les médias et les réseaux sociaux? demande-t-elle.

— Je suppose.

Elle s'approche de la baignoire et passe plus d'une minute à tourner autour pour l'examiner. Sans rien toucher. C'est une sorte de rituel, chez elle. Comme si elle voulait bien apprivoiser la scène avant de commencer son travail.

Puis elle se tourne vers moi. Je lui explique que le corps a été découvert en début de matinée et que la scène n'a pas été perturbée. Du moins, pas à notre connaissance.

Je lui demande :

— À ton avis, combien de temps le sang peut-il demeurer liquide ?

— Facilement plusieurs heures. Plus longtemps encore, si on y a mis un anticoagulant.

Elle me confirme également l'estimation de Kodak : si c'est du sang humain, il y a probablement six ou sept victimes. Tout dépend de la méticulosité avec laquelle les corps ont été vidés.

— On peut aussi avoir ajouté du sang animal pour étirer la sauce, poursuit-elle.

— La sauce… Ou un autre liquide.

— Je préfère attendre les résultats du labo.

— Tu penses qu'on pourra identifier les victimes par l'ADN de leur sang ?

— Tout dépend du nombre. Cinq ou moins, ça devrait aller assez bien. Au-delà, c'est plus compliqué.

Après avoir donné des instructions à son assistant pour faire drainer le bain, elle se penche sur le corps.

— À première vue, pas de blessures défensives, pas de traces de coups. Juste les deux petites incisions sur les jugulaires.

Elle s'approche pour les examiner de plus près.

— Très récent. Aucune trace de cicatrisation… Probablement recousues par un professionnel. Ses points sont très élégants.

— Tu penses que c'est une piste?

— Quoi?

— Les dons esthétiques du couturier.

— En tout cas, c'est du très beau travail. Très soigné.

— Et si on revenait au cadavre... Il est mort au bout de son sang?

— Possible. Je pourrai te le confirmer après l'autopsie.

— Demain?

— Sans problème. Je m'en occupe en arrivant.

Il y a de l'enthousiasme dans sa voix.

— On dirait presque que tu as hâte!

— Ça change de la routine, dit-elle avec un sourire éclatant. J'en ai un peu marre des accidents de la route, des crises cardiaques et des AVC.

— Il y a quand même quelques meurtres de temps à autre. Les motards, la mafia...

— Rien de vraiment passionnant. Tandis que ça... Avoue que c'est quand même ironique.

— De quoi tu parles?

— Une mort spectaculaire dans un lieu de spectacles.

— Ici?

— Du temps de Camillien Houde, c'était un cabaret. Plus tard, c'est devenu un bar de danseuses. The Naked and the Dead. Avec des danseuses déguisées en vampires, en loups-garous et en zombies!

— Il ne faut surtout pas raconter ça à Paddle! S'il apprend qu'il y avait des vampires et des zombies...

— La baignoire dans la vitrine est une réplique de celle qu'il y avait sur scène, à l'époque du Red Light. Plusieurs danseuses y faisaient leur numéro. C'est une référence au numéro de Lili St-Cyr, la stripteaseuse la plus célèbre des années 40 et 50. Tu connais?

— Oui, je connais. Mais toi, comment est-ce que tu peux savoir ça ?

— Mon grand-père était un habitué. Il a dépensé une fortune pour aller la voir. Au grand désespoir de ma grand-mère et du curé !... Tu savais qu'Alain Bernardin avait fondé le Crazy Horse après avoir vu le spectacle de Lili St-Cyr à Montréal ?

On dirait que je vis entouré de gens qui amassent toutes sortes de connaissances inutiles ! Enfin, pas toujours inutiles, pour être honnête. Connaître la capacité moyenne d'une baignoire, ça peut toujours servir. Je viens d'en avoir la démonstration. Mais qu'une devanture de commerce ait été celle d'une boîte de striptease cinquante ans plus tôt...

— Non, je ne savais pas. C'est censé me faire avancer dans mon enquête ?

Le visage de la jeune femme se ferme. Elle me rappelle assez sèchement que j'aurai les résultats de l'autopsie le lendemain, puis elle s'éclipse.

— Encore ton merveilleux sens de la diplomatie !

Ma femme...

Ce n'est pas le fait d'être morte qui l'empêche de parler. En fait, elle n'a jamais été aussi loquace. Et, pour être honnête, je ne sais pas ce que je ferais si elle disparaissait. Je lui parle tous les jours.

Bien sûr, tout se passe dans ma tête. Mais quand on parle à quelqu'un de vivant, est-ce vraiment différent ? L'essentiel se passe toujours dans la tête. C'est là qu'on traite ce qu'on voit, ce qu'on entend ; là qu'on filtre selon ses humeurs ce qu'on a envie de dire ; là que se décide la manière de le dire... Alors, qu'est-ce que ça peut changer, qu'elle soit morte ? L'important, c'est qu'on puisse continuer de se parler.

— Je sais, je sais...
— Tu as revu le nuage noir.
— Oui. Mais ça n'a pas été plus loin.
— Tu devrais en parler à von Paulhus.
— Je sais.
— Tu la revois quand?
— En fin de journée...
— Il faudrait que tu sois moins cachottier avec elle.

Rien ne sert de protester. On ne se bat pas contre l'évidence. Surtout quand elle est énoncée par quelqu'un qui vous connaît depuis aussi longtemps.

5.

Je rejoins Kodak. Il semble en contemplation devant le mur en arc de cercle, derrière le bain.

Diverses photos grand format y sont affichées. Au sens littéral. Elles ressemblent à des affiches qui auraient été collées au mur, puis vernies pour les y intégrer de façon définitive, comme une tapisserie.

Je reconnais Jim Morrison, des Doors. Les autres, aucune idée de qui ils sont. Sauf un. Sa tête me dit vaguement quelque chose. Un ancien chanteur, lui aussi, je pense.

— Tu admires? je demande au kid.

En guise de réponse, il entreprend de m'énumérer les noms des personnages.

— Whitney Houston, Jim Morrison...

— Celui-là, je l'avais reconnu.

Imperturbable, Kodak poursuit.

— Claude François...

Ça me revient. C'est lui, le chanteur dont je n'arrivais pas à me souvenir du nom.

Il continue l'énumération.

— Jean-Paul Marat.

— Un autre chanteur?

— Un journaliste. Il a fait de la politique. Mort assassiné pendant la Révolution française. Sa photo était dans la "Grille des mordus", la semaine dernière.

— Si tu le dis.

— Le suivant est le quatrième premier ministre du Canada, John Thompson. Il est mort au château de Windsor pendant une visite à la reine.

— Dans une baignoire? Chez la reine?

— Ça dépend des sources. Certaines le font mourir à table, ce qui est plus protocolaire.

— Je suppose que tu les connais tous.

Il a dû apercevoir leurs photos, un jour ou l'autre, en feuilletant le dictionnaire.

— Pas tous. Je ne connais pas les deux autres. Mais suffit d'aller sur Google.

— Et chercher quoi?

— Une liste de gens qui sont morts dans une baignoire.

— Parce que tu penses que…?

Je n'achève pas ma question. Si les cinq personnes qu'il a mentionnées n'étaient pas mortes dans une baignoire, Kodak ne m'aurait pas parlé d'elles…

— Rien dans les vêtements, poursuit-il. J'ai envoyé des photos du cadavre à Sarah.

Pas besoin de préciser. Ça ne peut être que Sarah la rousse.

Sarah la blonde est en congé de maternité; elle a accouché il y a trois mois. Et Sarah la noire est plus habile dans l'utilisation des réseaux sociaux que dans l'exploitation des banques de données.

Il y a cinq femmes à la criminelle. Trois d'entre elles s'appellent Sarah. Les trois sont dans mon unité. Elles sont du même âge, à trois ou quatre ans près. Quand on les regarde, on pourrait croire qu'elles sortent de la même fabrique d'athlètes professionnelles : grandes, minces, raisonnablement musclées.

Sarah la blonde, Sarah la rousse et Sarah la noire… Ce sont les kids qui ont commencé à les appeler comme ça pour les distinguer.

Les kids, ce sont les quatre hommes qui constituent le reste de l'unité. Les Sarah leur ont attribué ce surnom collectif. Une manière de riposte. Et quand l'un d'eux a objecté qu'ils n'étaient pas des kids, qu'ils avaient le même âge qu'elles, une des Sarah a répliqué qu'avec les hommes, il fallait toujours soustraire cinq à dix ans pour avoir leur âge psychologique.

Contrairement à ce qu'on pourrait croire, tout ce beau monde s'entend à merveille. Le seul problème, c'est avec Sarah la noire. Sa couleur de cheveux varie au gré des semaines. On passe de Sarah la verte à Sarah la blanche, Sarah la rose, Sarah la bleue…

Mais bon, tout ne peut pas être parfait.

Je pivote lentement pour regarder l'ensemble de la pièce.

Je n'aime pas la tournure que cette affaire est en train de prendre. Un cadavre anonyme dans une baignoire à moitié remplie de sang… un local où des stripteaseuses utilisaient une baignoire comme accessoire… des affiches de gens célèbres morts dans une baignoire… C'est quoi, ce cirque ?

Il est temps de prendre du recul si je veux réussir à mettre un peu d'ordre dans tout ça. De toute façon, je ne peux rien faire de plus ici; il faut laisser aux techniciens le temps de s'amuser avec leurs appareils et de recueillir des échantillons.

Je préviens Kodak que je retourne au bureau.

— Tu restes ici et tu m'informes si les techs trouvent quelque chose.

Dernière épreuve: traverser la haie de caméras, de micros et d'appareils photo qui bloquent l'accès à la rue Sainte-Catherine.

Je suis toujours étonné de voir la vitesse à laquelle les journalistes et les gens des médias arrivent sur les lieux d'un crime. Parfois, je me demande si Paddle n'a pas raison, avec sa théorie sur les journalistès…

6.

Nos bureaux sont situés au coin de Laurier et de la rue De Gaspé. L'ancien poste 38.

Mais je me rends d'abord au 3845.

C'est un café bistrot sur Casgrain. J'y vais quand je ne sais pas où aller. Et comme je ne sais jamais où aller, j'y suis une sorte d'habitué. Ça a des avantages. Je peux y débarquer à n'importe quelle heure pour manger, prendre un apéro ou simplement un café.

Tonino, le barman, me jette un regard. Voyant que je ne m'assois pas, il me demande:

— Un café?

Puis, sans attendre ma réponse, il fait couler un double allongé dans un verre de carton.

— Moi qui voulais un thé…

— Ce sera pour la prochaine fois, répond Tonino en me tendant le verre.

— Je te paie tout à l'heure.

— Tu dis toujours ça !

En arrivant à nos bureaux, je me heurte à Paradis, qui en sort.

Je le regarde, regarde derrière lui. Personne. Tout le monde semble avoir déserté les lieux.

Aussitôt, les questions se bousculent dans ma tête. Depuis combien de temps est-il là ? Que cherche-t-il ? Sur quel membre de l'unité est-il en train d'enquêter ?

— Encore en train de répandre de la merde, Paradis ?

— T'as beau persifler, je vais finir par t'avoir.

— Pousser Louis au suicide, ça ne t'a pas suffi ?

— J'ai seulement fait mon travail. Bourdages était soup-çonné d'être corrompu : j'ai enquêté… C'est lui qui a décidé de se suicider. Tout seul comme un grand. Tu ne crois plus à la liberté humaine, Dufaux ?

Le sergent-détective Christophe Paradis travaille aux Affaires internes. S'il y avait un concours pour trouver l'ordure ultime, il écraserait tous ses adversaires.

Pendant près de deux ans, il s'est acharné sur Louis. Sans trouver la moindre preuve. Il n'a pas eu le choix d'interrompre son enquête. Même aux Affaires internes, on commençait à parler de harcèlement. C'est dire… Mais ça ne l'a pas empêché de continuer à répandre des rumeurs. À laisser entendre qu'on n'avait pas de preuves assez fortes pour aller en cour, mais qu'il y avait beaucoup de questions sans réponse. Vraiment beaucoup de questions…

— Les ordures, c'est au sous-sol ! je lui dis. T'as encore le temps. Le ramassage est seulement cet après-midi.

— T'as beau te penser brillant, tu ne t'en tireras pas indéfiniment. Je vais finir par t'avoir.

— Pour ça, il faudrait que tu aies un motif.

— Oh, mais j'en ai un. J'en ai même plusieurs !

— Si tu remets les pieds dans ce bureau...

Il me regarde avec un sourire de mépris.

— Les universitaires qui se recyclent dans la police, dit-il, tu sais c'est quoi, leur problème ?

— Ne parle pas d'université, Paradis. T'en as jamais vu une, même en photo !

— Ils se pensent brillants. Mais on finit toujours par les avoir. Tu sais pourquoi ?... Parce que c'est des *losers*. S'ils sont dans la police, c'est parce qu'ils étaient trop nuls pour trouver autre chose.

— T'as vraiment une belle image de tes collègues.

— Des collègues ? Un troupeau de fiers-à-bras qu'il faut continuellement garder à l'œil, tu veux dire !

— Considère-toi averti, Paradis. Si jamais tu essaies de me faire le même coup qu'à Louis...

— Des menaces ? T'es chanceux qu'il n'y ait pas de témoins.

Mieux vaut mettre un terme à la discussion avant que je le frappe. Même si j'en rêve depuis des années.

— Dégage !

— Je t'ai à l'œil, Dufaux. Le party achève.

— C'est ça...

— À bientôt, dit-il en souriant. À très bientôt.

7.

Je m'assois à mon bureau et je reste plusieurs minutes à fulminer intérieurement et à me demander ce que Paradis mijote.

Il y a de bonnes chances que ce soient des paroles en l'air. Je doute qu'il ait quelque chose contre moi. Puis je pense aux jeunes... Est-ce après eux qu'il en a ?

Je réalise que j'ai encore mon café à la main. En le déposant sur le bureau, je remarque la photo.

Comme ai-je pu ne pas la voir plus tôt ? Elle est au centre ; tout le reste a été repoussé vers les bords pour la rendre plus visible... C'est leur truc, aux jeunes, pour s'assurer que je voie les messages qu'ils me laissent.

Sous la photo, un petit *post-it* jaune indique le nom de la personne. Et son occupation, si on peut dire.

PETE BERNIER, *ITINÉRANT*

C'est signé d'un simple R.

Sarah la rousse, de toute évidence. C'est à elle que Kodak a expédié la photo de la victime qu'on a trouvée dans le bain.

Par contre, il n'y a aucune trace d'elle dans le bureau. Ni des autres, d'ailleurs.

Parfois, j'ai l'impression de diriger une unité fantôme. Surtout depuis la mort de Louis. Avant, il était toujours là, quand les autres se dispersaient dans la ville pour les besoins d'une enquête...

Je ramène les yeux sur le *post-it*.

Qu'un itinérant se fasse tuer, je peux comprendre ; ce sont des victimes faciles pour les maniaques de toutes sortes. Les risques du métier, si on veut. Mais un itinérant avec un complet Armani ? Un itinérant qui plie méticuleusement ses vêtements avant de se plonger dans un bain de sang ? Avant de se faire saigner à mort ?... Je comprend que Sarah ait trouvé la chose suffisamment incongrue pour m'informer sans délai.

33

Tout en remettant un peu d'ordre sur le bureau, je tente de passer mentalement en revue l'ensemble de l'affaire. Je n'ai pas encore fini de tout ranger que je reçois un appel.

Le laboratoire.

La médecin légiste me confirme que c'est bien du sang humain. Et rien que du sang humain. Avec un peu d'anticoagulant, de l'héparine.

— Merveilleux !

— D'un strict point de vue scientifique, c'est effectivement un cas intéressant, enchaîne-t-elle, ignorant le caractère ironique de mon enthousiasme.

— Donc, si je résume, on a six ou sept cadavres sur les bras...

— Tu as trouvé les autres ?

— C'est une manière de parler. À moins que tu me dises que les victimes peuvent survivre après avoir perdu la totalité de leur sang...

— Disons de 80 à 90 pour cent de leur sang. Pour extraire tout ce qui reste dans les capillaires, il faudrait une pompe. Et encore...

— Ça veut dire qu'il y a probablement une ou deux victimes de plus.

— Probablement.

— Magnifique ! Je manquais justement de cadavres !

— Mais il y a d'autres possibilités, poursuit la médecin légiste. Le sang peut provenir d'une banque de la Croix-Rouge. On peut aussi avoir saigné les victimes de façon progressive, un peu chaque semaine.

— Et alors, il n'y aurait pas d'autres cadavres ?

— Il y a des pauvres qui réussissent à survivre des années en vendant leur sang. Suffit qu'ils prennent le temps de récupérer entre chaque prélèvement. Quand ils y vont trop souvent, par contre…

— Que peux-tu me dire d'autre ?

— Les deux incisions sur les jugulaires ont été faites quand il était encore vivant.

— C'est la cause du décès ? Mort par exsanguination ?

— Oui. Il a été suspendu par les pieds ; les marques sur les chevilles sont très nettes. C'est la façon la plus simple de vider un corps, quand on perce les veines de la gorge. Comme dans les abattoirs… Ensuite les deux blessures ont été immédiatement recousues.

— D'autres traces de violence ?

— Non. Celui qui l'a tué a dû estimer que c'était suffisant.

— Donc, pas de signes d'acharnement ? Rien pour indiquer que le meurtrier a agi sous le coup de la haine ou de la colère ?

— Non… Pas de fractures. Pas le plus petit hématome.

— Les analyses d'ADN, je vais les avoir quand ?

— Demain. S'il n'y a pas de complications.

S'il n'y a pas de complications…

En général, je ne suis pas superstitieux. Mais s'il existe une formule magique dont on peut prouver l'efficacité, c'est bien cette phrase. Il suffit de la prononcer pour que les fameuses complications se mettent à pleuvoir !

Enfin, on verra. L'affaire est déjà passablement compliquée, je ne vois pas trop comment ça pourrait empirer.

8.

Au moment où je referme la porte de mon bureau pour aller dîner, Sarah la noire se précipite vers moi. J'ai à peine

35

le temps de remarquer sa nouvelle couleur de cheveux qu'elle m'apostrophe.

— Le directeur veut vous parler. Il dit que c'est urgent.

— Il ne faut pas croire tout ce qu'on dit.

Tout de suite, je m'en veux de ma remarque. Si Godin lui a demandé de me transmettre un message, c'est moi qui suis à blâmer...

Je tente une diversion.

— Le bleu, c'est pourquoi?

— Demain, c'est la journée annuelle sans voiture. L'air pur... le ciel bleu...

C'est une des choses étonnantes, chez elle: il y a presque toujours une raison qui motive sa nouvelle couleur de cheveux.

Puis elle ajoute:

— Si vous preniez vos appels, on ne serait pas obligés de perdre autant de temps à jouer les courriers.

Satisfaite, elle tourne les talons et se dirige vers son bureau.

Je passe un moment à évaluer la situation. Qu'est-ce qui est le mieux: me débarrasser au plus vite de cette corvée ou laisser Godin me relancer et espérer qu'il finisse par se décourager?

Comme il n'est pas du genre à se décourager, autant en finir. Je me dirige vers les étages supérieurs.

Ça me fait toujours étrange de le voir ici, dans l'édifice de l'ancien poste 38. Normalement, pour le rencontrer, j'aurais dû me rendre au quartier général, sur St-Urbain. Mais son bureau est en rénovation.

Initialement, son séjour ici ne devait durer que quelques semaines. Mais il y a eu des rumeurs d'irrégularités dans l'attribution du contrat pour les travaux. Une enquête a été déclenchée. Le dossier est devenu «politique». Résultat : un arrêt indéterminé des travaux. C'est pourquoi Godin est coincé dans les locaux inutilisés de l'étage supérieur depuis plus de trois mois – ce qui n'améliore en rien son humeur.

Dès que j'entre dans son bureau, il me demande :

— Alors, qu'est-ce qu'on fait ?

— Comme d'habitude. On protège les bons, on empêche les méchants de nuire et on se tient loin des journalistes.

Ma réponse n'a pas l'air de le satisfaire.

Si j'étais une mouche, je ne donnerais pas cher de mon espérance de vie. Mais comme je suis policier, il n'a pas le choix de manifester un peu de retenue. Un sourire parvient même à masquer son irritation.

— Pour une fois, essaie d'être sérieux, Dufaux.

— De quoi tu parles ?

— De ça ! C'est partout sur Internet.

Il me montre les feuilles étalées sur son bureau. Des extraits de journaux, de blogues ou d'autres médias sur le cadavre dans la baignoire.

Le thème récurrent, repris comme titre de plusieurs articles, est :

Bain de sang

Je tente une remarque pour alléger l'atmosphère.

— Pour une fois que les médias décrivent correctement les faits, on devrait les féliciter, tu ne penses pas ?

Sa voix augmente de plusieurs décibels.

— Tu te rends compte de la gravité de la situation ?

À son ton, il est clair que la question est purement rhétorique. Il sait depuis toujours que je suis passablement imperméable aux répercussions médiatiques ou politiques des enquêtes – ce qui m'a souvent mis en délicatesse avec la hiérarchie.

— Tu as une idée de ce que ce genre de titre peut provoquer ? reprend-il. Il faut régler ça au plus vite !

— Je suis bien d'accord. C'est essentiel pour que les parents des victimes puissent faire leur deuil…

Son cerveau est la proie d'une brève éclipse. Puis il réalise qu'il ne sert à rien de poursuivre la discussion.

— Je vois… se contente-t-il de dire. Je ne te retiens pas plus longtemps. Tu me tiens informé de tout nouveau développement. Cette enquête est la priorité de ton unité.

D'un geste impatient de la main, il me signifie mon congé.

Mais, comme je me retourne vers la porte, il me relance :

— Les autres enquêtes, ça avance ?

— Les jeunes n'arrêtent pas !

— C'est un peu ça le problème, non ? Tes jeunes, ils n'arrêtent pas beaucoup de suspects, ces temps-ci…

Décidément ! Si, en plus, il se met à faire des jeux de mots pourris !

— Ne me fais pas regretter ma décision ! ajoute-t-il.

Sa décision…

Combien de temps va-t-il me la rappeler ?

Après la mort de ma femme, j'ai fait une sorte de *burn-out*. Une dépression, dans les termes de von Paulhus. Une crise d'écœurantite aiguë, dans les miens.

Trois mois de thérapie. Et, pire que la thérapie, trois mois de repos. Je pensais devenir fou. Pour vrai.

Finalement, Godin a trouvé un compromis pour que je puisse revenir au travail. Une unité spéciale. Un truc pépère. À peu près pas de stress. Des enquêtes tranquilles. Une sorte de lieu de stage. Des jeunes policiers jugés prometteurs mais au comportement un peu hors normes y viendraient en formation, un an ou deux, pour se familiariser avec ma «méthode». Ensuite, on verrait si on pouvait les intégrer à la criminelle.

En raison de son caractère expérimental et temporaire, l'unité relèverait directement de son bureau. Inutile de chambouler la structure pour un projet pilote qui n'était pas appelé à se prolonger très longtemps. De toute façon, le directeur de la criminelle s'était fermement opposé à ce qu'elle soit dans son «périmètre de responsabilité». Il ne voulait rien savoir de jouer les garde-fous pour un «groupe de têtes fortes dirigé par un cinglé qui entend des voix».

D'autre part, plusieurs s'étaient inquiétés du fait que le directeur général du SPVM s'implique aussi directement dans les opérations. C'était pour le moins inorthodoxe. Dangereux, même, avaient allégué certains: cette microgestion risquait de le distraire de ses tâches essentielles.

Godin avait expliqué que c'était seulement pour un an ou deux. Ensuite, si la psychologue émettait un avis favorable, je réintégrerais le service normal… Sauf que ça dure depuis presque trois ans.

Avec le temps, la réputation de l'unité s'est établie. Ce qui était censé être une sorte de lieu de stage tranquille est devenu l'unité ayant le meilleur pourcentage de résolution d'affaires du SPVM.

Mais elle continue d'avoir un statut temporaire. Et moi, je continue d'être obligé de rencontrer régulièrement von Paulhus. Sans doute parce que je continue de discuter avec ma femme, même si elle est morte.

S'il n'en tenait qu'à Godin, je serais sans doute dispensé du suivi psychologique. Mais il doit tenir compte de la hiérarchie. Cette image de type qui parle tout seul ne contribue pas à rassurer les autres membres du comité de direction.

— Il y a encore des pressions pour régulariser la situation? je lui demande.

— Qu'est-ce que t'en penses?

Je ne peux m'empêcher de songer à Paradis. Est-il au courant de quelque chose? Est-ce pour cela qu'il avait l'air aussi confiant? Parce qu'il profite d'appuis dans sa croisade pour avoir ma peau?

— Dis bonjour à ta femme pour moi! lance Godin en me signifiant mon congé.

Il reste des traces d'ironie dans sa voix, mais c'est plutôt comme si on partageait une blague privée.

9.

Après avoir dîné au 3845, je reviens au poste et je m'installe dans mon fauteuil, les pieds sur le bureau. Puis j'ouvre le *Journal de Montréal*. Autant en profiter pendant qu'il en reste encore quelques-uns en papier…

La caricature du jour a pour cible les trois ministres les plus importants du Québec. Le dessinateur les a représentés en médecins. Titre: *Les Marx Docteurs*. Version québécoise des Marx Brothers.

On les voit, autour d'une table d'opération, recoudre de façon anarchique les différentes parties d'un patient sur lequel le caricaturiste a écrit « Québec ».

S'il n'y avait que les ministres… Je pense à tous ces médecins improvisés que sont les consultants et prétendus experts qui s'amusent à saccager le corps social. Supposément pour son bien… Des arrivistes! Ils n'ont jamais rien géré d'autre que leur carrière et ils veulent gérer un pays!

— Tu exagères, Henri.

— Des spécialistes de la boule de cristal qui se cachent derrière des nuages de nombres à sept décimales!

— Tu es sûr que tu digères bien?

— Toutes leurs prévisions sont fausses et ils prétendent faire de la science! Autant se fier à des astrologues!

— Regarde dans quel état tu te mets!

— Les pires, ce sont les médecins!

— Il faut vraiment que tu voies von Paulhus.

— L'hôpital les a habitués à avoir un pouvoir de vie et de mort sur les patients. Et même sur le personnel! C'est leur travail d'avoir raison... Quand ils sortent de l'hôpital, ils s'attendent à ce que ça continue!

Ma conversation avec ma femme est interrompue par Paddle, qui fait irruption dans mon bureau.

En voyant son habit bleu à fines rayures, je repense à la remarque de Kodak. Il a raison: si ce n'était de son T-shirt, Paddle pourrait ressembler à un homme d'affaires.

— Il faut que vous voyiez ça! dit-il.

Il me tend des photos.

Des gens dans une baignoire. Toujours la même. Au passage, je reconnais la figure souriante du maire de Montréal.

Je relève les yeux vers Paddle.

— Depuis trois jours, dit-il, des centaines de gens ont pris des *selfies* dans la baignoire où on a trouvé le corps. Toutes les photos sont sur Internet.

— Comment ça, depuis trois jours? On l'a trouvé ce matin.

— Ça fait trois jours que la baignoire est installée dans la vitrine. Les passants étaient invités à s'asseoir et à prendre un *selfie*... C'est sûr que maintenant, avec le cadavre...

— C'est quoi, cette folie?

— C'est un *i-work in progress* collectif! Une nouvelle forme d'art!

Encore une histoire de baignoire! Ça commence à m'asticoter sérieusement.

— On est tous dans le même bain, reprend Paddle. C'est le titre du *i-work*.

— Tous, je ne sais pas. Mais nous, on a au moins sept ou huit morts sur les bras et un seul cadavre. Les autres sont aux abonnés absents et on n'a aucune idée de qui il s'agit! Alors oui, ici, dans l'unité, on est tous dans le même bain. Et c'est un bain qui commence à sentir foutument mauvais!

Puis j'ajoute, sur un ton presque normal:

— Tu me trouves cet artiste.

— *Yes!*

— Quoi, *yes*?

— J'ai toujours rêvé de le rencontrer.

Il faut savoir éviter les combats inutiles. Comme disent les stoïciens, dans la vie, il y a les choses qu'on peut changer et celles qu'on ne peut pas changer. Les lubies saugrenues de Paddle font partie de la deuxième catégorie.

— Tu le connais?

— Je sais qui il est.

— D'accord… Et tu fais le tour des avis de recherche. Je veux une liste de tous les gens qui ont disparu.

— Dans tout le Québec?

Il s'agit davantage d'une protestation que d'une question.

— Commence par le Québec et l'Ontario. Ensuite, on élargira au reste de l'univers! Et tant qu'à faire, essaie de savoir qui a prévenu les journalistes!

— Je vous l'ai déjà dit: les journalistes, ce n'est pas nécessaire de les prévenir. Ils ont un sixième sens. C'est des sortes de mutants! Ils sentent l'odeur du sang à distance.

— Comme les zombies, je sais…

Imperméable à l'ironie, Paddle entreprend de rectifier mon erreur:

— Plutôt comme les vampires. Les requins font la même chose dans l'eau…

Difficile de dire s'il est sérieux. Paddle, c'est le spécialiste des théories loufoques. Ce qui l'amène souvent à déconner. Mais aussi, parfois, à déceler la vérité là où personne n'aurait songé à la chercher.

— Allez! Au travail! Commence par me trouver Sarah la rousse et Kodak. Réunion ici dans une demi-heure.

10.

Vingt minutes plus tard, Sarah la rousse est la première à entrer dans mon bureau. L'aquarium, comme ils l'appellent. Faut dire qu'ils n'ont pas complètement tort. Il est isolé au fond de notre local à aire ouverte; de simples cloisons de verre tiennent lieu de murs.

Elle pose son ordinateur sur mon bureau et jette un coup d'œil autour d'elle.

— Dieu que c'est déprimant! Je ne sais pas comment vous faites pour travailler ici!

Elle est viscéralement allergique au bureau. Chaque fois qu'elle en a l'occasion, elle travaille à partir de chez elle. Le prétexte, c'est qu'elle ne veut pas travailler avec la «quincaillerie archaïque» du SPVM.

Elle exagère un peu. Il est vrai que son équipement informatique personnel est autrement plus performant que les PC standard qui nous sont alloués par l'administration.

Même l'équipement spécialisé du service informatique n'est pas tout à fait à la hauteur du sien. Mais la vraie raison, c'est qu'elle déteste être dans un environnement qu'elle ne contrôle pas. Un environnement qui n'est pas aménagé en fonction de ses besoins et de son confort.

Sarah est rapidement suivie de Paddle et de Kodak. Les deux kids et elle formeront l'équipe de base. Un générateur d'idées en surchauffe permanente, une banque de données sur pieds et une informaticienne capable de dénicher n'importe quoi sur Internet : pour trouver des infos, ça devrait faire une bonne équipe.

Je commence par un petit résumé de ce que l'on sait :

— On a au moins un meurtre : le corps dans la baignoire. Mort par exsanguination. Son nom est Pete Bernier. Un itinérant...

— Et les vêtements trouvés sur place ? demande Sarah.

— Un itinérant avec un complet Armani, ça fait un peu désordre, je sais. Il pourrait s'agir d'une mise en scène. Le labo devrait pouvoir nous dire s'il les a portés... Autre chose : tout le sang contenu dans la baignoire était du sang humain. Il pourrait y avoir six ou sept autres victimes.

Je leur explique ensuite les différentes hypothèses évoquées quant à l'origine du sang. Et je conclus, une fois encore, qu'il faut attendre : les analyses devraient indiquer plus clairement à quoi nous avons affaire.

— Ça veut dire qu'on est en congé jusqu'à quand ? demande Sarah, pince-sans-rire.

— Ça veut dire qu'on se concentre sur ce que nous savons. Et ce que nous savons, c'est qu'un itinérant a été tué par exsanguination et retrouvé dans une baignoire à moitié remplie de sang, dans la vitrine d'un ancien club de danseuses utilisé par une sorte d'artiste... Nous savons aussi que celui ou ceux qui ont fait cette mise en scène sont probablement entrés par l'arrière de l'édifice, puisque la serrure a été forcée. Ils ont pu procéder en toute tranquillité après avoir tiré le rideau de la vitrine. Et en partant, après avoir éteint la lumière, ils n'ont eu qu'à le rouvrir.

Je les regarde à tour de rôle, puis je demande :

— Quelqu'un a une idée ?

— Des œuvres qui utilisent du sang et des organes humains, c'est assez courant, dit Paddle.

— Courant ? Des artistes qui tuent des gens pour réaliser leurs œuvres ?

— Il y a le cannibale allemand qui a recruté une victime par Internet : il avait demandé qu'on lui soumette des CV avec photos. Il a sélectionné, parmi les nombreux candidats, lequel il allait tuer, cuire et manger… D'accord, ce n'était pas exactement de l'art, encore que la gastronomie…

Sarah lui coupe la parole sur un ton agacé.

— Au cas où tu ne l'aurais pas remarqué, il n'y a pas eu de cuisson. Ici, on est dans le domaine du cru : on tue la victime, on la vide de son sang et on l'expose. C'est l'équivalent d'un chasseur qui promène une carcasse d'orignal sur son 4 par 4.

— Ça peut aussi être un sacrifice rituel, suggère Paddle. Une nouvelle secte qui utilise des itinérants pour ses sacrifices.

Kodak, qui joue machinalement avec un cube Rubik, intervient à son tour.

— Et si c'était seulement un tueur fou ? Toute cette mise en scène, les images qui font référence à la baignoire sur la scène de crime, ça ne peut pas être un hasard. Ça dénote un esprit obsessionnel. Dans 88 % des cas…

Sarah l'interrompt.

— Rien ne prouve que les affiches installées au mur n'étaient pas déjà là. Celui qui a fait cette mise en scène a peut-être simplement utilisé le décor qui était sur place.

— C'est une chose qu'on peut vérifier facilement, répond Kodak. Suffit de regarder les *selfies*.

— Impossible, répond aussitôt Sarah. Il y avait un rideau derrière la baignoire. Le mur n'est visible sur aucune des photos.

Kodak ferme les yeux. On peut presque voir les *selfies* défiler dans son cerveau. Après un moment, il confirme que Sarah a raison.

— Il y avait effectivement un rideau qui cachait le mur, dit-il. Pas toujours de la même couleur, d'ailleurs.

— Ça pourrait être un truc de vampires, relance Paddle. Ou de morts-vivants…

Après une dizaine de minutes, la plupart des hypothèses ont été évoquées : du crime de psychopathe au meurtre rituel en passant par le crime passionnel et le règlement de comptes entre mafieux.

Tout le monde semble à court d'idées.

— Et si c'était juste un meurtre ordinaire qu'on essaie de faire passer pour quelque chose d'extraordinaire ? demande Paddle après un moment de silence.

— C'est beaucoup de travail pour dissimuler un meurtre ordinaire, réplique Kodak.

— Et pourquoi dissimuler le meurtre d'un sans-abri ? enchaîne Sarah. Le meurtrier n'aurait eu qu'à faire disparaître le corps. Qui aurait cherché un sans-abri disparu ? Tandis que là…

Finalement, le brainstorming s'achève sans qu'on soit beaucoup plus avancés. Je répartis le travail avant d'aller manger.

— Paddle, tu me trouves tout ce que tu peux sur celui qui a organisé cette exposition. Kodak, tu vois si on a des meurtres qui ressembleraient à celui-là. Sarah, tu vois ce que tu peux apprendre sur la victime.

Après leur départ, je me surprends à avoir hâte de rentrer chez moi et de me plonger dans un bain chaud pour relaxer. Puis je repense au cadavre dans la baignoire.

Réflexion faite, je vais prendre une douche. De toute façon, j'ai rendez-vous avec von Paulhus en début de soirée.

11.

Le bureau de Jane von Paulhus respire le calme.

Décor dépouillé. Teintes pâles sur les murs. Quelques plantes. Des fauteuils en tissu blanc cassé. Des bibelots, ici et là, pour les touches de couleur.

— J'en étais presque venue à croire que vous m'évitiez, dit-elle en souriant. Il y a plus d'un mois que je vous ai vu.

Comme toujours, je suis surpris par sa voix. Douce, délicate, avec une pointe d'accent anglais. Ou allemand. On dirait presque une voix de petite fille qui se retient pour ne pas rire.

Je m'assois dans un des fauteuils. Elle s'installe dans celui qui est à ma gauche.

Parfois, elle reste derrière son bureau. Parfois, elle prend un des fauteuils. D'une fois à l'autre, je ne sais jamais où elle va se placer.

— Donc, vous avez des choses à me dire?

Je ne sais pas comment elle fait. On dirait que ses yeux sourient constamment de façon retenue. Je ne sais pas non plus d'où lui vient cette voix de petite fille alors qu'elle mesure près d'un mètre quatre-vingts et qu'elle a plus de quarante ans… Ni comment elle réussit à en paraître à peine trente.

Ce que je sais, par contre, c'est qu'elle est la meilleure psy qui travaille pour le SPVM.

— Comment va votre femme ? demande-t-elle.

Souvent, elle commence la rencontre en prenant de ses nouvelles.

— Comment voulez-vous qu'elle aille ?

— Je ne sais pas. C'est vous qui lui parlez.

— Vous savez bien qu'elle est morte.

— Pas pour vous.

— Vous savez ce que je veux dire…

— Avez-vous encore l'impression que vous auriez pu faire quelque chose pour éviter qu'elle meure ?

— Qu'est-ce que vous vouliez que je fasse ? L'enfermer ?

— L'idée vous a déjà traversé l'esprit ?

— Bien sûr que non !

Elle a un don pour me mettre hors de moi… M'aider à percer mes défenses, elle appelle ça. Me mettre en contact avec mes émotions.

Après l'accident, j'ai été abondamment en contact avec mes émotions : trois mois de dépression. Je n'ai surtout pas envie de recommencer !

Juste de repenser à ce débile…

— J'imagine que vous avez apporté un texte ? fait von Paulhus.

Je prends mon calepin, l'ouvre à la bonne page et lui montre mon dernier texte. Il ne fait que quelques lignes.

Sur les écrans, dans les journaux, les morts chassent les morts. Les gens regardent. Passent au suivant. Puis pensent à autre chose.

À n'importe quoi.
Pour ne pas penser qu'eux aussi vont disparaître...
On appelle ça la vie.

Écrire, c'est son idée. À l'une de nos premières rencontres, elle m'a suggéré de mettre mes idées noires... « noir sur blanc ».

Elle m'a aussi conseillé de ne pas chercher à faire de belles phrases. De simplement saisir les images, les morceaux d'idées qui flottent dans ma tête, et de les mettre en mots.

— L'idée, c'est d'enfermer dans des mots ce qui vous pourrit la vie. Toute la bêtise, toutes les absurdités qui vous contrarient, toutes les horreurs qui assombrissent vos journées...

— Avec votre idée, je suis parti pour une encyclopédie !

— Si c'est ce que ça prend pour dissoudre le nuage noir...

— C'est vraiment censé m'aider à vivre ?

La question a eu l'air de la surprendre. Puis elle a souri et a répondu :

— À moins mourir, disons.

— Parce qu'on peut mourir à moitié ou aux deux tiers ?

Une fois de plus, le ton impatient de ma réponse n'a réussi qu'à la faire sourire.

— Je vous fais confiance pour trouver la réponse à cette question, a-t-elle répondu. C'est vous, le détective !

Je me suis souvent demandé si c'était ça, le but de la thérapie : apprendre à moins mourir...

Mon attention revient à von Paulhus. Elle me tend mon texte.

— C'est de cela que vous avez peur ? demande-t-elle. Que si vous pensez trop à autre chose, votre femme finisse par disparaître dans l'oubli ?

Il est rare qu'elle pose des questions aussi directes.

— Est-ce la raison pour laquelle vous lui parlez ? insiste-t-elle. Pour qu'elle ne s'efface pas complètement ?

— Je sais où vous voulez en venir. Vous pensez que je refuse de faire mon deuil… Que je ne veux pas la laisser aller.

Elle ne répond pas. J'insiste.

— Vous pensez vraiment que je ne pourrais pas continuer sans elle ? Sans l'illusion qu'elle est là, je veux dire ?

— C'est ce que vous croyez ?

Répondre à une question par une question. Nous aussi, on fait ça pendant les interrogatoires. Mais connaître la technique n'enlève rien à son efficacité.

Après un long silence, je réponds :

— Si seulement je savais ce que je crois…

12.

Le lendemain, au réveil, je me sens courbaturé comme si j'avais fait un exercice violent. Il y a pourtant des années que j'ai abandonné tous ces entraînements intensifs avec lesquels on est censé se construire un corps d'athlète. Quant à mon dernier marathon, il remonte à plusieurs décennies.

Mais c'est la même fatigue, la même douleur dans les muscles. Heureusement, quand j'arrive au bureau, tout s'est replacé.

Je dépose d'abord le café que j'ai pris en passant au 3845. Puis j'ouvre mon ordinateur et vérifie mes courriels.

Rien de vraiment urgent.

Avant de me plonger dans les horreurs quotidiennes, je mérite un répit. J'enlève le couvercle de mon café, puis j'allume la télé, dans le coin du bureau.

Je syntonise une chaîne d'informations. Puis une autre. Puis une autre…

La «baignoire sanglante» est presque partout à la une, mais comme élément secondaire. Ce qui accapare le plus d'espace, c'est le déclenchement des élections.

L'épidémie est devenue le mode de fonctionnement des médias, on dirait. Un événement surgit de nulle part, contamine tous les écrans, tous les journaux. Impossible d'échapper à la déferlante : reportages, éditoriaux, entrevues d'experts, témoignages du public… Puis, sans transition, une autre épidémie se déclenche. On passe à autre chose.

Aujourd'hui, ce sont les élections. Tout le monde a une opinion. J'essaie tant bien que mal de m'y intéresser, mais un sentiment de lassitude ne tarde pas à m'envahir.

Je sors mon calepin.

Gardez les choses simples, répète von Paulhus. Écrivez les choses comme vous les voyez. Comme vous les sentez.

Les sondeurs sondent, les commentateurs commentent, les analystes analysent et les blogueurs bloguent.

Les promesses crépitent. Les rumeurs prolifèrent.

Les insinuations se répandent, discrètement assassines.

Dans les médias, les animateurs gèrent l'agitation et distribuent les droits de parole.

Tout le monde sourit.

L'encan est en marche.

Des élections normales, quoi ! Tout baigne…

Pour moi aussi, tout baigne. Jusqu'à ce que Godin s'encadre dans la porte de mon bureau.

Un air de contrariété lui plisse le front, qu'il tente de masquer avec un sourire forcé.

— Dufaux!

— Qu'est-ce qui te tracasse? T'as peur de perdre tes élections?

— Non. Que tu me fasses perdre mon poste.

Sans me laisser le temps de répliquer, il enchaîne:

— Ça t'arrive de répondre quand on t'appelle?

Je prends mon portable dans ma poche, feins de découvrir qu'il est fermé.

— Je croyais pourtant…

Il a l'air aussi convaincu par ma mise en scène que par les promesses d'un élu putatif. Mais il décide de laisser passer.

— Désolé pour ta pause méditation. Tu vas devoir t'extraire de ton aquarium.

Quelques minutes plus tard, on est dans le sien, son bureau. Si j'ai un aquarium, lui, il a une piscine intérieure avec fenêtres panoramiques. Il est assis dans sa nouvelle chaise ergonomique.

— Alors, cette histoire de baignoire sanglante? demande-t-il.

— J'attends le résultat des analyses. Ensuite, on va faire le point.

— Tu me tiens au courant.

Comme toujours. Après une hésitation, il me demande:

— Tu continues de voir von Paulhus?

— Je l'ai même vue hier soir. Pourquoi tu me demandes ça?

— T'as pas l'air au meilleur de ta forme.

— Ma forme va très bien.

— Tu me le dis, s'il y a un problème…

— Je t'enverrai un message sur Facebook.

Godin pousse un soupir de résignation et ouvre le dossier devant lui.

Je vois qu'il s'agit du projet que je lui ai soumis : la transformation de mon groupe en une unité permanente. Depuis le temps que je lui ai envoyé cette demande, je pensais qu'il l'avait reléguée à la filière 13.

Au début, l'unité devait être une sorte de lieu de stage où des jeunes prometteurs mais au comportement atypique viendraient faire leurs preuves et, accessoirement, apprendre ma « méthode ». Du moins, celle que je suis censé avoir.

Parce que ce n'est pas vraiment une méthode. Plutôt une attitude. Une propension à me méfier de la vérité autant que des mensonges. Particulièrement des évidences qui s'imposent trop facilement, des vérités partielles qui servent à masquer tout ce qu'elles ne disent pas…

En fait, elle peut se résumer en quelques mots, ma supposée méthode : « Repérer les mensonges, cela s'apprend assez facilement. Mais se méfier de la vérité, voir comment elle peut nous mentir, là est le vrai défi. »

Autrefois, on appelait simplement ça l'esprit critique, le doute, la prudence… Désormais, il semble que ce soit devenu un savoir ésotérique, que l'on doit apprendre au contact d'un ancien, quasi par osmose.

Derrière mon dos, les jeunes en ont profité pour faire des jeux de mots sur mon nom. « La méthode Dufaux ? Il y a du faux partout… » Ou encore : « Le vrai Dufaux distingue le faux du vrai… » J'ai même eu droit à ce qui aurait pu être un mauvais titre d'émission de radio : « Dufaux dit vrai. »

Personnellement, si j'avais à définir cette méthode, je parlerais plutôt de la théorie de l'angle mort. Dans toute situation, il y a quelque chose qui nous échappe, qu'on ne peut pas voir. Comme dans une voiture. Et c'est souvent de là que viennent les problèmes.

C'est en ce sens que la vérité nous ment. Parce qu'elle est partielle. Qu'il est difficile d'avoir un portrait global. Qu'on se concentre trop sur ce que l'on voit, sur ce que l'on comprend. Et qu'on laisse ce qui nous échappe… nous échapper.

Les jeunes ont très bien saisi tout cela. Mais ça ne les empêche pas de faire des jeux de mots sur mon nom…

J'ai vraiment une bonne équipe. Je l'ai vite réalisé. Les succès qu'elle a connus ne sont pas le fruit du hasard. Godin aussi s'en est aperçu. C'est pourquoi le mandat temporaire a été prolongé. On ne démantèle pas une équipe gagnante.

D'où mon idée de l'institutionnaliser et de stabiliser sa composition, ce qui me permettrait de passer les dernières années de ma carrière avec eux.

— Tu es un bon policier, reprend Godin. Enfin… Ton comportement ne correspond pas toujours à la définition exacte de ce qu'est un bon policier, mais, en général, tu obtiens des résultats.

— Ce n'est pas ce qui importe ?

En guise de réponse, il se contente de me regarder. Les plis de son front se creusent un peu plus.

Je regrette presque ma réplique.

À ma surprise, il se contente de poursuivre :

— J'ai accepté beaucoup de choses : les heures supplémentaires qui explosent certains mois, le travail à la maison, les extravagances vestimentaires…

— C'est justement pourquoi j'ai pensé que ma demande te ferait plaisir. Ça permettrait de régulariser la situation. Mon équipe deviendrait une unité comme les autres… Enfin, presque.

— Pour l'instant, le statut de ton unité est le moindre de mes soucis. C'est son existence, le problème.

— Tu veux l'abolir?

Je pose la question, mais je n'arrive pas à croire qu'il envisage sérieusement de le faire. Il a beau avoir été contaminé par la bureaucratie, il n'est pas stupide. Il ne se priverait pas de l'unité qui a le plus haut taux de résolution d'affaires.

— Une enquête est en cours, dit-il.

Je mets un moment à réagir, tant je n'arrive pas à croire ce que j'entends.

— Les Affaires internes?

— Tu aurais préféré que ce soit la SQ?

Puis il entreprend de m'expliquer la situation:

— Quand j'ai reçu ta proposition, j'ai demandé une brève étude: une synthèse des avantages et des inconvénients qu'il y aurait à accorder à ton unité un statut régulier. Et à stabiliser son personnel.

— Tu as demandé ça aux Affaires internes?

— Je voulais un point de vue indépendant. Qui ne soit pas biaisé par des guerres de territoire.

Sur ce point, je dois lui donner raison: il existe une lutte permanente entre tous les groupes pour accaparer les ressources.

— C'est Paradis qui s'en est occupé, poursuit Godin.

— Pas "le" Paradis?

— Tu en connais d'autres?

— Qu'est-ce qui t'a pris?

— J'ai acheminé la demande au directeur des Affaires internes. C'est lui qui a décidé de confier le travail à Paradis. Je n'ai aucun mot à dire sur ce qu'il fait à l'intérieur de sa division.

— Tu aurais pu protester! Après ce qu'il a fait subir à Miron... à Louis...

— C'était seulement pour évaluer la pertinence de modifier le statut de ton unité et de stabiliser sa composition. J'avais demandé un rapport d'une ou deux pages... Juste les avantages et les inconvénients.

— Pourquoi est-ce qu'il y a une enquête, alors?

— Il paraît que Paradis a découvert des éléments inquiétants. La direction des Affaires internes a estimé que ça justifiait d'ouvrir une enquête.

C'était donc ça, les insinuations de Paradis! Au lieu de m'attaquer directement, il s'en prend à mon équipe.

— L'ordure!... Et tu laisses faire ça?

— Tu penses que ça me fait plaisir, peut-être! me lance Godin en écrasant son poing sur la table.

Puis, après une pause, il reprend sur un ton presque calme:

— Si Paradis n'avait rien, il n'aurait pas le soutien de sa hiérarchie. Aux Affaires internes, ce sont peut-être des ordures, comme tu dis, mais ce sont des ordures qui savent protéger leurs fesses. Thibault ne laisserait jamais ses gars se lancer dans une chasse aux sorcières susceptible de lui attirer des ennuis.

Je lui demande alors, le plus calmement que je peux:

— Quels éléments inquiétants?

— On aurait une taupe. Payée par le crime organisé.

— Et elle serait dans mon unité?

Godin se contente de hocher la tête.

Je suis trop stupéfait pour répondre. De la part de Paradis, je m'attendais à des emmerdements. Mais ça...

— Tu as confiance dans tes jeunes? reprend Godin.

— C'est vraiment une question?

— Tu es certain de n'avoir aucun élément corrompu ?

Je le regarde sans parvenir à croire ce que j'entends. Il a pourtant l'air sérieux.

— Il n'y a encore rien d'officiel, poursuit-il. Thibault m'a donné un coup de fil pour me prévenir.

— Depuis quand est-ce que le directeur des Affaires internes fait partie de tes amis ?

— Il me devait un service. Il considère que nous sommes maintenant quittes.

Sans attendre de réponse de ma part, il ajoute :

— Je dois rencontrer Paradis dans quelques jours. Il va me mettre officiellement au courant de la situation. Je veux que tu sois là.

— Tu es sûr que c'est une bonne idée ? Que je sois dans la même pièce que Paradis, je veux dire…

— On n'a pas le choix, si on veut savoir ce qu'il mijote. De toute façon, tu es le mieux placé pour désamorcer ses insinuations avant que les choses dérapent.

— Parce que tu penses qu'avec Paradis, on va pouvoir empêcher les choses de déraper ?

— Tu trouves plus intelligent de le laisser faire sans intervenir ?

— Qui est au courant ?

— Pour l'instant, seulement toi, moi et Paradis.

— Et Thibault, et tous les membres des Affaires internes qui ont participé à la pré-enquête… et toutes les secrétaires qui ont tapé des rapports…

Mais ce n'est pas mon principal souci. Ce que j'ai surtout retenu de sa réponse, c'est « pour l'instant ». Ça veut dire que Godin pense que les choses n'en resteront pas là.

— Pas un mot à personne, reprend-il. Tu continues à travailler comme si de rien n'était.

— Je n'ai pas l'habitude de cacher quoi que ce soit aux jeunes.

— Attends au moins qu'on ait rencontré Paradis. On en reparlera quand on saura à quoi s'en tenir… Si jamais il y a vraiment une taupe, ce ne serait pas brillant de l'avertir qu'on la cherche.

13.

Sarah la rousse m'attend à l'intérieur de l'aquarium.

Elle n'a pas besoin de m'annoncer qu'elle a déniché quelque chose. Le simple fait qu'elle soit là suffit.

— J'ai effectué une petite recherche pour Paddle et j'ai trouvé une rumeur qui devrait vous intéresser. Le chef de la mafia ukrainienne aurait disparu. Oleg Klimenko.

— Qu'est-ce qu'une disparition en Ukraine vient faire dans notre enquête ?

— Je parle du gang des Ukrainiens, dans l'ouest de la ville.

— Euh… Désolé, j'avais la tête ailleurs.

Il faut que je me reprenne. Je ne peux pas laisser les manigances de Paradis m'empêcher de faire mon travail.

Je m'empresse de relancer Sarah :

— Tu penses que le chef du gang des Ukrainiens pourrait faire partie des victimes ?

— Ils n'en seraient pas à leur premier bain de sang, réplique-t-elle, pince-sans-rire.

Mais qu'est-ce qu'ils ont tous, à employer ces expressions de « bain de sang » et de « baignoire sanglante » ?

Je m'efforce de ne pas laisser paraître mon agacement et lui demande :

— Tu as pêché ça où, la rumeur sur la mafia ukrainienne ?

— J'ai recoupé des rapports de surveillance du crime organisé avec des commentaires sur Facebook.

— Facebook ? Je pensais qu'il y avait juste la NSA qui espionnait Facebook.

— Je n'espionne personne, je me suis abonnée à des comptes de gens qui sont proches des membres de la mafia russe : leurs femmes, leurs enfants, leurs parents... On échange sur l'actualité. On parle des bons coups de Poutine, de la grandeur de la Russie du temps des tsars, de Gorbatchev et d'Eltsine, qui ont tout détruit...

— Tu parles russe ?

— Juste un peu. Je ne pourrais pas tenir une conversation. Mais par écrit, avec un bon traducteur linguistique... Dans ma liste d'amis, il y en a plusieurs qui parlent anglais ou français. Ils ne demandent pas mieux que de m'aider.

— Et vous parlez de la mafia entre vous !

— De temps à autre, il y a des remarques sur les différents groupes : les Russes, mais aussi les Tchétchènes, les Albanais... et les Ukrainiens. On parle de ceux qui se sont fait arrêter, de ceux qui sont en cavale, des tensions entre les groupes...

— Tu penses qu'à la division du crime organisé, ils ne sont pas au courant ?

— S'ils ne sont pas abonnés aux mêmes comptes que moi, ça m'étonnerait.

— Pour quelle raison t'es-tu intéressée à ça ? On n'a aucune affaire en cours qui touche de près ou de loin à la mafia russe. Ou ukrainienne.

— Une idée que je voulais tester. J'ai développé un petit logiciel qui me permet de chercher par mots-clés dans les comptes Facebook auxquels je suis abonnée.

— Ce n'est pas illégal ?

— Pas du tout. Toutes ces personnes m'ont autorisée à avoir accès à leurs discussions et à ce qu'elles mettent en ligne.

Elle me fait un sourire avant d'ajouter :

— On est amis ! Entre amis, il n'y a pas de secrets !

Sa remarque me ramène à la discussion que je viens d'avoir avec Godin. À l'intérieur de l'unité, ce n'est pas une famille au sens strict, mais il y a un respect, une solidarité. Je me vois mal lui cacher, à elle et aux autres, le fait qu'ils sont sous enquête.

Mais si jamais il y avait vraiment une taupe…

Je décide finalement de me donner jusqu'au lendemain matin pour y réfléchir et je reviens à ma discussion avec Sarah.

— D'accord. Mais sois prudente. Parce que tes amis ont aussi accès à tes secrets.

— Ne vous inquiétez pas. Sur Facebook, je m'appelle Natasha, je demeure à Gatineau et je suis une étudiante fascinée par la Russie impériale !

Puis elle conclut avec un sourire moqueur :

— C'est ce qui est fantastique sur Internet : on peut être qui on veut !

— Y compris un pédophile déguisé en enfant de huit ans qui se cherche des amis, je sais.

— Ça aussi…

Je n'aurais pas dû répondre de façon aussi sèche, je le sais. Mais j'ai de plus en plus de difficultés avec les réseaux sociaux et tout ce qui grenouille sur Internet. Les Sarah prétendent que je suis atteint de « rigidité technologique ». C'est leur façon polie de dire que je suis dépassé.

Elles ont sans doute un peu raison. Même si je me suis habitué à les texter et à lire les journaux sur ma tablette électronique.

Mais je n'arrive toujours pas à me faire à l'idée qu'on ait des réseaux d'amis qui prolifèrent au-delà du millier, qu'on y affiche à tout vent les choses les plus intimes... et que tout ce qu'on y trouve puisse être faux sans qu'il soit possible de le vérifier.

— Vous avez encore besoin de moi ?

La question de Sarah me tire de mes ruminations.

— Non. Tu peux aller dîner.

— Cet après-midi, je travaille à la maison. L'histoire du bain de sang... Ensuite, je vais poursuivre sur l'affaire Desmarais.

— Ça avance ?

— Pas vraiment.

C'est une histoire sordide qui traîne depuis des semaines. Une jeune femme avait trouvé refuge dans une maison pour femmes battues. Quand son ex a découvert où elle se cachait, il l'a relancée. Elle a cédé à la panique et elle est partie.

Depuis, personne ne l'a revue. Ni parents ni amis. Sa carte de débit et ses cartes de crédit n'ont pas été utilisées. Son auto a été retrouvée dans le stationnement de l'aéroport, mais aucun billet n'a été émis à son nom. Ni à l'aéroport, ni aux gares de train et d'autobus.

— Tu travailles sur quoi ?

— La déclaration de son ex. Il prétend qu'il ne l'a pas revue. Qu'elle est seulement partie en voyage.

— Tu le crois ?

— Elle l'avait averti à plusieurs reprises qu'elle changerait de nom. Et qu'elle partirait tellement loin qu'il ne pourrait jamais la retrouver.

— Elle se serait enfuie en abandonnant toutes ses affaires personnelles derrière elle ?

— C'est une façon radicale de couper les pistes... Son ex m'a donné des noms de personnes qui peuvent confirmer son intention de disparaître. C'est ce que je vais vérifier, cet après-midi.

— Et ces vérifications, tu ne peux pas les faire à partir de ton bureau?

Ce n'est pas vraiment une question. Je la pose de façon machinale, comme si c'était une façon de lui rappeler que je suis son patron.

Elle le sait d'ailleurs si bien qu'elle ne me répond même pas. Elle se dirige vers la sortie en me souhaitant un dîner productif.

— Productif?

Elle se retourne vers moi.

— Manger, ça permet de reconstituer ses neurones. Et le repos, la distraction, le fait de penser à autre chose, ça fluidifie les réseaux neuronaux. C'est comme si ça régénérait le potentiel d'intelligence... À votre âge, vous devriez savoir ça, non?

Elle tourne les talons et sort.

Encore beau qu'elle n'ait pas dit: « À votre âge, vous en avez de plus en plus besoin »!

Mon esprit revient à ce que Sarah m'a raconté de ses aventures sur les réseaux sociaux. Je ne sais pas ce qui me dérange le plus: tout le déballage de véritable intimité qui s'y effectue, ou le soupçon que les gens ne sont plus que des masques qu'ils entretiennent avec acharnement sur des écrans, comme si leur vie en dépendait...

Sarah a raison, il devient urgent que j'aille fluidifier mon réseau de neurones!

14.

Même s'il est un peu tôt pour dîner, je me rends directement au 3845 et je me dirige vers la section salle à manger. Ma table habituelle est dans un coin, juste sous le cadre où l'ancien propriétaire a exposé sous verre un S&W 38 et un Colt 45.

Tonino me repère du coin de l'œil.

— Dure journée ? demande-t-il.

On pourrait croire qu'il est psychologue, Tonino. Mais c'est la question qu'il pose à tout le monde. Parce que, d'abord et avant tout, c'est un vendeur. Il sait bien que, dans n'importe quelle vie, chaque journée apporte son lot de contrariétés, d'insatisfactions, de mauvaise température ou simplement d'ennui. Et que cela suffit, dans la plupart des cas, pour répondre par l'affirmative à sa question.

Une fois que le client a admis que la journée est dure, ou même pourrie, il suffit d'un peu d'encouragement pour le convaincre qu'il mérite une compensation : un ou deux verres de plus, un meilleur scotch…

— Excellente, au contraire ! je lui dis.

Ma réponse ne l'abuse pas une seconde. Il a beau ne pas être psychologue, il est bien informé.

— C'est quoi, ce cadavre dans un bain de sang ? Vous avez une piste ?

— L'aile radicale de la Croix-Rouge.

— C'est ce que je me disais…

— Ils ont commencé à faire des collectes sauvages et ils ont été interrompus dans leur travail.

En disant cela, je pense que ce serait une hypothèse que n'aurait pas désavouée Paddle.

Tonino hoche la tête en signe de compréhension. Le domaine de ce qu'il semble prêt à accepter comme plausible ne cessera jamais de m'étonner. Cette aisance est sans doute l'effet cumulé de toutes les confidences de policiers qu'il a entendues derrière son comptoir.

Un désabusement presque serein semble l'habiter, compensé par la certitude d'avoir trouvé le moyen de transformer toute cette misère en moyen de vivre.

— Qu'est-ce que je te sers?

— Une bière.

Pendant qu'il s'éloigne, je ne peux m'empêcher de penser à ma rencontre avec Godin.

Il veut que je continue de travailler «comme si de rien n'était», sans parler de notre conversation aux membres de mon équipe. Il me demande de continuer à leur faire confiance pour le travail, alors que les Affaires internes pensent qu'au moins l'un d'entre eux est à la solde du crime organisé!

Si c'était le moindrement sérieux comme accusation, la logique la plus élémentaire voudrait qu'on suspende toute l'unité pour limiter les dégâts!

Pendant que je réfléchis, je fais distraitement l'inventaire de la clientèle. Le midi, ce sont surtout des habitués. S'y ajoutent des visiteurs occasionnels des bureaux avoisinants et quelques curieux qui veulent essayer le restaurant…

La seule personne qui retient mon attention est une femme habillée d'un tailleur chic. Elle s'est réfugiée dans un coin retiré du bistro. Son regard se promène entre son assiette et la tablette électronique ouverte à côté de son plat. Sa coupe de vin blanc est à peine entamée. Je concentre mon regard sur elle pour voir si je peux deviner son métier, mais je suis rapidement interrompu par Tonino.

Il se matérialise à ma droite et dépose un verre de Mad & Noisy devant moi.

— T'es sûr que tu ne veux rien de plus doux ?

— J'aime les bières qui ne mentent pas.

— Parce qu'elle est aussi amère que ton humeur ?

— Parce que son nom est un jugement lucide sur l'état du monde.

— OK… Quand tu es prêt pour la suite, tu me le dis.

Je prends une gorgée, que je ne goûte presque pas, et je ramène mon regard vers la femme en tailleur. Mais j'ai du mal à me concentrer sur elle. Mon esprit revient sans cesse aux jeunes.

J'ai beau passer en revue le comportement des trois Sarah et des kids, je n'arrive pas à croire que l'un d'eux puisse être à la solde de la mafia. C'est sûrement une fabrication de cet imbécile de Paradis… Ou une occasion qu'il tente de saisir sans trop savoir ce que ça va donner.

Et dire que tout ça est de ma faute !

— Allons donc !

— Si je n'avais pas fait cette stupide demande pour changer le statut de l'unité !

— Ce n'est pas ta demande, le problème, c'est la manière dont Godin et les autres ont décidé d'y donner suite.

— Ça fait des années que notre unité dérange plusieurs membres du comité de direction. Jusqu'ici, Godin a toujours refusé de la dissoudre. Parce qu'on a le meilleur taux de résolution d'affaires du SPVM. Mais si les Affaires internes trouvent quelque chose sur les jeunes… Et moi, je leur ai bêtement fourni le prétexte pour enquêter !

— Qu'est-ce que tu vas faire?

— Qu'est-ce que tu veux que je fasse?

— Leur en parler...

— Aux jeunes? Théoriquement, je ne peux pas.

— Mais...

— Honnêtement? Je n'ai aucune idée de ce que je vais faire... D'un côté, je ne peux pas prendre le risque de prévenir une éventuelle taupe, même si ça me surprendrait qu'il y en ait une. D'un autre côté, leur cacher ce que j'ai appris, alors que j'ai toujours joué franc-jeu avec eux...

— Je ne suis pas inquiète, je suis certaine que tu vas prendre la bonne décision.

Avec toutes ces ruminations, je suis en train d'oublier de dîner. Je fais signe à Tonino.

— Qu'est-ce qu'il y a au menu, ce midi?

Je ne sais pas pourquoi je pose la question, je prends presque toujours le plat du jour. Sauf s'il y a du boudin. Je déteste le boudin. Sans doute parce que je vois suffisamment de sang dans l'exercice ordinaire de mon métier... Mais Tonino connaît mon allergie à la pâte de sang coagulé. Il ne lui viendrait pas à l'esprit de m'en servir.

— J'allais oublier, dit-il en arrivant, tu as reçu un message.

Il dépose un papier devant moi.

Sur le papier, il n'y a que quelques mots, suivis de trois lettres en guise de signature.

Je t'attends chez toi. Urgent.
LSD

— Tu te drogues, maintenant? s'amuse Tonino. Tu reçois des livraisons à domicile?

— Crétin...

LSD, c'est mon frère : Louis-Simon Dufaux. Et Tonino le sait très bien. Chaque fois que mon frère me laisse un message, il me fait la même blague.

Je termine mon verre d'un trait et promets à Tonino de le payer à ma prochaine visite. Probablement ce soir. Au plus tard, demain midi.

Il semble un peu étonné de ma hâte, mais il grommelle un acquiescement. Il ne peut pas savoir que, du plus loin que je me souvienne, c'est la première fois de ma vie que mon frère utilise le mot « urgent ».

15.

Quand j'arrive chez moi, sur Henri-Julien, je trouve mon frère au salon. Pour lui, les serrures n'ont jamais été un problème. Au point que je n'ai jamais songé à lui donner un double de mes clés.

Dans la maison, il flotte une odeur de pizza.

— Extra ail et prosciutto, déclare mon frère. Ce sera prêt dans vingt minutes.

Il s'est versé un verre de Diplomatico Reserva, un rhum que je garde pour les grandes occasions. Il m'en a également servi un, qui m'attend sur la table à café.

Un coup d'œil à la bouteille me révèle qu'il n'en est pas à son premier. Le niveau a baissé. Raisonnablement, mais assez pour que je le remarque.

— C'est à ce point ? je lui demande.

— Pire.

On ne peut pas lui reprocher de manquer de concision. Par contre, pour les détails…

Je décide d'attendre. Autant lui laisser le temps de trouver les mots qu'il estime les plus appropriés.

— L'affaire Goulet, reprend-il après un court moment. C'est plus compliqué qu'on pensait.

— Quand tu dis "on", tu parles de qui ? Du SCRS ?

— De nous deux.

Un silence suit.

Après plus d'une minute à regarder le rhum valser dans mon verre, à le humer, à le goûter à toutes petites gorgées, je décide d'accélérer les choses.

— Plus compliqué ?

— Oui... plus compliqué.

Un autre silence suit.

Ce n'est pas sa réticence coutumière que j'observe. Habituellement, il se demande quel est le minimum qu'il doit me révéler pour obtenir ce qu'il veut. Le réflexe normal d'un agent du SCRS qui fait des confidences à quelqu'un dans le but de le manipuler. Fût-il son frère.

Mais là, il y a autre chose. Il semble vraiment indécis.

— La vérité, dit-il, c'est que je ne sais pas si j'ai le droit de t'impliquer dans tout ça.

Mon niveau d'attention s'élève de plusieurs crans. Quand un agent du SCRS parle de vérité, n'importe quoi peut survenir.

Il me regarde et sourit.

— Ce n'est pas ce que tu penses, dit-il. Je ne veux rien te cacher. C'est juste que je ne sais pas si... j'ai le droit de t'exposer.

Le pire, c'est qu'il semble sincère.

Bien sûr, je sais que paraître sincère à volonté est une habileté indispensable à tout agent du SCRS. Mais là, il a l'air véritablement sincère.

— M'exposer à quoi ?

— Ton client, dans le bain...

— L'itinérant ?

— Il travaillait pour le SCRS.

— Comme informateur ?

— Comme agent. Il était sous couverture.

Je mets quelques secondes à intégrer l'information.

— D'accord, je dis, ça risque de compliquer les choses. Mais en quoi ça m'expose ?

— Au SCRS, il n'y a plus aucune trace de son existence.

— Qu'est-ce qu'il a de spécial, cet agent, à part le fait de n'avoir jamais existé ?

— C'est lui qui a orchestré le meurtre de Goulet.

Pierre-Yves Goulet. Le vautour du Plateau, comme l'appelaient les médias… Un journaliste à gages. Comme dans «tueur à gages». Accessoirement écrivain.

Sa cible à lui, c'était les réputations. Il adorait les démolir. Il sévissait dans des chroniques télé et il publiait des romans à clés qui lui avaient valu plusieurs poursuites. Jamais en manque d'allusions malveillantes, de rumeurs rapportées comme rumeurs – pour se protéger tout en étant libre de les répandre – et de questions biaisées qui laissaient des traces dans la mémoire du public.

Un jour, quelqu'un en a eu assez. Il lui a fait ravaler ses écrits – au sens propre, et après les avoir enduits de cyanure.

Juste avant sa mort, Goulet avait prétendu être en mesure de faire des révélations susceptibles de faire tomber des têtes haut placées. Il avait tout mis dans un roman, qu'il disait. Mais il refusait de montrer son manuscrit à qui que ce soit avant d'avoir un contrat de publication.

Le SCRS a cru qu'il était visé. À cause d'une opération de blanchiment d'argent que des agents avaient montée pour compenser les coupures dans leur budget. Un sous-fifre a eu pour mandat de régler le problème et il a fait un excès de zèle : il a engagé un motard pour éliminer Goulet. Le scénario du meurtre était monté de manière à faire accuser son éditeur.

J'ai réussi à faire innocenter l'éditeur et à identifier le vrai meurtrier, lequel a eu la bonne idée de mourir juste avant d'être arrêté. Il n'a jamais pu dénoncer l'agent du SCRS qui l'avait engagé et qui avait tout organisé.

De son côté, le SCRS devait s'occuper de sa tête brûlée. Mais je ne m'attendais pas à ça.

— Je savais que vous deviez l'envoyer *undercover* dans un secteur difficile. Mais sa carrière a quand même été brève…

Louis-Simon saisit très bien la question implicite de ce constat laconique.

— Nous n'avons rien à voir avec sa mort, dit-il.

Mon scepticisme doit être flagrant, car il se sent aussitôt obligé d'ajouter :

— Ni directement, ni indirectement.

— Qui aurait fait ça ?

— Aucune idée. La question, c'est de savoir s'il a été tué parce que sa couverture a été percée à jour… ou à cause de l'affaire Goulet.

Je réalise progressivement les implications de ce qu'il dit.

— Tu veux dire qu'on aurait arrêté l'enquête trop tôt ?

— Peut-être que Goulet avait réellement découvert un scandale…

— Et il l'aurait mis dans son roman ? Celui qu'on n'a jamais trouvé ?

— Dans son roman ou ailleurs…

— Tu penses que Bernier avait découvert les informations que Goulet détenait ? Que c'est pour ça qu'il a été éliminé ?

— Le problème, c'est qu'on n'a aucune idée sur quoi il travaillait. Il ne reste aucune référence à sa mission dans les dossiers. Ni même au fait qu'il ait déjà travaillé pour le SCRS, comme je te disais.

Depuis qu'il est au SCRS, Louis-Simon n'a jamais discuté avec moi d'une façon aussi ouverte. J'en suis à me demander s'il a vraiment mis les pieds dans quelque chose qui le dépasse ou s'il s'agit d'une nouvelle forme de manipulation.

Autant continuer à le faire parler.

— Qu'est-ce que tu en déduis?

— Que ce n'était peut-être pas à cause d'un excès de zèle que Bernier a fait éliminer Goulet. Ou parce qu'il a mal interprété les ordres.

Cet aveu, à savoir que Bernier a possiblement eu comme mandat explicite de faire disparaître Goulet, est déjà étonnant. Mais ce qui me sidère vraiment, c'est que toute trace de sa mission, et même de son appartenance au SCRS, ait disparu.

— Pour réaliser ce genre de *stunt*, ça prend quelqu'un de haut placé.

— Très haut placé.

Je dois me pincer pour être sûr que je ne rêve pas.

Je n'ai pas devant moi un obsédé de théories du complot, mais un agent du SCRS expérimenté. De surcroît, c'est mon frère – autrement dit, un des individus les plus froids, les plus rationnels et les plus cyniques que je connaisse. Totalement imperméable aux fantaisies. Le seul jeu qui trouve grâce à ses yeux, c'est le poker. Parce que ça lui permet de gagner de l'argent.

Imperturbable, il poursuit:

— Ou bien Goulet menaçait de révéler une autre magouille de nos bien-aimés supérieurs, et pas seulement l'affaire de la compagnie bidon pour faire du blanchiment… Il peut aussi avoir mis son nez dans une enquête des Américains…

— Parce que les Américains opèrent sur notre territoire!

— Eh oui… Et il y a pire: la fée des dents n'existe pas! Désolé de détruire tes illusions.

Après un ricanement, il conclut:

— On élimine Goulet. Ensuite, on fait taire celui qui l'a éliminé. Et maintenant, c'est au tour de celui qui a supervisé l'opération. Si ce n'est pas une opération de nettoyage…

— Pour faire disparaître quelqu'un, on a déjà vu mieux. Exposer un corps en public, dans un bain rempli de sang… Côté discrétion, ça laisse un tantinet à désirer, non?

— Une simple disparition, ça peut alimenter toutes sortes de rumeurs, au fil des ans. Tandis que là…

— Sous quel nom opérait-il?

— Le sien. Pete Bernier.

— Une mission clandestine… sous son propre nom?

— C'était censé être une affaire de quelques jours, le temps de corroborer des informations sur un groupe de motards: qui faisait quoi, qui avait des relations avec d'autres groupes criminels… A priori, rien de très compliqué. Ni de très dangereux.

— Si son dossier a disparu, comment peux-tu savoir tout ça?

— Le moulin à rumeurs du bureau.

Puis il me fixe un moment en silence avant de conclure:

— Tu sais que je ne suis pas du genre à m'énerver…

— Moi qui te croyais un grand sensible!

Ma tentative de sarcasme tombe à plat.

— J'ai un mauvais pressentiment, dit-il. Si je t'en parle, c'est pour que tu ne te mêles pas trop de ça.

— Autrement dit, tu veux que…

Il doit saisir ce que je pense, car il secoue la tête et se met à rire doucement.

— Tu te trompes. Jamais je ne te demanderais d'étouffer une enquête. Mais je n'aimerais pas qu'il t'arrive… des choses. Enfin, tu comprends.

Justement, je ne comprends pas. Ou plutôt, je n'arrive pas à croire ce que je comprends : il veut me protéger !

De sa part, c'est presque l'équivalent d'une déclaration d'affection. J'ai l'impression de me trouver devant un Affectif Anonyme qui fait son *coming out*.

— Tu veux que je fasse quoi ?

— Que tu fasses attention à toi. Et à tes jeunes. Si des pistes vous mènent au SCRS, oubliez-les… De toute manière, si j'ai raison, vous allez sûrement tomber sur un coupable commode d'ici peu de temps. Et vous allez pouvoir clore l'enquête.

— Gracieuseté de tes petits amis du renseignement ?

— De ceux qui sont responsables de ce meurtre, je dirais. Mais c'est juste une intuition.

Là, je reste sans voix. S'il faut qu'en plus il se mêle d'avoir des intuitions, on entre résolument en territoire inconnu.

Un long moment de silence suit. Nous nous concentrons tous les deux sur le Diplomatico.

— Tu es sérieux ? je finis par lui demander.

— Très. Et ne cherche pas à me contacter. Je me mets au vert, le temps de laisser passer l'orage.

— Qu'est-ce que tu ne me dis pas ?

— Quand il y a un changement de gouvernement, il y a toujours du remue-ménage, des règlements de comptes. Un redéploiement de la hiérarchie, comme ils disent… Je me suis trouvé une mission qui va me tenir éloigné du bureau. Quelque chose de pépère. Pour me faire oublier.

— Je ne peux pas faire comme si je ne savais pas que Bernier était du SCRS !

— Il va te falloir des preuves. Ça m'étonnerait que tu en trouves.

— De quelles preuves tu parles ?

— Qu'il était un espion de notre bien-aimé gouvernement.

— Tu sais que je ne laisserai jamais tomber une enquête.

— Je sais…

Un soupir d'exaspération complète sa phrase. Puis il ajoute :

— Je te demande seulement de ne pas aller poser tes gros sabots dans les locaux du SCRS.

— Tu penses que ma vie pourrait être menacée ? C'est ce qui te tracasse ?

— C'est vrai que ce serait contrariant. Mais il y a pire.

— Quoi ?

— Je pourrais moi-même encourir certains désagréments. Et ça…

Derrière son ironie, je sens une réelle inquiétude. Et s'il est inquiet, je serais suicidaire de ne pas l'être. Autant le laisser s'en tirer avec cette pirouette. C'est déjà stupéfiant qu'il ait admis se faire du souci pour moi.

— D'accord. Je vais faire attention où je mets les pieds… Et si jamais j'ai besoin de te contacter ?

— Si c'est absolument nécessaire, laisse un message sur le répondeur du chalet, à Rimouski.

Je le regarde, incertain de ce que je dois penser.

— T'en fais pas. Je ne vais pas me cacher au chalet.

Je n'arrive pas à masquer ma frustration. Il a toujours eu le chic pour deviner à quoi je pense.

— Les messages laissés sur la boîte vocale du téléphone du chalet sont transférés sur mon portable. Et j'ai pris des dispositions pour éviter que les appels soient retracés… Mais j'aimerais mieux ne pas recevoir de messages.

Je lui parle alors de la rumeur évoquée par Sarah sur la disparition d'un chef mafieux ukrainien.

Subitement, il semble plus fatigué. Il allonge le bras, saisit la bouteille de rhum et se sert un autre verre.

— Comme je disais, je ne sais rien de l'enquête dans laquelle Bernier était impliqué. Mais il y a eu des rumeurs… Ça pourrait être lié aux trafics de la mafia ukrainienne et des autres mafias des pays de l'Est.

— Quels trafics ?

— Prostituées, adoption clandestine, voyage touristique de greffe d'organes…

— L'enquête de Bernier était reliée à ça ?

— L'informateur qu'il devait évaluer faisait partie des Black Death et travaillait avec les Ukrainiens.

— Est-ce que ça veut dire que tous les gens qui explorent cette piste sont en danger ?

— Tu vois ? Quand tu fais un effort, tu finis par comprendre !

Puis il se lève.

— La pizza doit être prête.

Ce que je comprends, c'est qu'il ne dira plus rien. Il estime probablement avoir fait tout ce qu'il pouvait pour me mettre en garde.

À moi de gérer.

16.

De retour au bureau, je texte Sundance et lui demande de passer me voir. Si un groupe mafieux est dans le décor, mieux vaut aller aux informations avant que les choses ne dégénèrent.

Après avoir raccroché, je commence à rédiger une liste des tâches à confier aux différents membres de l'équipe. Mais, rapidement, mon esprit revient à l'enquête des Affaires internes. Et à Paradis. Puis...

Puis je ne me souviens pas. En ouvrant les yeux, j'aperçois Sundance, debout devant moi.

C'est le plus vieux des kids. Une sorte de monsieur muscle doublé d'un expert en armes et en arts martiaux. Je n'ai jamais compris comment quelqu'un d'aussi imposant physiquement pouvait se déplacer de manière aussi discrète.

— Tu fréquentes encore les salles d'entraînement?

Question rhétorique de ma part. Tout le monde sait qu'il y passe plus de temps qu'un ado sur son téléphone.

Il répond tout de même.

— Ça m'arrive.

— Tu croises beaucoup de types du crime organisé?

— Il y en a.

— Des mafias de l'Europe de l'Est?

— Parfois.

À sa manière, Sundance est l'anti-Paddle. Sa tendance naturelle, c'est d'écouter. Si on veut des réponses, il faut insister.

— J'aimerais que tu vérifies une information. Un haut dirigeant de la mafia ukrainienne aurait disparu. J'aimerais savoir si c'est vrai, de qui il s'agit, depuis quand il est disparu… Et s'il y a des rumeurs sur l'identité de celui qui l'aurait fait disparaître.

En guise de réponse, il se contente d'incliner légèrement la tête. Puis il attend que je continue.

— Est-ce que tu as gardé des contacts avec des membres des opérations spéciales ?

— Avec certains.

— Il y en a qui travaillent encore au SCRS ?

— Deux ou trois.

Pour abréger, je renonce aux questions et je résume en quelques phrases ce que j'attends de lui :

— Tu contactes ceux que tu peux approcher de la façon la plus naturelle et tu vérifies discrètement, *très discrètement*, s'ils savent quelque chose au sujet de Bernier. D'après mes informations, il travaillait secrètement pour le SCRS. Mais toute trace de lui et de sa mission a disparu.

— La section SH…

— Qu'est-ce que c'est ?

— D'après les rumeurs, elle a été baptisée SH à la blague. À cause de Stephen Harper. Parce que personne n'a jamais réussi mieux que lui à instaurer une culture du secret… L'existence de la section n'a jamais été reconnue officiellement. Il n'y a aucun rapport écrit de ses activités. Elle relève directement d'un adjoint du directeur. C'est un coupe-feu pour que le directeur puisse nier toute connaissance de certaines activités.

Je le regarde, légèrement ébahi par ce qu'il vient de dire… et par la longueur de sa réponse.

— T'es sérieux ou tu me fais marcher ?

— J'y ai travaillé quelques années.

— Tu penses que c'est prudent de chercher à les revoir ?

— Ça devrait aller.

— Commence par faire le tour de tes petits camarades d'entraînement. Et essaie de trouver la dernière adresse de Bernier ; il avait sûrement une planque quelque part… Tes amis, dans le monde merveilleux du "muscle", il y en a un qui travaille aux stupéfiants ?

— Oui.

— Si Bernier se tenait avec d'autres itinérants et des *junkies*, ils l'ont peut-être vu. Ils savent peut-être qui il fréquentait…

— Je vais m'informer.

— Ensuite, et seulement ensuite, et seulement si tu peux le faire sans déclencher d'alerte, tu contacteras tes ex-collègues des services spéciaux.

17.

Qu'est-ce qui peut bien relier la mort de Bernier à l'affaire de l'écrivain-journaliste assassiné ?

J'ai beau y réfléchir, j'en arrive toujours à la même conclusion : ça ne colle pas. À cause de la façon dont on l'a tué. De la façon dont on a mis en scène son cadavre… Je n'arrive pas à y voir le bras du SCRS. Même dans sa version ultra-clandestine : la mystérieuse section SH.

Je texte Paddle.

Vingt minutes plus tard, il entre dans mon bureau, tout essoufflé.

— J'étais parti voir un ami qui tient une galerie d'art, dit-il en s'efforçant de reprendre son souffle. L'artiste qui a installé le bain dans la vitrine est bien ŒKoumenn. J'ai été stupide de ne pas me faire confiance.

Paddle est un drôle d'oiseau. Autant il est affirmé dans son style de vie, autant il est porté à l'autocritique publique au moindre prétexte. Parfois, je me demande s'il n'a pas des gardes rouges parmi ses ancêtres…

— C'est un nom, écoumène? je lui demande.

— Vous ne le connaissez pas?

Il semble catastrophé par mon ignorance.

— Aux dernières nouvelles, c'était un terme de géographie.

— C'est son nom d'artiste. Il est le fondateur de l'art hypercollectif.

— Et dans la vie de tous les jours, il s'appelle?

— Louis-Marie Chicoine. Il a un loft dans le Mile-End. Pour quand il est à Montréal… Il a aussi un appartement à New York et une résidence à Berlin.

— Tu l'as interrogé?

— Il nous attend dans une demi-heure.

Pendant qu'on navigue entre les nids-de-poule, les cyclistes, les piétons, les autobus et les autres automobilistes, je demande à Paddle de me parler de l'hypercollectivisme et d'ŒKoumenn, histoire de savoir un peu à qui j'ai affaire.

— Son idée de base, dit-il, c'est que tous les êtres humains sont reliés. C'est toujours ce que ses œuvres mettent en scène.

— Il aurait dû faire de la génétique.

— Une des œuvres qui l'a rendu célèbre avait pour titre: *La roulette de la vie*. Il a recruté mille volontaires de tous les continents et il les a reliés par ordinateur à l'intérieur d'un jeu. À tour de rôle, chacun devait miser un montant, puis activer une roulette électronique. Le hasard décidait de ce qu'il gagnait ou perdait.

— Une sorte de casino…

— C'est après que ça devient intéressant. Tout l'argent gagné par une personne était enlevé à d'autres choisies au hasard par le système. Pour les pertes, c'était la même chose : l'argent était réparti arbitrairement entre différents joueurs.

— Les gens pouvaient gagner de l'argent ou en perdre sans même avoir commencé à jouer ?

— Comme dans la vie... Pour les candidats ruinés, il y avait une roulette spéciale. Une sorte de dernier recours. Neuf chances sur dix de perdre. Mais si tu gagnes, tu peux changer de place avec quelqu'un d'autre : tu hérites de tout ce qu'il possède et c'est lui qui est ruiné.

— Et cette personne qui perd tout ce qu'elle a ? Elle joue à son tour à cette roulette spéciale ?

— Non. Elle est éjectée du jeu. Définitivement. Elle perd vraiment tout.

— Quelqu'un pouvait tout perdre avant même d'avoir commencé à jouer ?

— Oui.

— Et c'est de l'art ?

— L'art, c'est n'importe quoi. Pourvu que ça provoque, que ça brise des tabous et que ça fasse réfléchir.

Personnellement, j'aurais plutôt tendance à m'en tenir à la première partie de sa réponse : l'art, c'est n'importe quoi. Mais bon, c'est sans doute parce que je suis vieux. Quand je regarde l'enthousiasme que ça déchaîne chez Paddle, il est difficile de ne pas croire qu'il y a vraiment quelque chose derrière toutes ces « œuvres », toutes ces « interventions »...

Une des choses bien avec Paddle, c'est qu'on n'a pas besoin d'allumer la radio. Par contre, c'est plus compliqué de changer de chaîne. Ou de le mettre à *off*.

Tout au long du trajet, il continue de me parler des différentes œuvres de l'artiste.

Je l'écoute de façon distraite. Je n'arrête pas de penser à la scène de crime. Est-ce que le bain où se mêle le

sang des victimes est une autre variation sur cette obsession ? Curieusement, Paddle ne semble pas avoir fait le
rapprochement...

Au moment de descendre de voiture, il conclut son
cours improvisé en avouant :

— Je ne pensais jamais avoir la chance de le rencontrer
en personne !

18.

Le pied-à-terre de l'artiste est un immense loft à peu
près vide.

— Parce qu'il faut laisser de la place aux idées, précise-
t-il, une fois les présentations faites. Dans un appartement
trop encombré, elles n'auraient pas l'espace nécessaire pour
s'épanouir.

On se rend à l'autre bout de la pièce, où quelques fauteuils sont installés en demi-cercle devant une immense
fenêtre panoramique. Il nous invite à nous asseoir.

Première surprise : les fauteuils sont fixés au sol.
Pour préserver l'esthétique de l'aménagement, explique
l'artiste.

— J'imagine que vous êtes ici à cause de ce qui est arrivé
à l'exposition, dit-il.

— Non. On se demandait comment tuer le temps. Vu
que Paddle rêvait de vous rencontrer et qu'on était dans le
coin...

ŒKoumenn semble ravi de ma réponse.

— Très bonne imitation de flic de polar ! Vous avez une
piste ?

— C'est un peu pour ça que nous sommes ici.

— Je suis sur votre liste de suspects ?

— Désigner des suspects serait prématuré. On en est encore à se faire une idée générale de l'affaire. Parlez-nous de cette exposition.

Dans les minutes qui suivent, il explique la signification de son œuvre ainsi que la façon dont elle s'inscrit dans sa théorie sur l'écoumène terrestre global.

— C'est un projet dont je rêvais depuis des années. J'en ai eu l'idée à la minute même où j'ai vu le local, mais le propriétaire de l'édifice ne voulait pas me le louer.

— Il avait peur de ne pas être payé parce que vous êtes un artiste ?

— Pas du tout. Ce n'était pas une question d'argent. Il vouait un culte à Lili St-Cyr !

Encore Lili St-Cyr. Qu'est-ce qui se passe avec elle ? On prépare le cinquantième anniversaire du soir où elle a laissé tomber ses dernières feuilles ?

L'artiste poursuit son explication :

— L'ancien propriétaire avait décidé que le seul commerce acceptable pour ce local était un bar de danseuses. Pour ne pas dénaturer sa vocation.

— Et qu'est-ce qui l'a fait changer d'idée ?

— Il est mort.

— Ça tombait plutôt bien pour votre projet.

Il éclate de rire.

— Je sais à quoi vous pensez, dit-il.

— Je vous envie. Moi-même, je le sais rarement.

— Un policier philosophe. Cool !

Je l'incite discrètement à revenir au sujet de la discussion :

— Donc… ?

— Je ne vous cacherai pas que j'étais enchanté quand j'ai appris qu'il était mort. J'ai immédiatement contacté les héritiers. Ils se sont empressés de me louer le local qui m'intéressait.

— Vous avez le nom de cet ancien propriétaire ?

— Frank Jolicœur.

Pendant que je note le nom dans mon calepin, Paddle prend la relève.

— Vous avez déjà reçu des menaces ? demande-t-il.

— Non. Enfin, pas vraiment. Juste des trucs pour la frime. Les insultes habituelles… La promesse de saccager mes œuvres, de détruire ma réputation…

— Des menaces faites par qui ?

— Des non-entités.

— Des ectoplasmes ? demande Paddle.

ŒKoumenn fige un moment. Manifestement, la question de Paddle l'a pris de court. Puis il sourit.

— On pourrait dire, oui. Des ectoplasmes… Des êtres sans consistance… Des pseudo-artistes sans talent qui ne digèrent pas le succès de l'art hypercollectif !

Il ajoute ensuite, comme s'il réalisait brusquement où Paddle veut en venir :

— Vous ne croyez quand même pas que l'un d'eux… ?

Il n'achève pas sa phrase. Un sourire retenu apparaît sur ses lèvres. Je décide de reprendre le contrôle de l'interrogatoire.

— On peut avoir les noms de ces non-entités ?

— Si vous y tenez, je vous fais une liste. Mais vous perdez votre temps. Aucun n'aurait le cran d'organiser ce genre de massacre juste pour démolir mon œuvre.

— Vous n'avez pas l'air très affecté.

L'espace d'un instant, il est décontenancé. Puis il se rattrape :

— Vous avez raison. C'est une sorte de… publicité gratuite.

— Toutes ces expositions, ça doit coûter assez cher…

— Assez, oui.

— Vous les financez personnellement?

— En partie.

— Et le reste?

— Des mécènes. Croyez-le ou non, il en existe encore.

— Quelqu'un vous a aidé à financer votre dernière œuvre?

— Une fondation qui a pour mandat de favoriser les pratiques artistiques novatrices.

— Cette fondation, elle a un nom?

— Alecto. C'est tout ce que j'en sais. Nos rares communications se sont faites par Internet… Dans leur premier message, ils précisaient qu'ils tenaient à rester anonymes. Et ils m'annonçaient que j'avais mérité une bourse de 75 000 dollars.

— Ça ne vous a pas paru étrange?

— Non. Plusieurs mécènes privés fonctionnent de cette façon. Ça leur évite d'être harcelés de demandes.

— Cette fondation, vous savez comment on peut la joindre?

— Non. On m'a fait signer une autorisation pour que l'argent soit transféré dans mon compte bancaire.

— Qui, "on"?

— Un huissier s'est présenté avec les papiers à signer. C'est le seul contact que j'ai eu avec eux.

Quelques minutes plus tard, je remercie ŒKoumenn de nous avoir reçus et il m'assure que je peux compter sur son entière coopération. Si j'ai besoin de quoi que ce soit…

En sortant, je m'arrête devant une photo qui couvre tout un pan de mur. Des centaines de personnes sont debout, emprisonnées dans des camisoles de force. Elles forment un quadrillé parfait. Chacune est reliée à plusieurs autres par des cordes. À de nombreux endroits, à travers la foule, il y a des chaises et quelques paillasses.

— Encore votre idée de liens entre les gens ?

— C'est plus subtil qu'il n'y paraît. Les cordes passent dans des anneaux fixés à la taille. Quand plusieurs personnes se rapprochent, cela donne du jeu à celles qui sont reliées à la même corde. En coopérant, elles peuvent s'asseoir sur les chaises à tour de rôle, ou même se coucher par terre pour se reposer. Par contre, si quelqu'un tombe ou s'excite, tous les autres se font bousculer. Les mouvements se propagent comme des ondes à travers la foule.

— Et ça s'appelle ? demande Paddle.

— *Liens secrets.*

Évidemment…

De retour dans la voiture, je demande à Paddle de trouver tout ce qu'il peut sur la fondation Alecto et sur le décès du propriétaire qui vouait un culte à Lili St-Cyr.

— Vous pensez qu'Œkoumenn aurait pu le faire éliminer pour obtenir le local ?

— Lui ou ceux qui l'ont financé… Et n'oublie pas l'huissier. Peut-être qu'il sait des choses.

19.

Je passe le reste de l'après-midi à expédier la routine.

Les gens ne se rendent pas compte de la quantité de paperasse qu'on doit remplir. Et les ordinateurs n'ont rien amélioré. Il faut maintenant saisir les rapports de façon électronique, puis les encoder selon le protocole de sécurité approprié.

Il faut aussi identifier les destinataires prioritaires, qui doivent en recevoir automatiquement une copie ;

acheminer un exemplaire aux archives; joindre à chaque document une justification de son niveau de sécurité...

Je suis immergé dans ma tâche quand Kodak entre dans le bureau. Il sort son téléphone, le tourne vers moi et fait défiler une série de photos.

— Les disparus, dit-il.

— C'est tout ce que tu as? Des photos?

— J'ai un dossier complet sur chacun. Bio, lien vers leur page Facebook, vidéos sur YouTube, extraits de médias les concernant... J'ai tout mis sur le réseau. Il suffit de cliquer sur la photo pour y avoir accès... J'ai aussi imprimé une liste pour vous.

Il pose une feuille devant moi.

— Les personnes disparues depuis trois mois, dit-il. J'ai été frappé par la disparité de leurs occupations.

— Pourquoi, trois mois?

— Je me suis dit qu'on pouvait les avoir enlevées et les avoir gardées prisonnières en attendant de les tuer. Ou les avoir tuées et avoir conservé leur sang au frigo. Mais probablement pas plus de trois mois.

— D'accord. Voyons ça.

Identité	Métier
Tom Choung	Agent immobilier
Michel Dansereau	Ingénieur
Jason Day	Avocat
Carlos Kelly	Financier
Oleg Klimenko	Mafia ukrainienne
Robert Hinse	Fonctionnaire provincial
Martin Lebel	Coach de natation
Stephen Mackay	Pasteur
Tony Mitchell	Militaire
Josuah Montbourquette	Designer
Peter Noreau	Producteur de films pornos

— On a seulement onze disparus?

— J'ai éliminé les individus recherchés pour des affaires criminelles et les évadés de prison. Je trouvais que ça ne cadrait pas avec le genre de crime.

— Évidemment, si ça ne cadre pas…

Imperméable à l'ironie, Kodak poursuit:

— J'ai conservé presque tous ceux qui ont été déclarés disparus par leurs proches.

— Presque?

— J'ai éliminé trois cas de fuite à l'étranger, des histoires de pension alimentaire. Et un homme d'affaires qui se cache pour échapper aux huissiers: ils veulent lui remettre une citation à comparaître.

— Donc, on a onze candidats.

— Douze… Il y en a un que je n'ai pas inclus dans la liste.

Je le regarde en attendant qu'il poursuive. Je le sens embêté.

— C'est un ministre, finit-il par dire. Adrien Deschamps. Personne n'est censé savoir qu'il a disparu.

— C'est par la SQ que tu as appris ça?

— Ça m'étonnerait que la SQ soit au courant.

— Mais… s'il a été enlevé…

— Ce n'est pas la première fois qu'il lui arrive de disparaître. D'habitude, il réapparaît au bout d'une semaine, dix jours… Mais là, ça fait trois semaines.

— Tu sais où il était, les autres fois?

— En Thaïlande. Des voyages "touristiques".

— Et le premier ministre ne l'a pas fait rechercher?

— Officiellement, il est en vacances.

— Et toi, comment tu sais ça?

— Je connais son garde du corps. Ça fait trois semaines qu'il est en disponibilité.

— Tu lui fais confiance ?

— Au garde du corps ? On a fait le secondaire et le cégep ensemble. Je le dépannais en maths et en sciences, il s'assurait que personne ne vienne m'embêter.

Je sais que le kid ne l'a pas eue facile, à l'école. Surtout au secondaire. Plusieurs lui reprochaient de tricher à cause de sa mémoire photographique : c'était comme avoir droit aux livres pendant les examens.

— C'est lui qui m'a persuadé de prendre des cours d'arts martiaux, poursuit Kodak. Je lui ai téléphoné ce matin. Le ministre n'a toujours pas reparu.

Je regarde de nouveau la liste. Puis j'y ajoute une dernière ligne à la main.

Adrien Deschamps   *Ministre*

Quelque chose me chicote, dans cette liste.

— Curieux, non ? Il n'y a pas une seule femme.

— Je n'ai pas tenu compte des enfants disparus ni des jeunes en fugue. Il y avait plusieurs filles…

— Parce que les jeunes non plus, ça ne cadre pas, je suppose…

— Non… Ni avec le corps qu'on a, ni avec la mise en scène.

Une des particularités de Kodak, c'est qu'il est doué pour repérer ce qu'il appelle des « manques de cohérence », des incongruités que personne d'autre que lui ne remarque. C'est l'envers du don qu'il a de découvrir des patterns, de déceler de l'organisation là où les autres ne perçoivent qu'un fouillis.

Cette faculté, qui est liée à son besoin de vivre dans un monde cohérent, lui pourrit parfois la vie, mais elle s'avère souvent précieuse pour son travail d'enquêteur.

Elle lui permet soit d'identifier un élément important que personne ne voit, soit d'écarter des fausses pistes qui ont l'air prometteuses.

— J'ai mis les femmes sur une liste à part, poursuit-il. Avec tous les autres que j'ai écartés. Je pense qu'on devrait se concentrer sur les hommes.

— Pourquoi?

— Ça ne ressemble pas à un crime commis sous l'emprise de la passion. Trop de préparatifs. On dirait plutôt une sorte de vengeance froide.

— D'accord. On va faire comme tu dis. Prépare-moi un topo sur les douze noms. Mais ensuite tu t'occupes de ceux qui sont sur ta deuxième liste.

— Il va falloir que je demande de l'aide à Sarah la rousse.

— Pourquoi pas…

Pendant que Kodak s'éloigne, la discussion avec Godin me revient à l'esprit. Moi qui insiste toujours sur l'importance d'une collaboration honnête, sur la transparence dans nos rapports de travail! S'ils apprennent que j'étais au courant de l'enquête et que je ne leur ai rien dit… Il y a déjà bien assez de manipulations, de secrets, de ruses, de mensonges, de demi-vérités…

— Ça va, je pense que c'est clair.

Ma femme!

Quand je suis en mode rumination intérieure, elle ne rate jamais une occasion de se moquer de ce qu'elle appelle ma tendance à l'«empilement énumératif».

Je ne peux m'empêcher de répliquer.

— C'était le but. Notre tâche est de faire la lumière sur les événements, pas d'ajouter à l'obscurité du monde et à la confusion des esprits!

Ma femme ne répond pas.

J'aimerais croire que c'est parce qu'elle est d'accord, mais c'est probablement par découragement.

20.

Après avoir regardé l'heure, je décide de rentrer à la maison. Il faut que je me repose. Demain promet d'être une journée intéressante… dans le sens où les sages chinois suppliaient les dieux de leur éviter de vivre dans une époque intéressante !

Pour souper, je fais cuire un faux-filet. En guise de légumes, une tomate et des pois en boîte : c'est ce qu'il y a de plus rapide à préparer. Avec une bière, ce sera parfait.

Pendant que je mange, j'essaie de m'intéresser aux informations, mais mon esprit revient sans cesse à Paradis. Qu'il soit l'équivalent humain d'une couleuvre visqueuse ne fait aucun doute… Puis je m'excuse mentalement à toutes les couleuvres du monde. Ce sont des animaux très propres. Elles ne sont jamais visqueuses. Sauf lorsqu'elles se font écraser en traversant une autoroute. Ou si elles appartiennent à la catégorie de couleuvres que les politiciens nous font avaler. Mais ça…

Mon esprit revient à Paradis. S'il fallait qu'il ait raison… Même pour un seul des jeunes. La réputation de tous les autres serait affectée. Ils en paieraient le prix. Pendant des années…

Malgré moi, j'essaie de voir lequel des jeunes pourrait s'être laissé corrompre. Sarah la noire, qui mène une vie nocturne un peu ébouriffée ? Sundance, qui est en contact avec des membres du crime organisé dans les gyms où il s'entraîne ?… Non, pas eux.

Kodak? Sarah la rousse?... Trop absorbés par leur monde intérieur pour s'intéresser à ce genre de magouilles.

Sarah la blonde?... Si j'avais quelque chose à lui reprocher, ce serait son respect trop strict des règles... Quant à Paddle, à moins de lui promettre de le transformer vivant en héros de jeu vidéo, je ne vois pas comment on pourrait l'acheter.

Reste Parano... C'est celui qui m'inquiète le moins. Si jamais quelqu'un l'approchait pour le corrompre, il soupçonnerait immédiatement une sorte de complot et il viendrait m'en parler.

Pour échapper à ces pensées, je tourne le regard vers la télé. Comme presque toujours, elle est syntonisée à une chaîne d'info.

Deux invités s'affrontent sous l'œil professionnel d'un animateur qui intervient de façon minimale, uniquement pour assurer un équilibre approximatif des temps de parole.

Un jeune, mi-vingtaine, complet-cravate, sourire décontracté, explique qu'il faut renoncer aux illusions des boomers et autres nostalgiques des années 1970. Ce dont la société a besoin, c'est d'ordre. Et l'ordre, il faut que ça se voie. Ça commence par une plus grande présence policière dans les rues et des peines plus sévères pour les criminels.

— Nous, de l'Institut économique de Montréal, dit-il...

Une femme d'une cinquantaine d'années lui coupe la parole.

— Il y a déjà trop de policiers dans les rues. Ça multiplie les risques d'incidents. Ce qu'il faut, c'est éliminer les causes de la pauvreté, c'est faire en sorte que les gens vivent mieux...

Je ne peux empêcher mes pensées de dériver. Ce que vient de dire la femme me fait penser aux empereurs romains. Du pain et des jeux… Le problème de notre société, c'est qu'on s'imagine que si on donne aux gens des jeux, on va pouvoir leur enlever le pain de la bouche sans qu'ils protestent.

La vibration du téléphone, sur la table, interrompt le cours de mes pensées. Je croyais pourtant avoir tout fermé, pas seulement la sonnerie.

Je jette un regard : un texto de Sarah la noire.

Comme je m'apprête à lire le message, l'alerte du texto se fait de nouveau entendre. Cette fois, c'est Paddle.

Je commence par lui. Son message se résume à une adresse Internet.

> Voir : http://ici.
> radio-canada.ca/
> audio-video/…/bain-
> de-sang-message-
> revendication

Le texto de Sarah est à peine plus élaboré. Je clique sur le lien.

> Bain de sang
> revendiqué. Voir :
> http://www.lapresse.ca/
> actualités/…/
> bain-de-sang-
> revendiqué.php

L'article de *La Presse* + spécule sur l'identité de l'auteur du message. Est-ce un tueur en série qui cherche à égarer les soupçons ? Un tueur à gages qui a utilisé l'exposition pour brouiller les pistes ?

Le message lui-même ne fait que quelques mots.

ON EST TOUS DANS LE BAIN.

21.

Mauvaise nuit. Des cauchemars dont je ne me souviens pas, mais un sentiment de malaise qui perdure après le réveil. Comme si mes muscles étaient restés crispés trop longtemps. C'est une sensation semblable à ce qui m'arrive quand j'ai des épisodes de nuage noir.

Se pourrait-il que je l'aie vu en rêve?

Chose certaine, je ne m'en souviens pas. Et puis, est-ce qu'on peut avoir des hallucinations quand on rêve? Est-ce que ça se distingue d'un rêve normal?

Mon esprit revient sans cesse à cette foutue enquête des Affaires internes et à ce qui risque d'arriver aux jeunes. Le pire, c'est de ne pas savoir. Je n'arrête pas de me dire que je devrais leur en parler. Malgré les ordres de Godin... Mais pour leur dire quoi? Ça risque de les inquiéter pour rien. Peut-être que cette histoire va se dégonfler d'elle-même. Que Paradis ne fait que jouer des muscles, mais qu'il n'a rien de sérieux.

Mieux vaut attendre la rencontre avant de prendre une décision.

J'ouvre la télé et m'assois dans un fauteuil du salon avec mon premier café de la journée.

La «baignoire sanglante» fait l'objet d'un long segment à RDI. Un reporter explique la chronologie des événements en voix *off* sur fond d'extraits vidéo: des *selfies* pris au début de l'exposition par des visiteurs, le cadavre qui baigne dans le sang, le message envoyé aux médias...

Le segment se termine sur le visage du reporter qui spécule sur la signification du message.

> Pourquoi sommes-nous tous dans le bain? Parce que nous sommes tous susceptibles d'être victimes

de ce terroriste ? Ce bain de sang est-il une sorte de vengeance ? Est-ce l'acte d'un fou ? Faut-il s'attendre à d'autres attentats ? Le public est-il en danger ?

Telles sont les questions auxquelles les policiers doivent répondre au plus tôt. La population a le droit de savoir.

C'est ce qu'il y a de bien avec les médias : ils n'hésitent jamais à nous donner des mandats et à nous expliquer comment faire notre travail.

Le visage du reporter s'efface de l'écran et on retourne aux élections. Une fois encore, j'essaie de m'y intéresser.

L'expert de service explique à l'animateur les principaux enjeux du prochain vote… Je perds rapidement le fil.

Un quart d'heure plus tard, je réalise que ma tasse est vide. Les informations sont terminées. Je n'ai rien vu, rien entendu. Rien goûté… En fait, je n'ai aucune idée de ce qui s'est passé au cours de ce quart d'heure.

Après avoir ruminé quelques minutes en remettant de l'ordre dans la cuisine, j'envoie un courriel à Sarah la noire.

Réunion à 9h au 3845. Aquarium 2.0. Petit déjeuner de travail. Tu t'en occupes.

Ensuite, je sors mon calepin et mon stylo, histoire de digérer un peu. J'ai plus d'une heure devant moi.

Les conservateurs vendent de la peur.
Les libéraux, de la nouveauté BCBG.
Les néo-démocrates, du socialisme souriant et bien élevé.
Le Bloc se replie sur son éventuel et monnayable
pouvoir de nuisance…
Choisir le moindre mal.

22.

En entrant au 3845, je me dirige sans attendre vers le petit salon privé, au deuxième étage du bistro. Tonino me le prête souvent pour des rencontres. Les jeunes appellent l'endroit : l'aquarium 2.0. Ils disent que c'est une extension améliorée de mon bureau.

Kodak, Paddle et les deux Sarah sont arrivés. Sarah la noire me prévient que Sundance n'a pas répondu au texto qu'elle lui a envoyé.

L'instant d'après, Parano fait une entrée remarquée. Il porte un masque sanitaire qui lui couvre le nez et la bouche, comme il en a l'habitude pendant les périodes de grippe.

— Épidémie en vue ? demande Paddle.

— L'épidémie, c'est moi, répond Parano. Je ne veux pas en déclencher une.

Parano a toujours admiré le civisme des Japonais, qui portent volontiers un masque pour ne pas contaminer les autres quand ils ont la grippe. Il appelle ça de la paranoïa altruiste.

Je m'empresse d'ouvrir la réunion.

— Sundance est probablement retenu par un travail que je lui ai confié. On va commencer sans lui.

Je jette un regard à la petite liste que j'ai dressée sur une feuille détachée de mon calepin. Puis je poursuis :

— Commençons par le message envoyé à RDI. Tout le monde en a pris connaissance ?

Autour de la table, ils font signe que oui.

— Ça fait déjà un buzz dans les réseaux sociaux, dit Paddle. Un meurtre spectaculaire, un message intrigant…

— Tu te charges du suivi sur le message ?

— Sans problème.

Je me tourne vers Sarah la noire.

— Tu as eu le temps de passer au labo?

— J'ai les résultats des analyses d'ADN. Ils ont isolé sept génotypes différents. Tous des hommes. J'ai mis le rapport sur le réseau.

Évidemment… L'intranet de l'unité. Les jeunes le consultent de façon automatique aux dix minutes. Moi, par contre…

— Il y avait celui de Bernier? je demande.

— Oui.

— Et les autres dont le sang était dans le bain?

— Un seul a été identifié: un motard. Eddie "Ti-Coune" Sirois.

Je me tourne vers Kodak.

— Il est sur la liste des personnes disparues, non?

— Oui, je l'avais gardé parce qu'il n'était pas recherché. Mais il a un casier judiciaire long comme le bras: agressions, voies de fait, proxénétisme, extorsion…

— On n'a toujours pas retrouvé son corps?

— Au crime organisé, ils pensaient qu'il était quelque part au fond du fleuve, dans un sac de couchage en ciment, gracieuseté de ses petits amis. Mais là, avec le sang…

— Tu organises une perquisition chez lui.

— Ceux qui l'ont éliminé sont probablement passés avant nous.

— Justement! Avec un peu de chance, ils auront laissé des traces.

Je reviens à Sarah la noire:

— Les vêtements?

— Pratiquement neufs. Tout ce qu'ils ont trouvé, c'est un cheveu sur le col du veston et deux poils à l'intérieur du pantalon. Les trois appartiennent à Bernier.

— Pour revenir à l'itinérant…

Je les informe de ce que mon frère m'a appris, mais sans leur dire d'où provient l'information.

Puis je conclus :

— Pour l'instant, pas un mot sur le SCRS. À qui que ce soit. Et vous n'allez surtout pas leur poser de questions. Je vous parle de ça uniquement pour que vous puissiez vous faire une meilleure idée de l'affaire.

Voyant leur air perplexe, je m'empresse de les rassurer :

— Ne vous inquiétez pas, on va s'en occuper, de nos petits amis les espions. Mais pas avant d'avoir suffisamment de cartes en main.

Autour de la table, les visages sont unanimes à afficher leur approbation. C'est bien connu, pour faire merder une enquête, il n'y a rien comme un agent du SCRS qui vient y planter ses gros sabots. Alors, mieux on est préparés, moins ils ont de chances de faire dévier l'enquête dans le sens qui les arrange. Ou de la faire carrément dérailler.

— Votre frère ? demande Parano.

C'est sûrement la question à laquelle ils pensent tous depuis que j'ai mentionné le SCRS.

— Il a pour principe de ne pas intervenir dans mes affaires. Et, sur ça, je sais que je peux lui faire confiance.

Plus la discussion avance, plus les jeunes sont détendus. Personne ne semble avoir eu vent de l'enquête des Affaires internes.

— Le travail de Sundance, demande Sarah la rousse, c'est en rapport avec Bernier et Sirois ?

Faire le lien n'était pas très difficile. Les relations que Sundance a conservées avec certains de ses anciens collègues sont connues. Tout comme l'est sa fréquentation assidue des gymnases où se rencontrent les *freaks* de la musculation : motards, gardes du corps, ex-prisonniers, hommes de main, videurs…

Je me contente d'une brève confirmation et je ramène la discussion sur les analyses d'ADN.

— Il nous reste encore cinq ou six victimes à identifier. D'un côté, on a leur ADN ; de l'autre, une liste de disparus. Il nous faut l'ADN des disparus pour comparer… Des volontaires ?

Sarah la noire et Parano se proposent. Sarah la rousse ramène ensuite la discussion sur le SCRS.

— S'ils ont voulu effacer les traces de leur agent, dit-elle, c'est probablement pour couvrir une opération qui a mal tourné. Il se pourrait que d'autres victimes aient aussi été impliquées…

Je m'empresse de leur rappeler la mise en garde que je leur ai faite :

— Si vous tombez sur quoi que ce soit en lien avec le SCRS, vous venez immédiatement m'en parler.

Puis j'ajoute, en détachant chacune des syllabes :

— M'en. Par. Ler ! Pas de note sur mon bureau. Pas de texto. Pas de courriel.

Je demande ensuite à Paddle de leur raconter notre visite chez ŒKoumenn.

Le kid est tout heureux de s'exécuter.

Il présente l'artiste et précise qu'une somme importante lui a été versée par la mystérieuse fondation Alecto. Soixante-quinze mille dollars.

— Curieux, dit Kodak sans lever les yeux du sudoku qu'il est en train de terminer. Alecto, c'est le nom d'une des Érinyes.

— C'est un nouveau groupe ? demande Paddle.

— Non, c'est une des trois déesses grecques de la vengeance. Elles sont chargées de pourchasser les criminels et de les punir avant leur mort.

Paddle semble tout excité par la nouvelle.

— Ça voudrait dire que le sang, dans le bain, serait celui de criminels! On a peut-être affaire à une sorte de justicier.

Sarah la noire accueille les conclusions de Paddle avec scepticisme:

— Si c'est un justicier qui a planifié ces meurtres, dit-elle, ça voudrait dire qu'il a financé l'exposition d'Œkoumenn, uniquement dans le but de s'en servir pour sa mise en scène. C'est un peu gros, non?

— Il y a autre chose de bizarre dans cette fondation, poursuit Paddle. Elle n'a aucune adresse. Aucun numéro de téléphone. Elle n'est pas sur Facebook et n'a pas de site Internet. Même pas d'adresse électronique... C'est une compagnie fantôme!

Cette fois, c'est Sarah la rousse qui s'objecte:

— Si c'est une fondation, elle est sûrement dans le registre des entreprises.

— Pas dans celui du Canada. Ni celui du Québec. J'ai vérifié.

— Comment est-ce que les artistes font s'ils veulent postuler pour une bourse?

— D'après Œkoumenn, c'est toujours la fondation qui prend l'initiative de contacter les artistes qu'elle décide de soutenir. La seule trace physique que nous avons de son existence, c'est le virement effectué dans le compte d'Œkoumenn et le courriel qu'il a reçu.

Je me tourne vers Sarah la rousse.

— Tu peux remonter la piste de l'argent?

— Je peux essayer.

— Il y a aussi quelque chose de particulier sur Jolicœur, reprend Paddle. L'ancien propriétaire du local de l'exposition… Quand il est décédé, le médecin légiste a conclu à une mort naturelle. Arrêt cardiaque. Mais comme sa mort a permis à ŒKoumenn d'utiliser le local pour son œuvre…

— Tu penses que c'est un complot? demande Kodak.

— Tu as décidé de faire concurrence à Parano? renchérit Sarah la rousse.

C'est vrai que c'est un peu tiré par les cheveux. Mais, d'un autre côté, on ne peut pas nier que ça tombe bien. Peut-être trop bien.

Je demande à Sarah la rousse de creuser ça. Elle acquiesce d'un signe de tête.

La réunion est alors interrompue par des coups frappés à la porte.

— Désolé du retard, fait Tonino en entrant.

Il pousse devant lui un charriot sur lequel il y a un plateau de fruits, du pain, des fromages, des viennoiseries, des confitures, du café et des jus.

Une fois Tonino reparti et tout le monde servi, Kodak annonce qu'il n'a trouvé aucune trace de crime similaire.

— Habituellement, dit-il, quand les gens meurent dans leur bain, c'est à cause d'une overdose. Ou parce qu'ils se sont suicidés. Il y a aussi des accidents: un séchoir branché, une lampe qui tombe dans l'eau… Ou la femme de 89 ans qu'on oublie pendant qu'on remplit le bain d'eau chaude et qui meurt ébouillantée…

Je regarde autour de moi. Presque tous les visages sourient discrètement. Une fois de plus, Kodak se laisse emporter par son sujet. À sa façon, c'est une version froide de Paddle.

— Juste au Québec, poursuit-il, 23 personnes âgées se sont noyées dans leur bain entre 2010 et 2014. Et en France, un cadavre est resté trois mois dans une salle de bains. La porte avait été calfeutrée avec du ruban adhésif...

Je décide d'abréger :

— Quelque chose d'autre en relation avec notre enquête ?

— Je ne pense pas, répond Kodak... Remarquez, il y a aussi Claude François. On n'a jamais su si c'était vraiment un accident ou si...

— D'accord. Autre chose ?

Pendant les vingt minutes qui suivent, chacun y va de ses hypothèses et suggestions, sous le regard attentif de Sarah la rousse qui pianote sur sa tablette tout en essayant sans succès de replacer la mèche de cheveux qui persiste à lui retomber sur le front.

Puis le groupe se disperse.

Pendant qu'ils sortent, je repense à l'enquête des Affaires internes. Au début de la réunion, je me suis dit que je ne pouvais pas en parler sans que Sundance soit là. Mais de les voir presque insouciants, alors que Paradis est peut-être sur le point de démolir leur carrière...

— Tu penses vraiment qu'il peut y avoir une pomme pourrie dans ton équipe ?

— Non.

— Mais... ?

— Sans être corrompus, les jeunes ont peut-être pris des libertés avec des procédures stupides... oublié d'envoyer la copie d'un rapport à quelqu'un... sauté une formation qu'ils jugeaient inutile...

— C'est grave ?

— En soi, non. Mais, dans les mains de Paradis...

— Qu'est-ce que te dit ton intuition ?

— Ce qu'elle me dit toujours: qu'il faut que je me méfie de mon intuition... Même si elle a souvent raison.

En retournant au bureau, j'arrête en passant voir la secrétaire de Godin. Elle m'informe que j'ai droit à une fenêtre de dix minutes dans l'agenda de mon supérieur. En début d'après-midi.

Je me prends à espérer qu'il pousse des fenêtres dans mon propre agenda. Peut-être que ça me permettrait de mieux respirer...

Une fois assis à mon bureau, je sors un bloc-notes et j'entreprends de rédiger la liste des tâches que j'ai distribuées.

Sundance: utiliser ses contacts pour en apprendre plus sur Sirois.

Kodak: perquisition chez Ti-Coune Sirois.

Sarah N: contacter l'unité sur le crime organisé pour savoir ce qu'ils ont sur le motard; voir ce qui se dit sur l'artiste et le bain de sang dans les médias et les réseaux sociaux.

Sarah R: poursuivre les recherches sur le propriétaire de l'édifice où a eu lieu le bain de sang; trouver la source de l'argent reçu par l'artiste.

Parano et Sarah N: tournée des parents des disparus pour trouver de l'ADN; passer à RDI pour récupérer le message.

Paddle: nouvelle visite chez l'artiste avec moi; inventaire des «non-entités» qui pourraient lui en vouloir au point de commettre un meurtre pour saboter son exposition.

J'ai à peine terminé que je reçois un texto de Sarah la noire.

Regardez le reportage en cours à LCN.

Je syntonise la télé à la chaîne d'information en continu.

Une foule se presse devant l'édifice où on a trouvé la baignoire remplie de sang. Une nouvelle baignoire est installée dans la vitrine. Les gens font de nouveau la file pour y prendre des *selfies*. Des représentants des médias recueillent leurs témoignages.

Mais qu'est-ce qu'ils font sur ma scène de crime?

Je décide de me rendre immédiatement sur place. En passant, je récupère Paddle.

Depuis le déjeuner, il a trouvé le moyen de se changer. Il porte maintenant un T-shirt noir sur lequel est écrit en jaune ce qui me semble être le mot BANDO.

— Un artiste français, dit-il en voyant mon regard s'attarder sur sa poitrine.

— Aujourd'hui, les artistes, j'en ai ma dose. On retourne sur la scène de crime.

— On ne devait pas aller voir ŒKoumenn?

— Justement!

23.

Devant l'entrée de la galerie, la foule continue de se presser. La plupart des gens s'activent sur leurs téléphones. Deux équipes de médias sont sur place. Aucune trace de ruban jaune pour interdire l'accès aux lieux. Qu'est-ce qui peut bien avoir foiré?

Dans la vitrine, un bain à demi rempli de liquide rouge remplace celui qui a été expédié au labo pour analyses.

Avant de pouvoir me frayer un chemin jusqu'à l'intérieur, je suis intercepté par un journaliste:

— Est-ce que vous confirmez que le cadavre dans le bain était celui d'un itinérant?

Normalement, je ne devrais pas répondre. La consigne est claire : tous les représentants des médias doivent s'adresser au service des relations publiques du SPVM. Mais ce journaliste est un emmerdeur professionnel. À la télé, il passe son temps à se faire les dents sur le SPVM. Et toujours en omettant volontairement des informations qui rendraient ses montées de lait totalement farfelues.

Je cède au plaisir de le faire poireauter.

— Je ne peux rien confirmer ni infirmer.

— Selon les rumeurs, le crime aurait été commis par un tueur d'itinérants qui aurait entrepris de nettoyer le quartier ? C'est vrai ?

— Le SPVM n'a pas pour habitude de travailler à partir de rumeurs. Ou de les commenter.

— Donc, vous ne le niez pas !

— Je ne peux rien confirmer et je ne peux rien nier.

Il déclare alors, sur un ton triomphant :

— Parfait !

Et là, je comprends. Trop tard.

J'aurais dû le savoir ! Quoi qu'on réponde, on est toujours piégé !

J'imagine déjà son titre :

LE *SPVM* REFUSE DE NIER

Le reste du texte sera un tissu de spéculations présentées sous forme de questions : « Que savait cet itinérant ?... Qui avait intérêt à ce qu'il se taise ?... A-t-on demandé à la police de se traîner les pieds ?... »

Je continue à me frayer un chemin et j'entre dans l'édifice, Paddle sur les talons. Je lui demande de faire venir des agents pour disperser la foule. Puis j'aperçois Œkoumenn, au fond de la pièce, qui observe avec amusement les gens qui prennent des *selfies*.

Je me dirige vers lui.

— C'est quoi, ce bordel?

— Ma réponse à la barbarie.

Je le regarde un moment en silence, incertain de la manière dont je dois interpréter sa réponse.

Il en profite pour poursuivre:

— J'ai transformé l'exposition pour en faire un témoignage de solidarité avec les victimes. Sur le modèle de *Je suis Charlie*.

Il me montre l'affiche qu'il a installée au-dessus de la nouvelle baignoire.

MOI AUSSI, JE SUIS DANS LE BAIN.

— La solidarité est une dimension essentielle de l'art véritable, déclare-t-il.

— Vous êtes solidaire de qui, exactement?

— De toutes les victimes dont le sang a coulé.

— Vous ne savez même pas qui elles sont!

— Une œuvre d'art se doit d'être universelle. Sur terre, nous sommes tous des itinérants. Nous traversons tous une histoire qui est une sorte de bain de sang.

Je le regarde, incapable de répliquer. Derrière son «explication», je devine une future déclaration aux médias. Mais il est difficile de lui donner tort.

Puis c'est comme si je sentais mon corps se figer. La pièce s'obscurcit. Je vois Œkoumenn qui me regarde, je vois ses lèvres bouger comme au ralenti. Tout autour de lui, l'air s'obscurcit. Je ne distingue plus que sa tête, au milieu d'un nuage noir qui tourne sur lui-même de plus en plus vite. Le visage rapetisse et tournoie comme s'il était avalé par un remous...

Brusquement, tout redevient normal. J'entends la fin de sa phrase.

— … et il faut témoigner de cette solidarité.

Je prends quelques secondes pour retrouver mes idées, puis je lui demande :

— Il ne vous est pas venu à l'idée que c'est une scène de crime ? Que votre joyeux troupeau d'amateurs de *selfies* est peut-être en train de piétiner des indices ?

— J'étais sûr que vous aviez terminé ! proteste-t-il sur un ton indigné. Il n'y avait aucun scellé ! Aucun ruban jaune ! Écoutez, il faut que la vie continue…

— Même chose pour mon enquête.

Je demande à Paddle de faire évacuer la pièce et de verrouiller la porte. Pendant qu'il s'exécute, les caméras des médias se braquent sur nous de l'extérieur, à travers la vitrine.

ŒKoumenn, lui, s'impatiente.

— Combien de temps encore allez-vous m'empêcher d'utiliser mon local ?

— Le temps qu'il faudra.

— Est-ce que vous réalisez ce que vous faites ?

— Mon travail.

— Pas votre travail : un crime ! Avec votre acharnement borné, c'est l'art que vous assassinez !… Votre équipe technique a déjà passé l'endroit au peigne fin. Vous espérez trouver quoi ? Des coupables cachés dans les plafonds ? à l'intérieur des murs ?… dans un compartiment secret au sous-sol, peut-être ?

Je l'interromps par une question :

— Le message qui a été envoyé à RDI, vous en pensez quoi ?

— Le message ?… Je dirais que son auteur a bien compris le sens de ma démarche.

— Vous croyez qu'il est responsable de ce meurtre ?

— C'est vous, le policier. À vous de me le dire !

Sur ce, il quitte la pièce par la porte du fond, celle qui ouvre sur un corridor et mène à la sortie arrière de l'édifice.

Paddle s'approche.

— Les renforts vont arriver dans deux minutes.

Je fais un bref signe d'assentiment et lui demande :

— Comment tu trouves son explication ?

— Sur quoi ?

— Les changements apportés à son œuvre ? Il a vraiment pu improviser ça en moins de 24 heures ?

— C'est possible. Il a déjà organisé des happenings pendant lesquels il s'adaptait en temps réel au comportement des participants.

— En tout cas, il m'a donné une idée…

Je suis interrompu par un appel. J'écoute quelques secondes et je raccroche. Puis je reviens à Paddle.

— Demande à l'équipe technique de sonder les murs et le plafond.

— D'accord.

— Et le sous-sol, tant qu'à faire.

— Autre chose ?

— Tu t'occupes de tout fermer. Moi, j'ai une urgence… Et je veux savoir pourquoi la scène de crime n'était pas protégée !

24.

Une urgence…

Je n'aurais pas pu mieux dire.

C'est à l'urgence du General Hospital que je retrouve Sundance. Une patrouille l'a récupéré dans une ruelle, en milieu d'avant-midi. Il vient de reprendre conscience. Comme il n'avait pas de papiers sur lui, personne n'a été prévenu. À son réveil, il a mentionné mon nom comme personne de référence, ce qui m'étonne un peu.

Quand j'arrive, il semble dormir. Il n'est clairement pas au meilleur de sa forme, mais on ne craint pas pour sa vie. C'est ce que me confirme le médecin pendant qu'il consulte une tablette électronique, debout à côté du lit.

— Ça paraît pire que c'est, dit-il. Plusieurs contusions, des hématomes, mais rien de grave… La seule chose délicate, c'est la commotion cérébrale. Il lui faut du repos.

— Sinon ?

— Il pourrait avoir des étourdissements, des vertiges, des nausées, des problèmes de mémoire… Les conséquences habituelles.

— Il va pouvoir sortir quand ?

— On le garde en observation quelques heures encore. Son état devrait s'améliorer rapidement.

— Il est en état de parler ?

C'est Sundance lui-même qui répond.

— Sans problème.

Je le regarde, puis je me tourne vers le médecin.

— Il est vraiment en état de parler ?

— Tant que vous ne le fatiguez pas trop.

— D'accord.

— Si vous n'avez pas d'autres questions…

Il ne termine pas sa phrase. Il m'a déjà tourné le dos, en quête du prochain corps à examiner, à réparer ou à déclarer définitivement hors d'usage.

Dès qu'il a franchi le seuil de la porte, je demande à Sundance :

— Christian est au courant ?

Christian, c'est son conjoint.

— Il est en stage à Paris. Une formation.

— Il revient quand?

— Dans une semaine. Ça ne sert à rien de l'inquiéter. Vous savez comment il est…

Je me représente Christian et j'ai de la difficulté à ne pas sourire. C'est un ancien SEAL recyclé dans la cuisine française et le jazz. À côté de lui, Sundance a presque l'air d'avoir une taille normale. Ce qui n'empêche pas Sundance d'avoir une attitude protectrice à son égard.

— Qui t'a fait ça?

— Des motards, je pense… M'ont dit de ne pas mettre mon nez… dans les affaires des autres.

Il parle doucement, en faisant des pauses.

— Tu avais essayé de les faire parler?

— Juste posé deux ou trois questions… à un type que je vois au gym. Un motard.

— Qu'est-ce que tu lui as demandé?

— S'il savait que, dans la fameuse baignoire, il y avait le sang d'un motard… Il m'a demandé qui… Je lui ai répondu que c'était seulement des rumeurs… mais que ça pourrait être Ti-Coune Sirois.

— Comment tu pouvais savoir ça?

— Sarah a mis l'info sur le réseau, ce matin.

Évidemment! Le réseau…

— C'est tout ce que tu lui as dit?

— Lui ai parlé de rumeurs que j'avais entendues… que les Ukrainiens étaient impliqués dans l'histoire du bain de sang… Je lui ai dit que je trouvais ça bizarre… D'habitude, quand ces gars-là éliminent quelqu'un, ils ne font pas de théâtre.

— Qu'est-ce qu'il a répondu?

— Pas grand-chose. Qu'il n'avait jamais entendu parler de ça… Mais quand je suis sorti du gym… trois types m'attendaient. Cagoulés… Ils voulaient savoir qui m'avait envoyé poser des questions, ce que je savais sur cette histoire… J'ai fini par les convaincre que c'était juste de la… *bullshit* de salle d'entraînement…

— Tu es sûr de les avoir convaincus?

— Autrement, je serais pas mal plus amoché… Je ne serais peut-être même pas ici.

— Évidemment.

— Leur ai dit que personne ne m'avait envoyé… Que ça faisait des années que j'allais à ce gym… trois fois par semaine.

— Ils t'ont cru?

— Un des gars a confirmé aux deux autres… que j'étais un habitué. Il m'avait souvent vu… Ils m'ont dit que je pouvais retourner m'entraîner… Mais de me la fermer.

— Avant d'aller au gym, tu avais parlé à quelqu'un d'autre?

— Non.

— Tes anciens collègues des services spéciaux?

— Personne.

— Donc, ce serait à cause des questions que tu as posées au motard?

— Ou c'est lui… ou c'est quelqu'un qui nous a entendus parler.

Après avoir médité sa réponse un moment, je lui dis de ne pas s'inquiéter: ses trois petits amis qui l'ont envoyé à l'hôpital, on va s'en occuper. Mais plus tard, quand il sera en meilleure forme.

— Une dernière chose, ajoute Sundance. Je pense que les motards, eux aussi, cherchent celui qui a tué Sirois.

— Qu'est-ce qu'ils t'ont dit?

— Ils m'ont demandé à plusieurs reprises si je savais qui lui avait fait ça.

— Ça voudrait dire qu'il n'a pas été éliminé par eux.

Sundance ne juge pas utile de répondre.

Je lui parle ensuite de notre réunion du matin, de l'artiste et de sa nouvelle exposition style *Je suis Charlie*.

— Vous pensez qu'il est impliqué?

— L'artiste? Disons qu'il fait partie des gens auxquels on va s'intéresser.

Il ferme les yeux pendant un bon moment. Comme s'il prenait le temps d'assimiler ce qu'il vient d'apprendre.

Quand il les rouvre, son regard est plus ferme. Presque dur.

— Bon... Qu'est-ce que je fais?

— Tu te reposes.

— Ça fait des heures que je me repose.

— Mieux vaut ne pas courir de risque.

— J'ai déjà connu pire.

— Je sais.

En fait, je devine plus que je sais. Parce qu'il ne m'a jamais parlé de son séjour dans les services spéciaux.

Je réitère néanmoins mon conseil. Cette fois, le ton en fait plutôt un ordre.

— Tu prends vingt-quatre heures pour récupérer, le temps que les effets de la commotion cérébrale s'atténuent. À moins que t'aies envie de finir ta vie comme un joueur de football qui aurait joué toute sa carrière pas de casque.

— Et ensuite?

— Ensuite, tu pourras te servir de ton apparence pour approcher tes ex-petits copains des services spéciaux.

Leur dire que tu as des comptes à régler et que tu cherches quelqu'un.

Une sorte de mince sourire apparaît sur ses traits.

— OK. Vingt-quatre heures.

— Et pas d'initiative sans m'en parler… D'ici là : yoga, méditation, tisanes…

Il hoche vaguement la tête.

C'est fou le nombre de directives que je me sens obligé de donner aux jeunes tout en sachant qu'ils n'en tiendront probablement pas compte.

Ma femme ne peut s'empêcher de réagir.

— *C'est ton côté mère poule.*
— *Tu dis n'importe quoi.*
— *Et toi, tu es prêt à leur passer n'importe quoi.*
— *C'est totalement faux. Je ne les laisserais jamais mettre en péril une enquête. Et ils le savent très bien.*
— *Mais pour le reste…*

J'entends le rire de ma femme qui éclate, puis qui s'atténue comme si elle s'éloignait.

Je reprends conscience du fait que je suis à l'hôpital. Sundance me regarde avec un sourire qui rend encore plus étrange son visage tuméfié.

— Votre femme va bien ? demande-t-il.

25.

Sur le chemin du retour, je m'arrête au 3845.

J'ai à peine le temps de m'asseoir au comptoir devant un thé que Parano prend place à côté de moi. Il a toujours son masque sanitaire.

— Je ne sais pas comment vous faites pour boire ça, dit-il.

— Tu te répètes!

— Vous savez dans quelles conditions c'est cultivé, le thé? Comment c'est traité? Entreposé?... Exposé aux rats, au soleil et à la pluie sur les quais... à toutes sortes de microbes.

— Du thé, c'est fait avec de l'eau bouillante. Ça tue les microbes.

— Les virus résistent souvent à des températures encore plus élevées... De toute façon, faire bouillir, ça ne change rien aux contaminations chimiques.

— C'est pour me donner un cours d'hygiène que tu es venu?

L'arrivée de Tonino le dispense de répondre. Ce dernier ne sourcille même pas en voyant le masque de Parano. Ce n'est pas la première fois qu'il est confronté à ses «précautions».

Parano commande un jus de papaye, que Tonino a intégré au menu spécialement pour lui. C'est censé avoir des propriétés anti-cancer.

À l'époque, j'ai eu droit à une explication détaillée que je me suis empressé d'oublier. S'il fallait que je retienne tous les «cours» auxquels j'ai été soumis depuis qu'il est dans l'équipe, je serais devenu un dictionnaire médical.

Heureusement, son hypocondrie interfère rarement avec le travail.

— J'arrive de l'appartement de Sirois, reprend Parano. Vous aviez raison, quelqu'un est passé avant nous. Un vrai bordel. Les armoires et les tiroirs ont été vidés sur le plancher. Ils cherchaient quelque chose. Et ils ne se seraient pas acharnés autant s'ils l'avaient trouvé.

— Et toi, tu l'as trouvé, bien sûr...

Tonino dépose le verre de jus devant Parano. Il y a mis une paille, ce qui lui permet de prendre une gorgée sans trop déplacer son masque.

— Grippe? demande simplement Tonino.

Parano acquiesce d'un hochement de tête, comme s'il voulait minimiser le risque que des éléments contaminants s'échappent de sa bouche.

— Je comprends, se contente de répondre Tonino.

C'est pour moi un mystère. Alors qu'il se montre habituellement intransigeant à l'endroit des demandes spéciales des clients, Tonino semble avoir adopté une attitude paternelle avec les kids et il tolère la plupart de leurs caprices – ou, plus exactement, ce qu'il qualifierait de caprices si cela venait de n'importe quel autre client.

Quand j'ai vu apparaître le jus de papaye sur le menu, je n'en revenais pas. Et je sais très bien que Parano est l'un des seuls clients à en prendre. Mais le jus n'a plus jamais quitté le menu. C'est comme le saint-estèphe qu'il garde pour Sarah la rousse…

Aussitôt que Tonino s'éloigne, Parano ouvre la mallette qu'il a posée sur le comptoir en arrivant. Il en extrait un sac de plastique dans lequel il y a ce qui ressemble à un téléphone portable. Sans le sortir du sac, il le met en fonction. Il fait ensuite apparaître sur l'écran de l'appareil une série de photos.

Toutes des danseuses nues. Toutes photographiées dans une pose similaire, collées à un poteau de danse. Et toutes très jeunes.

— Je l'ai trouvé au fond d'un sac de riz, dit Parano. Un gros sac en jute qui n'avait pas été complètement vidé.

— Il n'y avait pas de mot de passe?

— Curieusement, non. Peut-être parce que ce n'est pas un téléphone, mais seulement un iPod. A priori, ce n'est pas piratable.

— Sauf si tu le branches sur un Wi-Fi.

— Pour ce qui est du riz, ce n'était probablement pas seulement pour dissimuler le téléphone. C'est aussi un truc pour récupérer un appareil qui est tombé dans l'eau. Les techs vont vérifier s'il reste des traces d'humidité à l'intérieur.

— À part les photos, qu'est-ce que tu as trouvé ?

— Presque rien. Juste une note dans un logiciel d'agenda. Il y a un mois. "Virement 75 000 $."

Je pense à la subvention reçue par ŒKoumenn. Une piste à suivre… Même si l'artiste n'est pas directement impliqué, il peut avoir été manipulé.

— Par contre, continue Parano, on a raté l'ordinateur. Quelqu'un l'a emporté en abandonnant sur place tous les périphériques.

— Des empreintes ? Des traces d'ADN ?

— Les techs sont encore là-bas. Ils n'ont pas fini d'examiner l'appartement.

Après avoir remis le téléphone dans l'attaché-case, il en sort un autre sac de plastique qui contient une photo à moitié brûlée.

On y aperçoit deux hommes, les bras croisés, devant un édifice qui ressemble à un entrepôt. Malheureusement, le feu leur a mangé la tête et une partie des épaules. Sur leurs bras croisés, on aperçoit plusieurs tatouages.

— Dans une poubelle, il y avait des papiers et d'autres photos entièrement calcinées. Cette photo est tout ce que j'ai pu récupérer. Un des techs est allé porter le reste au labo, mais il n'y a pas beaucoup d'espoir d'en tirer quelque chose… On a aussi découvert une seringue. Elle avait roulé sous un bureau.

Il range la photo dans son attaché-case.

— Dans un des tiroirs du même bureau, on a trouvé quelque chose qui pourrait être de la dope, poursuit-il. C'est parti pour le labo avec la seringue.

Il sort ensuite son propre téléphone et me montre l'écran.

— Ça, par contre…

J'aperçois des mots écrits en caractères cyrilliques, sur deux colonnes. Au bout de chaque ligne, il y a un groupe de chiffres. Quatre ou cinq.

— Une idée de ce que c'est? je lui demande.

— Pas encore. J'ai envoyé un courriel à Pavlenko, de la division du crime organisé. Il parle russe et plusieurs langues de la région.

— Tu as trouvé ça où?

— Une feuille scotchée derrière un miroir. J'ai fait une photo.

Il semble visiblement satisfait de sa découverte.

— Tu penses que c'est ce qu'ils cherchaient?

— Quand on aura la réponse de Pavlenko, on devrait savoir à quoi s'en tenir.

De mon côté, je rumine ce que m'a dit mon frère sur l'implication des mafias des pays de l'Est dans le trafic d'êtres humains. Avec les danseuses et les messages en cyrillique, quelque chose comme une convergence commence à se dessiner.

Parano termine d'un trait son verre de jus. Au moment où il se lève, je lui dis de passer prendre Sarah la rousse et d'aller porter tout ça aux techs. Je veux qu'elle soit là quand ils vont examiner l'appareil. Des fois qu'ils pourraient récupérer des éléments effacés.

— D'accord.

— Et montre-lui la photo. Elle pourra peut-être en tirer quelque chose.

Après son départ, je jette un regard à mon thé. J'ai dans la tête des images de ballots de thé abandonnés pendant des semaines sur les quais, au gros soleil, avec les insectes et les rats...

Finalement, je n'ai plus tellement envie de thé. Je repousse la tasse pour faire comprendre à Tonino que j'ai terminé.

26.

Pendant l'heure du dîner, je vais me promener au cimetière pour discuter avec ma femme. J'ai beau savoir que la proximité physique n'a aucune importance, que c'est dans ma tête que sa voix continue d'exister, je me sens plus proche d'elle quand je lui rends visite.

En approchant de sa tombe, j'entends immédiatement sa voix amusée.

> — Je te l'ai toujours dit, il y a des choses étranges qui se passent dans ta tête !
> — Il y en a encore plus dans le monde réel, pour paraphraser Shakespeare.
> — Qu'est-ce qui t'inquiète le plus ? Ton enquête sur le bain de sang ou celle des Affaires internes ?
> — Je ne sais pas. Pour le bain de sang, j'ai un mauvais feeling sur ce que ça cache... Mais l'idée qu'on s'en prenne aux kids et aux Sarah...
> — Tu penses que ça se peut ? Qu'il pourrait y avoir une taupe ?

C'est une hypothèse qu'il est impossible d'exclure avec certitude. La liste est longue, des vulnérabilités qu'on est en mesure d'exploiter pour faire pression sur quelqu'un. Il n'y a pas seulement l'argent, la drogue ou le sexe… On peut aussi menacer leurs proches. Ou jouer sur leurs bons sentiments : leur promettre, par exemple, de réaliser les rêves de quelqu'un qu'ils aiment… Mais je n'arrive pas à imaginer qu'un des jeunes soit pourri.

Je me promène une bonne heure dans le cimetière…

J'ai toujours trouvé étrange la peur que beaucoup de gens de ces lieux. Par définition, ce sont les endroits les moins dangereux : tous ceux qui y résident sont morts. Ce sont les seules personnes dont il est sûr qu'on n'a rien à craindre. Ce n'est pas comme Paradis…

Toujours pas de nouvelles de ce qu'il mijote, celui-là. Un instant, je songe à aller le confronter à son bureau. Mais il y verrait un aveu de faiblesse, le signe d'une véritable inquiétude. Cela l'encouragerait à redoubler d'efforts.

Autant ne pas lui donner cette satisfaction.

Quand j'arrive au bureau de Godin, il regarde ostensiblement sa montre. Je regarde la mienne. Dix minutes de retard.

— Tu étais en grande conversation avec ta femme ? Tu n'as pas vu le temps passer ?

C'est dit sur un ton ironique, mais qui ne parvient pas à dissimuler une réelle préoccupation.

Qu'un policier manifeste des comportements jugés étranges après un choc traumatique, cela fait partie des choses que quelqu'un comme Godin peut comprendre. On peut le gérer… Suffit de mettre le policier au repos, de l'envoyer voir un psy et de le réintégrer quand il est guéri.

Mais que je continue à parler à ma femme plusieurs années après sa mort, ça l'inquiète. Même si mon taux de succès démontre que j'ai retrouvé mon efficacité. Il craint probablement que les effets du traumatisme continuent de couver sous les cendres. Et qu'un jour, il y ait une explosion.

Mieux vaut commencer mon rapport sans attendre.

— On a identifié une autre des victimes. Le motard.

Ses sourcils se relèvent. Il ne sait pas de quoi je parle.

— Celui qui était sur la liste des disparus que je t'ai transmise. Eddie Ti-Coune Sirois.

— Ah oui, la liste… Étrange, non, comment des gens aussi différents peuvent se retrouver sur la même liste ?

— C'est rien, tu devrais voir celle des victimes mensuelles du cancer ! C'est vraiment n'importe qui à côté de n'importe qui !

Ma tentative d'humour le laisse de marbre. Je poursuis :

— Le seul point commun de ces disparus, c'est d'être disparus. On n'a trouvé aucune autre relation entre eux.

— Je vois…

Godin est quelqu'un qui voit beaucoup de choses. Quand il n'a rien à dire, ou qu'il ne veut pas exprimer ce qu'il pense, il répond la plupart du temps : « Je vois. »

Je décide de lui parler de quelque chose qu'il n'a pas vu.

— Dans la liste que je t'ai envoyée, il y a un nom que j'ai préféré ne pas inclure.

Il me regarde d'un œil soupçonneux.

— Pour quelle raison ?

— Parce que c'est un ministre du gouvernement.

— Si un ministre avait disparu, ça se saurait, non ?

Je lui parle des escapades exotiques du ministre de la Santé publique.

— À supposer que ce soit vrai, comment tu peux savoir ça ?

— L'ami d'un ami. Mais le problème n'est pas là. Imagine qu'il y ait une fuite et que la liste se retrouve dans les médias…

Je le laisse mijoter quelques secondes. Je vois à son air qu'il mesure les conséquences qu'entraînerait une telle situation. Alors, j'enchaîne :

— J'ai préféré être prudent. Je me suis dit que l'idéal, ce serait que l'information se rende directement au premier ministre. De manière confidentielle. Il appréciera sûrement notre discrétion.

Quand Godin répond, son ton s'est adouci.

— Tu as eu raison d'être prudent.

— Personnellement, remarque, je serais plutôt en faveur que ce soit rendu public. Mais, pour les fins de l'enquête, la seule chose qui m'intéresse, c'est de savoir si je dois l'inclure ou non dans la liste des victimes potentielles.

— Je vais suivre ta suggestion et appeler le directeur de cabinet du premier ministre.

Je lui parle ensuite d'ŒKoumenn, l'artiste auquel on s'intéresse.

— Tu crois que c'est lui, le coupable ?

— J'hésite entre complice et accessoire involontaire.

— De qui ?

— Aucune idée encore.

Je lui touche un mot de la perquisition à l'appartement de Sirois. Finalement, après avoir hésité, je lui apprends la véritable identité de celui qu'on prenait pour un itinérant.

Il recule sur sa chaise et joint les mains devant son visage. Seule la pointe des doigts se touche.

— Je vois, dit-il.

— Moi, je ne vois pas du tout ce qu'il vient faire dans cette histoire.

— Au SCRS, qu'est-ce qu'ils en disent?

— Rien.

— Comment ça, rien?

— Ils n'ont aucun dossier sur lui et il ne fait pas partie de leurs agents…

— Tu es sûr qu'il est au SCRS?

— Oui.

Avant qu'il ait le temps de me demander d'où vient mon information, j'ajoute:

— Un ami qui me veut du bien.

Chaque fois qu'une information vient d'une source que je préfère tenir secrète, j'utilise la même formule. D'habitude, ça fonctionne. Sauf que, cette fois-ci, Godin doit bien se douter que le renseignement vient de mon frère.

Il se passe la main dans le cou comme pour soulager une tension, puis me demande:

— Et tu n'en sais pas plus?

— Non. Peut-être que leur agent travaillait sous couverture…

— Je vois…

— Peut-être que le SCRS ne peut pas reconnaître son existence sans compromettre d'autres personnes…

— Je vais en parler discrètement à la directrice adjointe. Je l'ai rencontrée à quelques reprises.

— Si tu lui parles, ils vont savoir que nous savons. Et ils vont vouloir que tu leur dises comment on a obtenu l'information.

— C'est un peu normal, non? Leur agent baignait dans le sang des autres victimes!… Alors, qu'est-ce que je lui réponds?

— Qu'un indicateur a entendu deux motards parler de lui. Qu'un des deux motards était Eddie Ti-Coune Sirois.

J'arrange un peu la réalité, mais ce n'est probablement pas faux. Après tout, l'un des deux baignait dans le sang de l'autre.

— Et si elle me demande le nom de cet indicateur? reprend Godin.

— Dis-lui qu'on en rediscutera quand ils nous fourniront le nom des leurs.

— Je te rappelle qu'on est dans la même équipe.

— Tu penses sérieusement qu'ils s'imaginent, eux, être dans la même équipe que nous?

Godin ne juge pas utile de protester.

27.

Comme j'arrive à l'aquarium, Kodak m'interpelle.

— J'ai la réponse de Pavlenko, dit-il en me faisant signe de venir à son bureau.

Le texte en cyrillique retrouvé sur le téléphone de Sirois est affiché sur l'écran de son ordinateur. Sous chaque ligne, on peut lire la traduction française. La première colonne est une liste de 11 prénoms de femme. La deuxième comporte quatre noms, trois anglais et un français, qui se répètent de façon variable.

— Tous des prénoms slaves, souligne Kodak. Probablement russes ou ukrainiens... polonais...

— Et la deuxième colonne?

— Des bars de danseuses. Pavlenko a déjà vu ce genre de liste. Les chiffres au bout de chaque ligne, c'est le prix de location.

— Elles sont louées?

— À la semaine. Ceux qui les importent les font tourner de club en club : ça évite qu'elles se fassent des contacts et qu'elles aient des occasions de s'enfuir.

— Les clubs, tu les connais ?

— Un seul est à Montréal. Le New Vegas. Il y a eu plusieurs descentes au cours des années.

— Les autres ?

— Répartis dans la province... Granby, Gatineau, Sherbrooke.

Que Sirois ait été impliqué dans un trafic de danseuses en provenance d'Europe de l'Est, cela apparaît de plus en plus probable. Il y a même de bonnes chances que ce soit la raison pour laquelle il a été tué. Mais que vient faire Bernier dans cette galère ?

La seule explication que je vois, c'est qu'un membre du réseau a identifié Bernier comme un agent du SCRS et il a pensé que Sirois travaillait avec lui... Mais pourquoi les avoir vidés de leur sang ? Pourquoi cette mise en scène ?

Kodak me regarde sans dire un mot. Il a un drôle de sourire. Comme souvent, il faut que je le relance.

— Qu'est-ce que tu ne m'as pas encore dit ?

— J'ai un peu creusé les dossiers des disparus. Des gens intéressants.

— Et... ?

— Montbourquette, le designer de mode... Il n'a pas de casier, mais ses déclarations ont souvent fait la une des médias. À une journaliste qui lui demandait pourquoi toutes ses mannequins avaient l'air anorexiques, il a répondu que ses vêtements méritaient mieux que d'être portés par des bestiaux.

— Il a dû se faire tout plein d'amies chez les féministes.

— Il y a eu des protestations dans les médias.

— J'imagine.

— En réponse, il a déclaré que la seule valeur qu'il reconnaissait, c'était la Femme avec un grand F. Pas les grognasses qui s'attribuent abusivement le nom de "femme".

— Que ce ne soit pas la personne la plus sympathique, OK. Mais est-ce que c'est une raison pour l'assassiner ? Si tous les machos dans son genre se faisaient tuer, les rues seraient pleines de sang... Au fait, il est marié, ce type ?

— Trois mariages. Les trois femmes ont d'abord été mannequins pour lui.

— Des pensions alimentaires ?

— Madame Montbourquette numéro 1 m'a dit qu'il était l'ex idéal : il paie régulièrement et il n'a jamais cherché à la revoir.

— Un macho au grand cœur !

— Les deux autres ex ont confirmé.

— Des problèmes financiers ?

— Sa résidence à l'Île-des-Sœurs est entièrement payée. Il n'a pas de dettes. Son entreprise fait des profits... Rien de suspect.

— Il a disparu et il continue de payer ses pensions alimentaires ?

— Il y a seulement dix jours qu'il a disparu. Le prochain paiement est dû le mois prochain... De toute façon, avec les virements automatiques...

Puis Kodak enchaîne avec un autre des disparus.

— Stephen Mackay, le pasteur. Un *born again Christian*. Pro-vie. Il a publié un livre sur la nécessité de moraliser la société, un individu à la fois. Bénévole pour plusieurs organisations charitables. Et avant que vous le demandiez, toutes ces organisations ont une excellente réputation. Aucun scandale, aucune allégation de fraude...

— D'accord, on a tué la version masculine de mère Teresa.

— *Peut-être* tué. Pour l'instant, il est simplement disparu.

— D'accord, peut-être tué… Les autres ?

— Tony Mitchell. Carrière exemplaire dans l'armée. Blessé deux fois. Guerre du Golfe et Afghanistan. Des tas de décorations pour bravoure : Croix de Victoria, Étoile de la vaillance militaire, commandeur de l'Ordre du mérite militaire…

— Autrement dit, un héros.

— Il était sur le point de prendre sa retraite.

— Et le producteur de films pornos ?

— Noreau… Lui, c'est un cas. Il a commencé sa carrière dans les années 1970. Sur sa page Facebook, il prétend être fidèle à l'esprit de Woodstock. Par ses vidéos, il veut promouvoir l'amour libre et contribuer à "déconstiper" l'Occident.

— Rien que ça…

— Il a publié un guide pratique sur la masturbation vidéo-assistée comme solution aux problèmes des infirmes, des vieux, des timides maladifs et, plus généralement, de tous les handicapés de la séduction.

Je ne peux m'empêcher de répéter l'expression :

— Les handicapés de la séduction… C'est la première fois que je l'entends, celle-là.

— Il a lancé une pétition sur Internet pour qu'on les reconnaisse comme minorité opprimée.

— Un bienfaiteur de l'humanité, lui aussi.

— Il prétend que ses œuvres contribuent à pacifier la société. Parce qu'elles apaisent les frustrations sexuelles des gens et que des individus moins frustrés auront moins tendance à être violents.

— Il faut croire que ça ne fonctionne pas à tous les coups.

— Pour l'instant, il est seulement disparu.

— Mais depuis un mois… À son âge, on peut douter qu'il soit parti faire le tour du monde en stop.

— Martin Lebel. Coach de natation. Il a récemment démissionné de son poste. Il y a eu des rumeurs comme quoi il "coachait" les nageuses d'un peu trop près…

— Des poursuites ?

— Non.

— Qu'est-ce qu'il faisait, au moment de sa disparition ?

— Il venait d'être recruté pour travailler avec l'équipe nationale de Birmanie. Le contrat était signé. Mais ils n'ont jamais eu de nouvelles de lui.

— La Birmanie a une équipe de natation ?

— Ça doit être un effet de la libéralisation du régime.

— Compte tenu du réchauffement climatique, ce n'est pas une mauvaise idée qu'ils encouragent les gens à apprendre à nager…

— Vous êtes au courant que c'est le deuxième pays le plus exposé aux inondations ? La mer pourrait gruger jusqu'à dix pour cent du territoire. Plus de 4,6 millions de personnes seraient déplacées…

J'avais seulement voulu faire une boutade. Je me dépêche de l'arrêter :

— Et le financier, Carlos Kelly ?

— Rien à signaler. Entrepreneur typique. Il aurait vendu sa mère et sa famille si cela avait été profitable pour lui, mais il l'aurait fait dans la plus pure légalité. Il paie scrupuleusement ses impôts et n'a jamais été soupçonné de fraude. Les investisseurs qu'il a ruinés l'ont été selon les règles de l'art ; ils n'ont pas le moindre recours contre lui.

— Avec ce genre de mentalité, lui aussi, il a dû se faire des ennemis !

— Sûrement. Mais de là à se faire tuer et vider de son sang...

— Je sais, c'est comme pour les machos. S'il fallait tuer tous les hommes d'affaires qui exploitent les gens légalement...

— Tom Choung. Un propriétaire immobilier de Toronto. Accusé de blanchiment d'argent. Acquitté sur une technicalité. Toute la preuve a été jugée irrecevable.

— Qu'est-ce qu'il faisait ?

— Sa compagnie achetait des propriétés à un prix ridicule, puis elle les revendait plusieurs fois leur valeur. Des membres des triades étaient à la fois les vendeurs et les actionnaires de son entreprise. Ils payaient les propriétés avec les profits de leurs trafics et la compagnie leur remettait l'argent, complètement blanchi, sous forme de dividendes.

— Il est toujours dans l'immobilier ?

— Non. Dans l'import-export. Je n'ai pas pu en savoir plus.

— À la section des crimes économiques, ils le connaissent peut-être ?

— Il a disparu de leur radar.

— Peut-être pas seulement de leur radar...

— Jason Day. Avocat à Ottawa. S'est fait un nom dans des causes de divorce. Il se spécialise dans la défense des hommes accusés de violence conjugale et d'agression sexuelle. Il a gagné plusieurs procès en Cour d'appel. Et même un en Cour suprême.

— Un autre ami des féministes !

— Sûrement... Il a déjà eu un blâme du Barreau à cause de son habitude d'intimider les plaignantes.

Après une pause, je lui demande :

— Les autres disparus ?

— Pas encore eu le temps.

— Jusqu'à maintenant, tu en penses quoi ?

— Je ne vois pas de point commun.

— Résumons… On a un motard qui trafique des femmes, un héros de guerre multidécoré, un pasteur qui se prend pour mère Teresa, un producteur porno qui veut sauver l'Occident, un designer macho au grand cœur, un homme d'affaires avec la conscience d'un requin qui aurait suivi des cours de droit… En plus de ça, on a un coach de natation aux mains baladeuses parti faire fortune au tiers-monde, un agent immobilier qui fricote avec les triades et un avocat défenseur des maris violents… Paddle dirait que ça ferait une chouette BD !

— Paddle ne dirait pas "chouette".

— Détail, détail…

— Parlant de détails, est-ce que je peux souligner que ce sont des gens qui ne fréquentent pas les mêmes milieux et qui, normalement, auraient peu de chances de se rencontrer ?

— J'allais y venir…

— D'accord, je vais continuer de creuser.

C'est ce qui est bien avec Kodak : pas besoin de longues explications pour qu'il sache ce qu'il a à faire.

28.

Après avoir abandonné Kodak à son écran, je me rends au 3845.

Tonino m'apporte un verre de Mad & Noisy, que je bois lentement en discutant avec ma femme.

— Je ne sais pas quoi penser des disparus.

— Tu répètes toujours aux jeunes qu'avant de trop penser, il faut d'abord avoir en main tous les faits.

— C'est vrai... Cette affaire m'affecte plus que d'habitude.

— Pourtant tu as vu des choses bien pires... Le charnier où le tueur en série enterrait ses victimes... La mère qui avait assassiné son mari et ses enfants à coups de batte de baseball...

— Je sais, mais il y a quelque chose dans cette affaire... quelque chose de sordide... Mêler le sang de plusieurs personnes comme ça... Toute la mise en scène...

— Ce n'est peut-être pas cette enquête-là qui t'inquiète le plus. Peut-être que tu te concentres sur elle pour ne pas penser à l'autre...

Notre discussion est interrompue par l'arrivée de Sarah la rousse. Son sourire ne trompe pas.

Elle s'assoit à côté de moi, jette un œil à mon verre et fait signe à Tonino.

— Des bonnes nouvelles ? je lui demande.

— Suffisamment pour que vous me payiez un verre.

Elle se tourne vers Tonino qui arrive.

— La même chose que d'habitude ? demande-t-il.

— Il vous en reste ?

— Pour vous, j'ai toujours ce qu'il faut.

Il repart vers la cuisine. Sarah ramène son regard vers moi.

— La photo à moitié brûlée, dit-elle.

— Vous avez retrouvé l'allumette qui est à l'origine de l'incendie ?

Avec elle, mes tentatives d'humour tombent souvent à plat. C'est comme si elle les avait anticipées et qu'elle était déjà passée à autre chose.

— J'en ai envoyé une copie à la division du crime organisé. Ils ont identifié les deux hommes grâce aux tatouages sur les bras. Un des deux est Eddie Ti-Coune Sirois.

— Et l'autre ?

— Le chef présumé de la mafia ukrainienne. Oleg Klimenko. Spécialisé dans l'importation de femmes des pays de l'Est… La liste que Kodak a envoyée à Pavlenko pour qu'il la traduise confirme que Sirois et lui trafiquaient ensemble.

— Quelqu'un aurait donc éliminé la filière au complet : celui qui faisait venir les filles et celui qui les distribuait dans les clubs.

— Les deux étaient sous surveillance. À l'escouade du crime organisé, ils ont des heures et des heures d'enregistrement vidéo. Ils m'y ont donné accès. En échange, ils veulent qu'on leur communique ce qu'on trouve.

— D'accord. Vois avec Kodak comment gérer ça.

— J'ai aussi parlé au médecin qui a constaté le décès de Jolicœur, le propriétaire de l'édifice où a eu lieu l'exposition.

— Il a des doutes sur la cause de la mort ?

— Pour la cause, c'est très clair : crise cardiaque. Mais le médecin a été surpris : un mois plus tôt, Jolicœur avait passé un électrocardiogramme et son cœur était en très bonne santé.

— Tu sais où il est enterré ?

— Il a été incinéré.

— J'imagine que ça réduit les possibilités d'une deuxième autopsie.

29.

En ouvrant le congélateur, je constate qu'il est à peu près vide. Je prends le seul contenant de bœuf bourguignon qui reste et je me dirige vers la cuisinière.

Je n'aurai bientôt plus le choix, il va falloir que je me tape une autre fin de semaine de bouffe… Pendant deux jours, je cuisine comme si je devais nourrir une armée et je remplis le congélateur de portions individuelles.

Quand je dis que « je » cuisine, c'est un raccourci. Il y a toujours une des Sarah ou un des kids qui s'offrent pour m'aider. L'ami de Sundance, qui est cuisinier, vient habituellement faire son tour. Souvent, ils s'y mettent à plusieurs et ils se relaient pendant la fin de semaine. Derrière mon dos, ils appellent ça « aller nourrir l'ancêtre ». C'est Paddle qui s'est échappé sans savoir que je l'entendais : il parlait à Sarah la noire au téléphone pour « coordonner les tours de garde » !

Pendant que le bœuf bourguignon décongèle dans le micro-ondes et que les pâtes cuisent, je regarde les informations à la télé.

> … une école des États-Unis. À la suite de ce massacre, les ventes d'armes ont atteint un nouveau record. En voyage à Paris, le président a une fois de plus déploré…

C'est assez hallucinant, cette propension des Américains à se massacrer entre eux. Et à nier le rapport entre la multiplication des armes et celle des massacres. Ici, même les conservateurs n'ont pas été aussi loin dans la bêtise. Et Dieu sait qu'ils n'ont pourtant pas l'habitude de se gêner !

Pas besoin de se demander pourquoi les terroristes de l'État islamique n'ont pas encore frappé aux États-Unis :

ils n'en ont pas besoin! Ils ont sous-traité le travail à la NRA!… Suffit d'inonder le pays d'armes et il y aura inévitablement des illuminés, ici ou là, pour aller exercer leurs droits constitutionnels à bout portant.

> … de nombreux leaders républicains ont offert leurs condoléances aux familles des victimes. Ils ont aussi promis de continuer de prier Dieu pour qu'il protège l'Amérique.

D'une tuerie à l'autre, c'est toujours la même chose. On voudrait démontrer l'inutilité de la prière qu'on ne ferait pas mieux: plus ils prient, plus il y a de massacres. Dans leur logique, ça tendrait plutôt à prouver que Dieu déteste les États-Unis!

> À Montréal, la police piétine toujours dans l'affaire de la baignoire sanglante. Interrogé à ce sujet, le maire a écarté pour l'instant la possibilité de demander l'aide de la SQ.
>
> Par ailleurs, de nombreuses rumeurs agitent les réseaux sociaux, tant sur l'identité des victimes que sur la volonté de la police d'enterrer l'affaire parce que des personnes importantes seraient impliquées…

Avant que je puisse réagir, la sonnerie de mon portable se fait entendre. Je coupe le son de la télé.

— Je vous dérange?

C'est Kodak.

— J'écoutais la télé nous démolir par réseaux sociaux interposés. Toute interruption est bienvenue.

— Je viens de recevoir un courriel du labo. La drogue trouvée chez Sirois n'est pas de la coke ni quoi que ce soit du genre.

— Un nouveau truc de synthèse?

— Une sorte d'anesthésique utilisé dans les hôpitaux pendant les opérations. Il y en a des traces dans la seringue qui était sur place.

— Peut-être qu'il faisait de l'insomnie…

— Ou bien on a décidé de l'endormir pour de bon.

— Tu penses qu'on peut découvrir d'où ça vient?

— Aucun vol n'a été rapporté dans les hôpitaux, mais c'est un produit facile à acheter sur Internet. Je vous laisse un résumé de tout ça sur votre bureau.

— Tu es encore là-bas?

— J'avais de la paperasse à terminer.

Après avoir raccroché, je ferme mon téléphone et je me rends à la cuisine achever la préparation de mon souper.

Je m'installe ensuite devant la télé pour manger.

Je ne peux m'empêcher de penser à l'anesthésique. Pourrait-il avoir été utilisé pour endormir les victimes? Ça expliquerait que Bernier ne donne pas l'impression de s'être débattu pendant qu'on lui ouvrait les veines…

À l'écran, les informations continuent de saper le moral de la population.

> … Erdogan, le président de la Turquie, a attaqué en justice un internaute qui a comparé une de ses photos à celle de Gollum. Un haut tribunal devra statuer, avec l'aide d'experts, si Gollum représente ou non un vrai méchant. Dans le premier cas, la comparaison serait une insulte au chef de l'État, punissable d'une assez longue peine de prison. Dans le second cas, la conclusion est moins claire…

Je ne peux m'empêcher de penser à ce qu'on pourrait faire avec les politiciens d'ici…

J'en suis à ranger mon assiette dans le lave-vaisselle quand on frappe à la porte.

Sarah la rousse.

— Il y a une heure que je tente de vous joindre. Vous ne répondez à aucun courriel. Votre ordinateur est en panne ?

La question est posée à la blague, mais je devine que le sujet qui l'amène est important. Il faut des raisons sérieuses pour l'arracher à son ordinateur… et à l'expert en ordinateurs avec qui elle partage ses soirées.

— J'ai trouvé l'endroit où la photo a été prise.

— Quelle photo ?

— Celle de Sirois et du mafieux ukrainien.

Elle sort un iPad de son sac et me montre la photo en question. Puis elle fait apparaître une deuxième photo qui représente la devanture d'un entrepôt.

Hormis la présence des deux hommes, tout est identique.

— Tu as trouvé ça comment ?

— Logiciel de reconnaissance d'images.

Bien sûr. Question stupide.

— Et tu sais où est situé cet entrepôt ?

Autre question stupide. Mais elle ne s'en formalise pas.

— Quartier industriel de Montréal-Nord, répond-elle.

Elle sort une feuille de papier de son sac et me la tend. À mon air, elle doit voir que je suis intrigué, car elle ajoute :

— Du papier, c'est plus difficile à pirater.

— Tu penses être espionnée ?

— Rien de spécial. Mais il y a eu deux ou trois tentatives d'intrusion dans mon ordinateur. Des tentatives sérieuses, je parle. Comme le vôtre est probablement moins sûr que le mien…

— Tu sais d'où ça vient ?

Je pense au SCRS, aux Affaires internes…

— Les mafias russes ont les moyens de se payer les meilleurs hackers du *dark web*, répond Sarah. Si elles pensent qu'on s'intéresse à leurs activités, elles vont vouloir savoir qui on est…

Pour l'entrepôt, la décision n'est pas longue à prendre. On n'a pas de temps à perdre.

— Perquisition à la première heure, demain matin. Tu t'occupes d'organiser ça avec Kodak.

Après le départ de Sarah, je me sers un verre de Diplomatico et je retourne à mon fauteuil devant la télé, en proie à des sentiments partagés.

D'une part, je sens que l'affaire est en train de débloquer, ce qui est habituellement de bon augure. Par contre, il y a ces tentatives de piratage sur l'ordinateur de Sarah… J'ai de la difficulté à croire que les Affaires internes n'y sont pour rien. Et si c'est le cas, tous les membres de l'unité ont probablement été visés.

Pendant que je culpabilise et que je me dis que j'aurais dû les prévenir, la télé poursuit son travail de sape. Un expert explique que Daech et l'Arabie saoudite, au fond, c'est blanc bonnet, bonnet blanc.

Même répression envers les femmes : obligation de se voiler, interdiction d'exercer des activités publiques, interdiction de sortir de la maison sans être accompagnée d'un homme, droit réduit à l'héritage… Mêmes châtiments barbares : à la Mecque, on fouette allègrement, on coupe des mains, on décapite à qui mieux mieux… Même interprétation littérale et obscurantiste du Coran. Même intolérance envers les autres cultures et les autres religions. Même haine du passé. Les Saoudiens vont jusqu'à effacer les traces de leur propre passé musulman, y compris le tombeau d'Ali et les anciennes mosquées…

Et l'expert de conclure que la seule chose qui distingue les Saoudiens, c'est la réussite. Ils ont conquis leur pays, ils imposent leur credo sur le territoire qu'ils contrôlent et ils dépensent des milliards chaque année pour propager leur doctrine sur le reste de la planète.

> Vous voulez vraiment savoir à quoi ressemblerait le triomphe de Daech? Regardez l'Arabie saoudite.

Sur cette conclusion roborative, je ferme la télé. Il y a une limite à ce que mon esprit peut absorber.

Au même instant, on frappe de nouveau à la porte.

Sarah aurait-elle oublié quelque chose?

30.

En ouvrant, j'aperçois une femme qui me dévisage avec un sourire amusé… Yeux bleus, cheveux noirs, maquillage élaboré mais discret, pendentif en sautoir en guise de collier, tailleur gris foncé qui semble provenir d'un grand couturier, jupe au-dessus du genou…

Subitement, je la reconnais. C'est la cliente que j'ai remarquée au 3845.

— Je me présente, Lydia Balco.

Elle me tend la main, que je saisis par réflexe.

— Henri Dufaux.

— Je sais.

Puis, sans perdre son sourire, elle ajoute:

— Vous m'invitez à entrer ou vous préférez qu'on discute à l'extérieur?

Je me rends compte que je tiens encore sa main. Je lui offre d'entrer.

Une fois que nous sommes au salon, assis l'un en face de l'autre, elle m'explique la raison de sa visite.

— D'abord, l'explication courte : je suis directrice adjointe au SCRS.

Je la regarde plus attentivement. Le moins qu'on peut dire, c'est qu'elle n'a pas la tête de l'emploi. Je l'imaginerais davantage travailler pour une entreprise de cosmétiques ou de haute couture que dans une agence de renseignement.

J'ai beau savoir que le SCRS, comme tous les services publics, a été contraint par le gouvernement de féminiser davantage son personnel, j'ai de la difficulté à comprendre comment elle a pu atteindre ce poste. Surtout si on considère son âge.

Une chose est sûre cependant : si elle est bien qui elle prétend être, et si elle s'est déplacée personnellement au lieu de me convoquer à son bureau, c'est qu'elle désire que la rencontre ait un caractère non officiel.

Je commence par lui demander une pièce d'identité. Elle me montre sa carte avec photo du SCRS. En autant que je puisse en juger, elle semble authentique.

Je lui rends sa carte.

— Et l'explication longue ? je lui demande.

— J'ai besoin de votre aide.

— Ce n'est pas beaucoup plus élaboré.

— Il s'agit du meurtre de Pete Bernier.

— Je m'en doutais un peu.

Tout en parlant, je continue de l'examiner. À première vue, on lui donnerait le milieu de la trentaine. Par contre, la perfection de son maquillage et l'assurance de son regard plaident pour une dizaine d'années de plus.

Quarante-cinq ans, un poste de directrice adjointe, ce n'est pas impossible. Il va falloir que je vérifie.

— Et maintenant, dit-elle, vous pensez que je vais vous demander d'étouffer cette affaire, je suppose ?

— L'idée m'a effleuré l'esprit.

— C'est seulement dans les films que les espions font ce genre de choses.

Elle sourit, puis ajoute :

— De toute façon, d'après ce que je sais de vous, ce serait une erreur.

— Ce que vous savez de moi ?

— Vous n'imaginez tout de même pas que je suis venue vous rencontrer sans m'être préparée.

— Je sais. Je vous ai aperçue au 3845.

— Dans votre dossier, on mentionne que c'est en quelque sorte votre deuxième bureau. L'aquarium 2.0, je crois.

Je n'arrive pas à dissimuler complètement ma surprise, ce qui semble la réjouir.

— Donc, le SCRS possède un dossier sur moi...

Elle élude la question.

— Contrairement à ce que vous semblez croire, dit-elle, je tiens beaucoup à ce que vous fassiez la lumière sur cette histoire.

Celle-là, je ne l'avais pas vue venir...

Elle a déjà décidé quelle lumière il fallait jeter sur cette affaire. Elle est ici pour me l'expliquer.

— Je suis prête à vous aider, reprend-elle.

— C'est pour m'aider que vous avez fait disparaître toute information relative à Bernier ? Pour accélérer l'enquête ?

— Je l'ai fait avant même qu'il entreprenne sa mission. J'étais son seul contact.

— Une opération dirigée personnellement par la directrice adjointe du SCRS ? C'est plutôt inhabituel, non ?

— Oui.

Enfin, une réponse simple et directe. C'est trop beau, ça doit sûrement cacher quelque chose.

En tout cas, pour qu'elle me déballe les histoires internes du SCRS, il faut qu'elle juge ma collaboration importante... Sous réserve, bien sûr, que ce qu'elle me raconte soit vrai.

Mieux vaut continuer à paraître sceptique :

— Que la directrice adjointe contacte un simple inspecteur du SPVM pour lui parler d'une opération secrète, une opération si secrète qu'elle la dirige personnellement, c'est une pratique courante ?

— Il y a une taupe dans notre organisation, répond-elle.

Décidément, c'est une manie ! Tout le monde voit des taupes partout ! C'est quoi, cette obsession ?

Puis je réalise les implications de ce qu'elle vient de me dire.

— Une taupe... Et, pour une opération aussi importante que de débusquer une taupe, vous avez choisi une tête brûlée comme Bernier ?

— Justement ! Personne n'aurait pu imaginer qu'on lui confie ce genre de travail.

Pendant que je l'écoute, elle décroise et recroise les jambes comme si elle s'efforçait de correspondre à l'image peinte par les romans noirs de l'espionne séductrice... Ou à Sharon Stone dans *Basic Instinct*.

Je décide de prendre l'initiative de la conversation.

— Qu'est-ce que vous pouvez faire pour moi ?

— Pour vous, des tas de choses, sans doute... Mais pour ce qui est de votre enquête, je n'en sais pas beaucoup plus que vous.

— La mission précise de Bernier, c'était quoi ?

— S'infiltrer dans le groupe de Sirois. Voir qui était en contact avec Klimenko.

— Pourquoi Klimenko?

— On savait que Sirois louait des filles pour les faire travailler dans ses bars. On avait des indications comme quoi Klimenko le fournissait. On voulait vérifier.

— Bernier savait pourquoi vous vous intéressiez à Klimenko?

— Non. Il pensait que c'était le travail habituel : voir qui parle à qui, compiler des informations pour faire la carte des réseaux…

— Et maintenant que Sirois est mort?

— Quelqu'un d'autre dans l'organisation a sûrement pris la relève.

Elle a répondu sans aucune réticence. Mais je suis tout de même curieux de voir comment elle va réagir à ma prochaine question.

— Ce que je saisis mal, c'est en quoi ce genre de criminalité relève du SCRS.

— Une fois qu'on a établi un réseau international de trafic de femmes, c'est facile de se servir de ce réseau pour trafiquer autre chose. Particulièrement des informations.

Je dois l'admettre, l'argument se tient.

— Pour en revenir à votre offre, qu'est-ce que je gagne, à collaborer avec vous?

— La satisfaction du devoir accompli!… Et puis, on ne sait jamais. Si un jour vous vous trouvez dans une situation délicate, je pourrai peut-être vous aider…

Est-elle en train d'évoquer à mots couverts l'enquête des Affaires internes? Se peut-il qu'elle soit derrière ça? Elle pourrait même avoir monté cette histoire d'enquête pour avoir un moyen de pression sur moi…

Un instant, je me demande si Parano ne m'a pas contaminé à mon insu. Puis je me dis que c'est le SCRS. Se méfier d'eux n'est pas de la paranoïa : c'est un réflexe de survie.

Contrairement à ce que j'appréhende, elle n'enfonce pas le clou.

— Cela dit, reprend-elle, je ne pense pas que vous ayez à vous en faire outre mesure.

— Parce que je vais accepter votre proposition ?

— Non, répond-elle en souriant. Il n'y a aucun lien... Même si je pense que vous allez l'accepter.

— Pourquoi ?

Nouveau décroisement-croisement de jambes.

— Nous savons tous les deux que vous avez l'indépendance d'esprit nécessaire pour accepter d'utiliser des moyens non conventionnels s'ils vous permettent de mener à bien une enquête.

— Et vous pensez faire partie de ces moyens ?

— Bien sûr.

— Est-ce qu'il y a des choses, sur cette affaire, que vous ne me dites pas ?

— Des tas de choses qu'il n'est pas indispensable que vous sachiez. Par contre, je veux bien vous en révéler un peu plus... Vous avez raison de vous intéresser à ce qu'avaient en commun les victimes dont le sang s'est retrouvé dans le bain.

— À votre avis, elles n'ont pas été choisies au hasard ?

— Vous pensez sérieusement que ça pourrait être le cas ?

— Et la mise en scène ? Une simple manœuvre pour égarer les soupçons ?

— Ça m'étonnerait... mais c'est votre enquête.

— Si j'ai besoin de vous contacter ?

Elle se lève, glisse la main dans une poche de son tailleur et en sort une carte professionnelle. Il n'y a rien d'autre qu'un numéro de téléphone.

— Demandez madame Jones. On vous indiquera à quelle heure me joindre au Café Cherrier... Avouez que c'est le dernier endroit où on imaginerait que des espions se rencontrent !

— Et s'il est fermé ?

— Vous attendez sur le trottoir. J'enverrai une limousine vous cueillir.

L'idée d'être cueilli est loin de m'emballer. Probablement une autre remarque qui vise à me déstabiliser.

Au moment où elle passe la porte, je lui demande :

— Écoutez, pour l'offre de collaboration, je peux comprendre. Mais c'était quoi, ce numéro de Mata Hari ?

À ma surprise, c'est sur un ton très sérieux qu'elle me répond :

— Nous faisons un métier sinistre. Notre quotidien est fait de ce qu'il y a de pire chez l'être humain.

Puis sa voix retrouve ses accents de marivaudage légèrement moqueur :

— Alors, quand il se présente des occasions de s'amuser...

Elle referme la porte en me laissant m'interroger sur le sens de sa réponse.

Qu'entend-elle par s'amuser ? Jouer à tenir un rôle ? Ou bien...

CORPS SANS ORGANES

31.

Encore une mauvaise nuit. Réveil avec le même sentiment d'avoir mal à tous les muscles. Comme quand on a une mauvaise grippe. Je suis vanné.

Pourtant, je n'ai aucun mal de tête ou de gorge, aucune congestion. Mes sinus sont déserts. Ils pourraient appartenir à des migrants qui viennent de traverser le nord de l'Afrique.

Je touche mon front : pas de température. Je décide de me rendre à pied au bureau, histoire de m'aérer le cerveau.

Chemin faisant, je tente de parler de l'enquête avec ma femme. Mais je dois rapidement me rendre à l'évidence : elle ne répond pas. C'est comme si elle n'était plus là.

Au bureau, Parano m'attend devant l'entrée. Il a toujours son masque.

— Tout est prêt, dit-il.

Ça me revient brusquement. La perquisition à l'entrepôt ! Il faut vraiment que je ne sois pas au meilleur de ma forme pour avoir oublié ça !

Je monte dans la voiture de Parano.

C'est probablement la première fois qu'un membre du SPVM va participer à une perquisition avec un masque sanitaire. Un instant, je me demande si ça contrevient au règlement qui oblige les officiers à s'identifier aux citoyens auxquels ils s'adressent dans le cadre d'une opération. Puis je pense à l'équipement des unités de SWAT, aux masques à gaz... Ça devrait aller.

Pendant le trajet, Parano m'informe de ses progrès dans la recherche d'échantillons d'ADN.

— On a récupéré des objets à analyser pour quatre des disparus, dit-il. Je les ai portés au labo hier soir. Je devrais également recevoir des colis d'Ottawa et de Toronto pendant la journée. Demain au plus tard... J'ai appelé des amis là-bas.

Arrivé sur place, impossible de ne pas repérer l'entrepôt au premier coup d'œil. La même porte orangée que sur la photo, les mêmes murs de béton gris, la même saleté patiemment accumulée sur la façade malgré les efforts de la pluie pour tout effacer...

Parano a tôt fait de venir à bout de la serrure.

Il y a deux ans, il a suivi un cours de serrurier pendant ses vacances. Depuis, il continue de se perfectionner. Et il ne se déplace jamais sans avoir sur lui ce qu'il appelle son «kit de base».

Comme toujours, il tient à entrer le premier. Étant donné ses tendances paranoïaques, cela peut sembler paradoxal. Mais il affirme que c'est précisément la raison pour laquelle il doit le faire: parce qu'il est le plus apte à déceler rapidement les sources potentielles de danger.

En fait, c'est surtout parce que ça lui donne un sentiment de contrôle. C'est comme les gens qui supportent mal d'être dans une voiture s'ils ne sont pas au volant.

La précaution s'avère cependant inutile. L'immense salle est vide: aucun meuble, pas de caisses sur le plancher, rien sur les murs ou suspendu au plafond... On a l'impression d'être à l'intérieur d'une boîte dont les six côtés seraient parfaitement lisses. Enfin, presque. Le mur situé à notre gauche est percé de deux portes.

Parano tente d'ouvrir la première.

Verrouillée…

Il sort à nouveau son kit et réussit sans difficulté à forcer la serrure. Sa main tâte ensuite le mur intérieur, à la recherche d'un interrupteur. En vain.

Il se résout à utiliser sa lampe de poche. Un puissant rayon lumineux balaie l'intérieur de la pièce.

— Merde…

C'est son seul commentaire.

J'entre à mon tour pendant que le faisceau lumineux continue de balayer l'endroit de manière lente et méthodique.

On dirait un long corridor bordé d'une double haie de barreaux d'acier.

— Des cellules…

Il y en a au moins une dizaine. Vides. Sauf une, immédiatement à notre gauche. On y distingue des restes humains.

Des restes… C'est le terme le plus approprié pour décrire ce que je vois : deux corps éventrés auxquels il manque la tête. Ce qui retient particulièrement mon attention, ce sont les tatouages sur les bras.

Sirois et Klimenko…

Parano finit par trouver un interrupteur. Une lumière rouge baigne l'ensemble de la pièce. Il y a six cellules de chaque côté du corridor. Une treizième, au fond, fait face à la porte.

Quant à la deuxième porte, elle mène à une pièce identique : un corridor bordé de cellules. À une différence près : il n'y a pas de corps ni de restes organiques.

Une demi-heure plus tard, on a un portrait plus clair de la situation : on a d'abord confirmé que les deux dépouilles sont bien celles de Sirois et de Klimenko et que leurs têtes ne sont nulle part dans l'entrepôt. On a aussi trouvé des lambeaux de vêtements et quelques traces de sang dans certaines cellules. Impossible pour l'instant de savoir à qui tout cela appartient.

Chaque cellule sera examinée à la loupe. Les techs devraient en avoir pour des heures.

La médecin légiste vient nous rejoindre.

— Très professionnel, déclare-t-elle. Du beau travail. La tête a été coupée par quelqu'un qui connaît son métier.

Un instant, je songe à ces gens dont le métier est de couper des têtes, les bourreaux et autres émules du docteur Guillotin… Puis je décide de garder mes réflexions pour moi.

De la main, la médecin légiste attire mon attention sur le ventre d'une des victimes.

— Ils ont prélevé des organes, dit-elle.

— Donc, on a maintenant trois corps. Et il en reste quatre à trouver. Peut-être cinq.

— Plus deux têtes.

— C'est vrai. Plus deux têtes.

— Et un nombre indéterminé d'organes…

— Bien sûr.

Inutile de rester plus longtemps. J'abandonne la scène à l'équipe technique et je laisse Parano sur place pour superviser.

Pendant le retour, j'essaie de nouveau de parler à ma femme.

— Une guerre des gangs, un réseau de prélève-ments d'organes, des magouilles du SCRS… On a un méchant problème sur les bras !… Au fait, parlant du SCRS, tu en penses quoi, toi, de Balco ?

Aucune réponse.

Ni à cette question-là ni à toutes les autres que je lui pose. Y compris lorsque je lui demande si elle a décidé de prendre des vacances – ce qui, à la réflexion, est une question étrange. Parce que, si elle est en vacances, elle ne peut pas répondre. Par contre, si elle ne répond pas, ça ne veut pas dire qu'elle a pris des vacances. Il peut y avoir toutes sortes de raisons à son silence. Elle peut même avoir complètement disparu. Mais ça, je préfère ne pas y penser.

Au moment de monter dans ma voiture, je vois arriver deux cars de reportage. Je vais finir par croire que Paddle a raison. Les médias ont un sixième sens qui leur permet de détecter le sang à distance.

32.

En arrivant au bureau, je parcours rapidement la salle du regard. Paddle, Kodak et Sarah la rousse sont à leur poste de travail.

Je décide d'improviser une petite réunion avec eux, histoire de faire le point sur l'enquête. Je commence par leur faire un topo sur la perquisition à l'entrepôt et les deux corps éventrés.

Sarah est la première à réagir :

— Autant d'acharnement, ça indique souvent quelque chose de personnel.

— Ça pourrait aussi être relié au trafic de danseuses, suggère Paddle sans lever les yeux de sa tablette électronique.

— Les deux ne s'excluent pas, réplique Sarah. Ça peut être une guerre de territoire pour le contrôle du trafic qui a dégénéré. S'il y avait une haine personnelle entre les chefs des deux gangs…

Kodak, qui joue de plus en plus nerveusement avec son cube Rubik, décide d'intervenir.

— Il y a trop d'incohérences, dit-il. Pourquoi est-ce qu'il y a seulement deux corps ? Où sont les autres ?... Pourquoi ne pas les avoir tous mis au même endroit ?... Et pourquoi les conserver dans une cellule ? Ce ne sont pourtant pas les façons de faire disparaître un cadavre qui manquent !

— On dirait une sorte de chasse au trésor, déclare tout à coup Paddle. D'abord le sang dans le bain. Puis les deux corps... Maintenant, il faut trouver les deux têtes.

— Et les organes, ajoute Kodak.

— Oui, les organes.

— Sans parler des corps qui manquent, reprend Sarah.

Elle se tourne vers Kodak :

— Tu penses que ça pourrait être un tueur en série ?

— Ça ne colle pas vraiment.

Il ferme les yeux, comme s'il cherchait quelque chose dans sa mémoire.

— Non, reprend-il après un moment. Quand les tueurs en série en sont rendus au stade où ils défient les policiers, ils sont totalement obsédés par leur passion et se désintéressent du reste. Diriger un réseau de trafiquants d'êtres humains exigerait trop de temps, trop d'énergie... trop de planification.

— À moins que ça fasse partie de son jeu, lance Paddle. Qu'il s'amuse à imaginer les gens qui achètent les organes, probablement des personnes riches, haut placées, qui se font greffer des organes de prostituées ou de danseuses.

On le regarde tous les trois sans dire un mot.

— Ben quoi ! se défend Paddle. Si on se met dans la peau d'un malade, faut raisonner en malade !

Le pire, c'est qu'il n'a pas complètement tort.

Je tente de conclure.

— Donc, c'est un crime qui a un caractère personnel et qui n'est probablement pas celui d'un tueur en série, même si ça demeure possible. On explique ça comment? La rivalité entre deux gangs?

— Il faudrait aussi savoir pourquoi les corps ont été éventrés, dit Sarah. Pour récolter les organes ou seulement pour dégrader les corps et envoyer un message?

— Là-dessus, la médecin légiste devrait pouvoir nous aider.

— Peut-être que tout va devenir plus clair quand on va trouver les corps qui manquent, suggère Paddle, les yeux toujours rivés à sa tablette.

— Au cours des quinze dernières années, déclare Kodak, les réseaux de trafiquants d'êtres humains démantelés avaient presque tous plusieurs lignes d'affaires.

Je ne peux m'empêcher de reprendre ses derniers mots.

— Des lignes d'affaires?

— Le trafic d'êtres humains comporte plusieurs activités : trafic de femmes pour la prostitution, vente d'esclaves, contrebande de réfugiés, enlèvement d'enfants pour l'adoption...

— Et trafic d'organes, complète Sarah.

— Ça délire solide dans les réseaux sociaux, déclare brusquement Paddle. La descente à l'entrepôt, le corps vidés de leurs organes... Tout est sur Facebook et YouTube. C'est ce que je surveille depuis tout à l'heure.

J'ai beau savoir avec quelle rapidité le moindre scandale, la moindre horreur se retrouvent sur les réseaux sociaux, je suis chaque fois étonné.

— Quel genre de "délire solide"? lui demande Sarah avec un sourire retenu.

— Le truc le plus *hot*, c'est la rumeur que l'État islamique aurait ressuscité les *hashishins*.

— Un groupe d'assassins fanatiques du xiᵉ siècle, s'empresse de préciser Kodak. La confrérie ismaélite fondée par Hassan Ibn al-Sabbah…

— Exactement! s'exclame Paddle. Ils prenaient du haschish pour lutter contre la peur. Leur spécialité, c'était des attentats ciblés pour terroriser l'ennemi. Le jeu *Assassin's Creed* a été…

— C'est très contesté, l'histoire du haschich, objecte Kodak.

Je n'ai pas le choix de les interrompre. Si je les laisse aller, on en a pour des heures.

— D'autres hypothèses utiles?

Paddle enchaîne:

— Il y a deux autres rumeurs qui se démarquent. Pour certains, ce serait un tueur d'itinérants. Il aurait décidé de nettoyer les rues de la ville…

— Et la deuxième rumeur? demande Sarah. Des vampires extraterrestres?

Paddle lui jette un regard comme s'il était déçu qu'elle ne voie pas l'évidence.

— ŒKoumenn, dit-il… Un journaliste lui a demandé s'il regrettait d'avoir créé une œuvre qui a servi à commettre un meurtre. Il a répondu que l'art était au-dessus des faits divers.

Je décide de recentrer la discussion.

— D'accord, sa réponse n'est pas un chef-d'œuvre de relations publiques, mais de là à conclure que c'est lui qui les a tués… Alors? Sur quoi on travaille? Quelqu'un a une suggestion?

— Il faut suivre les indices, répond Kodak.

Je ne peux m'empêcher d'ironiser.

— Une approche révolutionnaire ! Il faudra essayer ça, un jour !

Kodak ne se laisse pas impressionner et reprend :

— La première chose, c'est de trouver à qui appartient l'entrepôt.

— Ça, je peux m'en occuper, suggère aussitôt Sarah.

Il est facile de comprendre son empressement à se porter volontaire : c'est le genre de tâche qui va lui permettre de travailler à domicile.

— D'accord, je dis. Et toi, Kodak, tu passes chercher Parano en fin d'après-midi. Vous allez au New Vegas avec les photos trouvées dans le iPod chez Sirois.

— Vous pensez que les filles sur la liste sont là ?

— Peut-être… Ou peut-être qu'une des danseuses va les reconnaître.

— OK.

Je fais le tour du petit groupe des yeux.

— Autre chose avant de terminer ?

— J'ai fait un peu de recherche sur la fondation, dit Sarah. J'ai retracé le montant de 75 000 dollars qu'a reçu ŒKoumenn jusqu'à un paradis fiscal. Le compte d'où provient l'argent a été fermé.

— Donc, notre artiste a bien un mécène qui tient à conserver son identité secrète. Mais ça ne prouve pas qu'il s'agit de la fondation.

Sarah recommence son explication. De l'impatience perce dans sa voix.

— On a une fondation, Alecto, qui a promis un chèque de 75 000 dollars à ŒKoumenn pour subventionner son exposition. On a un artiste, ŒKoumenn, qui a effectivement reçu un chèque de ce montant. La trace du chèque s'arrête dans un paradis fiscal. Il y a de bonnes chances que le chèque vienne d'Alecto, non ?

— Je dois admettre que ça se tient. Mais dis-moi, remonter jusqu'à un paradis fiscal, savoir qu'un compte a été fermé, tu as fait ça toute seule ?

— J'aurais pu, mais j'ai eu un peu d'aide...

Pas besoin de lui demander d'où lui est venue cette assistance providentielle. C'est sûrement son amoureux-colocataire de semaine. Il travaille comme consultant en sécurité informatique. D'un côté, je la comprends : si elle avait eu recours aux experts du SPVM, elle serait encore en train de remplir des formulaires de demande de service ! Sauf que révéler à un civil des éléments d'une enquête en cours est contraire à toutes les règles. Si jamais les Affaires internes apprennent ça...

— C'était plus rapide, reprend Sarah. De toute façon, vous n'avez pas à vous inquiéter...

Avant qu'elle termine sa phrase, la secrétaire de Godin fait irruption dans le local commun.

— Le patron veut vous voir, dit-elle.

Je tente de faire bonne figure :

— Vous ne pouviez pas téléphoner ?

— Pour tomber sur un appareil fermé dont la boîte vocale est inutilisable parce qu'elle déborde ?

Difficile de répondre à ça.

— D'accord, j'arrive.

Tandis que je m'apprête à la suivre, je songe qu'il va me falloir trouver une nouvelle parade pour éviter les intrusions de Godin dans mon emploi du temps. Manifestement, fermer mon téléphone et laisser ma boîte vocale pleine ne suffisent plus.

Derrière moi, les jeunes se retiennent pour ne pas pouffer de rire.

33.

En me rendant chez Godin en compagnie de la secrétaire, je croise Sundance dans le corridor. Malgré les traces de son altercation avec les trois motards, il a l'air mieux. Je m'arrête pour lui parler.

— J'ai passé mes derniers tests ce matin, dit-il. Je suis OK pour le travail.

— Tu vas te ménager?

— Sûr... Pas de gym avant 48 heures.

— D'accord...

En fait, je sais qu'il va quand même se lancer sans attendre à la recherche de ceux qui l'ont agressé. Mais ce que je pourrais dire n'aurait aucun effet, sauf de gaspiller un peu de son temps. Et du mien.

Alors j'enchaîne:

— Va voir Kodak. Il va te mettre au courant de ce qui s'est passé pendant tes vacances à l'hôpital. Et n'oublie pas de remplir ton rapport sur l'agression.

Du coin de l'œil, j'aperçois la secrétaire qui s'impatiente. On dirait un chien de chasse qu'on empêche de rapporter le gibier à son maître.

Je prends congé de Sundance en lui expliquant que je suis convoqué par les pouvoirs occultes qui gouvernent nos destinées.

La secrétaire lève les yeux au ciel mais ne dit rien.

En entrant dans le bureau de Godin, j'aperçois Paradis. Je réprime un mouvement de révulsion.

Godin me demande d'emblée où en est mon enquête.

Même s'il y en a plusieurs en cours, il y a de bonnes chances qu'il parle du bain de sang. Je me contente de lui répondre que les choses progressent. Que je devrais avoir du nouveau avant la fin de la journée.

— Bien, bien…

Puis il change de ton, comme s'il venait de fermer un tiroir et d'en ouvrir un autre.

— Tu dois t'en douter, ce n'est pas pour cette affaire que je t'ai demandé de venir.

On dirait que je vais enfin savoir à quoi m'en tenir sur l'enquête de Paradis.

— Il y a eu des développements, poursuit Godin.

Paradis prend le relais.

— J'ai découvert des faits troublants. Alors, par égard pour vous…

Ce serait bien la première fois que Paradis aurait des égards pour moi. Ou pour qui que ce soit, à bien y penser. Mais ça fait partie de son personnage. C'est comme tutoyer et menacer grossièrement les gens en privé, mais vouvoyer tout le monde de façon obséquieuse en public.

— J'ai préféré que vous soyez le premier informé, reprend-il. Peut-être pourrez-vous m'éclairer, me permettre de mieux comprendre… dissiper des malentendus.

Comme si comprendre avait déjà fait partie de ses objectifs! Tout ce qu'il veut, c'est obtenir une inculpation. Préférablement plusieurs. Pour faire avancer sa carrière, se créer une réputation. Et peut-être, aussi, pour le plaisir de s'en prendre à moi en s'attaquant à l'unité que je dirige.

Je m'efforce de lui répondre le plus calmement possible.

— Je suis tout disposé à vous éclairer. Je ne suis pas un partisan de la lumière que l'on garde sous le boisseau.

— Je n'en doute pas.

Paradis ouvre le dossier devant lui. Le feuillette.

— Je me suis intéressé à Sarah McNeil, dit-il finalement. Celle que vous appelez Sarah la rousse, je crois.

— Je comprends votre intérêt. C'est effectivement une femme intéressante.

— Euh, oui... sans le moindre doute... De façon générale, elle vit nettement au-dessus de ses moyens. Sa résidence à l'Île-des-Sœurs...

— Celle qu'elle a héritée de sa tante architecte ?

— C'est ce qu'il semble... Une résidence aussi luxueuse requiert néanmoins beaucoup d'entretien. Et puis, il y a son train de vie général... Ses voyages de ski en Europe et aux États-Unis... Ses bouteilles de vin... Vous saviez qu'il lui arrive d'acheter des bouteilles à plus de 100 dollars ?

Comment pourrais-je l'ignorer ? Je sais trop bien ce que ça me coûte, quand j'ai une urgence et que je veux obtenir son aide, le soir ou la fin de semaine ! Chaque fois, c'est une ou deux bouteilles de saint-estèphe. Et pas de l'entrée de gamme.

Mais je ne peux pas laisser passer ça.

— Entre se payer une bouteille à 100 dollars et enfiler des cocktails dans un bar pendant toute une soirée, avec la taxe et le pourboire à l'avenant, sans parler du resto qui suit ou qui précède... Je pense que plusieurs de nos collègues dépensent au moins autant qu'elle. Probablement plus.

— Possible...

Mais tout son langage corporel dit le contraire.

— Sauf que ça n'explique pas le montant de 20 000 $ dollars américains qui apparaît tous les trimestres dans son compte.

Là, je suis vraiment surpris.

— Vous savez d'où vient l'argent ? me demande Paradis.

— Non. Mais je suppose que je vais bientôt l'apprendre.

— Un compte à numéro. Dans une banque située à Jersey. J'ai demandé à un collègue britannique de me communiquer l'identité du titulaire du compte.

Puis, sans que j'aie à l'aiguillonner, il ajoute :

— Vous imaginez tout l'argent que cela représente au bout de quelques années ?

Je me le représente très bien. Et si on parlait de quelqu'un d'autre que Sarah, je serais le premier à me poser des questions. À exiger un supplément d'enquête.

— Donc, elle est riche, je réponds. Et elle reçoit de l'argent de quelqu'un qu'on ne connaît pas... Elle devrait faire de la politique.

En disant cela, je me rends compte à quel point, malgré ma tentative d'humour, cela sonne comme une accusation. Mais Paradis ne semble pas vouloir en profiter. Du moins, pas tout de suite.

— De plus, dit-il, elle passe beaucoup de temps sur Internet.

— Si c'était un crime, tous les ados seraient en prison !

Il daigne sourire. On dirait une dernière faveur qu'il accorde à un condamné.

— Bien sûr. Mais elle passe un temps anormal à jouer à des jeux en ligne.

— Ce n'est pas un crime d'aimer les jeux de stratégie.

— Vous saviez que les jeux en ligne sont un des lieux virtuels où les criminels se rencontrent, à l'abri du regard de la loi ? Que c'est l'endroit où ils échangent des contrats et des fortunes en bitcoins ?

— Je suis sûr qu'il y a une explication à ces versements.

— Sur ce point, je suis d'accord avec vous : il y a sûrement une explication. Je compte sur mon contact en Angleterre pour nous la communiquer.

Tout à son triomphe, il répond lentement à chaque question, chaque objection. Comme s'il voulait étirer son plaisir. Sa voix se fait plus douce, presque contrite. Un peu plus et on croirait qu'il est attristé de ce qu'il a découvert.

— Par ailleurs, dit-il, son ordinateur est ultra-sécurisé. Un niveau de sécurité digne d'une agence de renseignement... ou d'une organisation mafieuse internationale. Notre responsable de la sécurité informatique a été incapable d'accéder au contenu de son disque dur.

C'était donc ça, les tentatives de piratage dont Sarah m'a parlé ! Chose certaine, ça me donne un bon prétexte pour contre-attaquer.

— Cela devrait te rassurer, non ? Pour une fois que quelqu'un prend les consignes de sécurité informatique au sérieux !

— Ça pose quand même un problème.

— En effet. Si on ne peut même plus espionner ses collègues ou ses employés...

La remarque m'a échappé. Mais Paradis ne s'en formalise pas. La victoire qu'il pressent le rend magnanime.

— Je comprends votre réaction, dit-il. Dans votre univers, les enquêtes se mènent tambour battant. Vous n'êtes pas habitué au long terme, aux agents dormants que l'on implante dix ou quinze ans avant de les activer, le temps qu'ils montent dans l'organisation qu'ils ont infiltrée...

— Tu penses que Sarah est une taupe ?

— Tous les indices mènent à cette conclusion.

— Es-tu en train de me dire que tu vas l'arrêter ?

Je n'arrive pas à y croire.

— Surtout pas ! répond Paradis.

Puis, après m'avoir regardé un moment en souriant, il ajoute :

— Elle ne travaille sûrement pas seule. C'est tout le réseau, que je veux.

Sur son visage, il y a un mélange de défi et de jubilation.

34.

Je regarde Paradis un bon moment avant de lui demander :

— Tu soupçonnes quelqu'un d'autre ?

— Sarah Delorme. Celle que vous appelez Sarah la noire. Elle entretient des liens avec des groupes radicaux… Opposition aux forages pétroliers et aux oléoducs. Défense des droits des animaux. Elle fait même partie de Greenpeace !… Ce n'est pas rien !

Il a dit cela comme si c'était l'accusation suprême. Voyant que je ne réagis pas, il poursuit :

— On a des photos d'elle dans plusieurs manifestations. Elle est active dans des forums Internet que fréquentent des extrémistes environnementaux. Il lui arrive même de faire de la propagande sur ses vêtements, comme vous l'avez sûrement constaté… Je parle des slogans qu'elle affiche sur ses T-shirts.

— Comme ?

— Mort aux déchets ! Liquidons les ordures !

— Difficile d'être contre ça. C'est un peu notre travail, non, éliminer les ordures…

Paradis prend acte de ma remarque par une légère crispation du visage et poursuit son énumération en lisant dans son dossier.

— Tu pollues, t'es foutu !... *Oil Kills... Cars Kill...* Elle semble obsédée par la violence, conclut-il en relevant les yeux vers moi.

Il réussit à avoir l'air véritablement inquiet pour elle.

Je me porte à sa défense.

— Les automobiles, c'est quand même une des principales causes de mortalité au pays. Très loin devant le terrorisme. Et même devant plusieurs formes de cancer. Quant au pétrole...

— Vous jouez sur les mots...

Le reproche est formulé sur un ton bon enfant, à la limite de l'amusement.

Bizarre quand même, comme le fait de réfuter des idées entraîne souvent l'accusation de jouer sur les mots ! Mais je ne vais pas le laisser s'en tirer aussi facilement.

— Donc, tu crois que militer pour des causes sociales en fait une suspecte ?

— Le rôle d'un policier est de protéger l'ordre social. Pas de le changer.

— Protéger l'environnement peut limiter les désastres naturels, lesquels, à terme, risquent de provoquer des violences. En ce sens, elle protège l'ordre social.

— C'est peut-être ce qu'elle répondrait. Et je pourrais être sensible à ses arguments si elle était plus équilibrée... Ses changements de couleur de cheveux, sa propension à fêter dans les bars de drague, son activisme sur les réseaux sociaux... sa sexualité assez... particulière...

— Tu parles de sa bisexualité ?

— Ne me faites pas dire ce que je n'ai pas dit. Je parle de son absence de conjoint stable... de quelque sexe qu'il soit. Vous avez vu son statut Facebook ?

Effectivement, pour quelqu'un comme Paradis, ça doit être assez dérangeant de lire : « Préfère les femmes, mais prête à faire des exceptions si cela en vaut la peine. »

Je pourrais lui répliquer que lui non plus n'a pas de relation stable, comme il dit. Depuis des années. Ni féminine ni masculine. Il reste chez sa mère... Officiellement, c'est pour en prendre soin.

Je le laisse cependant poursuivre. Inutile de le braquer, si je veux qu'il m'en révèle le plus possible.

— Tout cela, conclut-il, dénote une instabilité un peu adolescente. Difficile d'imaginer quelqu'un de plus vulnérable à la manipulation.

— Autrement dit, tu penses qu'elle pourrait être manipulée par Sarah la rousse.

— Ou par l'autre Sarah.

— Parce qu'elle aussi... ?

Ce n'est plus une enquête, c'est une entreprise de démolition. Mais rien ne sert de m'indigner. Je me force à demeurer calme.

— Sara Pronzini est clairement la stratège des trois, enchaîne Paradis. Une intelligence brillante, malgré le fait qu'elle soit blonde.

Il poursuit sans même paraître se rendre compte de la grossièreté du cliché qu'il vient d'énoncer :

— J'imagine que vous vous en êtes rendu compte, puisque vous lui confiez souvent des tâches de coordination.

— Je ne vois pas comment ces qualités peuvent être retenues contre elle.

— Tout est question d'utilisation. Les plus grandes qualités, lorsqu'elles sont mises au service d'une mauvaise cause…

— Qu'est-ce que tu lui reproches?

— Rien de précis pour le moment. Mais un fruit ne tombe jamais loin de l'arbre.

Je n'ai aucune idée de ce qu'il veut dire.

Il doit s'en apercevoir car, après une pause, il entreprend de m'éclairer.

— Son histoire personnelle est des plus mouvementées, dit-il. Un père violent qui a envoyé sa mère à l'hôpital à plusieurs reprises. Et qui a disparu dans des circonstances qui n'ont jamais été éclaircies… Un frère qui a fait de la prison pour coups et blessures, soupçonné de graviter autour de la mafia… L'enfance de votre Sara n'a pas dû être une partie de plaisir. Je suis un peu étonné que vous ne soyez pas au courant.

— Bien sûr que je suis au courant. Mais tout cela n'en fait pas une mauvaise personne. Au contraire, elle n'a que plus de mérite d'être devenue ce qu'elle est.

— Une famille dysfonctionnelle, ça laisse nécessairement des traces. Prenez, par exemple, sa difficulté à suivre les règles.

— Pour une personne rationnelle, suivre une règle qui est contreproductive, uniquement parce que c'est une règle, ça fait affreusement stade 4.

Il sourit.

— Je connais, oui. Les stades de Kohlberg… Mais les policiers doivent être des machines à suivre les règles. Que ça leur plaise ou non. Qu'ils se jugent plus évolués ou non… Autrement, c'est l'anarchie dans l'organisation, tout le monde fait n'importe quoi et les médias en profitent pour nous ridiculiser… Le public perd confiance en nous et l'ordre social est menacé. Regardez ce qui est arrivé avec les "pantalons de clown"!

— Belle tirade! Tu l'as répétée combien de temps?

— Suivre les règles n'est pas optionnel: c'est une nécessité. Notre réputation, et par conséquent notre efficacité, en dépendent.

— Le problème, c'est que les enquêteurs doivent penser en dehors des règles et des sentiers battus pour résoudre les enquêtes. Ils doivent savoir se mettre dans la peau des criminels. Pourquoi est-ce que cette unité a obtenu d'aussi bons résultats, à ton avis?

— Parce qu'ils pensent comme des criminels? réplique Paradis avec un sourire, comme s'il s'agissait d'une blague.

Puis, comme s'il jugeait l'insinuation suffisamment claire, il revient à son explication, qu'il poursuit sur un ton de professeur de maternelle.

— L'indiscipline ne peut pas être une vertu. Particulièrement chez une personne susceptible d'être victime de toutes sortes de pressions de la part de sa famille. Ajoutez à cela que son ordinateur personnel, lui aussi, est ultra-sécurisé… On ne prend pas des précautions aussi excessives quand on n'a rien à cacher.

— Au fond, tu leur reproches d'être hors normes. Chacune à leur manière.

— Hors normes et bénéficiaire de sommes importantes provenant d'un paradis fiscal… Hors normes et en révolte contre l'ordre établi… Hors normes et liée à une famille de délinquants…

Pour quelqu'un qui ne les connaît pas et qui se contente de lire un dossier, je comprends que ça commence à faire beaucoup. C'est pourquoi je résiste à la tentation de lui demander s'il va les arrêter pour non-conformisme.

Puis je pense aux kids. Eux non plus ne sont pas des modèles de normalité. Et pourtant, il n'a pas parlé d'eux.

Je suis curieux de voir ce qu'il va leur reprocher.

Contrairement à ce que j'anticipe, il déclare la réunion terminée.

— Je suis très heureux de cette rencontre, conclut-il. Notre échange me sera très utile. Vous avez eu des réactions franches. Sachez que c'est apprécié… En attendant notre prochaine rencontre, je me permets de vous réitérer l'indispensable discrétion qu'exige cette affaire.

— Dis-moi, pourquoi tu as enquêté sur les trois femmes?

Il me regarde comme s'il n'arrivait pas à croire que je pose la question.

— C'est évident, non? finit-il par répondre. C'est une règle dans toutes les enquêtes: cherchez la femme!

Je suis incapable de répondre.

Même s'il n'y avait aucune trace d'humour dans sa voix, je n'arrive pas à croire qu'il est sérieux. C'est sûrement une façon de m'envoyer promener.

Après le départ de Paradis, je demande à Godin:

— Tu penses qu'il a vraiment trouvé quelque chose?

— 80 000 dollars par année. Non traçables…

— Je sais.

Moi aussi, ça me fatigue. En réalité, ça fait plus que me fatiguer. Normalement, j'irais sans délai poser la question à Sarah. Mais avec cette histoire de taupe…

Même si je n'arrive pas à croire que ce soit elle, je ne peux pas en exclure la possibilité. Je ne peux pas courir le risque de la prévenir qu'une enquête est en cours.

— Pour le reste, par contre… reprend Godin.

— De la *bullshit*!

— Je suis d'accord. Mais c'est le genre de *bullshit* qui fait mal paraître un dossier. Surtout quand il y a un vrai motif de soupçon en plein milieu de la *bullshit*.

Pour changer de sujet, je lui demande s'il a parlé à la directrice adjointe du SCRS, mais sans lui mentionner la discussion que j'ai eue avec elle.

Il répond l'avoir informée en des termes généraux de l'état de l'enquête, histoire de maintenir des relations «ouvertes et constructives».

— Qu'est-ce qu'elle t'a dit?

— Qu'elle appréciait notre collaboration. Qu'elle nous faisait entièrement confiance… Et elle m'a demandé une chose curieuse: de ne parler de cette affaire à personne d'autre au SCRS. Très peu de gens sont au courant, il paraît.

Je lui fais ensuite part de la visite que j'ai reçue. Puis je lui demande:

— Tu penses que je peux lui faire confiance?

Il me regarde comme si j'étais un élève qui vient de poser une question stupide.

— Assez confiance pour accepter de travailler avec elle, je veux dire.

— Tu fais ce que tu juges le mieux pour l'enquête. Mais tu surveilles tes arrières comme si tu étais dans les douches d'une prison.

— Les douches d'une prison. D'accord…

Je lui demande ensuite s'il a rejoint le premier ministre.

— Son directeur de cabinet doit me rappeler.

— Si le SCRS s'empare de cette histoire, il risque d'y avoir des dommages collatéraux.

À son air, je vois que je n'ai pas besoin d'insister. Il a compris la mise en garde et il va en faire part au PM.

Une fois sorti du bureau, je pense aux Sarah qui se démènent pour faire leur travail pendant qu'un imbécile tente de saboter leurs carrières pour promouvoir la sienne.

Je pense aussi à ceux, dans la hiérarchie, qui ne lèveront pas le petit doigt pour leur venir en aide, soit parce qu'ils n'ont rien à y gagner, soit parce qu'ils espèrent récupérer pour leur propre groupe une partie des budgets que libérerait la dissolution de notre unité.

Et le pire, c'est que même si aucune accusation formelle n'est déposée contre les jeunes, les faits soulevés par Paradis risquent de détruire leur réputation à l'interne : venir d'une famille de criminels avérés, ce n'est rien pour faciliter l'avancement d'une carrière. Même chose si on a une réputation de bisexuelle ouverte à de multiples aventures...

Celle pour qui je m'inquiète le plus, c'est Sarah la rousse. Recevoir de l'argent d'une personne anonyme en provenance d'un paradis fiscal, ce n'est pas un simple écart de comportement. Toute personne de l'extérieur y verrait un signe probable de corruption.

Je comprends le malaise de Godin... En fait, ce que je ne comprends pas, c'est qu'il ne l'ait pas immédiatement suspendue. À moins que Paradis ait insisté pour qu'il ne le fasse pas, histoire de ne pas l'alerter.

— *Qu'est-ce que tu ferais à ma place ? Si jamais je me suis laissé aveugler et qu'elle est la taupe...*

Pas de réponse...

Je commence à me demander si, à force de fouiller, Paradis ne va pas réussir à coller des choses sur le dos des jeunes...

35.

De retour à l'aquarium, je me cale dans mon fauteuil, derrière mon bureau. Je regarde les jeunes s'activer dans la salle commune et je continue de penser à la rencontre que je viens d'avoir.

Si Paradis n'a pas parlé des kids, c'est probablement qu'il n'a pas terminé de monter son dossier contre eux. Mais les Sarah… Pourquoi est-ce qu'il ne les a pas interrogées pour clarifier les choses ?

— *Parce que ce n'est pas dans son intérêt de clarifier les choses. Tant qu'il n'a pas de réponse, toutes les hypothèses restent plausibles. Y compris les pires.*

La réplique de ma femme me prend au dépourvu. Je mets quelques instants à répondre.

— *Tu es revenue ! Tu étais où ?*
— *Tu ne vas quand même pas me faire une crise de jalousie !*

Le ton amusé de sa réplique dément le sérieux de la question. Mais il est difficile de ne pas sentir également la lassitude qu'il y a dans sa voix.

— *Non ! Bien sûr que non !*
— *Je suis fatiguée, Henri. Tous ces meurtres, ces horreurs, toujours… Et maintenant, cette enquête sur les jeunes… J'ai besoin de me reposer.*
— *Moi aussi.*
— *Peut-être. Mais toi, tu y trouves du plaisir. Tu aimes résoudre des affaires compliquées. Tu aimes travailler avec les jeunes. Même quand ils te créent des problèmes, comme maintenant… Ils sont une famille pour toi. Tu te fais du souci pour eux. Ils dérangent tes habitudes, mais ils te gardent vivant.*

— *Pour faire tout ça, j'ai besoin de toi! De sentir que tu es là!*

— *Tu te racontes des histoires. Je vois tout à travers tes yeux. On regarde les mêmes choses. Qu'est-ce que tu veux que je t'apporte?*

— *Tu vois la même chose, mais pas de la même manière.*

— *Je suis morte, Henri. J'ai le droit de me reposer. Je ne peux pas être continuellement de garde, au cas où tu aurais besoin de me parler.*

— *Je comprends. Repose-toi... Mais est-ce qu'on peut s'entendre pour que tu ne disparaisses pas complètement?*

— *Je vais y penser.*

Subitement, je me retrouve seul.

Il n'y a pas que sa voix qui a disparu. Son absence a une acuité particulière. C'est plus qu'une simple interruption dans notre conversation. J'éprouve un sentiment de vide. Comme si j'avais brusquement été projeté au fond d'un trou noir...

Je cligne des yeux. À plusieurs reprises.

Autour de moi, l'univers se rétablit.

De l'autre côté de la baie vitrée, je vois Paddle raccrocher son téléphone, se lever brusquement et se précipiter vers mon bureau.

— La légiste, dit-il en ouvrant la porte. Elle vous demande d'allumer votre téléphone et de l'appeler.

Dans la main gauche, il tient une BD. Le dernier album du *Chat*.

— C'est sur ça que tu travailles?

— Je suis en pause.

— Tes goûts évoluent, on dirait.

— Oui et non. Par certains côtés, c'est aussi tordu que *Paddle*.

— Les monstres et le gore en moins.

— Vous ne comprenez rien !

Sur ce constat, il ferme la porte et retourne à son bureau.

J'appelle la médecin légiste.

— Karine Grégoire, fait la voix au téléphone.

— Dufaux. Tu as les résultats de l'autopsie ?

— Je te confirme qu'ils sont morts.

— Wow ! Avant ou après l'autopsie ?

— Comme je te le disais sur la scène de crime, c'est du travail remarquable. Et pas seulement pour la tête. Tous les organes internes ont été prélevés de manière extrêmement professionnelle.

— Ce sera une grande consolation pour leurs proches.

— On parle bien d'un motard et du chef d'un groupe mafieux ?

— Même les motards ont une mère. Même les mafieux.

— Eux, ils ont une très grande famille, je sais.

— Autre chose ?

— Les corps ont été complètement vidés de leur sang. Avant d'être soulagés de leurs organes.

— On a donc affaire à un meurtrier ultra-consciencieux. Il leur pompe tout leur sang, et ensuite, pour être bien sûr qu'ils ne s'en remettront pas, il leur enlève tous les organes qu'il peut.

— Et la tête.

— Et la tête, oui.

— Un tueur consciencieux, mais qui a fait une gaffe monumentale. Commencer par les vider de leur sang, ça compromet la viabilité des organes et la possibilité de les transplanter.

— Pourquoi les prélever, si ce n'est pas en vue d'une transplantation ?

— Pourquoi prélever leur tête? réplique Grégoire.

— Ça, je connais beaucoup de gens à qui ça pourrait servir!

Elle ignore mon mouvement d'humeur.

— Ils ont prélevé les organes, dit-elle, mais aucun tissu musculo-squelettique: tendons, ligaments, têtes fémorales... Sur le marché noir, ça vaut pourtant une petite fortune.

— Donc, ce n'est probablement pas pour être vendus que les organes ont été prélevés. Ce serait seulement pour dégrader les corps. Pour envoyer un message... Mais à qui? Aux motards et à la mafia?... Qui serait assez stupide pour les attaquer tous en même temps?

— Parlant de dégradation, reprend la légiste, les deux corps ont été violés. À répétition.

— Tu en es sûre?

— Les lésions dans les cavités anales ne laissent aucun doute. Ils ont été violés, probablement peu de temps avant d'être tués.

Je frissonne, me mettant malgré moi dans la peau des victimes.

— Tu es toujours là? demande Grégoire.

— Oui...

— Dernier détail: comme le sang de Sirois est dans le bain, il est mort depuis au moins quatre jours. Or, son corps n'a presque pas de traces de décomposition. C'est comme s'il avait été tué il y a moins de vingt-quatre heures. Il faut donc qu'il ait été conservé au froid.

Le problème, c'est qu'il n'y avait aucune chambre froide dans l'entrepôt. Ils auraient donc été déposés là au cours des dernières vingt-quatre heures... Pour quelle raison? Pour qu'on les trouve?

Ça pourrait s'expliquer, si ceux qui les ont éliminés voulaient envoyer un message. Mais, pour cela, il suffisait de les massacrer et d'abandonner leurs cadavres sur le bord d'une route secondaire.

Pourquoi le passage au frigo? Pourquoi une telle mise en scène?

Et puis, il y a le sang de Klimenko. Où est-il passé, s'il n'est pas dans le bain?

Brusquement, je me rappelle que la médecin légiste est toujours au bout de la ligne.

Je m'empresse de la remercier.

— Je suis vraiment désolé de te bousculer avec toutes ces urgences.

— Pas de quoi, répond-elle. Ça me repose de la routine.

Juste avant de raccrocher, je me souviens de Bernier, la première victime.

— J'oubliais! Celui qui était dans le bain, Bernier...

— Oui?

— Est-ce qu'il y avait des traces de viol?

— Non. Celui-là, il est mort avec sa virginité anale intacte. Et tous ses organes.

J'ai à peine le temps de toucher l'écran pour terminer l'appel que l'appareil m'informe de l'arrivée d'un texto. Ça vient de Kodak.

> Perquisition. Plafond, murs et sous-sol du local de l'exposition d'ŒKoumenn: rien.

Une autre piste qui ne mène nulle part.

Je parcours la salle commune du regard: Parano n'est pas là. J'appuie sur les premiers chiffres de son numéro, puis je me souviens qu'il déteste les appels. Il préfère les textos, qu'il peut lire à sa convenance sans devoir interrompre un interrogatoire, une conversation avec un indic ou simplement son travail en cours. C'est d'ailleurs pourquoi son téléphone est toujours en mode vibration.

Je me force à lui écrire un message.

> Organes prélevés de façon professionnelle. Voir avec le crime organisé qui est impliqué dans le trafic d'organes.

Compte tenu de ce que m'a révélé la médecin légiste, les chances sont minces que les organes soient transplantés. Mais il a quand même fallu que quelqu'un doté d'une certaine expertise les prélève. Et qui mieux que les réseaux de trafiquants pour connaître des médecins complaisants ?

36.

En route pour le 3845, je fais un détour par le bureau de Godin pour le tenir informé des derniers éléments de l'enquête.

Je le surprends au moment où il explique à sa secrétaire de ne pas l'attendre avant 15 heures. Il a un dîner avec quelqu'un du ministère de la Sécurité publique.

Quand il se retourne et m'aperçoit, il s'empresse de se justifier.

— Non seulement c'est une corvée, dit-il, mais avec les nouvelles règles, chacun doit payer son propre repas.

Comme si cela devait me rassurer… Ce n'est pas parce que les gens complotent à leurs frais que leurs complots sont moins dangereux. Mais bon, ça m'étonnerait que Godin soit du genre à comploter.

— Il y a eu des développements, je lui dis.

— Bien! Explique-moi ça pendant qu'on descend. Je suis en retard.

Je l'informe des résultats de la perquisition à l'entrepôt et des conclusions préliminaires des deux autopsies.

— Donc, ce serait une guerre des gangs pour le contrôle du trafic d'êtres humains.

— Et accessoirement de leurs organes.

— Excellent! Les mafias, les motards, ça fait de très bons coupables. Le public ne sera pas déstabilisé… L'affaire est pratiquement résolue, si je comprends bien. J'imagine que tu vas procéder rapidement à des arrestations.

Son ton ironique dissimule à peine l'espoir que ce soit vrai.

— Le problème, c'est que les motards aussi cherchent le coupable. Pourquoi le chercheraient-ils, si c'étaient eux qui l'avaient tué?

— Je vois… Alors, c'est peut-être cette mafia. Des Ukrainiens, tu dis?

— Oui.

— Hum… Présentement, les Ukrainiens, ce n'est pas très porteur, comme coupables. Avec le Canada qui défend l'Ukraine contre la menace russe… À part la guerre des gangs, tu as une autre hypothèse?

C'est le côté de Godin que je n'aime pas. Le côté que je parviens habituellement à oublier quand on est seuls tous les deux et qu'on parle boulot. Comme on le faisait autrefois.

Mais il y a maintenant cet autre Godin. Celui qui doit penser politique, médias et réactions de la population. Et là, visiblement, c'est à ce Godin-là que j'ai affaire.

— Avant de formuler publiquement une hypothèse, je lui dis, même celle de la guerre des gangs, j'aimerais bien trouver les cadavres qui nous manquent. Et savoir précisément combien il en manque.

— Le labo a réussi à les identifier par leur sang?

— En partie. On devrait avoir d'autres résultats demain. Pour ce qui est de l'entrepôt, l'équipe technique est encore là-bas. Avant qu'ils aient tout recueilli, tout analysé… Que le labo ait terminé les tests d'ADN…

— Les médias posent de plus en plus de questions. Sans compter cette rumeur cinglée qu'il y aurait un tueur d'itinérants… Ça devient urgent d'avoir des réponses. Au moins un début de réponse.

— Je comprends.

Je comprends surtout qu'il commence à avoir peur de mal paraître dans les médias et de déplaire aux politiciens.

— Je sais ce qu'on va faire, déclare-t-il brusquement, au moment où on arrive dans l'entrée. On va tenir une conférence de presse demain matin. Il faut éviter que le public ait l'impression d'être laissé dans le noir.

— Tu es sûr que c'est une bonne idée?

— C'est pour la population que nous sommes là. Au retour du dîner, je contacte les relations publiques.

— À ta place, j'attendrais.

Je quitte Godin au garage, où son chauffeur l'attend, et je me dirige vers le 3845.

Plutôt que d'aller à ma table habituelle, celle où je me suis si souvent retiré pour discuter en tête à tête avec ma femme, je me dirige vers le comptoir et m'assois près de la télé. Ce midi, j'ai besoin de la conversation des clients et du bruit des émissions. Je n'ai pas envie d'être seul avec mes pensées.

En m'apercevant, Tonino se contente de hausser les sourcils.

— La connerie, je lui dis.

Il n'insiste pas. Il se contente de déposer une bouteille de Mad & Noisy devant moi. Je ne peux m'empêcher de penser à quel point le nom de la bière est adapté aux circonstances.

À la télé, le présentateur parle de la découverte de deux corps dans un entrepôt de Montréal-Nord. Il annonce en primeur que les policiers seraient sur le point de démanteler un vaste réseau de trafic d'organes qui couvre l'ensemble de la province.

Avec cette annonce, les médias sociaux vont être encore plus hystériques. Tout le monde va s'imaginer qu'un ami ou un membre de sa famille risque d'être enlevé par ce « vaste réseau de trafic d'organes ».

Puis je réentends Godin m'annoncer la tenue d'une conférence de presse. Ça promet… Mais j'ai peut-être trouvé le moyen de m'éviter ça.

Au moment où je fais signe à Tonino de m'apporter le menu, mon téléphone se met à vibrer.

Un autre texto.

> Ce soir. Cherrier.
> 18 h 30.

La directrice adjointe du SCRS.

Est-ce la découverte des cadavres qui l'amène à vouloir me rencontrer aussi rapidement ? Est-ce que l'enquête progresse plus vite qu'elle le croyait ?

J'ai à peine ouvert le menu que Parano s'assoit à côté de moi. Il a l'air sérieusement contrarié.

— J'arrive de la division du crime organisé, dit-il. Ils m'ont demandé si on voulait ouvrir une succursale dans leurs bureaux ! Je ne sais pas ce que je leur ai fait...

— C'est à cause de ton masque. Ils ont probablement eu peur que tu les contamines avec la bactérie mangeuse de chair ou quelque chose du genre.

Au regard qu'il me lance, je me dépêche de battre en retraite.

— Tu n'as rien fait. C'est juste qu'ils sont continuellement débordés. Alors, quand on débarque chez eux avec une urgence... Il y a seulement Sarah la noire qui sait comment les prendre... Allez, qu'est-ce qu'ils t'ont dit ?

— Ils ne croient pas à l'existence d'un réseau d'extraction d'organes. Il paraît que c'est un produit exotique.

— Qu'est-ce que tu veux dire ?

— Que les organes voyagent dans l'autre sens. Ils arrivent de l'étranger... Ou encore, les Canadiens vont se les faire transplanter là-bas.

— Et pour le médecin ? Ils ont des noms ?

— Ils vont me texter. Il faut qu'ils fassent des vérifications.

37.

Arrivé au bureau, je téléphone à von Paulhus et lui demande quand elle peut me recevoir.

Au bout du fil, la voix délicate à l'accent britanno-allemand me semble légèrement étonnée.

— Une autre rencontre ?

— Demain, en fin d'avant-midi ? C'est possible ?

— Vous êtes chanceux, j'ai une place à 11 heures.

— Et si j'arrive un peu plus tard, disons vers 11 heures 20 ?

— On peut dire 11 heures 23, si vous préférez, répond-elle sur un ton amusé… Mais je dois partir à midi trente.

— Aucun problème.

L'important, c'est que je puisse rater la conférence de presse de 11 heures !

L'après-midi finit par se terminer. Toujours pas de nouvelles du labo. Ni de ma femme. Elle semble avoir repris la grève du silence.

Je retourne au comptoir du 3845. Une fois de plus, je préfère éviter ma table habituelle.

À la télé suspendue au plafond, derrière le comptoir, des commentateurs professionnels spéculent, sous le regard bienveillant d'un animateur qui se contente de gérer la circulation.

L'un des commentateurs parie pour un règlement de compte au sein du crime organisé. Ça expliquerait le côté gore des meurtres, paraît-il. Ce serait pour « envoyer un message ».

Un autre est persuadé qu'il s'agit d'un tueur fou. « La mise en scène, c'est fait pour attirer l'attention, pour avoir de la publicité… Même chose pour les messages. »

Un troisième prédit une guerre des gangs. « Ce n'est que le début. On n'a pas fini de voir des cadavres. »

Curieusement, j'ai tendance à penser qu'ils ont tous raison. Du moins, dans leurs observations. C'est vrai que ça ressemble à un règlement de compte. Vrai aussi que la mise en scène théâtrale s'apparente à ce que pourrait concevoir un tueur fou. Et il est assez probable qu'on va trouver d'autres cadavres, ne serait-ce que celui des victimes dont on n'a, pour l'instant, que le sang.

Mais chacun d'eux se concentre sur un seul élément. C'est l'ensemble qu'il faut regarder. Et l'ensemble, je ne vois toujours pas comment on peut l'expliquer.

À l'écran, c'est l'escalade dans le vocabulaire : boucherie… bain de sang… corps massacrés… baignoire sanglante… tueur sanguinaire… trafic monstrueux…

Heureusement, le segment finit par se terminer.

Je regarde l'heure : 17 heures 40.

J'ai encore le temps : mon rendez-vous avec la directrice adjointe est seulement à 18 heures 30. Je pense que je vais me payer le luxe de la faire attendre un peu.

À la télé, l'animateur accueille maintenant deux analystes politiques. Ils discutent de l'état de santé du Québec. Ils s'efforcent de diagnostiquer de quoi souffre leur patient, spéculent sur les remèdes à utiliser… C'est à croire que tout l'univers est désormais pensé en termes médicaux ! Pas surprenant qu'on élise des médecins !

Avant, il n'y avait que des avocats et des comptables. Les premiers expliquaient le nécessaire respect de la loi et les moyens de s'en accommoder. Les seconds enseignaient le respect des banquiers et l'importance de leur obéir. C'était la dictature des codes et des bilans financiers.

Cela s'appelait l'ordre des choses.

Il n'était pas parfait, il comportait des injustices, mais il fallait le respecter. À cette condition, les comptables et les avocats vous foutaient la paix. Vous pouviez avoir du temps à vous, même s'il y en avait peu. Vous pouviez avoir de l'espace à vous, même s'il était loué.

Avec les médecins, tout a changé. Pour eux, tous les défauts de l'ordre des choses sont causés par les individus. Ce n'est pas à cause de dirigeants stupides et de spéculateurs voraces que tout va mal : c'est parce que le corps social est malade. Que nous sommes tous malades. Chacun de nous.

Pire, c'est parce que nous nous sommes rendus malades nous-mêmes. Alors, c'est toute notre vie qui doit passer sous la coupe des médecins sociaux. Ils vont procéder aux coupures nécessaires dans nos habitudes. Prescrire des cures d'austérité… Et alors, peut-être, un jour, avec de la chance, les choses iront mieux… Peut-être… Si on continue d'obéir aux médecins sociaux.

— Perdu dans de profondes réflexions ?

Cette voix…

Je me retourne et j'aperçois Lydia Balco. Elle me regarde avec amusement.

— Vous aviez peur que j'oublie notre rendez-vous ? je lui demande.

— Pas du tout. J'ai simplement pensé qu'on pourrait aller ailleurs qu'au Cherrier. Vous avez une préférence ?

— Ici, on est bien.

— Vous vous sentez plus à l'aise sur votre territoire ?

— Le SPVM n'a pas les moyens du SCRS. Les notes de frais ne sont pas illimitées.

— Comme je vous invite, je ne vois pas où est le problème.

Tonino s'amène.

Je vois à son air que c'est autant par curiosité que pour le service. Depuis le temps qu'il me répète que je devrais me trouver quelqu'un !

Balco jette un regard à ma bière et commande un verre de vin blanc.

— J'ai effectué quelques recherches, dit-elle, une fois que Tonino est reparti. J'ai eu la confirmation par d'autres sources que Klimenko et Sirois travaillaient ensemble. Klimenko importait les filles et Sirois les distribuait. Il les envoyait d'abord dans des clubs de danseuses, puis, quand elles étaient usées, il les recyclait sur le trottoir.

— Un vrai petit écolo, notre ami Sirois. Vous pensez toujours qu'il trafiquait aussi des informations?

— Si je ne le pensais pas, vous croyez que je perdrais mon temps à tenter d'éclaircir la mort de deux escrocs de seconde zone?

Elle prend le verre de Côté Tariquet que Tonino a déposé devant elle, le goûte et approuve d'un signe de tête.

Après quoi, elle poursuit:

— Si ce n'était de la taupe, je vous donnerais tout ce que j'ai et je vous laisserais démolir le réseau.

— Vous auriez ce qu'il faut pour le faire?

— Pas encore. Pas tout à fait… Mais ce serait beaucoup plus rapide. Je ne serais pas obligée d'avancer avec autant de prudence. En faisant attention de ne pas éveiller de soupçons à l'interne.

— Et vous ne seriez pas obligée de faire effectuer une partie du travail par mon équipe.

— C'est vrai, je ne vais pas vous mentir. Je vous utilise parce que j'ai besoin de vous… Et c'est la meilleure garantie que je peux vous donner de mon entière collaboration! Tant que je n'aurai pas éliminé la taupe, vous pouvez être sûr que je vais tout mettre en œuvre pour faire progresser votre enquête.

— Mais pourquoi moi? Vous pouviez faire affaire directement avec le directeur.

— Parce que je sais que vous ne tenterez pas de faire de la politique avec cette enquête. Et puis…

Son visage s'éclaire d'un sourire.

— Pourquoi ne pas joindre l'utile à l'agréable!

Elle lève son verre dans ma direction pour porter un toast.

— À une collaboration fructueuse, dit-elle.

Du coin de l'œil, je vois Tonino qui nous observe. J'imagine déjà ses questions, ou plutôt ses insinuations, à ma prochaine visite.

Aussitôt qu'elle a déposé son verre, Balco poursuit :

— J'ai étudié votre liste de disparus.

Avant que je lui demande comment elle l'a obtenue, elle ajoute :

— Godin voulait savoir ce que nous avions sur eux.

Puis, sur un ton légèrement ironique, elle ajoute :

— Cela devrait vous rassurer, non ? À l'évidence, si je tiens à travailler avec vous, ce n'est pas pour vous soutirer des informations : je pourrais les obtenir par la filière hiérarchique.

Sa voix redevient brusquement professionnelle :

— J'ai une question à propos des personnes figurant sur votre liste de disparus. Est-ce que vous savez de quelle manière elles peuvent être reliées aux deux têtes dirigeantes d'un réseau de trafic de femmes ?

C'est assez déroutant, cette façon qu'elle a d'alterner entre un ton clinique, presque froid, et une complicité ironique, à la limite du flirt.

— Je n'ai pas de réponse. Aucun ne possède de club de danseuses ou de bordel. Enfin, pas à ma connaissance... Mais ça pourrait être par l'intermédiaire d'une compagnie à numéro. Ou d'une entente privée avec la mafia.

— J'ai demandé qu'on vérifie leur situation financière. Aucun ne reçoit d'argent occulte.

— À moins qu'ils se contentent de l'accumuler dans un compte secret.

— Sans jamais y toucher ? Une sorte de fond de retraite ? Possible... Ils pourraient aussi être de simples consommateurs à qui le réseau refile directement les filles.

— Vous êtes convaincue que les autres victimes ont un lien avec ce réseau ?

— Appelez ça une intuition.

— Ou une manipulation… Vous en dites juste assez pour influencer la direction de l'enquête.

— J'ai l'impression que vous me prenez pour "Gorge profonde".

Encore cette attitude de flirt, que dément le ton légèrement moqueur de la voix.

J'oriente la conversation sur un autre aspect de l'affaire.

— Ce que je m'explique mal, c'est toute cette symbolique autour du bain. Pourquoi ce spectacle ? Pourquoi vouloir attirer l'attention ? J'imagine mal la mafia ou les motards se lancer dans ce type de parodie pseudo-artistique.

— Ils ont peut-être simplement saisi une occasion.

— Et ce seraient eux qui auraient éliminé l'ancien propriétaire ?

Pour la première fois, je la vois surprise.

Malgré ma réticence à lui communiquer des détails de l'enquête, je lui parle de Jolicœur, qui s'opposait à l'ouverture d'une galerie d'art dans le local. Je lui mentionne sa mort opportune et surprenante, quelques mois plus tôt, qui a permis à l'exposition d'Œkoumenn d'avoir lieu.

— Si c'est vrai, dit-elle, c'est une opération planifiée de longue date.

Pour une fois, j'ai le plaisir de la voir aussi perplexe que moi. Je lui fais part de ce qui me tracasse :

— Quelque chose nous échappe. Quelque chose qui n'a rien à voir avec les mafias.

— Je comprends pourquoi vous avez envisagé l'hypothèse du tueur fou. Une sorte de psychopathe méthodique et méticuleux, qui planifie à long terme… Mais je persiste à croire que les groupes mafieux sont la piste la plus prometteuse.

— Parce que c'est celle qui explique le mieux comment la taupe a fait sortir son information ?

— Parce que c'est en enquêtant sur eux que Bernier s'est fait tuer.

Elle vide son verre et se lève.

— J'ai ma voiture. Vous venez ?

— Où ?

— Je ne sais pas. On va sûrement trouver quelque chose de convenable.

38.

Trois heures plus tard, nous achevons de manger au Ferreira Cafe.

Le temps a passé rapidement. Nous n'avons presque pas parlé boulot. Enfin, pas directement. Nous avons échangé des anecdotes sur nos milieux respectifs, nous avons évoqué les cas les plus étranges ou les plus loufoques que nous avons rencontrés. Une conversation bon enfant, même si chacun s'efforçait de ne pas trop en dire, de demeurer suffisamment flou pour ne pas révéler d'informations sensibles.

Le café terminé, elle me regarde droit dans les yeux et me demande :

— On va prendre un verre ailleurs ?

— Avec le vin qu'on a bu, on risque de le regretter demain matin.

— La soirée est jeune et la vie est courte.

— Mais l'univers est sinistre et nous sommes aux premières loges pour assister au spectacle. Ça prend un estomac solide.

Est-ce cela sa tactique ? Me faire boire pour que je me mette à table ? Pour que je lui déballe tout ce qu'on a trouvé pendant l'enquête ?

Elle met sa main sur la mienne. Il n'y a plus rien de professionnel dans son attitude.

— Ne vous laissez pas envahir par le côté obscur, dit-elle avec une pointe d'amusement dans la voix.

Avant que je puisse répondre, mon téléphone se manifeste.

— Sauvé par la cloche, dit-elle en retirant sa main.

— C'est peut-être le boulot.

Comme si ça pouvait être autre chose...

De fait, c'est Kodak.

— On a retrouvé cinq des danseuses louées par Sirois. Elles sont très jeunes et n'ont aucun papier.

— Tu les amènes au poste.

— Elles sont terrifiées.

— J'imagine. Mais pas question de les laisser là-bas. Ils vont les expédier dans une autre ville. Ou carrément les faire disparaître... Je te rejoins. Tu m'attends pour les interroger.

— Aucune ne parle français. Ni anglais. Sauf une qui baragouine quelques mots d'anglais. Mais vraiment juste quelques mots. Il va falloir un traducteur.

— Quelle langue ?

— Russe, d'après ce que j'ai compris. Ou ukrainien.

Je pense à Sarah la rousse. Même si elle parvient à déchiffrer le russe à l'écrit, c'est grâce aux dictionnaires Internet et à l'aide de ses amis Facebook. Pour l'oral, il ne faut pas compter sur elle. Surtout pas dans une situation où le traducteur doit être attentif aux nuances de la langue, au non-dit et au contenu émotif des échanges... Quant à l'ukrainien, inutile d'en parler.

— As-tu essayé de contacter Pavlenko, à la division du crime organisé ? Il parle russe. Peut-être qu'il se débrouille aussi en ukrainien. Ou qu'il connaît quelqu'un.

— J'ai essayé. Impossible de le joindre avant demain matin.

— Tu es sûr que tu ne peux trouver personne ce soir ?

— Je peux toujours essayer...

Balco me fait signe qu'elle veut me dire quelque chose. Je demande à Kodak de m'attendre un instant, je couvre le micro de la main et me tourne vers Balco.

— Vous avez trouvé des danseuses louées par Sirois ? demande-t-elle.

— Oui.

— Elles parlent russe ?

— Russe ou ukrainien... quelque chose du genre.

— Si vous voulez, je vous accompagne. Vous ne serez pas obligé d'attendre à demain pour les interroger.

— Vous parlez russe ?

— Et aussi polonais, ukrainien, hongrois...

Son sourire est ouvertement amusé. Je la regarde un moment sans réagir, puis je reviens à Kodak.

— Amène-les immédiatement au poste. Et essaie de trouver autre chose qu'une cellule. J'arrive.

Après avoir raccroché, je tente de régler l'addition, mais Balco me devance.

— Je ne voudrais pas avoir la ruine du SPVM sur la conscience ! dit-elle.

Une fois dans la voiture, elle m'explique que son père est moitié polonais, moitié hongrois et que sa mère est russe. Elle-même a passé les quatorze premières années de sa vie en Crimée.

— À l'époque, c'était presque comme vivre en Russie.

Pas à dire, ça tombe bien. Presque trop, à bien y penser. Elle devait être au courant du travail que j'avais confié aux deux kids et elle a voulu être aux premières loges pour l'interrogatoire, si jamais on retrouvait les danseuses.

Ça expliquerait aussi pourquoi elle semblait si certaine que la piste du réseau de trafiquants était la plus prometteuse...

Décidément, si je ne fais pas attention, je vais finir comme Parano !

39.

À notre arrivée au poste, Kodak et Parano sont déjà là. La première chose qui me frappe, c'est que Parano n'a plus son masque.

Les deux kids, pour leur part, regardent Balco avec un intérêt non dissimulé. Je serais étonné que Parano sache de qui il s'agit. Pour Kodak, je suis moins sûr. Il suffirait qu'il ait aperçu une fois sa photo...

Je limite les présentations au minimum.

— Lydia Balco. L'amie d'un ami...

Ce n'est pas exactement un mensonge. C'est bien son nom et, théoriquement, elle n'est pas l'ennemie de mon frère, Louis-Simon, lequel, jusqu'à preuve du contraire...

— Vous parlez russe ? demande Kodak.

— Entre autres.

Je poursuis à sa place :

— Russe et plusieurs langues de la région.

— C'est vraiment une chance que vous ayez pu vous libérer aussi vite, enchaîne Parano.

Même pas besoin de le regarder pour savoir qu'il est déjà en train d'élaborer toutes sortes d'hypothèses pour expliquer comment j'ai pu trouver une traductrice aussi rapidement.

Kodak, lui, se contente de nous regarder avec un léger sourire. Je sens son attention concentrée sur nos visages. J'imagine que nos moindres réactions sont en train de s'inscrire de manière indélébile dans sa mémoire.

Une mémoire sans failles. Enfin, presque. Car il a une facilité étonnante pour oublier les messages que je lui adresse quand ils ne font pas son affaire... Mais bon, je proteste rarement. Les avantages de ses dons compensent amplement les inconvénients liés à l'utilisation sélective qu'il en fait.

Pour l'instant, j'ignore ce qu'il trouve le plus amusant : ce qu'il imagine de nos relations ou le fait d'avoir reconnu la directrice adjointe.

Autant arrêter tout de suite les spéculations.

— Nous étions au restaurant.

— Il faudrait leur parler rapidement, enchaîne Balco. Elles doivent paniquer.

— Dites-leur qu'elles sont en sécurité, que la police va les protéger, suggère Parano.

— Là d'où elles viennent, la police est souvent plus dangereuse que ceux qui les exploitent. Et comme elles ne parlent ni anglais ni français, elles n'ont aucune façon de savoir qu'ici, c'est différent.

Premier soulagement, les cinq jeunes femmes ont été regroupées dans une pièce où il y a des fauteuils, un bureau, une table et une immense baie vitrée qui donne sur la ville. Rien à voir avec une cellule.

Autrefois, c'était le bureau d'un des adjoints du directeur, mais le poste a été coupé. Maintenant, la pièce sert surtout à des interrogatoires moins formels et à des rencontres avec des visiteurs d'autres corps policiers.

Lydia commence par leur parler pendant quelques minutes sans obtenir la moindre réponse. Elles hochent cependant la tête à quelques reprises en signe d'acquiescement. La tension dans leur visage diminue et elles semblent moins anxieuses.

— Je leur ai expliqué qu'elles n'ont rien à craindre, dit Lydia en se tournant vers moi. Que les policiers ne les obligeraient pas à travailler pour eux.

Pendant qu'elle parle, les cinq femmes ont les yeux rivés sur nous, à l'affût de notre réaction.

— Ce serait plus simple si vous sortiez, continue Lydia. Pour elles, les hommes représentent une menace.

Kodak et Parano la regardent sans dire un mot. C'est la première fois qu'ils sont confrontés à ce genre de situation : lire la peur dans un regard et savoir qu'ils représentent, en dépit de toute leur bonne volonté, la cause de cette peur. C'est toujours une expérience déstabilisante de se sentir défini comme oppresseur du simple fait de son appartenance à un groupe.

Je fais signe aux deux kids de sortir et je leur emboîte le pas. Lydia me regarde avec ce qui semble être de la gratitude.

— Merci, dit-elle.

Pendant que nous attendons dans une pièce voisine, je songe que nous dépendons entièrement de la directrice adjointe pour le compte rendu de l'interview des jeunes femmes. Elle aurait manœuvré pour le faire qu'elle n'aurait pas mieux réussi.

Bien sûr, je pourrais tout arrêter et reporter l'interrogatoire au lendemain. Mais il y avait quelque chose dans son regard quand elle m'a remercié…

— J'ai démarré le système d'enregistrement, dit subitement Parano. Pour le cas où votre amie voudrait réécouter les conversations.

— Bon réflexe.

— On ne sait jamais, ça pourrait aussi servir comme élément de preuve…

Et ça pourrait également être donné à un autre traducteur, histoire de vérifier le compte rendu de la directrice adjointe. Mais je me garde de faire part de cette pensée aux kids.

— Qu'est-ce qui se passe ? je demande à Parano. Déjà guéri de ta grippe ?

— C'est juste un rhume. Je ne tousse pas… Je me suis dit que la visite au New Vegas se passerait mieux sans le masque.

Une vingtaine de minutes plus tard, Lydia vient nous rejoindre en laissant les cinq jeunes femmes entre elles.

— C'est comme dans les pires romans noirs, déclare-t-elle d'emblée. Quelqu'un a quelque chose à boire ?

Les deux kids se regardent, puis me regardent.

— Quoi ?

— Il y a la bouteille de Paddle, dit finalement Parano.

— Il garde une bouteille de rhum dans son bureau, explique Kodak.

Parano se dépêche de m'interrompre :

— Si je comprends bien…

— Non, non… Pas du tout ! Il n'a jamais bu ici… C'est le rhum fétiche d'un personnage de roman graphique, un détective privé. Ça fait presque un an que la bouteille est là. Il la garde uniquement pour le symbole…

J'hésite un moment, puis je me dis qu'il suffira de la remplacer.

— D'accord, allez la chercher. Et trouvez quatre verres.

Si la directrice adjointe a besoin d'un remontant, les deux kids en ont probablement besoin, eux aussi.

Kodak revient rapidement avec une bouteille de Zacapa Centenario. Parano suit avec des tasses et s'excuse :

— Je n'ai rien trouvé d'autre.

Kodak fait le service.

Balco prend la tasse qu'il lui tend et la vide cul sec. Heureusement, il n'en avait versé qu'un fond.

— Très bon, décrète-t-elle en regardant la tasse. Vraiment très bon… C'est qui, ce Paddle ?

Je m'imagine un instant – à peine un instant – en train de lui expliquer qui est Paddle, puis j'opte pour la réponse courte :

— Un des membres de l'unité. Le plus jeune.

— Vous le remercierez de ma part.

Elle nous fait ensuite part de ce qu'elle a appris.

— Les filles changent de bar, et de ville, aux trois semaines. La plus vieille vient d'avoir dix-huit ans. Elle travaille depuis plus de six mois. Les autres ont seize et dix-sept ans. La plus jeune, seulement quinze.

— Est-ce qu'il faut impliquer la DPJ ? demande Parano. Si on ne suit pas les règles, Godin va hurler.

— Pour l'instant, il y a plus urgent, réplique Balco. Les filles ne pensent qu'à une chose : retourner travailler.

— Pourquoi ?

— Elles sont sûres que vous ne pouvez rien pour elles.

— Leur avez-vous dit qu'on va prendre les moyens qu'il faut pour les protéger ?

— Pouvez-vous protéger leurs familles en Ukraine ? Leurs frères et leurs sœurs ?… Les trafiquants leur ont juré que tous les membres de leur famille seraient égorgés si elles tentaient de leur échapper.

— Et elles les croient?

— À leur place, vous les croiriez.

Elle tend sa tasse vide à Kodak, qui lui sert une autre rasade. Un peu plus généreuse que la première, celle-là.

Après avoir bu une gorgée, elle poursuit:

— Elles ont entendu toutes sortes d'histoires sur ce qui arrive aux filles qui essaient de s'enfuir. Ou simplement qui refusent de faire tout, absolument tout, ce qu'on leur demande.

Balco, manifestement touchée, fait une pause et reprend une gorgée de rhum. Puis elle enchaîne:

— Certaines sont tuées et découpées en morceaux devant les autres pour faire un exemple. D'autres sont forcées de porter des enfants, qui sont ensuite vendus sur le marché de l'adoption…

Je ne peux m'empêcher de lui demander si ce sont simplement des inventions des trafiquants pour rendre les filles dociles.

C'est Kodak qui répond.

— En Hollande, l'année dernière, ils ont démantelé un atelier de fabrication de bébés. Les femmes étaient maintenues sous sédation pendant une grande partie de leur grossesse.

— Et ici, enchaîne Balco, on a déjà retrouvé deux corps découpés en morceaux. Une prostituée et une danseuse.

— Je n'ai jamais entendu parler de ça, s'étonne Kodak. Les médias auraient pourtant dû…

— Il n'y a rien eu dans les informations, l'interrompt la directrice adjointe. On n'allait quand même pas utiliser les médias pour terrifier encore plus les filles qui restaient sous la coupe des trafiquants!... C'est déjà assez difficile d'en trouver qui acceptent de parler!

— Et comment vous savez ça? demande Parano.

— Ce n'est pas la première fois que je sers d'interprète. C'est d'ailleurs dans un cas de ce genre que j'ai connu l'inspecteur Dufaux. La GRC était aussi impliquée.

Je suis impressionné par l'aplomb avec lequel elle a improvisé une réponse. Elle a non seulement justifié sa connaissance des événements, mais aussi le fait que nous nous connaissions.

Bien sûr, je n'ai aucun souvenir d'avoir déjà travaillé avec elle. Mais ce détail ne semble pas la préoccuper. Elle achève son deuxième verre, puis elle s'adresse à Parano.

— Vous croyez vraiment que les gens de la DPJ peuvent les aider? Que voulez-vous qu'ils fassent? Qu'ils les envoient en famille d'accueil? Ou dans un centre de réadaptation?

Elle se tourne vers moi.

— Vous avez une idée?

— Peut-être... Mais il faut que j'en parle à Godin.

40.

— Tu sais l'heure qu'il est, Dufaux?

La voix de Godin est glaciale. Je peux presque sentir mon téléphone refroidir dans ma main.

— On a un problème, je lui dis. Comme dans "Houston, on a un problème".

— T'as perdu une navette spatiale?

— Non. On a trouvé cinq danseuses.

— Et c'est pour ça que tu m'appelles?

— Elles sont mineures et parlent uniquement russe.

À l'autre bout, le silence se fait pendant quelques secondes.

— Je vois... Elles sont mineures, tu dis?

— Quinze à dix-sept ans.

— Tu n'as pas le choix. Il faut appeler la DPJ.

— On ne peut pas. C'est compliqué...

Je lui explique pourquoi je préférerais les mettre à l'abri quelque part. Je lui parle des représailles contre leurs familles.

À force d'argumenter, je finis par lui arracher un délai.

— Tu as vingt-quatre heures. Le temps raisonnable pour trouver un vrai traducteur... Après, c'est la DPJ.

Je raccroche et je me tourne vers Balco.

— Vingt-quatre heures. C'est tout ce que j'ai obtenu.

— Il peut se passer beaucoup de choses en vingt-quatre heures...

Moins d'une heure plus tard, les cinq jeunes filles sont installées dans une résidence sécurisée. Balco a suggéré que les deux Sarah demeurent avec elles à l'intérieur pour assurer leur sécurité. Avec des femmes, elles se sentiront plus en confiance.

Je demande à Kodak et à Parano de rester de garde, dans une voiture banalisée stationnée devant la maison.

— Vous croyez que c'est nécessaire? demande Parano.

— Parce que je pense qu'elles vont être attaquées? Non. Je ne crois pas. Mais pour qu'elles sentent qu'on prend leur sécurité au sérieux et qu'elles acceptent plus facilement de collaborer avec nous? Oui, sûrement.

— Je comprends.

— Je vous les confie. Moi, je reconduis madame Balco, puis je vais dormir.

— Vous avez changé de voiture ? demande Parano.

Ils peuvent être exaspérants, parfois. Mais peut-on reprocher à un enquêteur de ne pas avoir les yeux dans sa poche ?

— D'accord, *elle* va me reconduire. Puis je vais dormir. Ça va ?

— Bien sûr. Je ne comprends pas en quoi ce que je vous ai dit vous agace.

— Je vous souhaite la meilleure des nuits, ajoute Kodak. À tous les deux.

Les deux kids nous regardent partir avec un sourire amusé.

Une fois dans la voiture, Balco m'explique qu'il y a une façon de régler le problème de façon définitive. Après l'avoir écoutée, je la regarde sans répondre.

— Qu'est-ce que vous en pensez ? insiste-t-elle.

— Vous êtes sûre que c'est légal ?

— C'est la seule façon de les sauver et de sauver leur famille.

Elle a probablement raison.

Et puis, ce qu'elle suggère va peut-être nous permettre de faire avancer l'enquête pour retrouver le corps des autres victimes.

— D'accord. Je préviens Sundance.

— Je m'occupe d'obtenir l'information dont on a besoin.

Une bonne partie du trajet se passe en silence. Un peu avant d'arriver, je lui demande :

— Comme ça, on a déjà travaillé ensemble ? Et avec la GRC ?

— D'une certaine manière, oui… Un réseau de prostitution dans l'est de la ville. Il y a environ 12 ans.

Je tourne brusquement la tête vers elle.

— Le cas Sicotte?

— Je servais de liaison avec la GRC. C'est le SCRS qui leur a fourni les renseignements sur les liens avec la N'drangheta. Alors, d'une certaine façon, nous avons travaillé ensemble. Même si vous n'en avez rien su.

Je me souviens trop bien de cette affaire. C'est une des seules fois où j'ai travaillé avec la GRC. Une des scènes de crime les plus horribles que j'ai vue.

Dans la vie, il y a les embêtements, les contrariétés, les drames, les catastrophes, les cataclysmes… Et il y a les horreurs.

Les vraies.

Ces trucs qui relèvent de l'impensable. Qui n'entrent dans aucune catégorie. Devant lesquels on ne sait pas réagir.

Les embêtements, les contrariétés, on les règle. Ou on décide qu'ils ne sont pas si importants et on passe par-dessus.

Les pires drames, avec le temps, on finit par les oublier. La douleur s'atténue.

Même les catastrophes et les cataclysmes, on finit par composer avec leurs conséquences. Peu à peu, ils entrent dans le passé, se transforment en souvenirs. La vie reprend ses droits.

Mais les horreurs, on ne sait pas. Elles insistent. Profitent de la moindre circonstance pour se rappeler à notre attention. S'insinuent dans notre quotidien. Et finissent par envahir toute notre vie.

Elles forment une sorte d'atmosphère, de pellicule invisible qui se dépose sur tout ce qui nous environne et nous pourrit la vie.

L'enquête avec la GRC entrait dans la catégorie des horreurs. De celles dont on n'arrive pas à se nettoyer le cerveau.

On était arrivés trop tard. Les dirigeants du réseau avaient commencé à tuer les filles pour les empêcher de parler et pour faire un exemple… On a pu en sauver trois, qui s'étaient cachées dans un placard. Les autres avaient été tuées d'un coup de feu derrière la tête, pour que les balles, en sortant, leur arrachent le visage. Leurs empreintes digitales avaient été brûlées sur le poêle de la cuisine. L'odeur était épouvantable. Sans le témoignage des survivantes, je ne sais pas si on aurait pu les identifier…

Puis je pense aux cadavres vidés de leurs organes qu'on vient de découvrir. Je fais part à Balco du rapprochement qui m'a traversé l'esprit.

— On dirait qu'on se spécialise dans les scènes de crime sordides, répond-elle.

Et elle ajoute, sur un ton d'autodérision :

— On devrait peut-être s'associer et en faire une spécialité… Dufaux et Balco : atrocités en tous genres !

Au moment où j'ouvre la portière pour descendre, elle me demande :

— L'enquête des Affaires internes, comment ça se passe ?

Je me retourne vers elle.

— Je me disais, aussi, que vous deviez être au courant.

Va-t-elle me proposer un échange de services ? Elle neutralise Paradis et, en échange… En échange de quoi, au fait ? Qu'est-ce qu'elle veut ? Quelle aide est-ce que je peux lui apporter dans sa recherche de la taupe ?… À supposer qu'il y ait vraiment une taupe !

Contrairement à ce que j'aurais pu croire, elle se contente de réitérer son offre d'aide :

— Si jamais vous avez besoin de quoi que ce soit…

— Ça devrait aller.

Elle s'approche et m'embrasse pudiquement sur la joue.

— Dormez bien, dit-elle. Notre affaire est loin d'être terminée.

Pendant qu'elle s'éloigne, je me demande de quelle affaire elle parle. Et si le caractère équivoque des termes qu'elle a employés était volontaire.

41.

J'ai les yeux ouverts avant même que le réveil sonne. C'est un effet de l'alcool que j'ai constaté en vieillissant : il m'enlève le sommeil de la fin de la nuit.

À la télé, les élections accaparent le bulletin de nouvelles. Le public est plongé dans un déferlement de commentaires, de chiffres, de sondages et de mises en garde. Le reste de l'univers a cessé d'exister.

Pour moi, par contre, pas de véritable pause. Même pour les infos. La soirée de la veille se poursuit, à peine interrompue par quelques heures de sommeil. Des 24 heures accordées par Godin, presque la moitié est déjà passée. Il ne reste plus beaucoup de temps pour sauver les jeunes danseuses.

J'avale un thé en vitesse et consulte mon téléphone. Je relis le dernier texto de Balco, que j'ai reçu avant de m'endormir.

Limousine noire garée à quelques maisons du New Vegas.

Je me rends ensuite au bureau, où j'ai donné rendez-vous à Sundance. Un petit travail de terrain, je lui ai dit hier soir. Sans plus d'explications.

— Où va-t-on ? demande-t-il en montant dans la voiture.

— On cherche une limousine. Près du New Vegas.

Apparemment, la réponse lui suffit.

J'ai l'impression que j'aurais pu lui proposer n'importe quoi, il aurait accepté sans poser de questions, tellement il est heureux de se retrouver sur le terrain.

Pendant le trajet, je lui résume le plan suggéré par Balco.

— Ça peut fonctionner, se contente-t-il de dire quand j'ai terminé.

On n'a aucune difficulté à trouver la limousine. À l'intérieur, Lydia Balco nous attend. Fraîche et dispose. Sur ses traits, aucune trace du travail qu'elle a dû se taper au cours de la nuit.

Je prends quelques secondes pour examiner l'aménagement. Deux sièges qui se font face. Entre les deux, une petite table. Cafetière Nespresso, plateau de viennoiseries…

— Café ? demande Balco. Croissant ? Pain au chocolat ?

— *Espresso*, répond Sundance. *Ristretto*.

C'est la seule chose qui trahit son origine italienne : son goût pour l'*espresso*. Il peut en boire une dizaine par jour.

Balco lui tend une tasse minuscule.

— Nuit difficile ? demande-t-elle en observant son visage.

— Je suis étonné de vous voir sur le terrain, se contente de répondre Sundance en prenant la tasse qu'elle lui tend.

— Les voies du SCRS sont impénétrables, répond Balco.

Je me permets néanmoins d'ajouter quelques précisions à l'intention de Sundance :

— Personne n'est au courant de l'intérêt de madame Balco pour cette affaire. Pas même son supérieur, d'après ce que j'ai compris.

Sundance se contente de hocher légèrement la tête. Après les années qu'il a passées dans les Forces spéciales, j'imagine que plus grand-chose n'a le pouvoir de le surprendre.

— Votre protégé et moi, nous nous sommes connus dans une vie antérieure, reprend Balco.

— Elle dirigeait la section SH, explique Sundance.

Balco semble surprise qu'il y fasse allusion comme à quelque chose dont je connaîtrais l'existence.

Pour couper court aux explications, je m'empresse de revenir à notre opération.

— Vous avez trouvé ce qu'il faut ?

Elle me tend un dossier.

— Cela devrait suffire à convaincre Normandin, dit-elle.

— Des preuves contre lui ?

— Je ne suis pas certaine que ça tiendrait en cour. Mais si ses associés mettent la main sur ces informations…

— Vous croyez qu'il va marcher ?

— Il va courir ! Au début, il va protester, mais il va courir.

J'ouvre le dossier, le feuillette rapidement. Puis je le passe à Sundance. Il y jette un œil, me regarde, regarde Balco.

— Steve Normandin est propriétaire du club, explique-t-elle. Il utilise le logement du troisième étage comme bureau. Il y dort à l'occasion quand il ne veut pas se taper le trajet jusqu'à Laval. Il y est depuis hier soir.

— Qu'est-ce qu'il y a, dans le dossier ?

— Steve parle beaucoup.

— C'est un informateur ?

— On l'a enregistré à son insu. Il nous a fourni de précieuses informations sur plusieurs de ses associés… Ses fournisseurs, ses principaux clients…

Je pense immédiatement à Sirois et à Klimenko. Je lui demande s'ils en faisaient partie.

— Sirois était son principal fournisseur de danseuses, répond Balco.

— Et Klimenko ?

— Il utilisait le deuxième étage du club pour des soirées très privées. Il recevait des clients qui ont les moyens de payer pour tabasser des filles… Je me préparais à les faire arrêter, lui et Sirois, quand ils ont disparu.

— Quelqu'un les aurait fait disparaître pour éviter qu'ils parlent ? demande Sundance.

— Possible.

— Normandin ?

— Le bain de sang, les organes… Je ne le vois pas organiser tout ce cirque.

Je reprends la parole.

— Moi non plus. Mais ça ne veut pas dire qu'il n'est pas impliqué.

Balco prend un appareil sur la petite table et me le tend. On dirait un téléphone grand format. Quelque chose entre une tablette électronique et un téléphone surdimensionné.

— C'est ce que je pense ? demande Sundance.

— Probablement, répond Balco. Mais une version améliorée de ce que vous aviez à l'époque.

Je tends l'appareil à Sundance. Il l'examine brièvement et le met dans la poche intérieure de son blouson.

— C'est un aspirateur, dit-il.

Il m'explique que ça sert à « aspirer » les données de la plupart des téléphones.

— De tous les téléphones, rectifie Balco. De toutes les tablettes. Et de tout appareil relié à un réseau Wi-Fi ou accessible par Bluetooth.

Sundance la regarde, l'air impressionné.

— Tout se fait automatiquement, poursuit Balco. Suffit de mettre l'aspirateur en marche. Il a un rayon d'action de vingt mètres. Il lui faut moins de dix secondes pour installer un relais dans tout appareil qui est en fonction.

— Dix secondes, reprend Sundance.

— C'est un maximum. En général, une ou deux secondes suffisent...

Elle se tourne vers moi.

— Après votre rencontre, dit-elle, vous n'aurez qu'à remettre l'appareil à Sarah la rousse. Elle saura quoi faire. Dites-lui simplement que le code d'accès est votre numéro d'assurance sociale : une fois à l'endroit, puis une fois à l'envers.

Voyant mon air contrarié, elle ajoute :

— C'est un code dont vous n'aurez aucune difficulté à vous souvenir. Et puis, je vous l'ai déjà dit : la vie est courte. Il faut bien s'amuser un peu...

42.

Steve Normandin n'est pas du genre facile à impressionner. Quand il aperçoit le pistolet que Sundance pointe sur lui, il demande calmement :

— Est-ce bien nécessaire ?

Dans sa tête, il est déjà en train de passer en revue les raisons possibles pour lesquelles on a envahi son bureau. Et le prix minimum qu'il devra payer pour qu'on reparte sans trop compromettre son intégrité physique.

— Ton téléphone, demande Sundance en tendant la main.

Normandin fouille dans la poche de son veston et lui tend un iPhone. Son regard s'attarde un moment sur le visage tuméfié de Sundance.

— Un client difficile?

Sundance ne répond pas. Il met l'appareil en fonction et constate que l'accès est protégé par un code. Il appuie sur différents boutons, examine les messages d'erreur qu'il obtient, puis regarde Normandin.

— Tu ne penses quand même pas que je vais te donner le mot de passe? fait ce dernier.

— Simple précaution, répond Sundance.

Il redonne l'appareil à Normandin, qui le met dans sa poche. Il a l'air soulagé. Comme s'il avait compris que sa vie n'était pas vraiment en jeu.

— Qu'est-ce que vous voulez?

— Tu loues des filles qui viennent d'Europe de l'Est et tu laisses les Black Death vendre de la drogue dans ton club.

— Si vous aviez des preuves, on ne serait pas en train de discuter. Je serais déjà en tôle.

— Qui te parle de prison?

— Vous parlez de quoi, alors?

— De ce que tes petits amis vont faire quand ils vont apprendre ce que tu nous as raconté à leur sujet.

— Je n'ai rien raconté! Sur personne!

Je jette sur son bureau le dossier que m'a remis Balco.

— C'est la retranscription de ce que tu nous as dit. On a aussi les enregistrements audio de ton interrogatoire... Bien sûr, tes associés ne sont pas obligés de savoir que tu as été enregistré à ton insu. Ni que les interrogatoires sont des montages effectués à partir des enregistrements.

Normandin ouvre le dossier, tourne quelques pages, puis pâlit.

— Qu'est-ce que vous voulez?

— Que tu contactes celui à qui tu as loué les filles qu'on a récupérées hier soir.

— Pourquoi je le contacterais ?

— Pour lui dire que tu veux les acheter.

— Les cinq filles !

— Pas les cinq. Les onze.

— Quelles onze ? De quoi vous parlez ?

— Des cinq du New Vegas et des six autres que tu as envoyées dans tes clubs de Sherbrooke, Gatineau et Québec.

Je pose une nouvelle feuille devant lui. Il y a onze noms.

Ça, c'est un coup qu'il n'a pas prévu. Il met quelques secondes à réagir.

— Vous êtes tombés sur la tête ? finit-il par dire. Vous avez une idée de ce que ça va me coûter ?

— Moins cher que si tes amis apprennent que tu as parlé à la police de leurs petites combines.

— Et si je refuse ?

— On laisse couler à des journalistes que tu diriges un réseau d'exploitation de mineures. Que tu les fais danser dans tes établissements… On peut aussi mettre des voitures en surveillance devant tes clubs. Arrêter tes clients pour les interroger…

— Vous n'avez pas le droit de faire ça !

— La loi, tu sais…

— Vous voulez ma ruine ?

Imperturbable, Sundance poursuit :

— Dans les réseaux sociaux et les médias, le public va réclamer ta tête. Les gens du milieu vont trouver ça mauvais pour les affaires, toute cette attention. Ils vont s'arranger pour que tu disparaisses… Surtout s'ils apprennent que tu t'es mis à table.

— Racheter onze filles ! Je vais être obligé d'hypothéquer un de mes clubs !

— Vois ça comme un investissement.

— Un investissement ?

— Dans ta survie.

Normandin laisse passer un moment avant de demander :

— Et si je les rachète, vous me foutez la paix ?

— À la condition que tu les remettes en liberté.

— Les onze ! Vous voulez vraiment me ruiner !

— Tu devrais te réjouir : ta vie vaut onze fois plus que celle d'une danseuse. Tu n'es vraiment pas n'importe qui !

— Allez vous faire foutre !

C'est une remarque pour sauver la face. Il est clair qu'il a déjà accepté le marché. Le temps est venu de lui parler de la dernière condition.

— Autre chose, je lui dis. Plus de mineures dans tes clubs.

— J'y peux rien, si elles ont de faux papiers !

Je me contente de répéter :

— Pas de filles de moins de dix-huit ans.

— D'accord.

— Et tu règles ça tout de suite.

— Ça risque d'être compliqué… Il va y avoir des délais.

— Je sais, Sirois est mort. Mais quelqu'un a sûrement pris la relève.

— Sans doute. Mais je n'ai aucune idée qui.

— Tu n'as aucun moyen de le joindre ?

— Non.

— Alors, je te souhaite bonne chance.

— Si vous me coulez, vous perdez votre piste !

— Pas du tout. On te surveille et on suit la piste de ceux qui vont te descendre !… Tu es sûr que tu n'as aucun moyen de le joindre ?

Il fait mine de réfléchir.

— J'ai reçu un ou deux textos, dit-il. Alors, peut-être…

— Tu vois! Tu as seulement à y répondre. Je suis sûr que le message va finir par joindre son destinataire.

De fait, une heure quarante plus tard, la transaction est complétée. Normandin a effectué un paiement Internet via un compte aux Caïmans et il a reçu une confirmation du transfert. Les filles sont à lui.

— Les passeports des filles? demande Sundance.

— Quelqu'un va venir me les porter.

Je laisse Sundance sur place pour récupérer les passeports et s'occuper d'organiser la récupération des six autres danseuses. De mon côté, je vais porter l'«aspirateur» à Sarah la rousse, après avoir pris soin de le fermer.

Dans l'auto, je m'adresse spontanément à ma femme.

— Obliger quelqu'un à acheter des filles qu'il a louées. Si on m'avait dit qu'un jour ça ferait partie de mon travail!...

Pas de réponse.

Je commence à me demander s'il s'agit seulement de vacances.

43.

De retour au bureau, Sarah la noire m'attend, assise dans ma chaise de travail.

Je ne sais pas comment elle a fait, mais elle a trouvé le temps de changer de couleur de cheveux. Ils sont maintenant bleus d'un côté de la tête et jaunes de l'autre. Une mince ligne noire sépare les deux côtés, sur le dessus du crâne.

Voyant que je la fixe, elle me demande:

— Vous aimez?

— Tu n'étais pas avec Sarah pour t'occuper des jeunes danseuses, cette nuit ?

— J'ai fait un saut chez moi. Juste le temps de prendre ce dont j'avais besoin.

— Jaune et bleu ?

— Le drapeau ukrainien.

— Pourquoi est-ce que je n'y ai pas pensé....

— J'ai eu envie d'ajouter des mèches orange, pour la révolution orange… mais je me suis dit que ça serait peut-être trop. Qu'est-ce que vous en dites ?

J'écarte la question d'un geste de la main et ramène mon attention vers le bureau. Tout a été repoussé sur les côtés pour dégager de l'espace. Elle était en train de rédiger une note à la main quand je suis arrivé.

— Tu as décidé de prendre mon poste ?

— Vous délirez ! Je ne pourrais plus travailler à la maison.

— Théoriquement, tu n'es pas censée le faire.

— Théoriquement, je ne suis pas censée travailler plus de 35 heures par semaine.

Elle chiffonne la note qu'elle était en train d'écrire et la jette à la récup.

— Je vous ai envoyé un texto pour vous demander de me rappeler. Comme je n'avais pas de nouvelles…

— J'arrive d'interroger le propriétaire du New Vegas avec Sundance. J'avais fermé mon téléphone.

— Du nouveau ?

— On devrait réussir à ce que les parents ne se fassent pas massacrer.

— Bien.

Juste un mot. Mais dit avec une conviction dont il est impossible de douter.

Puis, elle en vient au contenu de sa note.

— C'était pour vous informer que le labo a établi un lien entre l'ADN retrouvé dans le sang du bain et celui de trois autres disparus.

— Lesquels?

— Montbourquette, Kelly et Mitchell.

— Rien sur les autres?

— Pas pour l'instant. Mais il reste des échantillons à analyser. Ceux qui venaient de l'Ontario sont arrivés au labo une journée plus tard.

— Donc, on a un designer de mode, un financier et un militaire. A priori, ce ne sont pas des gens qu'on invite ensemble à dîner... Peut-être que Kelly était dans l'industrie militaire.

— J'ai vérifié. La firme d'ingénierie où il travaillait n'a aucun contrat avec le ministère de la Défense. Elle est spécialisée dans les travaux d'infrastructures urbaines: égouts, pavage, trottoirs...

— Un designer et un financier, ce n'est pas impossible non plus.

— Ça aussi, j'ai vérifié. Aucune relation entre les deux.

— Ce qui est encore moins évident, c'est le lien entre ces trois-là et les cadavres qu'on vient de récupérer.

— Sirois et Klimenko?

— Oui... C'est peut-être la drogue? Le designer, il vit dans un milieu où la drogue fait partie du mode de vie, non?

— Selon mon contact aux narcotiques, la drogue n'était pas le créneau de Sirois et de Klimenko.

— Pourtant, au New Vegas...

— Les vendeurs n'appartenaient pas à Sirois.

— Drogue, mode, business, ça peut aller ensemble. Mais le militaire?... Qu'est-ce qu'il vient faire dans cette histoire?

— Mitchell a été en poste en Ukraine. Un peu plus d'une année. Mais c'était il y a quinze ans.

— Il aurait quand même pu connaître Klimenko, non?

— Pas impossible.

On reste un moment silencieux. Puis je lui demande:

— Les échantillons de sang prélevés dans les autres cages?

— On est vendredi. Alors, ça va aller à lundi. Peut-être mardi.

C'est frustrant, ces délais. Si seulement ça pouvait être comme dans les séries télé: un petit test en deux temps trois mouvements et hop!

Je la vois sourire, comme quand elle a réussi à me faire marcher.

— On aura les résultats demain, dit-elle. En même temps que les autres analyses d'ADN.

— Comment tu as fait?

— J'ai convaincu un des techniciens du labo de faire du temps supplémentaire.

— Qu'est-ce que tu lui as promis?

— Vous ne voulez pas le savoir…

Elle éclate de rire.

— Ce n'est pas ce que vous pensez. Il est gai.

— Je ne pensais à rien. Je suis simplement curieux de…

Ma mauvaise foi est tellement évidente qu'elle ne prend même pas la peine de la relever.

— Il joue à des jeux vidéo. Ça lui est arrivé de jouer avec Sarah.

— Avec Sarah la rousse? Chez elle?

Elle me regarde, l'air découragée.

— Sur Internet… En échange de ce petit service, elle a accepté de l'aider dans la troisième partie de *Starcraft II*: *Legacy of the Void*.

L'héritage du vide! Bel épitaphe pour ce que l'humanité est en voie de laisser derrière elle...

— Ça ne te dérange pas trop si je récupère ma place?

— Pas trop, non.

Elle se lève. Tout en reprenant possession de mon fauteuil, je lui dis:

— Moi aussi, j'ai du nouveau.

Je lui résume ce qui s'est passé chez Normandin. Et je termine en lui disant que j'ai besoin d'un service.

— Je veux que tu m'organises une rencontre.

— Quand?

— Le plus vite possible.

— Quel genre de rencontre?

— J'ai besoin de parler à deux ou trois mannequins. Des filles qui paradent avec des vêtements que les femmes normales ne peuvent pas porter.

Sarah éclate de rire. Puis elle me demande:

— Avez-vous essayé un site de rencontres?

— J'ai dit: leur "parler".

— Pour ça aussi, il y a des sites.

— Amuse-toi autant que tu veux, mais j'ai besoin que ça se fasse rapidement. Aujourd'hui, si c'est possible.

— D'accord. Si vous êtes en manque à ce point-là!

Avant qu'elle parte, je la relance:

— Il faudrait aussi une recherche plus poussée sur les trois victimes qu'on vient d'identifier.

— Ce n'est pas Kodak qui s'en occupe?

— Vois s'il a besoin d'aide. Et demande-lui d'organiser une perquisition à leur domicile. On va peut-être trouver quelque chose qui les relie aux autres...

Aussitôt que Sarah a franchi la porte de l'aquarium, je compose le numéro d'un vieil ami gestionnaire de placements.

— On peut se voir ?

— Je n'ai pas un seul dîner de libre avant deux semaines. Mais si tu veux venir souper à la maison en fin de semaine…

— C'est urgent. Peux-tu me trouver une demi-heure quelque part ?

— Ce midi ? J'ai un trou de trois quarts d'heure. À 13 heures 15.

— OK pour moi.

— Je pensais prendre une bouchée rapido dans un casse-croûte, à Place Ville Marie. La Brioche Dorée. Si tu veux me rejoindre là-bas…

— OK.

Je me prépare ensuite à aller voir Jane von Paulhus, ce qui va me permettre de rater la conférence de presse de Godin. Avec sa bénédiction, en plus !… Bénédiction réticente, qui lui reste un peu dans la gorge, mais comme c'est lui qui a insisté pour que je continue ma thérapie…

En sortant, je rencontre Sundance, qui arrive de chez Sarah la rousse. Je l'informe de l'identité des trois nouvelles victimes. Puis je lui demande s'il aurait le temps de voir ses anciens amis de l'armée.

— Ça devrait pouvoir s'arranger. Qu'est-ce que vous voulez savoir ?

— Une des victimes. Le militaire… Si quelqu'un avait des informations sur lui… Quelque chose d'autre que le rapport aseptisé que l'armée va nous refiler, si on lui demande des informations.

44.

Cette fois, Jane von Paulhus est derrière son bureau. J'ai l'impression que c'est l'endroit qu'elle choisit quand elle anticipe des séances plus tendues. Ou plus imprévisibles.

Il doit lui servir de rempart pour maintenir un certain détachement.

— Vous êtes plein de surprises ! lance-t-elle. Une demande de rendez-vous à peine quelques jours après notre rencontre régulière.

— Je me suis dit que si je venais plusieurs fois dans la même semaine, je serais quitte pour les semaines à venir.

— C'est votre côté chrétien ?

Je la regarde sans savoir où elle veut en venir.

— On commence par souffrir pour gagner des points, explique-t-elle. On peut ensuite jouir de la vie parce qu'on l'a mérité.

— Si c'était le cas, avec toutes les séances qu'on a eues, j'en aurais pour plusieurs vies, des points !

Elle se contente de sourire et me demande :

— Qu'est-ce qu'il y a de neuf dans votre vie ?

— Une nouvelle affaire. Quoi d'autre ?

— Difficile ?

— Délirante, surtout. Des cadavres vidés de leur sang, d'autres éventrés…

— La baignoire sanglante ?

Les traces d'amusement sur son visage me disent qu'elle a employé à dessein l'expression que véhiculent les médias. Elle connaît mon allergie à ce type de formule.

— Oui. C'est ça.

Elle se contente d'attendre que je continue.

Quand je reprends, il y a une certaine impatience dans ma voix.

— Vous voulez savoir si ça évoque des souvenirs ?

— Pas nécessairement. Mais si c'est le cas…

— Toutes les scènes de crime me rappellent la même chose !

— Mais celle-là est quand même particulière, non ?

— C'est vrai. Ces meurtres sont tellement… fous.

Je reste assez longuement sans parler.

— Assez pour ramener le nuage noir ? finit-elle par me demander.

Après avoir hésité, je lui dis qu'il y a eu quelques épisodes. Mais rien de comparable avec ce que j'ai déjà connu.

Puis je me tais. Je n'ai pas envie de remuer tous ces souvenirs.

Contrairement à ce que j'anticipe, elle n'insiste pas et change de sujet.

— Il y a eu autre chose, dans votre vie, qui sort de l'ordinaire ?

Un instant, je songe à lui parler de Lydia Balco. De sa façon de me draguer presque ouvertement, même si c'est d'une manière ironique qui dément le sérieux de ses propos.

Mais ça ne peut pas avoir de rapport.

— Il n'y a donc rien d'autre, reprend von Paulhus

Je pense alors à l'enquête des Affaires internes. Je lui explique en quelques mots de quoi il s'agit.

— Autrement dit, on s'en prend à des gens que vous aimez.

— Vous croyez qu'il y a un rapport ?

— À vous de me le dire.

Comme je ne réponds pas, elle me demande des nouvelles de mon calepin.

— Vous avez écrit depuis qu'on s'est vus, il y a quelques jours ?

— Des bricoles. Deux ou trois bouts de phrase sur les élections. Pas la peine qu'on en parle.

— De quoi est-ce qu'il vaudrait la peine de parler, alors ?

— Des jeunes…

La réponse est sortie toute seule. Il me faut cependant un moment avant de poursuivre :

— J'ai l'impression que c'est à cause de moi si Paradis est sur leur dos.

— Et vous voulez que je vous dise que ce n'est pas à cause de vous ?

— C'est clairement de ma faute. Si je n'avais pas envoyé cette foutue proposition à Godin, rien ne serait arrivé ! Sans compter que si Paradis s'en prend à eux, c'est parce qu'il n'a rien pour m'attaquer, moi. Il se sert d'eux pour m'atteindre.

— Vous pensez qu'il pourrait leur inventer un dossier contre eux de toutes pièces, même s'ils n'ont rien fait ?

— Non… Mais il peut leur pourrir la vie. Et, à force d'enquêter sur eux, il va alimenter des rumeurs, détruire leur réputation.

— Pourquoi êtes-vous ici, exactement ?

— Parce que je pense sérieusement à tuer quelqu'un.

Là encore, je suis le premier surpris par ma réponse. Et pas seulement le premier : le seul. Paulhus a l'air de trouver la chose parfaitement normale.

— Paradis ? demande-t-elle, comme si la réponse allait de soi.

— Je sais, on pourrait argumenter que ce n'est pas vraiment un être humain. Que ça tombe dans la catégorie "cruauté envers les animaux"… Mais quand même, je pense que ça risquerait d'être mal perçu.

Elle me laisse m'en tirer avec cette pirouette. Son sourire me dit cependant qu'elle n'en pense pas moins.

Puis, après un assez long silence, elle me demande :

— C'est la première fois que vous avez vraiment envie de tuer quelqu'un ?

— Pourquoi me poser une question dont vous connaissez la réponse ?

— C'est toujours prudent de vérifier. Ces choses-là changent avec le temps.

— Les faits restent les faits.

— Même les faits extérieurs sont fabriqués. C'est vous-même qui me l'avez dit. Ils sont "faits". Alors, imaginez les faits psychologiques, les sentiments... On pourrait les voir comme des histoires qu'on se raconte pour mettre de l'ordre dans notre chaos intérieur. Et il peut arriver que certaines histoires cessent d'être efficaces.

— C'est à ce moment-là, je suppose, qu'on va voir le psy...

— Ou qu'on crée des œuvres d'art... Mais on peut aussi prendre des notes dans un calepin.

Vingt-cinq minutes plus tard, juste avant que je sorte du bureau, elle me lance :

— Ce n'est pas à cause de vous.

— Quoi ?

— Ce n'est pas ce que vous vouliez que je vous dise ? Que ce n'est pas à cause de vous ?

Je prends un moment à me rappeler notre échange.

— Vous êtes sérieuse ?

C'est très sérieusement qu'elle me répond :

— Je vous le dis : ce n'est pas à cause de vous.

Sur le trottoir, je me sens happé par la campagne électorale. Affiches envahissantes, visages aux sourires impitoyables, slogans simplistes… Tout ce qu'il faut pour détruire l'impression de calme, presque de sérénité, que laisse immanquablement en moi l'atmosphère du bureau de la psy. Même quand les discussions sont difficiles.

Je me dirige vers la plus proche station de métro.

Je déteste le sentiment d'être enfermé sous terre, dans un container dont je ne contrôle pas la trajectoire, avec une foule de gens dont je ne sais rien. Mais, à cette heure-ci, c'est encore ce qu'il y a de plus rapide pour me rendre à Place Ville Marie. Sans compter ce que je vais sauver en frais de stationnement!

45.

Quand j'arrive à la Brioche Dorée, Mathieu Provençal n'est pas encore là. Je prends un café et m'installe à une table pour l'attendre.

Une dizaine de minutes plus tard, il s'assoit devant moi avec un plateau. Il a pris une soupe et un des plats du jour.

— Désolé de ne pas avoir plus de temps, dit-il. Je mène une vie de fou, ces jours-ci.

— Les marchés sont difficiles?

— C'est toujours la même chose. Quand ça monte, les gens pensent que ça va continuer indéfiniment. Et quand ça tombe, ils se disent que ça ne remontera jamais.

— Et là, qu'est-ce qui va se passer?

— Pour l'instant, notre indice est encore dans le rouge.

L'indice de connerie… C'est un indice qu'il a développé pour identifier les moments où la connerie prend le dessus. Derrière ce nom, il y a toute une panoplie de modèles mathématiques. Leur résultat est aggloméré pour donner un signal : acheter, ne rien faire ou se mettre à l'abri.

L'idée à la base de tous ces calculs est simple. La connerie, c'est quand les gens sont prêts à payer toujours plus cher pour des actions sans valeur, parce qu'ils sont sûrs que tout va continuer de s'améliorer indéfiniment... Ou le contraire : quand ils sont prêts à vendre à n'importe quel prix des titres qui ont un bon potentiel, parce qu'ils pensent que tout va continuer indéfiniment à se dégrader.

J'ai connu Mathieu Provençal il y a plus de vingt ans. À l'occasion d'une enquête. Ce qui nous a rapprochés, c'est sa façon de penser. À sa manière, c'est un sceptique.

On a déjà pensé à fonder un club d'Optimistes Anonymes. On avait même trouvé la devise du groupe : toujours imaginer le pire. Parce que c'est la meilleure stratégie pour maximiser ses chances d'être agréablement surpris... de temps en temps.

— Et là, tu travailles sur quoi ?

— On essaie de mettre au point un modèle épidémiologique.

— Pour les marchés ?

— La connerie, c'est contagieux. Et c'est en grande partie ce qui mène les marchés... Toi, de quoi tu voulais me parler ?

— Carlos Kelly. Tu le connais ?

— Pas personnellement. Mais je sais qui il est.

— Tu en penses quoi ?

— Rien que je pourrais dire en public.

— Tu ferais affaire avec lui ?

— Jamais.

— Pour quelle raison ?

— Tu te souviens de Lacroix ?

— "Le" Lacroix ?

— Tu te rappelles ce que je t'avais dit, plusieurs années avant que l'affaire éclate ? Qu'il y avait quelque chose qui ne fonctionnait pas dans les chiffres ?

— Son train de vie…

— C'est ça. Quand tu regardais la taille de son entreprise, les revenus que ça devrait normalement générer, et que tu comparais avec son train de vie, les chiffres ne balançaient pas… Pour Kelly, ça ressemble à ça. Et il y a des rumeurs…

— Comme quoi ?

— Son argent ne serait pas seulement le sien. Il servirait de prête-nom.

— À qui ?

— Quelqu'un des Émirats. Ou de l'Arabie Saoudite… Remarque, tout ça est peut-être complètement légal. Mais, sur les marchés, les gens aiment savoir à qui ils ont vraiment affaire.

— C'est pour ça que tout le monde passe par des paradis fiscaux ?

Ma remarque le fait rire.

— En règle générale, dit-il, ceux qui font affaire ensemble savent exactement avec qui ils traitent. Peu importe le nombre de paradis fiscaux par lesquels l'argent transite… Pourquoi tu t'intéresses à Kelly ?

— Il est mort. C'est une des personnes dont on a retrouvé le sang dans…

— … la baignoire sanglante.

— C'est ça, oui.

— Tu penses que c'est lié à un scandale financier ?

— Je n'ai encore aucune idée à quoi c'est lié.

— D'accord. Si j'entends quoi que ce soit…

Il regarde sa montre, repousse son assiette et se lève.

— Il faut vraiment que j'y aille…

Je le regarde s'éloigner. À le voir, on ne dirait pas qu'il n'a plus besoin de travailler depuis des années. Financièrement, s'entend.

Il considère maintenant son travail comme une sorte de service à la collectivité. Il protège ses clients contre les séductions du marché qui pourraient les ruiner. Et surtout, contre leurs illusions, contre leur espoir irréaliste de trouver des investissements miraculeux.

Comme il le dit parfois, l'essentiel de son travail est d'être un garde-fou… ce qui ferait aussi une bonne définition du mien : garde-fou contre les ravages de la connerie.

La différence, c'est que lui, il peut les prévenir. Moi, j'en suis réduit à les contenir, une fois qu'ils ont commencé.

46.

Aussitôt que j'arrive au bureau, Paddle me prend d'assaut. Il me pousse littéralement jusqu'à l'aquarium et referme la porte derrière lui.

Son air mal à l'aise m'intrigue, mais je ne peux m'empêcher de remarquer son T-shirt. Ce qui attire d'abord l'œil, c'est un cercle à l'intérieur duquel se détache une croix gammée. En guise de fond, une foule compacte de personnages dessinés, tout petits, comme dans les albums *Où est Charlie ?* Une chaîne de petites croix gammées sert de cadre à l'image. Sous le cercle, dans un rectangle blanc, on peut lire *California Über Alles* en caractères germaniques.

— Tu as décidé d'afficher tes idées politiques ?

Il me regarde d'abord sans comprendre. Puis, suivant la direction de mon regard, il me demande, l'air sidéré :

— Vous êtes sérieux ?

Et ensuite, après une hésitation :

— Vous avez vraiment lu l'image au premier degré ?

— Il y en a plusieurs, des degrés ?

Il y a comme un doute dans ses yeux. Il semble se demander si la question est sérieuse.

— C'est le titre du premier single des Dead Kennedys, m'explique-t-il finalement. 1978. *California Über Alles...* Ça ne vous dit rien du tout ? Pourtant, c'est de votre époque ! Vous devriez connaître ça !

— Il faut croire que j'ai raté mon époque.

Intérieurement, je me dis que ce n'est peut-être pas faux. Il faut se méfier de ce qui nous vient trop spontanément à l'esprit, comme dirait von Paulhus. Il arrive que ce soit vrai.

— C'est une chanson qui se moque des tendances nazies du gouverneur de la Californie de l'époque. C'était Jerry Brown, à ce moment-là... Le plus drôle, c'est que Brown est redevenu gouverneur de la Californie et qu'il s'est battu contre Trump en le traitant de nazi !

Je le regarde, perplexe, et lui demande :

— Qu'est-ce qu'il y a de si urgent ?

Il retrouve l'air mal à l'aise qu'il avait en entrant dans mon bureau.

— J'ai hésité avant de vous en parler... Je ne sais pas comment vous dire ça. Je pense qu'il y a quelqu'un qui boit pendant le travail. Ici, je veux dire. Dans le bureau... Ou c'est quelqu'un du ménage, la nuit.

— Tu es sérieux ?

— J'avais une bouteille de rhum dans mon bureau. Elle était pleine. Ce matin, en arrivant, il en restait seulement la moitié.

— Tu avais une bouteille de rhum dans ton bureau?

— Ce n'est pas pour boire, s'empresse-t-il de se défendre. Je ne l'ai jamais ouverte.

— Pourquoi elle était là, alors?

Subitement, il semble gêné.

— Les détectives, dans les romans, ils ont toujours une bouteille dans un tiroir de leur bureau. Je trouvais ça cool…

— Cool… Moi aussi, hier soir, j'ai décidé d'être cool.

Je lui raconte ce qui s'est passé avec les jeunes danseuses, pourquoi j'ai décidé d'ouvrir la bouteille.

En conclusion, je lui dis:

— Je vais te la remplacer. Personnellement.

— C'est *cheap*, répond Paddle.

— *Cheap*?… De quoi tu parles?

— Je parle du rhum! C'est les filles qui en avaient le plus besoin! Et vous ne leur avez rien donné!

— Elles n'ont pas dix-huit ans.

— Vous pensez qu'elles buvaient de l'eau, dans les clubs où elles dansaient?

Paddle, il faut le reconnaître, a parfois une façon désarmante d'aller à l'essentiel. C'est peut-être la raison pour laquelle il lui arrive d'élaborer des théories aussi farfelues. Pour lui, a priori, rien n'est impossible.

Mais je n'ai pas le choix de le rappeler à l'ordre. Avec l'enquête de Paradis…

— On est dans un poste de police, ici. T'imagines ce que ça donnerait dans les médias? Ou seulement si les Affaires internes l'apprenaient?

— Les médias, on s'en fout. Les Affaires internes aussi. C'était un cas de force majeure ! On dirait que vous pensez comme le directeur...

Je n'ai pas le courage d'argumenter. Je préfère la contre-attaque :

— Elle est là depuis combien de temps, ta bouteille ?

— Un an, peut-être.

— Tu la fais disparaître. Aujourd'hui !

— Promis.

Je ramène la discussion sur l'enquête.

— Tu as quelque chose de nouveau ?

— J'ai surveillé les réseaux sociaux.

— C'est bien de les avoir à l'œil. Il ne faudrait pas qu'ils disparaissent.

Il continue comme si je n'avais rien dit.

— Il y a toutes sortes d'histoires qui circulent sur *hashtag*-baignoire-sanglante.

— Et sur *hashtag*-essaie-d'être-un-peu-plus-précis, il y a quelque chose ?

Son visage s'illumine.

— Elle est cool, celle-là ! Je vais m'en souvenir.

Puis il entreprend de me parler de la rumeur la plus *weird*.

— Le meurtre aurait été mis en scène par un descendant de Jack l'Éventreur. "Néo-Jack". Il y a plusieurs groupes Facebook qui y sont consacrés. Vous avez juste à taper Néo-Jack sur Google...

— Et les autres histoires ?

— Ça parle beaucoup de guerre des gangs. Les motards essaieraient d'éliminer les mafias d'Europe de l'Est. Le mort dans le bain serait un message : ils leur promettraient un bain de sang.

Je pousse un soupir.

— Si seulement c'était aussi simple…

— Le plus intéressant, c'est ce qui arrive à ŒKoumenn. Son nombre de *followers*, sur Twitter, a été multiplié par cinq. Dans les galeries, le prix de ses œuvres a doublé. La rumeur veut qu'il prépare quelque chose de nouveau.

— Tu peux vérifier ça ?

— OK.

— Pour la bouteille, tu m'apporteras la facture.

— Vous êtes sûr ?

— Oui, je suis sûr.

47.

Paddle est à peine retourné à son bureau que je reçois un texto de Sarah la rousse. Comme souvent, c'est un bijou de concision.

M'appeler ASAP.

Je compose son numéro.

Je n'ai même pas le temps de lui dire mon nom qu'elle me demande :

— Où est-ce que vous avez pris ça ?

— De quoi tu parles ?

— De l'appareil que Sundance m'a apporté.

— Ah, le bidule…

— Vous savez ce qu'il fait, votre bidule ?

— C'est une sorte de truc pour espionner les téléphones, non ?

— Il peut infiltrer même les Blackphone.

— C'est quoi, les Blackphone ? Un mélange de iPhone et de Blackberry ?

— Ce n'est pas mauvais comme image. C'est l'équivalent d'un iPhone, moins sophistiqué si on est amateur de *selfies* et de jeux, mais mieux protégé. Tu peux avoir différents profils, envoyer et recevoir des appels cryptés... les messages peuvent s'autodétruire...

— Comme dans l'ancienne série *Mission impossible* ?

— Ça date de quelle époque, ça ?

— Laisse... Parle-moi de ton bidule.

— Il suffit qu'un téléphone soit activé à moins de 10 mètres pour qu'il en prenne le contrôle et qu'il y introduise un cheval de Troie ! Ensuite, il aspire automatiquement toutes les données de l'appareil : historique des appels, messages SMS et courriels, mots de passe, contacts, tchats, fichiers média, calendriers, coordonnées GPS de l'endroit où se trouve l'appareil... C'est encore mieux qu'un Touch Ultimate ! Et tellement plus petit !

J'ai toujours un peu de difficulté à partager les emballements des jeunes en matière de technologie. Je ramène la discussion sur un terrain plus prosaïque.

— Qu'est-ce que tu as trouvé avec ton super aspirateur ?

— Premièrement, j'ai branché l'appareil sur un ordinateur coupé du réseau. Et qui n'a pas de connexion Internet... Vous pouvez me dire merci.

— OK, merci. Pourquoi, au fait ?

— Parce que le réseau du SPVM aurait été infiltré.

— Je suppose que ça aurait été grave...

— Si, par grave, vous voulez dire que l'ensemble des dossiers du SPVM aurait été copié et que la copie aurait été expédiée à une adresse inconnue dans le *dark web*, oui, ça aurait été grave.

Je dois l'admettre, la chose aurait été contrariante. J'imagine la tête de Godin... Je pense ensuite à Balco. Est-ce la raison pour laquelle elle m'a fourni l'appareil?

Malgré la méfiance que je conserve à son endroit, je n'arrive pas à y croire. Pour une raison très simple: j'ai beaucoup de difficulté à imaginer que le SCRS n'a pas déjà accès à tout ce qui l'intéresse dans les dossiers du SPVM. Le plus légalement du monde. Enfin, peut-être pas tout à fait légalement, mais…

Puis je comprends: en nous laissant l'appareil et le code d'accès, elle nous permet d'espionner les autres; et par le biais du site sur le *dark web*, elle s'assure d'être informée au fur et à mesure de tout ce qu'on découvre.

Pas mal, comme manœuvre…

— Je n'ai pas encore tout regardé, reprend Sarah. Mais il y a un numéro de téléphone qui revient souvent. C'est le dernier que Normandin a appelé.

— Tu as un nom?

— Anatoly Drouganine.

— Je devrais le connaître?

— C'est le grand chef de la mafia russe.

— Tu as bien dit "russe"?

— Oui.

— Je croyais qu'on avait affaire aux Ukrainiens…

— Je me suis renseignée. D'après nos collègues de la division du crime organisé, Drouganine serait en train de prendre le contrôle de tous les groupes criminels originaires d'Europe de l'Est. Ça pourrait expliquer l'élimination de Klimenko. Et peut-être celle de Sirois.

— Tu me trouves tout ce que tu peux sur lui. Je veux ça pour hier.

— C'est déjà en route… Mais vous ne m'avez toujours pas dit où vous l'avez trouvé, votre bidule.

— Une amie d'un ami.

— C'est du matériel de hacker. Très haut de gamme. Ou bien ça vient d'une agence de renseignement, ou bien du *dark web*. Je ne sais pas ce qui m'inquiète le plus.

— Tu peux dormir tranquille.

Je m'en suis tiré assez facilement, mais il va bientôt falloir que j'aie une explication avec l'ensemble de l'équipe. Autant sur le véritable rôle de Balco que sur l'enquête des Affaires internes.

Après avoir raccroché, je m'attaque à la corvée des courriels. C'est hallucinant, tout ce que je peux recevoir d'inutile. Et le pire, c'est que je ne peux pas tout jeter en bloc. Il y en a toujours quelques-uns, dans le lot, qui sont importants.

Cette fois, je découvre un bref message de Sarah la noire.

> 17 heures. Au Rouge-Gorge. 1234 Mont-Royal Est. Votre rencard!

Il y en a aussi un de Sundance, qui vient tout juste d'entrer.

> Les filles ont leur passeport. On a évité la DPJ. Un organisme spécial s'occupe d'elles. Tout est OK. La libération des autres filles a débuté. Je pars rencontrer quelques contacts.

Une bonne chose de faite. Maintenant que le sort des jeunes danseuses est en voie d'être réglé, tout le monde va pouvoir se concentrer sur l'enquête.

Je regarde l'heure : 15 heures 35. J'ai le temps de prendre un thé au 3845.

Comme j'arrive au bistro, quelqu'un me touche l'épaule. Quand je me retourne, je me retrouve face à Godin.

— Je me doutais que tu serais ici. Tu as une minute ?

— J'en ai même 16 ou 17.

En entrant, j'évite ma table ainsi que le comptoir, comme si je ne voulais pas que sa présence contamine mes endroits habituels avec le travail. Ce qui est ridicule, au fond, puisque les jeunes viennent régulièrement m'y relancer.

— J'ai eu des nouvelles du cabinet du premier ministre, dit Godin en baissant la voix. Il va y avoir une conférence de presse pour annoncer la disparition de Deschamps. Demain avant-midi. Évidemment, il n'y aura aucune référence à ses… "voyages".

— Évidemment.

— Je te demande la plus grande discrétion.

— Et si notre ministre voyageur fait partie des victimes?

— As-tu quelque chose de concret qui le relie à cette affaire?

— Rien pour l'instant. Sauf qu'il a disparu…

— J'aimerais qu'il n'apparaisse pas sur ta liste de victimes potentielles. La SQ va s'occuper de sa disparition. Si tu apprends quoi que ce soit, tu le leur transmets.

— À qui?

— Quelqu'un va prendre contact avec toi.

— Et s'il fait partie des victimes?

— On traversera ce pont-là quand on sera rendus à la rivière… C'est la réponse que j'ai eue.

— Donc, on n'a pas le choix.

— Pas tellement… J'ai rencontré Paradis ce matin. Son dossier sur tes jeunes m'inquiète vraiment.

— Tu as toujours eu une nature sensible.

— Il a suggéré que je suspende tout le monde jusqu'à la fin de son enquête. Je suppose que, toi, tu serais resté zen…

— J'ai compris. Pas besoin de sortir les menaces, je vais être discret avec le nom du ministre.

Il me regarde, d'abord interloqué, puis furieux:

— Pour qui tu me prends ? Tu penses vraiment que je te ferais ce genre de… chantage ?

Il s'arrête pour reprendre contenance.

— Au cas où tu en douterais, dit-il après un moment, je n'ai pas l'intention de donner suite à sa suggestion à moins d'y être forcé. Mais j'aime autant te prévenir : il va y avoir beaucoup de choses à expliquer. Et je ne vois pas comment on va pouvoir éviter qu'il y ait des blâmes et des sanctions. Peut-être même des mises à pied. Quant à toi…

— Qu'est-ce qu'il a contre moi ?

— Contre toi personnellement, rien. Mais comme tu es responsable de ton unité…

— Il veut m'inscrire à son tableau de chasse pour mousser sa carrière !

— Bien sûr que c'est ce qu'il cherche ! Je ne suis pas naïf… Le problème, c'est que tes jeunes sont en voie de lui fournir toutes les munitions dont il a besoin.

— Qu'est-ce que tu vas faire ?

— Il y a peut-être encore moyen d'arranger les choses à peu près correctement.

— C'est-à-dire ?

— Tu prends ta retraite. Compte tenu de ce que tu as traversé, ça paraîtra normal que tu aies envie de décrocher…

— Sérieusement, tu me vois à la retraite ?

— Je te vois mieux à la retraite que devant une commission de discipline.

Il ajoute ensuite, pour m'empêcher de protester :

— On n'en est pas encore là, mais vaut mieux tout prévoir. Je n'ai pas envie qu'il y ait un autre suicide parmi les policiers que je dirige.

Il n'a jamais rien laissé paraître, mais je sais qu'il n'a jamais encaissé le suicide de Louis. Il a toujours pensé qu'il aurait pu mieux le défendre. C'est pourquoi je m'abstiens de lui répondre. Et puis, ce n'est pas le temps de déclencher une guerre entre nous.

— Et les jeunes ? je lui demande.

— Certains auront des blâmes à leur dossier. Leur carrière risque de stagner pour quelques années, mais ils conserveront leur emploi. La plupart, du moins...

— Les rumeurs vont leur pourrir la vie.

— Ils ne peuvent quand même pas s'attendre à être traités en héros !

Encore une fois, pas la peine de répondre...

— Autre chose, fait Godin. J'aimerais que tu me rédiges un petit topo sur les affaires en cours.

— Toutes les affaires ?

— Pas toutes celles du SPVM. Seulement celles dont s'occupe ton unité.

Il n'a pas pu s'empêcher d'ironiser. C'est cependant d'une voix redevenue normale qu'il ajoute :

— Pour lundi matin, ça va ?

C'est à se demander pourquoi je tiens des dossiers sur les enquêtes. Au lieu de les consulter, il demande à tout propos des documents-synthèses.

Je propose de lui faire un rapport oral.

— Je préfère par écrit, répond-il. De cette façon, si j'ai besoin de le consulter...

Depuis quand a-t-il besoin de consulter un résumé des enquêtes ? S'il veut vérifier quoi que ce soit, il a accès aux dossiers.

Je pense alors aux Affaires internes... Ou bien Godin veut prendre le temps d'étudier les rapports pour préparer ses discussions avec Paradis... ou bien c'est Paradis lui-même qui les veut.

Puis je me dis que non. Si c'était Paradis, Godin me le dirait. Du moins, je pense qu'il me le dirait.

— D'accord, lundi matin.

— Ce qui faciliterait les choses, reprend Godin, c'est que tu boucles cette histoire de baignoire sanglante. Cela te permettrait de partir sur un succès. Et ça mettrait l'ensemble de ton unité dans une position plus avantageuse.

Curieusement, il n'a pas dit un seul mot de la taupe que Paradis est censé pourchasser. C'est comme si elle avait seulement été un prétexte pour enquêter sur nous… À moins que Paradis soit persuadé qu'il ne peut pas encore prouver l'existence de cette taupe. Il se serait alors rabattu sur des « anomalies dans notre fonctionnement », comme il dit. Pour faire durer l'enquête.

— Allez, fait Godin. Je te laisse. Et pense à ce que je t'ai dit !

Difficile de faire autrement. Il semble convaincu qu'on ne pourra pas complètement contrer Paradis. Cela suppose qu'il y a effectivement une taupe dans l'unité… ou que Paradis est en mesure d'en fabriquer une.

Ce ne serait pas le premier *frame up* qui servirait à faire avancer une carrière. Et quand on se rappelle ce que Paradis a fait subir à Louis… Et à Miron.

48.

Quand j'arrive au Rouge-Gorge, Sarah la noire est assise à une table devant la vitrine qui donne sur Mont-Royal, en compagnie de deux jeunes femmes. Elles discutent avec l'animation de jeunes ados qui ne se sont pas vues depuis vingt-quatre heures et qui n'arrivent pas à se dire tout ce qu'elles ont à se raconter. Mêmes éclats de rire, mêmes gestes vifs, mêmes réparties qui empiètent les unes sur les autres...

Je me dirige vers elles.

— Je vous présente Lily et Chloé, dit Sarah.

Je tends la main aux deux jeunes femmes et m'assois.

Aujourd'hui, Sarah a les cheveux rouges. Sans doute parce que le Rouge-Gorge est notre lieu de rendez-vous.

Sur son chandail, elle a épinglé une broche qui représente un oiseau. Voyant la direction de mon regard, elle s'empresse de m'expliquer :

— La dernière campagne de financement de Protection des oiseaux du Québec. Ça représente un ibis falcinelle.

C'est fou ce que je m'instruis au contact des jeunes...

À peine avons-nous échangé quelques politesses qu'un serveur se précipite à notre table. Les trois filles choisissent le verre de blanc qu'il leur conseille. Pour ma part, je prends un verre de Régal du loup. Un vin rouge produit par le patron, précise le serveur.

L'idée me traverse l'esprit que c'est un choix assez ironique. Avec ces trois jeunes femmes, je dois faire figure de vieux méchant loup.

— Lily et Chloé sont toutes les deux mannequins, déclare Sarah. Ce sont des copines à moi. On sort souvent ensemble dans les bars.

À elles trois, elles ont l'air de faire à peine mon âge. Quelques années de plus, peut-être, mais bon... Je me demande pourquoi Sarah a choisi des mannequins aussi jeunes. À leur âge, peuvent-elles vraiment être au courant de ce qui se passe dans le milieu ?

— C'est un plaisir de rencontrer le célèbre inspecteur Dufaux, dit Chloé.

— Sarah nous a tellement parlé de vous, enchaîne Lily.

— Le meilleur enquêteur de l'histoire du SPVM, qu'elle dit !

— L'homme à qui aucun mystère ne résiste !

— J'ai fait une recherche sur Internet. C'est fou, la quantité de meurtriers que vous avez arrêtés !

On dirait deux ados qui parlent à leur chanteur préféré. Je commence à m'interroger sur le jugement de Sarah. Mais peut-être que ce sont les seules mannequins qu'elle a pu trouver dans un délai aussi court.

Aussi bien en finir rapidement.

— Comme ça, vous connaissez Josuah Montbourquette ?

— Tout le monde le connaît, répond Lily.

— Vous avez déjà travaillé pour lui ?

— Non. Mais des amies nous ont raconté.

— Qu'est-ce qu'elles vous ont raconté ?

— Si une fille rate un *cue* dans un défilé, c'est sûr qu'il va l'engueuler. Peu importent les gens autour… Et s'il trouve qu'une fille a une once de trop, il n'hésite pas à la traiter de grosse truie, d'enflure, de salope…

Chloé prend le relais.

— Presque toutes les filles qu'il a engagées ont été obligées de coucher avec lui. Sauf celles qui ont une réputation internationale.

Là, j'avoue être surpris.

— Dans son dossier, pourtant, on mentionne qu'il est gai.

— Il est à voile, à vapeur et à tout ce que vous pouvez imaginer !

Ça, c'est une catégorie à laquelle je n'avais pas songé.

— Être obligée de coucher pour défiler, enchaîne Lily, c'est pas si grave. Il n'est pas le seul à le faire, loin de là. Mais lui…

— C'est un pervers, explique Chloé. Les filles qui passent dans son lit sont souvent plusieurs jours sans travailler. À cause des marques.

Décidément, j'avais tort de m'inquiéter : leur âge ne les empêche pas d'être informées. En fait, c'est plutôt pour elles que je devrais me faire du souci, à cause de tout ce à quoi elles sont exposées.

Je leur demande si, à leur connaissance, des plaintes ont déjà été portées contre Montbourquette.

— Pas que je sache, répond Lily.

— Faut comprendre, enchaîne l'autre. Les filles n'ont pas le choix. Si elles veulent monter, il faut qu'elles défilent pour quelqu'un qui a un nom. Et lui, c'est un nom. Surtout depuis qu'il a ouvert des succursales à Paris et à New York.

— Et si les filles refusent ? Qu'est-ce qui se passe ?

— Il en prend une autre, répond Lily. Il y a tellement de jeunes qui sont prêtes à n'importe quoi pour avoir leur chance...

Ça fait étrange de les entendre discuter des « jeunes ». De qui parlent-elles ? D'ados de treize ou quatorze ans ?

Autant garder la discussion sur Montbourquette :

— Personne ne lui a jamais résisté ?

Les deux filles se regardent. C'est Chloé qui répond.

— Il paraît qu'une fille l'a déjà giflé pendant un cocktail. Il lui a juré qu'elle ne travaillerait plus jamais... Personne ne l'a revue. Ni dans ses défilés, ni dans ceux des autres.

— Elle a abandonné le métier ?

— Probablement.

Je les regarde. Elles ont l'air tellement jeunes, malgré le fait qu'elles me dépassent de plusieurs centimètres.

— Il y a longtemps que vous êtes dans le métier?

— Moi, six ans, répond Chloé.

— Cinq ans, répond l'autre.

Je les dévisage tour à tour. Mon incrédulité doit être manifeste, car Lily m'explique en souriant:

— C'est un métier où on commence jeune.

Elles ont beau avoir débuté tôt, si elles travaillent depuis 5 ou 6 ans, elles ont probablement 20 ans toutes les deux. Peut-être quelques années de plus... Même si c'est difficile à croire.

— Et les partys? je leur demande. La drogue?

— Ça dépend des filles. Moi, j'ai pris de la coke une fois ou deux. J'ai décidé que je n'aimais pas ça.

— Et moi, de l'herbe, dit Chloé.

Elle se tourne vers Sarah et lui demande en rigolant:

— Il va nous arrêter, tu penses?

— Non. S'il fallait qu'il arrête tous ceux qui ont déjà pris de la mari quand ils étaient jeunes, il faudrait qu'il mette en prison la moitié des policiers, des avocats et des politiciens... À commencer par Justin!

Je m'empresse de ramener la discussion sur l'enquête.

— Montbourquette, de la drogue, il en prend?

— Non, répond Chloé. Il est *clean*. Il y en a toujours dans ses partys, mais lui, il n'en prend pas.

— C'est quelqu'un à l'extérieur de l'organisation qui s'occupe de l'approvisionnement, précise Lily.

— Ça se passe toujours dans une pièce à l'écart. S'il y avait une descente, on ne pourrait rien prouver contre lui.

J'essaie de voir le portrait que dressent de lui les deux jeunes femmes: un sadique méticuleux qui tripe sur le contrôle et qui s'amuse à battre des filles, à les humilier... Ça pourrait être une vengeance.

Puis je pense aux autres victimes. Qu'est-ce qu'un designer sado peut avoir de commun avec un motard et un
chef mafieux?

La drogue aurait pu être la réponse, mais comme Sirois
n'était pas vraiment impliqué dans le trafic de drogue…
Quant à Klimenko, il semblait limiter son activité au trafic
d'êtres humains.

Le goût de la violence, alors…

Je réalise soudain que les trois jeunes femmes me
regardent en souriant.

— Maintenant, je comprends ce que tu disais, fait Chloé
en se tournant vers Sarah.

— Et là, répond cette dernière, c'est une toute petite
promenade. Quand il se met à voyager dans sa tête, ça peut
durer plusieurs minutes.

Je me dépêche de relancer la conversation.

— Vous pouvez me dire autre chose sur Montbourquette?

— Comme quoi? demande Chloé.

— À votre avis, qui pourrait le détester suffisamment
pour vouloir le tuer?

— Vouloir le tuer? À peu près toutes les filles qui ont
travaillé pour lui… ses assistants… En fait, probablement
tout le monde qui l'a approché une fois dans sa vie… Mais
de là à le tuer pour vrai…

Je commence à me demander si, à sa manière, le designer ne ressemble pas à Paradis.

Vingt minutes plus tard, de nouveaux verres apparaissent, gracieuseté du serveur. Manifestement, les filles
ont attiré son attention.

De mon côté, comme je ne vois plus quelles questions
poser, je me lève.

— Mesdames, ce fut un plaisir.

Les deux mannequins se lèvent à leur tour, viennent se placer de chaque côté de moi, me mettent chacune un bras sur l'épaule et, sans s'occuper de mon embarras, commencent à prendre des *selfies*.

— On ne va pas rater l'occasion ! fait Lily.

— Le célèbre inspecteur Dufaux ! La terreur des criminels de Montréal !

Sarah, qui nous observe à travers l'objectif de son portable, sourit et prend des photos de nous.

Je ne pensais pas qu'on pouvait sourire de façon aussi large sans se blesser.

49.

En arrivant au 3845, je jette un œil à ma table : personne. Je me rends au comptoir.

Tonino m'y attend.

— Seul, aujourd'hui ?

— Il y a un problème ?

— À toi de me le dire. Je pensais que la mystérieuse femme habillée en noir…

— T'as trop vu de films ! Apporte-moi un thé.

— Je suis sûr qu'elle est intéressée.

Ça, je n'en doute pas, qu'elle soit intéressée. Mais à quoi ? À s'infiltrer dans l'enquête ? À l'orienter ? À s'assurer que certains faits ne soient pas découverts ? À protéger les agents du SCRS qui sont impliqués dans ce bordel ?

— À mon avis, elle est timide, déclare Tonino en revenant avec ma commande.

— Timide ?

C'est le dernier des qualificatifs que j'aurais attribué à Balco.

— Elle est venue pendant presque trois semaines avant de t'aborder…

— Tu dis n'importe quoi.

— À propos, tu as reçu deux appels. Sundance et Kodak. Si ça continue, je vais te charger un abonnement. J'ai l'impression que tu as plus d'appels ici que sur ton portable.

— Pourquoi pas un loyer, tant qu'à faire ?

— Maintenant que tu en parles…

Je ne l'écoute plus. Je sors mon portable, sélectionne un numéro dans le répertoire et lance l'appel.

La voix impassible de Kodak ne tarde pas à me répondre.

— Bonjour, chef !

— Tu es occupé ?

— J'arrive des bureaux du crime organisé. Ils n'ont aucun indice sur les meurtres de Sirois et de Klimenko. Leurs indics n'ont rien entendu. Et il n'y a pas de guerre entre les motards et les mafias d'Europe de l'Est… En fait, tout le monde a l'ordre de se tenir tranquille.

— Ils veulent éviter de nuire aux affaires.

— Le seul élément nouveau, c'est que les Black Death ont formé un *search and destroy team*.

Comme si on avait besoin de ça ! Un groupe de motards en chasse et autorisé à tuer les coupables du meurtre de Sirois. Avec, pour seule consigne : faire le moins de vagues possible… Ce qui se traduit habituellement par des corps qui disparaissent dans une cuve d'acide. Ou dans une usine d'équarrissage…

— C'est probablement à eux que Sundance a eu affaire, reprend Kodak.

— À ce moment-là, les motards ne pouvaient pas être sûrs que Sirois était mort.

— Non, mais ils savaient que Bernier travaillait avec Sirois.

— C'est vrai. Et les deux avaient disparu depuis près d'une semaine.

— Tu as les noms de ces joyeux justiciers ?

— Je les ai donnés à Sundance.

Être impliqué dans un règlement de comptes est la dernière chose dont Sundance a besoin, avec Paradis qui enquête sur lui. Je réussis néanmoins à ne pas réagir.

— Une dernière chose, dit Kodak. Je viens de parler à Sarah la rousse. Elle a une info pour vous. Le propriétaire de l'entrepôt est une compagnie à numéro. Elle appartient à une autre compagnie anonyme enregistrée au Liechtenstein.

— Autrement dit, c'est un cul-de-sac.

— Pas nécessairement. Il y a des recours. Mais ça peut prendre des semaines. Plus probablement des mois.

— Elle t'a parlé des perquisitions ?

— Je m'en occupe.

Après avoir raccroché, je repousse ma tasse et demande à Tonino de m'apporter un verre de Mad & Noisy. La journée a été épuisante.

— Faut pas t'en faire, dit Tonino en déposant le verre de bière devant moi. Elle va revenir.

— Non, mais, de quoi tu te…

Je m'interromps en le voyant éclater de rire.

Puis il se dirige vers la cuisine. Ses épaules continuent de tressauter, comme s'il n'arrivait pas à contrôler un fou rire.

Je reprends mon téléphone et compose le numéro de Sundance. Il répond à la deuxième sonnerie.

— Dis-moi que tu as trouvé quelque chose.

— Ça se pourrait. Il faut que vous veniez ce soir au Bar-Bar. À 11 heures.

— C'est quoi, le Barbare ?

— Ça s'écrit en deux mots : Bar tiret Bar. C'est dans le village gai.

— Tu veux me faire découvrir ta vie secrète ?

— On va rencontrer quelqu'un qui a des informations sur l'entrepôt.

— Quelqu'un que tu connais ?

— Non. Un ami a organisé le rendez-vous.

— Pourquoi dans le village ?

— Parce que c'est un endroit où mon informateur se sent plus à l'aise.

— D'accord. Un dernier détail : j'aimerais que tu mettes la pédale douce, en ce qui concerne les motards… Je parle des trois qui t'ont "interrogé".

— Vous n'avez pas à vous en faire.

Sa réponse n'a rien de rassurant. Le connaissant, ça peut aussi bien vouloir dire qu'il va faire exactement ce qu'il prévoyait, mais qu'il n'y aura pas de conséquences pour nous.

Après avoir raccroché, je reviens à mon verre de bière.

C'est vraiment une enquête frustrante. Les pistes partent dans toutes les directions. Ça donne le sentiment bizarre d'avancer, de trouver des indices, d'éclaircir des détails… mais d'aller nulle part.

— Qu'est-ce que tu en penses, toi ? C'est la mafia ukrainienne ? La mafia russe ? Un tueur fou ? Les motards ?… C'est l'artiste ?

Pas de réponse.

Je ne peux pas faire autrement que de repenser à la question que m'a posée von Paulhus, à la fin de notre rencontre : « Qu'est-ce que ça changerait si elle n'était plus là, si elle était partie de façon définitive ? »

50.

L'arrivée de Tonino me ramène à la réalité. Il rayonne.

— Qu'est-ce que je te disais ? me lance-t-il.

— Disais quoi ?

Je remarque qu'au lieu de me regarder, ses yeux fixent un point derrière moi.

Je me retourne.

Lydia Balco.

— Qu'elle reviendrait, murmure Tonino à mon intention. Si vous voulez garder votre relation secrète, il va falloir mieux vous cacher !

Puis, il s'adresse à Balco, qui arrive au comptoir :

— Pour madame, ce sera ?

— Qu'est-ce que c'est ? demande-t-elle en désignant mon verre.

— Mad & Noisy. Une Indian Pale Lager. Très houblonnée. Un peu plus amère qu'une IPA.

— La même chose, alors.

— Tout de suite.

Elle prend place à côté de moi.

— Je peux ?

— J'ai le choix ?

— On a toujours le choix.

Puis elle enchaîne sur un ton où il n'y a plus aucune trace de badinage :

— J'ai effectué des recherches sur les trois nouvelles victimes que vous avez identifiées. J'ai pensé que ça vous intéresserait.

— Je vous écoute.

— Le designer de mode a la réputation d'agresser ses mannequins.

— C'est ce qu'on m'a dit.

— Il y a eu des poursuites, mais tout s'est réglé à l'amiable. Avec des ententes de non-divulgation.

— Ça confirme ce que je savais, mais je ne vois toujours pas de lien avec les motards ou la mafia ukrainienne.

— Il a peut-être loué des filles pour sa consommation personnelle.

— Il n'avait pas besoin de louer des filles. Il pouvait coucher avec presque tous les mannequins qu'il embauchait !

Je pense alors à ses goûts. Un mannequin amoché, ce n'est pas très rentable.

Je demande à Balco si elle connaît l'ampleur des montants impliqués dans les ententes.

— Comme je disais, répond-elle, les ententes sont confidentielles. Mais on sait que le total fait plusieurs millions.

— Il avait peut-être des difficultés financières. S'il a emprunté de l'argent et qu'il n'arrivait pas à le remettre…

— Il n'avait aucun problème financier.

— Et la drogue ? Vous avez regardé ?

— Rien non plus de ce côté. Il était *clean*. Ses principaux collaborateurs sont *clean*. Quand il organisait une soirée, c'était quelqu'un sans lien avec son entreprise qui apportait la drogue. Tout se passait dans une pièce en retrait… On n'a aucun élément pour établir un lien avec lui ou son équipe rapprochée.

— C'est aussi ce qu'on m'a dit.

Elle me regarde avec un certain étonnement.

Je lui demande si le SCRS avait mis Montbourquette sous surveillance.

— À l'occasion… Il voyageait beaucoup à l'étranger, il allait à des réceptions où il rencontrait des gens susceptibles de nous intéresser. Mais ce n'était pas un dossier prioritaire.

— Et l'homme d'affaires ?

— Kelly ? Le CA de l'entreprise a tout fait pour garder sa disparition secrète. Il voulait se donner le temps de se protéger.

— De quoi était-il coupable ? Fraude ? Blanchiment ?

— Rien du genre. C'était un adepte de sexualité violente. Avec des jeunes qui n'avaient pas toujours 18 ans.

— Vous avez des preuves ?

— Non… Mais certaines personnes auraient pu décider de s'occuper de lui.

— Et sur le militaire ? Vous avez quelque chose ?

— Beaucoup d'appuis dans la hiérarchie. Il était sur la courte liste pour devenir le prochain chef d'État-Major des armées. Mais, avec l'arrivée des libéraux…

— Qu'est-ce qu'on lui reproche ?

— Pour lui, les femmes n'ont pas leur place comme combattantes. À la rigueur, on peut les tolérer comme secrétaires ou préposées à l'entretien. Il aurait couvert plusieurs cas d'agression sexuelle et découragé des victimes de porter plainte… Disons que ça ne cadre pas tellement avec les promesses des libéraux sur la promotion des femmes.

— À l'intérieur de l'armée, il ne doit pas être le seul à penser ça !

— Sûrement pas. Mais il est le seul à avoir défendu publiquement son point de vue en reprenant presque mot à mot l'argumentation des talibans pour justifier le niqab.

— C'est-à-dire ?

— Si des femmes sont enfermées avec des hommes dans un environnement restreint, c'est normal qu'elles se fassent agresser. Les hommes ne pourront pas s'en empêcher... Ce genre de truc.

— D'accord, il ne sera pas élu l'homme de l'année par les groupes féministes, lui non plus. Mais de là à l'assassiner...

On reste un moment sans parler. Je termine mon verre. Balco fait de même.

Je finis par lui demander quel rapport elle voit entre les victimes que nous avons identifiées.

— À part le fait que ce soit tous de belles ordures? Aucune idée.

— Toujours convaincue que la réponse est du côté des motards et des groupes mafieux?

— Vous voyez autre chose?

De nouveau, le silence s'installe. Puis Balco regarde sa montre et interpelle Tonino.

— Même chose, dit-elle en montrant les deux verres.

Elle me demande ensuite, comme pour réparer un oubli:

— Vous avez le temps?

— Et vous?

— Puisque c'est la fin de semaine...

— Je pensais que les espions ne dormaient jamais. Et qu'ils n'avaient pas de fins de semaine.

— Aujourd'hui, les ordinateurs, les drones et les satellites effectuent la surveillance à notre place. C'est juste si on pointe au bureau de temps en temps!

Quand Tonino revient avec les verres, je prends le mien et porte un toast:

— Au début de la fin de semaine!

Elle répond en frappant son verre contre le mien :

— Pendant la fin de semaine, vous abandonnez complètement le thé ?

— Vous savez bien que les choses ne sont jamais aussi simples.

— Ça... Grosse fin de semaine en perspective ?

— Pas vraiment.

— Vous êtes libre, ce soir ?

— Non.

— Le boulot ?

— Qu'est-ce que vous voulez, au juste ?

Elle semble surprise.

— Je vous l'ai dit : démasquer la taupe.

— Je parle de votre attitude. Cette espèce de flirt...

— Ah, ça...

Elle sourit.

— Dans mon métier, reprend-elle, il faut donner aux gens un motif apparent pour les relations qu'on entretient. Je parle du public autour de nous... Ça les empêche de chercher plus loin et de découvrir d'autres motifs.

Je pense immédiatement à Tonino, qui marche à fond dans son jeu.

— Une couverture...

— Comme vous le disiez, répond-elle en souriant, les choses ne sont jamais aussi simples.

Nouveau silence.

Puis, subitement, elle déclare :

— C'est bien, ce que votre équipe a fait pour les jeunes danseuses.

— C'est une bonne équipe, que j'ai.

— Vous avez raison.

— Il reste seulement à en convaincre les Affaires internes.

— Je suis certaine que ça va s'arranger.

— Vous savez des choses que je ne sais pas ?

— Non. Mais j'ai confiance en vous.

Si seulement je pouvais avoir la même certitude de pouvoir les tirer d'affaire !

— Pour les jeunes danseuses, reprend Balco, si vous avez le moindre problème avec l'Immigration, vous me le dites.

— Parce que vous avez aussi vos entrées là-bas ?

— Big Brother a des yeux et des oreilles partout !

Malgré le ton cabotin de la réponse, il est facile de voir que le sort des jeunes femmes lui tient particulièrement à cœur.

Après avoir terminé ma bière et promis un *rain check* à Balco pour le souper, je retourne à la maison.

51.

En arrivant, je fais dégeler un contenant de sauce et réchauffer des pâtes. Rien de compliqué. Puis j'ouvre la télé et je zappe jusqu'à RDI.

Une chercheuse explique qu'il existe une véritable culture de l'agression sexuelle sur les campus américains.

Je ne peux m'empêcher de lui répondre :

— Pas seulement dans les universités ! Partout !

Je m'adresse ensuite à ma femme :

— Je sais, je sais... Mais engueuler la télé, ça permet de ne pas avoir l'impression de parler tout seul.

Pas de réponse.

Impassible, la télé poursuit :

— Et maintenant, votre campagne électorale en trois minutes, annonce la présentatrice.

243

C'est la nouvelle formule pour promouvoir la démocratie, selon la publicité de la chaîne : « Trois minutes par jour et vous êtes un citoyen responsable. Informé pour voter. »

À l'écran, les images crépitent. L'approximatif s'étale en phrases courtes. En mots percutants. Martelés. Répétés… Les déclarations s'entrechoquent. Les insultes répondent aux insultes. Les demi-vérités aux trois quarts de mensonges.

Au bout des cent quatre-vingts secondes, je reste comme assommé par ce mitraillage. Puis mon esprit se désengourdit.

— *Qu'est-ce que tu en penses, toi ? Est-ce que les gens vont voter plus intelligemment ?*

Ce qui me frappe, c'est qu'il n'y a jamais de rétractation quand quelqu'un accuse faussement quelqu'un d'autre ou quand une erreur grossière est commise, que ce soit sur les chiffres ou sur les faits. Pourtant, beaucoup de déclarations sont des bêtises manifestes. On n'a qu'à se souvenir des déclarations électorales de Trump. Ou de Boris Johnson…

— *Tu sais où sont passées les rétractations ? Les mises au point ?… Enterrées dans les notes de bas de page ? En petits caractères, quelque part dans les annonces classées ?*

Toujours pas de réponse. Ma femme semble définitivement en vacances.

Je reporte mon attention vers la télé. Autant passer à Netflix. La réalité, je commence à en avoir ma dose. J'opte pour un film de la série *Hercule Poirot*.

Bien sûr, la réalité du petit détective belge n'a rien à voir avec la nôtre. C'est justement pourquoi c'est reposant.

Si seulement on pouvait, une fois, juste une fois, observer comme lui quelques détails sur la scène de crime, poser des questions aux témoins qu'on a sous la main, vérifier un ou deux détails techniques, faire quelques téléphones, puis s'asseoir pour réfléchir dans l'attente de l'illumination. Et l'avoir chaque fois, l'illumination ! Ne pas se retrouver, en fin de carrière, avec des tas d'affaires non résolues…

Le rêve !… L'enquête confortable. Même quand on se trompe. Parce qu'on est le premier à s'en apercevoir. Et qu'on peut corriger la situation.

C'est sûr, il y aura eu quelques meurtres de plus. Il faut bien que l'histoire avance. Mais, au final, les méchants sont punis. Souvent même livrés à la justice…

Deux heures plus tard, le film est terminé. Je marche en direction du village gai. Direction : le Bar-Bar. Sur Sainte-Catherine, un peu dépassé Amherst.

En arrivant, j'aperçois Sundance. Il est assis dans un coin de la salle et il me fait signe de le rejoindre. L'homme qui est avec lui me tourne le dos. Un capuchon lui couvre la tête.

Je m'assois à côté de Sundance.

— Un ami, dit-il en guise de présentation. Il est mécanicien.

L'ami prend acte de ma présence d'un léger signe de tête. Sous des sourcils en broussaille, son regard est nerveux. Il jette de brefs coups d'œil vers la salle, comme s'il craignait l'arrivée d'un danger.

Sundance se tourne vers lui.

— Raconte-lui ce que tu m'as dit.

Aussitôt, l'autre se met à parler.

— La semaine dernière, je suis allé récupérer un véhicule devant l'entrepôt qui vous intéresse.

— Celui avec les portes orange, précise Sundance.

— C'est ça… On aurait dit une grosse fourgonnette. Mais, à l'intérieur, c'était une ambulance. Il y avait une civière et plein d'appareils.

Je pense immédiatement aux corps qui étaient sur place et qui ont disparu.

— Qu'est-ce que tu as fait du véhicule ?

— Je l'ai amené au garage, comme ils avaient demandé au téléphone, et on a tout vérifié. Tout était en ordre. Sauf les freins. On a posé des plaquettes neuves, fait le plein…

— Vous l'avez encore ?

— Le véhicule ? Non. Deux types sont venus le chercher le lendemain.

— Tu sais qui ?

— Non. Mais ils parlaient russe. Ou quelque chose du genre.

— C'est arrivé quand ?

— Il y a environ une semaine.

— Dis-lui pourquoi tu m'as contacté, fait Sundance.

Le mécanicien met la main dans sa poche et sort son téléphone.

— À cause de ça, dit-il.

Il fait défiler plusieurs photos de l'intérieur du véhicule. Puis il s'arrête sur l'image d'un appareil et me le montre.

— C'est un Organ OX quelque chose, dit-il. Ça sert à garder des organes en vie… À la télé, ils parlaient de deux corps vidés de leurs organes. J'ai pensé qu'il fallait que j'appelle Sundance.

Le type a beau être mécanicien et la médecine être une sorte de mécanique molle, je suis quand même surpris par ses compétences.

— Tu as étudié en médecine ?

— Ma femme est infirmière. En cardio. Je lui ai montré les photos et elle a reconnu l'appareil.

— Les deux types, tu sais où on pourrait les trouver ?

— Non.

— Numéro de carte de crédit ?

— Ils ont payé comptant. Des billets de vingt.

Je demande à Sundance d'envoyer une copie des photos à Sarah la rousse.

En sortant du bar, je regarde l'affiche. Le nom du club se détache en lettres fluo : Le Bar-Bar. Il surmonte une représentation stylisée mais reconnaissable de Conan.

Comme il a commencé à pleuvoir, je relève mon col de manteau. Sundance m'offre de me conduire chez moi.

Pendant le trajet, je lui demande de me parler de son informateur.

— Ce n'est pas vraiment un informateur, dit-il. Je lui ai rendu service, il y a plusieurs années. Maintenant, quand il pense avoir quelque chose qui peut m'intéresser, il m'appelle.

Pendant que Sundance navigue dans les rues, je téléphone à Sarah la rousse.

— Je te dérange ?

— Il me reste vingt-cinq minutes avant de commencer ma partie de *Legacy of the Void*.

— Ton hacker personnel n'est pas là ?

— Ce n'est pas un hacker, c'est un *white hat*. Et on est vendredi.

J'oubliais… Le *white hat* est son amoureux de semaine, comme dit Sarah. Tous les vendredis soirs, il se rend passer la fin de semaine dans sa famille, à Saguenay.

— Tu as regardé les images que Sundance t'a envoyées ?

— Oui. De l'équipement ambulancier haut de gamme.

— Et l'appareil, le Organ...

— Le OrganOxmetra. Il sert à conserver et transporter des organes pendant des trajets pouvant aller jusqu'à 24 heures. Il a même gagné un prix.

— Donc, les corps et les organes de nos victimes pourraient avoir été transportés dans cette ambulance.

— Les corps, oui. Les organes, peut-être... Mais je ne vois pas l'utilité d'utiliser un appareil de ce prix-là pour transporter des organes non transplantables.

— Tu peux trouver à qui cet appareil a été vendu ?

— Sans son numéro de série, ce ne sera pas simple.

— Il ne doit pas y en avoir tant que ça. En éliminant tous ceux qui sont encore dans les institutions auxquelles ils ont été vendus...

— Je m'en occupe demain matin. Sauf si vous ayez un saint-estèphe décent à m'apporter ce soir...

— Je te rappelle demain.

Quand Sarah parle de « décence » en matière de vin, je sais qu'il est préférable de ne pas insister. À moins d'être candidat à la faillite.

52.

Je propose à Sundance d'entrer chez moi prendre un verre. Compte tenu de son expérience dans les services spéciaux, je veux prendre le temps de lui reparler de l'implication du SCRS, savoir ce qu'il en pense.

Il réussit à dénicher une place de stationnement à quelques maisons de chez moi.

En arrivant devant la porte d'entrée, je m'aperçois qu'elle est entrouverte. Un pistolet apparaît dans la main de Sundance. Il me fait signe de le laisser passer en premier et pénètre dans l'appartement.

Quelques minutes plus tard, on achève de constater les dégâts. Le salon, le bureau et la cuisine sont dévastés. Armoires et tiroirs vidés par terre, vaisselle cassée, nourriture lancée sur les murs…

Curieusement, la chambre n'a pas été touchée, mais un message est écrit au rouge à lèvres sur le miroir en pied, du côté du lit qui était celui de ma femme.

DERNIER AVERTISSEMENT.
CESSEZ DE METTRE VOTRE NEZ DANS NOS AFFAIRES.

Je prends une photo du message, puis j'appelle l'équipe technique. Je rejoins ensuite Sundance, qui est sorti de l'appartement pour examiner la serrure extérieure de la porte.

— Les techs vont être furieux, dit-il. On a marché dans la scène de crime sans protège-chaussures.

Je réplique qu'il n'y a pas eu de crime.

Je suis de mauvaise foi, c'est entendu. Sundance sourit légèrement et ne dit rien.

Cela fait maintenant deux agressions contre des personnes qui enquêtent sur les victimes de la fameuse «baignoire sanglante». Deux agressions en quelques jours seulement. Difficile de croire que ce n'est pas relié.

Je téléphone à Sarah la rousse et tombe sur le répondeur.

Si c'est encore vous, Dufaux, je suis occupée à jouer. Pour me faire travailler pendant la fin de semaine, le tarif est toujours le même. Et, s'il vous plaît, faites mieux qu'un Beau-Site. À la rigueur, le Haut-Marbuzet pourrait aller. Je vous attends dans 20 minutes… Si vous n'êtes pas Dufaux, composez le 1 et choisissez dans les options…

Je compose le 9. Deux fois.

C'est l'urgence absolue. Un signal qui court-circuite tous ses dispositifs.

— Qu'est-ce qui se passe ?

— On a saccagé mon appartement. Un message me prévient de cesser de mettre mon nez dans "leurs" affaires.

— Vous avez une idée à qui appartiennent ces "affaires" ?

— J'imagine que ce n'est pas sans lien avec les motards et la mafia ukrainienne… Ou russe.

— Il faut qu'ils soient nerveux, pour réagir de cette manière.

— Ça veut dire qu'on avance.

— Il y a un dépanneur près de chez vous, si je me souviens bien.

— Oui.

— Et votre rue est à sens unique ?

— Autant que l'esprit d'un recruteur en mission.

— Est-ce que le dépanneur n'a pas été victime de vandalisme, récemment ?

— Oui. Pourquoi tu me demandes ça ?

— Ils ont peut-être installé des caméras à l'extérieur.

— Et alors ?

— Si les bandes vidéo ont enregistré la circulation…

— Tu regardes trop de téléséries.

Puis je me ravise :

— Sundance est avec moi. Je l'envoie vérifier ça.

— Il y a autre chose ?

— Demain matin. 8 heures 30. L'aquarium 2.0. C'est possible pour toi ?

— J'y serai.

— Tu peux prévenir les autres ?

— OK.

Après avoir raccroché, je regarde Sundance, qui examine la porte.

— Travail grossier, dit-il. Plusieurs traces d'effraction… Vous voulez dormir chez moi?

— Pourquoi? La chambre est intacte. Les chances sont minces qu'ils reviennent. Du moins, ce soir.

— Ça reste une scène de crime. Il faut protéger les lieux pour les techs.

Je me rends alors compte que ce qui me dérange, ce n'est pas tant d'aller coucher ailleurs, c'est le fait qu'ils ont réussi à me mettre à la porte de chez moi.

— D'accord. Je vais dormir à la maison de Louis.

Sundance me regarde un instant, puis acquiesce d'un signe de tête.

SEXY MACHINES

53.

Quand j'arrive, ils sont rivés à leur téléphone ou à leur tablette électronique. Ils commentent les photos de mon appartement que leur a transmises Sarah la rousse.

J'amorce la réunion.

— Avant d'aborder mes ennuis domestiques, quelques informations. On a identifié trois autres victimes : Josuah Montbourquette, Tony Mitchell et Carlos Kelly. Un agresseur sexuel qui écume le milieu de la mode, un militaire ultra-macho et un homme d'affaires du même acabit que Lacroix... Magnifique échantillon d'humanité !

Je poursuis en leur relatant ma conversation avec Godin à propos du ministre Deschamps.

— Le gouvernement va annoncer sa disparition en conférence de presse. L'enquête nous est retirée. C'est la SQ qui s'en occupe.

— Et s'il fait partie de nos victimes ? demande Sarah la noire.

— "On traversera le pont quand on sera rendus à la rivière." Ainsi va la sagesse primo-ministérielle.

Je leur parle ensuite de ce que l'informateur de Sundance nous a appris : l'ambulance banalisée abandonnée devant l'entrepôt, les Russes venus la récupérer au garage, l'équipement spécialisé pour le transport d'organes...

Pendant quelques minutes, chacun y va de ses commentaires. Puis j'aborde le saccage de mon appartement.

— Sarah vous a transmis des photos. J'attire votre attention sur le message écrit dans le miroir.

Pendant qu'ils se penchent sur leurs appareils pour le retrouver, je poursuis :

— Sundance et Parano ont identifié un de mes visiteurs.

Parano, qui porte de nouveau son masque sanitaire, fait circuler sa tablette électronique. On y voit la photo d'un individu au regard intense et au crâne rasé.

— Dimitri Kopeïkine, dit-il. Un membre de la mafia russe, selon les collègues du crime organisé. Le groupe est dirigé par un nommé Anatoly Drouganine.

Il s'adresse ensuite à moi.

— Une voisine en face de chez vous l'a reconnu. Madame Bérubé.

— Ça ne m'étonne pas. Depuis que son mari est mort, elle passe ses journées assise devant la fenêtre, à regarder passer les gens.

— Ce que j'aimerais savoir, déclare Sarah la noire, c'est comment vous avez eu l'idée de lui montrer une photo de Kopeïkine ?

— Grâce à la caméra de surveillance du dépanneur près de la résidence Dufaux.

L'expression fait sourire tout le monde.

— On a examiné le visage de tous les conducteurs qui ont emprunté la rue, poursuit-il.

— Une caméra de dépanneur ne peut pas capter le visage des automobilistes ! objecte Sarah. Pas de l'intérieur du commerce.

— Ils ont deux caméras à l'extérieur. À cause du vandalisme. Elles couvrent toute la largeur de la rue.

Il se tourne vers moi.

— La vraie chance, dit-il, c'est que vous habitez une rue à sens unique. Pour se rendre à votre "résidence", ils doivent forcément passer devant la caméra.

Sarah la rousse me jette un regard de triomphe, mais ne dit rien. Je me sens obligé de lui donner le crédit qui lui revient :

— C'est une idée de Sarah la rousse.

Les regards se tournent vers elle. J'explique en quelques mots comment les cambriolages récents l'ont amenée à supposer l'existence de caméras extérieures.

— Brillant ! s'exclame Paddle.

Autour de lui, les visages opinent dans le même sens. Je fais signe à Parano de poursuivre.

— On a croisé les photos des conducteurs avec nos banques de données, dit-il. C'est ce qui a permis d'identifier Kopeïkine.

— On a fait le tour des voisins avec la photo, enchaîne Sundance. C'est là qu'on est tombés sur madame Bérubé. En plus de reconnaître Kopeïkine, elle nous a confirmé qu'il y avait un autre homme avec lui.

Parano reprend la parole :

— Par contre, on n'a pas d'image claire de l'homme qui était avec lui. On va aller à l'escouade du crime organisé et de leur demander des photos de tous les individus associés de près ou de loin à Drouganine. Ensuite, on va retourner voir madame Bérubé. Avec un peu de chance, elle va peut-être identifier le deuxième homme.

Je leur raconte alors notre visite au New Vegas. Et comment, en piratant le téléphone de Normandin, on est remontés jusqu'au même Drouganine.

Au passage, je leur révèle la véritable identité de Lydia Balco. Je me contente cependant de leur dire qu'elle enquête sur la mort de Bernier sans leur parler de la taupe.

Je conclus en disant qu'elle va nous laisser mener l'enquête sans nous mettre de bâtons dans les roues.

Ils me fixent sans dire un mot, comme si j'essayais de leur passer un poisson d'avril particulièrement invraisemblable.

Finalement, c'est Paddle qui me demande :

— Vous êtes sérieux ?

À la surprise générale, la réponse vient de Sundance.

— Je la connais, dit-il. Elle n'interviendra pas.

Je ne sais pas ce qui étonne le plus les autres : le fait que ce soit Sundance qui réponde ou l'assurance avec laquelle il le fait.

Je m'empresse d'ajouter :

— À moins qu'on le lui demande. Elle m'a offert son aide, si jamais on en a besoin.

— Ça veut donc dire qu'on est libres d'aller au SCRS si on a des questions ? demande Paddle.

— Non, de ce côté-là, il n'y a rien de changé. On travaille uniquement avec la directrice adjointe. Personne d'autre. Et ça ne sert à rien de poser des questions, je ne peux pas en dire plus.

J'enchaîne en leur expliquant que le SCRS s'intéressait depuis un certain temps à Sirois et à Klimenko.

Je demande ensuite à Sarah la rousse de nous résumer ce qu'elle a découvert sur le téléphone de Normandin.

— Le plus intéressant, dit-elle, c'est un échange de courriels. Ça confirme la location des onze danseuses par Normandin, il y a un peu plus de deux semaines.

— On sait à qui il les a louées ? demande Kodak.

— Comme signature, sur les courriels que Normandin a reçus, il y a seulement une lettre : K.

— Ça pourrait être Klimenko.

Des murmures d'approbation se font entendre.

— Avec son adresse de courriel, tu ne peux pas l'identifier ? demande Paddle.

— C'est une adresse dans le *dark web*, répond Sarah. On peut seulement y laisser des messages. Impossible de remonter au propriétaire.

Puis elle reprend son compte rendu.

— Un courriel plus récent avertit Normandin de la mort de Sirois et de Klimenko. Lui aussi, signé d'une seule lettre : D. Il lui annonce qu'il pourra continuer de se procurer des filles aux mêmes conditions. Les paiements s'effectueront par virements sur le même compte enregistré aux Bahamas. Le seul changement est l'adresse courriel pour les commandes.

— Drouganine ? suggère Paddle. Comme c'est lui que Normandin a appelé...

Peu à peu, les éléments commencent à s'agencer dans mon esprit. Je demande à Sarah la rousse de quand date ce dernier courriel.

— Cinq jours avant qu'on découvre le bain de sang.

— Si on tient pour acquis que Sirois et Klimenko étaient morts au moment où ce courriel a été envoyé, ça veut donc dire que celui qui les a tués a eu au moins cinq jours pour monter sa mise en scène.

— Mais pourquoi tuer les deux ? demande Parano. Si les Russes voulaient arracher le contrôle aux Ukrainiens, pourquoi tuer le motard ?

— Peut-être que les relations entre les Black Death et les Ukrainiens ont tourné au vinaigre, suggère Paddle.

Peut-être que Sirois s'est fait tuer et que les motards ont riposté en éliminant Klimenko. Les Russes en auraient alors profité... À moins que les motards aient d'abord tué Klimenko... C'est ça ! Les Ukrainiens se tournent vers les Russes pour avoir de l'aide et leurs amis russes règlent le cas de Sirois...

Je me sens obligé d'intervenir.

— Assez de spéculations. On a du travail.

Je répartis ensuite les tâches.

Sundance, Parano et moi allons payer une visite à ce Drouganine, histoire de vérifier s'il est le mystérieux monsieur D. Paddle et Kodak vont s'occuper des deux hommes de main qui ont joué les démolisseurs dans mon appartement : identification du deuxième homme, avis de recherche, adresse de chacun des deux, perquisition à leur appartement...

Quant à Sarah la noire, elle va effectuer le suivi des questions en suspens dans l'enquête principale : les analyses d'ADN qui devraient arriver, les recherches sur l'ambulance, les demandes d'informations faites sur les victimes avérées ou possibles...

Puis je me tourne vers Sarah la rousse.

— Après la réunion, tu m'accompagnes au bureau. On va préparer une petite surprise à notre ami Drouganine.

54.

Je prends une grande inspiration. J'ai retardé ce moment jusqu'à la fin de la réunion, mais je ne peux plus le reporter.

— J'ai une autre nouvelle à vous annoncer. Officiellement, légalement même, je ne devrais rien vous dire. Mais...

Dans leurs yeux, je vois l'attention augmenter de plusieurs crans. Aussi bien y aller de façon directe :

— Notre unité fait l'objet d'une enquête des Affaires internes.

— Toute l'unité ? s'exclame Paddle, incrédule.

— Tout le monde.

— Mais, pourquoi ?

— Parce que le sergent-détective Paradis, dans sa grande sagesse, a décrété qu'on était tous suspects.

— Il faut faire quelque chose !

À voir leur tête, je devine qu'ils partagent tous l'opinion de Paddle. Mais ils sont aussi embêtés que lui sur ce qu'il y aurait à faire. C'est à moi de les rassurer, même si je suis probablement plus inquiet qu'eux.

— D'accord, on va faire quelque chose. Pour commencer, on va respecter le règlement à la lettre.

Puis j'ajoute en regardant Paddle :

— Pas de bouteilles de rhum dans les tiroirs. Pas de BD qui traînent sur le bureau...

Ensuite, en me tournant vers Sarah la rousse :

— Ce serait bien que tu ne travailles pas seulement à domicile. La direction pourrait finir par croire que tu n'as pas vraiment besoin d'un bureau...

— C'est vrai que je pourrais m'en passer.

— Je sais, je sais... Mais là, il va falloir faire un effort.

— De toute façon, ils ne peuvent rien trouver de bien grave.

Elle semble tellement sûre d'elle... J'en viens presque à me demander si j'ai raison de m'en faire. Surtout que les autres s'empressent d'abonder dans son sens.

J'y vais néanmoins d'une mise en garde :

— Pour ceux qui l'ont oublié, c'est à Paradis que nous avons affaire. Avec lui, pas besoin que ce soit grave pour que ça se retrouve dans votre dossier. Et qu'il fasse ensuite traîner l'enquête. Qu'il répande des rumeurs... Paradis égale emmerdements.

Je ne peux m'empêcher de conclure en les piquant un peu :

— En attendant, on pourrait boucler une ou deux enquêtes. C'est toujours plus difficile de chercher des poux à un enquêteur ou à une unité qui a du succès.

— On n'est pas les meilleurs ? proteste Paddle.

— On a onze affaires qui traînent. Comme dirait Godin, nos statistiques baissent. Alors, si on réglait au moins cette affaire de bain de sang...

Je termine en leur disant que je n'en sais pas vraiment plus. Si certains pensent avoir dit ou fait des choses susceptibles de les mettre dans l'embarras, ou simplement d'être mal perçues, qu'ils viennent m'en parler : avec quelqu'un comme Paradis sur le dos, il ne faut rien négliger.

— Qu'est-ce que tu en penses, toi ? Est-ce que je leur en ai trop dit ?... Personnellement, je n'arrive pas à croire que les jeunes soient corrompus. Même les choses que j'ai apprises sur Sarah la rousse, je suis sûr que ça va finir par s'expliquer... Mais si jamais je me trompais...

Subitement, je me rends compte qu'ils me regardent avec cette espèce de sourire qu'ils ont quand je me laisse absorber par une discussion intérieure.

Par chance, ils ne savent pas que je n'entends plus la voix de ma femme et qu'en fait, je parle tout seul !

Je reviens à la réunion.

— Pour résumer, faites le ménage dans vos placards, s'il y a du ménage à faire. Concentrez-vous sur l'affaire du bain de sang. Et surtout, ne vous laissez pas distraire par les manigances de Paradis. Occupez-vous seulement de ne pas lui fournir de prétexte pour nous créer des embêtements.

55.

De retour au bureau, je discute quelques minutes avec Sarah la rousse. Contrairement à ce que j'espérais, elle n'aborde pas la question de sa source occulte de revenu. De mon côté, je ne me sens pas le droit de lui révéler ce que Paradis a appris.

Finalement, je lui demande de me prévenir quand Sundance et Parano seront prêts pour la visite à Drouganine.

Une fois qu'elle est sortie, je m'attaque au rapport sur les affaires en cours.

La première est le type d'histoire qui peut aussi bien se régler du jour au lendemain, par la découverte d'un nouvel élément de preuve, que traîner des années ou même ne jamais être résolue.

> Jacynthe Desmarais. Vingt-neuf ans. Disparue. Présumée morte. Aucune activité sur ses comptes bancaires et ses cartes de crédit. Malgré toutes les recherches, son corps n'a jamais été découvert. Le mari est le principal suspect. Longue histoire de violence conjugale avec deux anciennes conjointes. Déjà condamné à suivre une thérapie contre la violence. Il se prétend maintenant guéri, mais plusieurs témoins l'ont entendu menacer sa femme parce qu'elle voulait le quitter.
>
> Le problème, c'est que la victime lui a déclaré devant témoins qu'elle disparaîtrait un jour et qu'il ne pourrait jamais la retrouver. Des effets personnels de la victime ont effectivement disparu de leur domicile. Assez pour accréditer l'hypothèse de la fuite.

Le mari pourrait cependant s'être débarrassé lui-même des effets personnels de sa femme pour couvrir le meurtre et faire croire qu'elle est partie en abandonnant tout derrière elle.

Enquête au point mort depuis deux mois malgré tous les efforts déployés par les deux enquêteurs. Seule la découverte du corps pourrait faire progresser les choses.

Ainsi résumée, l'histoire acquiert un caractère de déjà-vu. Elle se reproduit chaque année avec une régularité déprimante. Les personnages et les décors varient, de même que l'habileté du meurtrier à dissimuler les indices, mais le schéma demeure le même.

Comme je m'attaque à un deuxième résumé, un homme entre dans le bureau. Fin vingtaine, habit bleu finement rayé et cravate assortie, chemise rose très pâle, souliers vernis, cheveux courts et regard assuré, il dégage une odeur de lotion après-rasage agressive que je crois reconnaître : c'est celle que la pub présente comme un substitut de testostérone pour ceux qui en manquent.

Après avoir inspecté les lieux du regard, il se dirige vers moi.

— Vous êtes l'inspecteur Henri Dufaux, je présume, dit-il en me tendant la main. Je suis le sergent-détective Stanley. Henry W. Stanley. De la SQ.

Son accent anglais est à couper au couteau.

Sans y être invité, il s'assoit dans un fauteuil et dépose un mince dossier devant moi.

— Le texte de la conférence de presse, déclare-t-il. Pour annoncer la disparition du ministre Deschamps.

Je regarde rapidement le texte, referme le dossier.

— Merci.

— J'espère que ça vous sera utile.

— Pas de souci. La prose gouvernementale est redoutablement efficace contre les insomnies.

Il hésite un moment, puis il prend le parti d'en rire.

— On m'a dit que vous aviez un dossier pour moi.

— Parler de dossier est exagéré. Le nom du ministre a été porté à notre attention quand on a dressé la liste des personnes qui avaient récemment disparu.

— Pourquoi, cette liste ?

— Parce qu'il nous manque cinq ou six cadavres. On pense avoir plus de chances de les trouver chez les personnes disparues que chez les bien-portants.

— Qui vous a suggéré le nom du ministre ?

— Une personne qui était au courant de ses galipettes thaïlandaises.

Je ne sais pas si c'est le contenu de l'information ou le terme « galipettes » qui le fait réagir, mais ses traits se durcissent.

— J'ai besoin de son nom.

— Notre informateur n'a pas daigné le fournir. Mais soyez sûr que le secret des aventures exotiques du ministre est bien gardé.

— Je pourrais vous forcer à me donner ce nom.

— Ça m'étonnerait.

— On m'a signalé que vous êtes présentement dans une position précaire. Ce serait maladroit de votre part d'ajouter à votre dossier un refus de coopérer.

Je l'observe un moment en silence. Puis je lui dis, sur un ton aussi exagérément convaincu qu'admiratif :

— Vous avez vraiment un don !

Il me regarde mi-intrigué, mi-décontenancé.

— Quel don ? finit-il par demander.

— Pour enrober la merde et le chantage dans le vocabulaire feutré des bureaucrates.

Il se contente de ne pas répondre.

Après un moment, je poursuis :

— Le problème, voyez-vous, c'est que mon informateur est quelqu'un qui se sent facilement menacé. Ça frôle la paranoïa. Et quand il se sent menacé, son premier réflexe est de contacter des journalistes.

— Puisque vous le prenez comme ça… Donnez-moi votre dossier, qu'on en finisse.

— Il n'y a pas de dossier comme tel. Je vais faire expédier à votre bureau une description des quelques éléments que nous avons.

Aussitôt qu'il est parti, je vais me chercher un café, histoire de m'accorder quelques minutes pour récupérer une certaine sérénité, puis je retourne à la corvée des affaires en cours.

Deuxième cas…

> Claude Bourgoin. Vingt-trois ans. Transsexuel sur le point d'être opéré. Agressé à la sortie d'un bar gai. Retrouvé mort dans une ruelle à la suite des coups reçus. La piste de l'agression homophobe apparaît exclue.
>
> Principaux suspects : trois homosexuels. Les trois sont membres d'un groupe radical qui veut exclure les trans parce qu'ils donnent une mauvaise image des gais. Ils veulent protéger la pureté du groupe.
>
> L'équipe technique n'a rien trouvé qui les relie à la scène de crime. Chacun des suspects a un alibi pour le moment du meurtre : les deux autres suspects ! Un des membres du groupe semble plus fragile. L'enquête se concentre maintenant sur lui. Un déblocage pourrait survenir sous peu.

Cette stupide obsession raciste de pureté! S'il y a des gens qui devraient pourtant être en mesure de comprendre l'ostracisme que subissent les transgenres, c'est bien les homosexuels… Il faut croire que toutes les causes sécrètent leurs inquisiteurs! Quelle connerie!

Troisième cas…

> Lucie et Gérard Dumas. Un couple de retraités. Lui: paralysé, confiné à son lit. Elle: se déplace avec une canne.
>
> Une nuit, ils sont violentés par des voleurs et enfermés dans leur chambre, à l'étage. Le téléphone de la chambre est coupé. Le mari, cloué dans son lit, est au plus mal à cause des coups qu'il a reçus…

Je suis de nouveau interrompu. Par le téléphone, cette fois… Et on se demande pourquoi je choisis souvent de le fermer quand je travaille!

C'est fou, la facilité avec laquelle on nous a dressés à répondre. À la moindre sonnerie, on se précipite. Ça me fait penser aux rats, dans les laboratoires, qu'on dresse à obéir à toutes sortes de signaux. On dirait que l'humanité est devenue un vaste laboratoire. Et gare à ceux qui ne répondent pas assez rapidement. Ou pire, qui trafiquent les sonnettes autour d'eux pour les empêcher de sonner!

Puis je pense à ma femme, qui a cessé de me répondre. Elle a peut-être simplement décroché, elle aussi. Pour avoir du temps à elle…

Je réponds.

C'est Sarah la noire. Elle veut me prévenir que je suis devenu une vedette des réseaux sociaux.

— C'est quoi encore, cette histoire?

— Vous vous rappelez la photo que j'ai prise de vous au Rouge-Gorge, avec les deux mannequins? Vous savez, quand elles prenaient toutes les deux des *selfies*?

— Oui.

— Je leur ai envoyé la photo.

Je sens à sa voix que je ne vais pas aimer la suite.

— Elles l'ont mise sur leur page Facebook, poursuit Sarah. Avec les *selfies*. En commentaire, elles ont écrit: "Le policier le plus cool!" C'est en train de faire un buzz.

— Dis-leur de retirer ça tout de suite!

— Ça ne servirait pas à grand-chose. La photo a été copiée et remise en ligne par des centaines de personnes. Pour l'instant, la tendance, c'est qu'on vous aime bien.

— Je me fous de la tendance!

Avant de raccrocher, Sarah m'assure qu'elle va quand même faire ce qu'elle peut pour que la photo disparaisse des réseaux sociaux. Mais, selon elle, je ne devrais pas avoir trop d'espoir.

Je retourne au troisième cas.

Après le départ des voleurs, la femme descend au rez-de-chaussée pour appeler de l'aide. Mais elle n'y voit pas grand-chose et elle trébuche dans l'escalier: fracture de la colonne cervicale. Le mari, incapable de quitter son lit, meurt au bout de son sang.

Les lunettes de la femme ont été retrouvées dans sa chambre, en morceaux, les verres émiettés. Comme si on les avait volontairement piétinés.

Tous les membres de la famille ont un alibi. On continue quand même d'examiner la vie des proches, particulièrement ceux qui vont hériter.

La piste privilégiée est maintenant celle du cambriolage qui a mal tourné. Deux inspecteurs travaillent toujours sur le dossier.

Le téléphone se manifeste de nouveau.

Tout en répondant, je pense aux deux victimes. Elles auraient probablement eu la vie sauve si elles avaient eu un téléphone portable dans leur chambre...

— Dufaux.

— Ici Rodrigue, du labo. Je veux seulement vous informer qu'on n'a découvert aucun indice chez vous. Pas d'empreintes digitales, pas de cheveux, rien. Je suis désolé.

56.

Pour la visite à la résidence de Drouganine, à l'Île-des-Sœurs, je suis accompagné de Sundance, Parano et Sarah la rousse. Quatre policiers en uniforme attendent en retrait.

On est loin du condo traditionnel, fût-il hyperluxueux, qui prolifère dans le quartier. Le bâtiment de trois étages pourrait facilement abriter huit ou dix condos et l'ensemble de l'œuvre est en pierres. Quelques tourelles surmontent le toit. Drouganine a sans doute la nostalgie du pays. Dans son dossier, on mentionne qu'il est originaire de Saint-Pétersbourg.

L'homme qui ouvre la porte fait près de deux mètres. L'assurance de son regard tranche sur la pâleur de son visage. Son cou a une curieuse apparence de maigreur. On dirait un ancien athlète qui a perdu ses muscles, mais qui ne les a pas remplacés par de la graisse. Le plus étonnant, c'est qu'il dégage néanmoins une impression de calme et de force.

— Anatoly Drouganine?

— Oui.

— Inspecteur Henri Dufaux, du SPVM.

Il jette un regard aux policiers en uniforme derrière moi, puis à Parano.

Ce dernier se sent obligé de justifier le fait qu'il porte un masque.

— Pour votre protection et celle de mes collègues, dit-il.

Un sourire apparaît sur le visage du Russe.

— Vous êtes contagieux ? J'espère que c'est seulement le rhume ou la grippe.

Je ne laisse pas à Parano le temps de répondre.

— Nous avons un mandat pour perquisitionner votre résidence.

— Je peux le voir ?

Je lui tends le document. Il y jette à peine un coup d'œil et me le redonne.

— Vous perdez votre temps, dit-il.

— Vous ne savez même pas ce que nous cherchons.

— Peu importe. Vous ne trouverez rien. Ici, il n'y a que moi, ma femme et sa dame de compagnie.

— Une dame de compagnie ?

— Une infirmière qui est beaucoup plus qu'une infirmière. Elle s'occupe de tous les besoins de ma femme.

Pendant que je demeure avec Drouganine, les autres entreprennent de fouiller la maison. Je trouve étrange que le Russe ne proteste pas davantage.

— Je suis soupçonné de quoi ? demande-t-il comme s'il s'agissait uniquement de meubler la conversation.

— Trafic d'êtres humains. Meurtre, sans doute…

— Ridicule.

— Après la mort de Sirois et de Klimenko, Normandin s'est tourné vers vous. Est-ce que vous le niez ?

— Parlons de façon hypothétique. Supposons qu'une entreprise menace de s'effondrer. Et supposons que cet effondrement puisse provoquer des affrontements, causer de la violence, entraîner des pertes de vie… Il serait sou-

haitable, il me semble, que quelqu'un en assume tempo-
rairement la direction, histoire d'assurer une fermeture
ordonnée des livres… Régler ce problème de façon civilisée
serait faire œuvre de philanthropie, non?

— Vous seriez un philanthrope…

— Un philanthrope qui aime l'ordre. Comme vous.

Puis il ajoute, avec un sourire à la fois ironique et
désabusé:

— On se ressemble beaucoup plus que vous ne le pensez.

— Parce que vous me connaissez?

— Je m'attendais à votre visite, je me suis un peu
renseigné.

Après le SCRS, la mafia russe! Ça devient une manie,
tout le monde se renseigne sur moi, on dirait!

Avant d'avoir le temps de répondre, j'aperçois Sundance,
qui vient vers nous d'un pas rapide.

— Personne à l'étage excepté son épouse et l'infirmière,
dit-il.

— Tu leur as parlé?

— Sa femme n'est pas en état de répondre à des questions. Elle est branchée à différents appareils. La chambre
est équipée comme une chambre d'hôpital.

— C'est une journée particulièrement difficile pour elle,
explique Drouganine. Habituellement, elle est consciente et
elle peut se déplacer en fauteuil roulant. Mais il arrive que
son état requière une médication plus… agressive, comme
disent les spécialistes.

— L'infirmière est en permanence avec elle?

— Pendant le jour. La nuit, une autre prend la relève.

— Je vais voir où en sont les autres, dit Sundance.

Pendant qu'il s'éloigne, je décide de changer d'angle
d'attaque.

— Dimitri Kopeïkine, ça vous dit quelque chose?

Je lui montre sa photo sur mon téléphone portable. Le Russe y jette un regard rapide.

— Un de mes chauffeurs, dit-il. J'ai pour principe d'engager des compatriotes récemment arrivés. Pour faciliter leur intégration.

— Hier soir, ça faisait partie de ses activités d'intégration, d'aller saccager mon appartement?

Sa surprise est perceptible.

— Pourquoi aurait-il fait une telle chose?

— Pour que je cesse de me mêler de ses affaires, si j'ai bien compris.

Je lui montre une photo du message sur le miroir.

— Étant donné qu'il est votre employé, je me suis dit que ses affaires, ça pouvait aussi être les vôtres…

— Je vous jure que je n'ai rien à voir avec cette… stupidité! En fait, si j'étais la personne que vous semblez croire que je suis, je ne donnerais pas cher de la peau de cet imbécile!

Puis il ajoute, sur un ton redevenu cordial, comme s'il s'agissait d'une conclusion superflue:

— Ce genre d'indiscipline est mauvais pour les affaires.

Je suis assez tenté de le croire. Mais si les deux fiers-à-bras n'ont pas agi sur ses ordres, qui peut bien les avoir payés pour me laisser ce message?

Je change de nouveau de sujet:

— L'histoire de la baignoire sanglante, vous en avez entendu parler?

— Difficile de faire autrement, c'est partout dans les médias.

— Le corps trouvé dans la baignoire était un agent du SCRS.

— Je sais.

— C'est la raison pour laquelle vous l'avez éliminé?

— Vous me croyez assez fou pour éliminer un agent du SCRS? Assez fou pour l'assassiner de façon aussi spectaculaire, comme pour être sûr que le SCRS va tout faire pour arrêter le meurtrier?

Non, je ne pense pas que ce soit le cas. Cela doit d'ailleurs se lire sur mon visage, car il ajoute:

— Je vois que nous nous comprenons.

Je lui montre des photos des corps de Sirois et de Klimenko.

— Ils n'ont plus toute leur tête, mais les tatouages sur leurs bras…

— Je les reconnais.

— Vous avez une idée de ce qui a pu… mener à ça?

— Non.

Puis, après une hésitation, il ajoute:

— Disons que je me mets dans la peau de cet hypothétique philanthrope qui aime l'ordre… À sa place, je pourrais voir d'un mauvais œil les excès auxquels se livrent certains… disons, concurrents.

— Des excès comme quoi?

— Trafic d'organes… Services de sexualité extrême pour des clients qui aiment démolir des filles. Souvent de très jeunes filles. Ou des garçons… Trafic de bébés pour parents pressés qui veulent adopter sans attendre, ou qui ont des exigences précises de qualité pour le bébé qu'ils se paient… Toutes des choses qui peuvent nuire au maintien d'un climat d'affaires paisible.

— Parce que vous, vous n'avez rien à vous reprocher?

— Je dispense des services qui ressemblent à ceux offerts par une agence de voyages. Au lieu d'amener les

271

gens en Thaïlande, j'amène la Thaïlande chez eux. Quand je parle de Thaïlande…

— Ça peut être n'importe quel pays, je sais.

— Je n'ai aucun préjugé ethnique.

— Vous remettez simplement de l'ordre dans votre secteur commercial.

— Excellente formule ! Je vais la refiler à mon service de relations publiques.

— Et au passage, vous prenez le contrôle de l'ensemble des mafias d'Europe de l'Est sur le territoire de Montréal.

— Si c'était vrai, ce serait une bonne chose pour vous ! En cas de problèmes, vous sauriez à qui vous adresser.

— Pour effectuer ce… nettoyage, il fallait faire disparaître Klimenko, je peux le comprendre. Disposer de Klimenko impliquait d'éliminer Sirois, ça aussi je peux le comprendre… Mais pourquoi Bernier ? Parce qu'il vous avait démasqué ?

Drouganine éclate de rire.

— Pourquoi aurais-je voulu tuer Bernier ? Il travaillait pour moi ! Je l'aidais à monter un dossier sur Klimenko… Lui, il faisait avancer sa carrière ; moi, j'éliminais un rival encombrant.

— Un rival qui nuisait au climat d'affaires ?

— Comme vous dites.

— Qu'est-ce qui s'est passé, selon vous ?

— Aucune idée.

— Et c'est par hasard que vous avez "assuré la transition" après la mort de Klimenko ?

— On m'a demandé si j'étais intéressé : c'était une occasion de rendre service… Mais je n'ai rien à voir avec cette affaire de baignoire. Avoir voulu éliminer Sirois et Klimenko, pensez-vous que je me serais lancé dans toute cette mascarade ?

Là, je suis plutôt d'accord avec lui.

Avant de pouvoir répondre, je vois Parano, qui arrive d'un pas rapide.

— On a trouvé l'ambulance, dit-il. Elle est dans le garage.

Je me tourne vers Drouganine.

— Je suis surpris que vous l'ayez cachée chez vous. Ça fait plutôt amateur…

Un léger étonnement peut se lire sur ses traits, mais il ne semble nullement perturbé par la nouvelle.

— Si vous parlez du véhicule de transport adapté, dit-il, je l'ai depuis plusieurs années. Je ne vois pas pourquoi vous dites que je l'ai caché. J'en ai régulièrement besoin quand ma femme doit se déplacer. C'est d'ailleurs pour la conduire que j'avais engagé Kopeïkine.

— La conduire où ?

— Compte tenu de son état de santé, ma femme a souvent besoin de recevoir des traitements spécialisés. Ce véhicule lui permet un transport confortable et sûr. Elle peut profiter de tous les soins que requiert son état sans être à la merci des amortisseurs lamentables des ambulances ordinaires. Je parle de ces véhicules mal entretenus qui peuvent transformer n'importe quel court voyage en un interminable supplice…

— Un garagiste a récupéré votre véhicule devant l'entrepôt où on a retrouvé les corps de Sirois et de Klimenko. Vous avez une explication ?

— Non. Mais je suppose que le premier suspect devrait être Kopeïkine.

— Vous savez où il se trouve ?

— Aucune idée. J'ai tenté en vain de le joindre, tout à l'heure. Mon épouse a rendez-vous dans une clinique cet après-midi.

Sarah la rousse se joint à nous. Elle a un ordinateur portable sous le bras.

— J'ai terminé, me dit-elle.

Puis elle s'adresse à Drouganine.

— On va devoir l'apporter.

Ce dernier la regarde avec un sourire ironique.

— Je vous souhaite beaucoup de plaisir, dit-il. J'espère que vous avez le cœur solide.

Je sais que c'est pour créer une diversion que Sarah a saisi l'appareil portable : pour couvrir le fait qu'elle a infiltré son téléphone avec l'aspirateur. Mais la réaction de Drouganine est quand même curieuse.

Je décide de lui montrer les photos des victimes pour voir sa réaction. La première que je fais apparaître sur mon téléphone est celle de Mitchell, le militaire.

— Je ne le connais pas, déclare Drouganine.

Par contre, il reconnaît Kelly :

— Celui-là travaillait pour Klimenko. Il avait monté son système de blanchiment. Il se faisait payer en argent et en filles.

La photo de Montbourquette n'évoque pour lui rien de particulier.

Pour Noreau, par contre, il est plus précis :

— Lui, je suis pas mal sûr que Sirois lui louait des filles pour ses films.

Toutes les autres photos que je lui montre ne lui rappellent rien. Quand je range mon téléphone, il me demande :

— Est-ce que vous m'arrêtez ?

— Pas pour le moment. Mais je suis sûr que nous allons nous revoir.

— Et mon véhicule de transport adapté ?

— C'est un élément de l'enquête. Il va falloir que vous en trouviez un autre.

— Et un autre chauffeur, on dirait…

57.

Pendant qu'on se dirige vers nos bureaux, Sarah me confirme que l'aspirateur a infiltré avec succès le téléphone de Drouganine. Tout son contenu a été téléchargé. Les prochains appels seront récupérés en temps réel.

Godin aurait certainement préféré qu'on arrête Drouganine. D'abord pour être sûr qu'il ne prenne pas la fuite. Mais aussi pour avoir quelque chose à donner aux médias et calmer les politiciens.

Mais les preuves contre le Russe sont minces. J'ai l'intuition qu'on va en apprendre davantage si on le laisse libre. Même s'il se doute sûrement qu'on va le surveiller.

Quant à la possibilité qu'il s'enfuie, je ne pense pas que ce soit un si grand risque. Pas tant que sa femme sera chez lui.

De retour à l'aquarium, après une courte halte au 3845, je téléphone à Sarah la noire pour l'informer des nouveaux développements.

— J'allais justement vous appeler, dit-elle. Je viens de parler au type du labo. Celui qui joue sur Internet.

— Des nouvelles ?

— Les deux corps de l'entrepôt sont bien ceux de Sirois et de Klimenko, mais les analyses d'ADN montrent que seul le sang de Sirois était dans la baignoire.

— On a donc trois cadavres liés au trafic de danseuses, mais le sang de seulement deux des trois.

— Et, dans la baignoire, on a le sang de trois autres personnes qui pourraient être reliées indirectement à nos cadavres, sauf qu'on n'a pas encore de preuves.

— Tu peux continuer de creuser ça? Je ne peux pas croire que les victimes n'ont rien en commun.

— D'accord. Mais vous pourriez aussi demander un coup de main à votre amie du SCRS.

— C'est devenu mon "amie", maintenant?

— Vous avez l'air de bien vous entendre…

Au ton de sa voix, je devine le sourire sur son visage.

Je coupe court à cette digression et j'enchaîne avec les résultats de notre perquisition chez Drouganine.

Puis je lui demande où on en est avec son ambulance privée.

— Elle vient d'arriver au labo. Les techs ont commencé à chercher des indices. Tout a été nettoyé, mais ils ont décelé des traces de sang avec le luminol.

— Tu t'occupes de faire effectuer des tests d'ADN?

— C'est déjà en marche.

— OK. Avec tout ça, as-tu eu le temps de faire avancer l'enquête sur l'affaire Juneau?

— La thèse du suicide a l'air de se confirmer.

La femme d'un juge… Un pirate a pénétré son ordinateur et a dérobé une vidéo intime filmée par son mari. Il l'a ensuite publiée sur Internet. Deux semaines plus tard, la femme était retrouvée morte dans son lit. Sur la table de chevet, trois flacons de somnifères vides.

— Le pirate… Des indices?

— Sarah la rousse a peut-être une piste. Va falloir qu'elle parle à un type de l'informatique.

— D'accord. Mais tu gardes à l'esprit que l'affaire du bain de sang reste notre priorité.

Après avoir raccroché, je pense un moment à reprendre ma corvée sur les affaires en cours. J'en suis encore à tenter de me trouver un prétexte pour tout remettre à plus tard quand je suis sauvé par la vibration de mon téléphone.

Un long texto de Kodak.

Les autres jeunes le taquinent sur cette habitude qu'il a d'écrire des textos comme s'il s'agissait de courriels. À sa décharge, il a pris soin de le répartir en deux envois.

> Identification du
> deuxième Russe. Makari
> Borzilov. Madame
> Bérubé l'a reconnu. Plus
> qu'un homme de main :
> un des seconds de
> Drouganine.

> Perquisitions. Rien
> chez Kopeïkine. Chez
> Borzilov, par contre, une
> clé USB à l'intérieur d'un
> matelas. Suis en route
> pour l'apporter à Sarah.

Quand je ferme mon téléphone, j'ai l'impression que les choses progressent. Mais il y a encore trop de zones d'ombre pour élaborer une hypothèse sérieuse. Tout ce que je peux faire, c'est attendre.

Pour passer le temps, je me résigne à reprendre ma corvée.

> Affaire Andrew Bernard. A violé trois adolescentes
> en les droguant au GHB. Relâché en appel à cause
> d'un vice de procédure. Retrouvé mort deux jours
> plus tard dans un parc de la ville. Aucun suspect
> pour le moment. Tous les proches des victimes ont
> des alibis.

Une affaire où on aimerait presque ne jamais découvrir le ou les responsables du meurtre.

58.

Deux heures plus tard, je relis mon dernier résumé, puis je regarde la petite pile de feuilles. Onze affaires. Onze morts auxquelles nous avons consacré du temps et des ressources sans parvenir à savoir qui a tué. Ni pourquoi.

Combien de ces morts seront enfouies à jamais dans les affaires non résolues ? Impossible de donner un chiffre. On ne peut pas savoir quand un élément inattendu va réactiver une affaire qu'on croyait définitivement enterrée.

Je me lève et remets un peu d'ordre sur le bureau. Puis je sors de l'aquarium. Direction : le 3845. Il n'est pas encore 17 heures, mais on est samedi. Et le samedi, il n'est jamais trop tôt pour l'apéro.

En entrant, j'aperçois Lydia Balco, assise à ma table.

— Je suis venue aux nouvelles, dit-elle en m'accueillant.

Avec un geste pour désigner la table, elle ajoute :

— Tonino m'a dit que je pouvais. Que vous viendriez probablement en fin d'après-midi.

J'ai à peine le temps de m'asseoir qu'une Black & Noisy et un verre de Côté Tariquet se matérialisent devant nous.

— Aux frais de la maison, déclare Tonino, qui s'empresse ensuite de disparaître.

Je le suis des yeux jusqu'à la porte de la cuisine. S'il faut qu'en plus, il se mette à jouer les entremetteurs…

— On m'a dit que vous avez eu des visiteurs, fait Balco.

— Vous faites surveiller mon appartement ?

— C'est le genre de nouvelle qui circule rapidement. Ils en ont parlé aux infos.

La suggestion de Sarah la noire me revient à l'esprit. Pourquoi ne pas mettre mon « amie du SCRS » à contribution ? Ce serait une excellente façon de tester sa volonté de collaborer.

Dans des circonstances plus normales, je ne le ferais probablement pas. Mais, avec l'enquête de Paradis, j'ai l'impression qu'il ne nous reste plus beaucoup de temps.

Je raconte donc à Balco ce qui s'est produit depuis notre dernière rencontre : le saccage de mon appartement, la perquisition chez Drouganine, la découverte de l'ambulance, l'identification de nouvelles victimes, la perquisition chez les deux Russes, sur qui on a réussi à mettre un nom...

— Votre affaire progresse plus vite que la mienne.

— On trouve des choses, c'est vrai, mais je ne vois toujours pas la logique de tout ça. Ni ce qui relie les victimes entre elles.

Je tire une feuille de la poche intérieure de mon veston, la déplie et la pose devant elle.

— Les victimes avérées et potentielles.

Identité	Métier	Sang	Corps	Tête	Organes
Bernier	SCRS	Bain	Bain	s.o.	s.o.
Klimenko	Mafieux	?	Entrepôt	?	?
Sirois	Motard	Bain	Entrepôt	?	?
Kelly	Financier	Bain	?	?	?
Mitchell	Militaire	Bain	?	?	?
Montbourquette	Designer	Bain	?	?	?
Choung	Agent immobilier	?	?	?	?
Dansereau	Ingénieur	?	?	?	?
Day	Avocat	?	?	?	?
Deschamps	Ministre	?	?	?	?
Hinse	Fonctionnaire	?	?	?	?
Noreau	Producteur porno	?	?	?	?
Lebel	Coach	?	?	?	?
Mackay	Pasteur	?	?	?	?

Pendant qu'elle examine le tableau, j'ajoute :

— Ils viennent principalement de Montréal, Québec, Ottawa et Toronto.

Elle pointe du doigt les trois premiers noms.

— Ceux-là ont un lien : le trafic de femmes.

— On peut y ajouter Kelly. Selon Drouganine, il s'occupait de blanchir l'argent de Klimenko. L'accès aux filles faisait partie de son salaire.

— Vous l'avez, votre lien, fait Balco. Quatre personnes qui se connaissent, ça ne peut pas être une coïncidence.

— Je sais… Par contre, pour Montbourquette, ça m'étonnerait qu'il aille chercher ses mannequins parmi les filles de Klimenko.

— On ne sait jamais…

— Il y a aussi le militaire.

— Il allait peut-être dans un des clubs appartenant à Sirois. Il n'y en a pas un, à Gatineau ?

— Et le ministre Deschamps ?

— On ne sait même pas s'il est impliqué.

— C'est vrai. Lui, il devait réserver ses frasques pour la Thaïlande.

— À mon avis, la piste la plus sérieuse est celle du trafic de mineures.

— Mais pourquoi Bernier est-il le seul corps dans le bain ? Pourquoi Sirois et Klimenko ont-ils été décapités et éviscérés, mais pas lui ? Pourquoi les autres corps sont-ils introuvables ?

La discussion se poursuit un certain temps. La principale conclusion est qu'il faut creuser davantage la vie des victimes et des disparus. Balco propose spontanément de s'en charger. Presque en s'excusant :

— Je ne veux pas dire que la recherche que vous avez effectuée n'était pas valable, mais…

— Vous avez d'autres moyens, je sais. Et vous n'avez pas à vous excuser, j'allais vous le demander.

C'est fou comme on est copains, tout à coup. Un peu plus, je la tutoierais. J'en suis même à me dire que je pourrais l'inviter à souper pour continuer la discussion, ce qui serait une façon de m'acquitter de mon *rain check*… Heureusement, la sonnerie de mon téléphone se fait entendre.

Sarah la rousse.

— Il faut que vous veniez, dit-elle.

— Encore une tuile?

— Je ne dirais pas. Mais je préfère ne pas en parler au téléphone.

— D'accord, j'arrive.

— Si vous trouvez votre amie du SCRS, ce serait bien qu'elle vienne aussi.

— Quelque chose qui la concerne?

— Plutôt, oui.

— Je vais voir ce que je peux faire.

Je range mon téléphone.

— Le boulot? demande Balco.

— Oui. Vous êtes libre?

Elle ne réussit pas à dissimuler une certaine surprise.

— Immédiatement? demande-t-elle.

— Oui… Mais ensuite, si ça vous dit… Je vous dois toujours un restaurant.

Pendant qu'elle enfile son manteau, je me dirige vers Tonino.

— Tu peux me trouver une bouteille pour Sarah?

— Tout ce que j'ai, c'est le Château de Pey.

— C'est un saint-estèphe?

— 2010. Je le garde pour elle.

— Alors, ça va.

Pendant le trajet, j'explique à Balco qui est Sarah la rousse et je l'informe qu'on a trouvé des informations concernant le SCRS. Puis je la préviens que les jeunes savent qui elle est.

— Je pensais que nous avions une entente…

Sa voix s'est passablement refroidie.

— Si Sarah ne l'avait pas su, elle ne m'aurait pas demandé de vous prévenir et vous n'auriez pas appris aussi rapidement qu'elle avait des informations pour vous.

Elle réfléchit un moment puis se contente de me dire :

— C'est vrai.

Je suis étonné qu'elle se satisfasse aussi facilement de ma réponse. Une petite voix, dans ma tête, me souffle que son principal objectif, en m'approchant, était de s'infiltrer dans l'enquête. Et que, pour cela, elle est prête à bien des accommodements.

Comme pour achever de me justifier, j'ajoute :

— Je n'ai pas dit un mot au sujet de la taupe. Ils pensent que c'est à cause de la mort de Bernier que vous vous intéressez à l'affaire.

— Ce qui n'est pas faux.

— Non, ce n'est pas faux.

Mais c'est loin d'être l'entière vérité. D'ailleurs, plus je pense à cette histoire de taupe, plus j'ai de la difficulté à croire que son supérieur n'est pas au courant. À moins qu'il fasse partie des suspects…

59.

Après avoir disparu dans la cuisine avec la bouteille de vin, Sarah revient quelques instants plus tard avec trois verres et nous invite à prendre place dans les fauteuils.

Une fois assise devant son ordinateur, elle fait apparaître son bureau électronique sur l'immense écran plasma du mur de droite.

Elle ouvre ensuite le dossier Drouganine et sélectionne un document qui s'avère être un rapport médical.

— Il lui reste quelques mois à vivre, dit-elle. Au mieux… Cancer du foie et du pancréas.

— Où avez-vous trouvé ça ? demande Balco.

— L'ordinateur saisi chez lui. Ça faisait partie d'une série de documents dissimulés dans une partition invisible. Pas très bien protégée, d'ailleurs… Pour résumer, il est sur le point de mourir. En plus du foie et du pancréas, il a plusieurs métastases. Aucun traitement possible.

Elle quitte l'écran des yeux pour nous demander :

— S'il est sur le point de mourir, pourquoi s'amuserait-il à partir une guerre ?

— Bonne question, répond Balco.

Je ne peux qu'abonder dans le même sens.

Sarah fait apparaître une nouvelle série de documents.

— La principale préoccupation de Drouganine, dit-elle, c'est clairement sa femme. Il y a un tas de dossiers médicaux. Les plus anciens remontent à dix ans.

— Qu'est-ce qu'elle a ?

— Elle a été amputée d'une jambe et d'une main, a subi des lésions cérébrales sévères et souffre de quelque chose qui ressemble à l'Alzheimer… Je n'ai pas tout compris… Il semble qu'elle soit également aux prises avec des douleurs fantômes. Elle est continuellement sur la morphine.

L'étrange réaction de Drouganine lors de la saisie de son ordinateur me revient à l'esprit. Il savait qu'on accéderait à la partition secrète et que ça confirmerait son histoire.

Sarah poursuit son explication :

— Il a versé plusieurs dizaines de millions dans une fiducie aux Caïmans. Il a aussi signé un contrat avec une clinique suisse qui offre une prise en charge complète en institution. Dès l'instant où Drouganine meurt, ils vont s'occuper de sa femme… On dirait bien qu'il a transféré l'essentiel de sa fortune dans ce compte.

De la part de Sarah, cette formulation me surprend.

— Pourquoi "on dirait bien"?

— Je n'ai pas pu accéder au compte. La clé d'accès n'est pas dans le dossier. Donc, je ne sais pas si l'argent y est encore ou si c'était seulement un compte de transit.

— Tu sais s'ils ont des enfants?

C'est Balco qui répond:

— Ils en avaient deux. Ils ont été assassinés par un rival. C'est à ce moment-là que sa femme a été blessée…

Je me souviens d'une autre remarque énigmatique de Drouganine, quand il m'a dit qu'on se ressemblait plus que je ne le pensais… C'était sans doute à cela qu'il faisait allusion, au fait qu'on a tous les deux perdu des proches.

— Deux mois plus tard, reprend Balco, le rival en question a disparu dans la destruction de sa maison. Avec le reste de sa famille. Aucun survivant.

— La destruction?

— Un missile… Plusieurs missiles, en fait. Provenant de trois directions différentes.

— Compte tenu de ce qu'il a vécu, pensez-vous qu'il aurait pu imaginer quelque chose comme le bain de sang et les corps éventrés de l'entrepôt?

— Cela ne l'aurait certainement pas empêché de dormir. Et il aurait eu les ressources pour le faire. Mais je pense qu'il aurait choisi des représailles plus directes. Comme les missiles.

— Il ne faudrait pas oublier Borzilov, déclare alors Sarah.

Balco se tourne vers elle :

— À quoi vous pensez ?

— D'après ce que j'ai vu dans son ordinateur, Drouganine ne s'occupe pratiquement plus de la gestion quotidienne de ses affaires. Il a presque tout délégué à Borzilov. C'est très clair dans leurs échanges de courriels…

Je regarde Balco. Je vois qu'elle est venue à la même conclusion que moi : et si Borzilov était l'homme de main auquel Drouganine a eu recours pour commettre tous ces meurtres ?

On pourrait même envisager que Borzilov ait lui-même tout planifié, que ce soit une façon de s'imposer comme successeur de Drouganine et d'affirmer son autorité.

— Qu'est-ce que vous avez sur lui ? demande Balco.

— Ça, répond Sarah.

À l'écran, elle fait apparaître un nouveau dossier dont le nom est SCRS.

— Ça vient de la clé USB qu'on a trouvée à l'intérieur d'un matelas chez Borzilov. Ce qui est à l'écran est une copie exacte du contenu de la clé.

Sarah ouvre le dossier et affiche un premier document. Chaque ligne est une série de lettres et de chiffres au travers desquels se glissent plusieurs symboles.

— À mon avis, déclare Sarah, il s'agit de mots de passe.

Balco se lève de son fauteuil et s'approche de l'écran.

— Vous avez raison, dit-elle. Ce sont des codes de bas niveau qui peuvent être entrés manuellement. Pour les dossiers plus importants, on utilise l'empreinte digitale et oculaire.

Que Balco fournisse spontanément ces informations m'étonne. Mais elle n'a peut-être pas tellement le choix. Si la taupe qu'elle pourchasse cherche à l'éliminer et que

Balco ne peut faire confiance à personne à l'intérieur du SCRS, collaborer avec nous est probablement le meilleur moyen pour elle de défendre sa peau.

Balco pointe une ligne de code à l'écran.

— Celui-ci est un des miens.

— On dirait que vous avez une taupe dans votre organisation, fait alors Sarah.

Balco me jette un regard mais ne dit rien. Elle sait qu'il seront inutile de protester.

— J'ai aussi trouvé ça, poursuit Sarah.

Elle ouvre un autre dossier, qui n'a pas de titre, mais qui contient plusieurs sous-dossiers identifiés par des noms.

Sérénade
Muselière
Assiette au beurre
Croisière
Romance
Harpon

— Je n'en ai ouvert que deux, poursuit Sarah. Et j'ai seulement lu quelques phrases ici et là. Juste assez pour vérifier qu'il s'agissait bien d'opérations du SCRS.

— Ce sont des opérations en cours, confirme Balco. Je vais devoir saisir cet ordinateur. Et m'assurer que vous avez détruit toutes les copies… Qui sait le dommage que ces informations ont pu provoquer.

— À mon avis, il n'y a pas encore de dommages.

— Vous croyez?

Le ton de sa voix dit qu'elle en doute fortement.

— Ces dossiers ont été copiés il y a huit jours, répond Sarah. Depuis, personne n'y a accédé, que ce soit en simple lecture ou pour les recopier.

— Vous en êtes sûre?

— C'est la première chose que j'ai vérifiée.

Un certain soulagement apparaît sur les traits de Balco.

— Il va quand même falloir que je saisisse tous ces documents, dit-elle.

Je me sens obligé d'intervenir.

— Votre présence ici est une preuve de notre volonté de coopérer, il me semble. Je propose que l'on continue d'écouter le compte rendu de Sarah. Ensuite on avisera.

Balco murmure un acquiescement et se rassoit.

Sarah reprend la parole.

— Il reste trois éléments. Le premier est l'adresse d'une boîte de dépôt dans le *dark web*. Il y a aussi un numéro de téléphone dans le 514, mais qui n'est enregistré dans aucune banque de données... Je trouvais risqué d'appeler directement pour voir qui répondrait.

— Vous avez bien fait, déclare Balco en prenant le numéro en note. Inutile d'alerter son propriétaire. Je vais voir ce que je peux faire.

Sarah me jette un regard. Je lui confirme d'un hochement de tête que tout va bien, qu'elle peut continuer.

— Le troisième élément est une sorte de plan ou de scénario pour une histoire.

— À propos de quoi?

— Un journaliste qui enquête dans le but de faire éclater un scandale. J'ai seulement parcouru les premières pages.

En quoi un scénario de film ou de roman peut-il intéresser le SCRS? Je pose la question à Balco sans me faire trop d'illusions sur la réponse.

— Aucune idée, répond-elle. Il faudrait que je le lise. En fait, il faut que je regarde tout ça.

Sarah sort une clé USB d'un tiroir de son bureau et la tend à Balco.

— Une copie pour vous.

Puis elle lui donne une autre clé USB protégée par une enveloppe transparente scellée.

— L'original, dit-elle.

Balco me regarde, surprise que la jeune femme prenne d'elle-même l'initiative de lui céder l'original. Je me contente de déclarer, sur un ton un peu sentencieux :

— Le SPVM n'a pas pour pratique de s'immiscer dans les matières de sécurité nationale. En revanche, on s'attend à une coopération franche de la part du SCRS.

Balco acquiesce d'un signe de tête. Sarah lui présente ensuite une grande enveloppe qu'elle prend d'abord le soin de signer.

— Pour la traçabilité de la chaîne de possession, dit-elle.

Balco la signe à son tour et elle y met l'enveloppe transparente avec la clé originale. Puis elle range le tout dans son porte-documents.

— Et votre copie ? demande-t-elle.

Sarah me regarde. Les négociations, ça relève de ma juridiction.

— Personne d'autre que Sarah n'aura accès à la clé. Quant au contenu, nous n'utiliserons que ce qui est relié à notre enquête.

— D'accord, finit par répondre Balco. Mais je veux être consultée avant que vous utilisiez le moindre élément comme preuve dans un procès.

Elle se lève.

— Je n'ai pas terminé, s'empresse de dire Sarah.

Balco se rassoit.

Sarah fait disparaître de l'écran toute trace du dossier SCRS et elle en ouvre un autre qui a pour nom : JUSTICE POUR TOUTES…

À mesure qu'elle parle, elle sélectionne et affiche divers documents.

— On a ici le contrat de location de l'entrepôt où on a trouvé les corps de Klimenko et de Sirois… Et ici, un ordre de transfert de fonds à partir d'un paradis fiscal pour la société Alecto. Le montant et la date correspondent au versement effectué dans le compte d'Œkoumenn… Ça, c'est un agenda électronique où on trouve la mention "ambulance" sur certaines plages horaires… À un endroit, il y a même la mention "ambulance entrepôt"…

Je regarde Balco, puis l'écran, puis Balco.

Je réentends mon frère me dire qu'on allait tomber sur un coupable commode qui nous permettrait de clore l'enquête. Est-ce Borzilov? Est-il le coupable que le SCRS entend nous refiler?

Je ne peux m'empêcher de dire à Balco:

— C'est presque trop…

— Je comprends, répond-elle. Mais ce ne serait pas la première enquête qui serait résolue grâce à un coup de chance.

Balco a raison, la théorie du complot ne peut pas tout expliquer. On a eu de la chance… Si Sarah n'avait pas eu l'idée de vérifier la caméra du dépanneur, si ma voisine n'avait pas reconnu la photo de Kopeïkine, puis celle de Borzilov… Et là, cette clé USB…

— J'ai autre chose à vous montrer, déclare Sarah, comme si elle nous préparait une nouvelle surprise. Un contrat de location pour un condo à l'Île-des-Sœurs. Tout près d'ici, en fait.

On ne va quand même pas avoir l'adresse du coupable en plus!

— Vous pensez que Borzilov pourrait se cacher là ? demande Balco en me regardant.

— Il existe une façon simple de le savoir.

60.

Une heure quarante plus tard, je suis devant l'entrée du condo avec Balco. Sundance et Parano, que j'ai appelés en renfort, nous accompagnent.

Personne ne répond. Parano se charge de la serrure.

Rien de particulier dans la pièce d'entrée. Rien non plus dans le couloir menant à la cuisine.

C'est dans le salon, au fond de l'appartement, que le spectacle nous attend. Car il s'agit d'une mise en scène.

Trois corps d'hommes.

L'un d'eux est étendu par terre. Un autre est affalé sur un divan. Un troisième est maintenu debout par une espèce d'armature métallique à laquelle il est fixé.

Les trois corps portent des sous-vêtements féminins. Les trois ont une tête de mannequin à la place de la leur. Et les trois ont des postures qui copient des poses de top modèles.

Dans un coin de la pièce, une caméra sur trépied est orientée vers les trois cadavres, comme si elle était prête à filmer leur performance. Une banderole est suspendue au plafond. On dirait un titre de spectacle ou d'événement :

SEXY MACHINES

Mon regard fuit vers la baie vitrée, où les lumières de la ville commencent à s'allumer.

— Combien d'horreurs est-ce qu'on va encore devoir se taper avant d'arriver au bout de cette enquête ?

— Sans oublier toutes les horreurs perpétrées par ces pauvres "victimes", enchaîne Balco.

— Vous pensez à Klimenko?

— Klimenko, Sirois, leurs clients…

Puis elle ajoute, sur un ton ironique teinté de dérision :

— C'est vrai que détruire des vies par centaines, mais de façon ordinaire, quotidienne, c'est beaucoup moins grave que de profaner quelques cadavres…

Je la regarde, perplexe. Dans sa réponse, il y a une sorte de bravade excessive. Sans doute pour ne pas laisser les événements l'atteindre.

Cela n'a rien d'étonnant : c'est un mécanisme semblable à l'humour noir des médecins légistes et aux blagues des policiers sur les scènes de crime. Avec ce qu'elle a dû voir quand elle dirigeait la mystérieuse section SH, il est facilement compréhensible qu'elle ait développé cette attitude de raillerie un peu désinvolte qui perce à l'occasion…

Après avoir sécurisé l'appartement, Parano et Sundance descendent attendre l'équipe technique à l'entrée de l'édifice.

Balco s'approche des corps et les examine de près.

— Ceux-là n'ont pas été éviscérés, dit-elle. Ni vidés de leur sang.

— Mais ils n'ont pas de tête…

— Il faut croire qu'on ne peut pas tout avoir !

Puis elle continue, sur un ton d'où a disparu toute trace de cynisme.

— Par certains côtés, ça ressemble à un crime de psychopathe. Le meurtrier distribue les corps à la pièce, quelques morceaux à la fois, comme s'il s'amusait à faire durer le plaisir…

— Si c'est le cas, on est mieux de le retrouver avant qu'il ait épuisé sa réserve. Autrement, on risque d'avoir une deuxième vague de disparitions sur les bras.

Deux heures plus tard, la scène de crime a été filmée sous tous les angles. Les techs inspectent les lieux à la recherche de traces. Sundance se porte volontaire pour demeurer sur place. Parano, quant à lui, a déjà pris la direction de l'appartement de Sarah la rousse pour l'informer de ce qu'on a découvert. Je pensais qu'il se contenterait de l'appeler, mais Parano étant Parano, et sa méfiance des téléphones étant ce qu'elle est…

J'examine Balco du coin de l'œil. Elle paraît tout à fait à l'aise et confiante.

— Les choses progressent, dit-elle en se tournant vers moi, comme si elle avait senti mon regard. D'une part, on a identifié un des principaux exécutants, Borzilov. C'est peut-être même lui qui a planifié ce massacre.

— Peut-être…

— En plus, on sait qu'on a encore un peu de temps devant nous. Ça m'étonnerait qu'il se lance dans une deuxième série de meurtres avant qu'on ait retrouvé tous les morceaux de cadavres.

— Et pourquoi donc ?

— Pour lui, c'est une sorte de jeu. Il va vouloir le terminer, en profiter jusqu'au bout avant d'en commencer un autre.

— Possible…

Pour ma part, je suis en proie à des sentiments partagés. D'un côté, j'ai l'impression qu'on a fait de réels progrès, même si plusieurs aspects de cette affaire restent à éclaircir. En même temps, j'ai le sentiment que quelque chose d'essentiel m'échappe. Sans doute à cause de toutes ces preuves qui se mettent à débouler… Et puis, il y a l'enquête de Paradis, dont je n'arrive pas à me libérer la tête…

Mais tout cela n'a guère de prise sur mon estomac. Impossible de lui faire oublier que je n'ai presque rien mangé de la journée.

Je demande à Balco si elle est intéressée à aller au Leméac ou Chez Lévêque. Compte tenu de l'heure, ce sont les deux seuls endroits qui me viennent à l'esprit.

61.

Au réveil, je sens son corps collé contre mon dos, son souffle sur mon épaule. Son bras enserre ma poitrine comme pour me retenir contre elle et sa main remonte jusqu'à ma gorge.

Une pensée me vient spontanément à l'esprit : elle a dû faire un mauvais rêve. C'est le genre de position qu'elle adopte souvent dans ce cas-là. Comme si un contact plus intense pouvait prévenir le retour du cauchemar.

Puis, brusquement, je réalise que ça ne peut pas être ma femme…

Je regarde le bras sur ma poitrine : beaucoup trop musclé pour être le sien. J'examine ce que je vois de la pièce où je me trouve. Je ne reconnais rien.

Des souvenirs de la veille me reviennent par bribes…

Le souper au Leméac, les deux bouteilles de vin… le retour chez Balco pour un dernier verre, les confidences échangées… la mort de ma femme… celle de ses parents et du reste de sa famille, victimes de la violence ethnique… Je me souviens d'une remarque qu'elle a faite sur la scène de crime, à propos de la barbarie ordinaire… Il y a là quelque chose… quelque chose…

Son bras se retire et son corps s'éloigne du mien. C'est alors comme si j'achevais brusquement de me réveiller. Je me retourne et je la vois. La tête relevée, appuyée sur son bras gauche, elle me regarde en souriant.

— Bien dormi ?

— Euh… oui.

— Le lit n'était pas trop inconfortable ?

— Non… Je veux dire… je n'ai pas vraiment remarqué…

Je n'arrive toujours pas à comprendre comment j'ai pu me retrouver dans son lit. Enfin, j'imagine que c'est son lit…

— Je suis si horrible que ça à voir, au réveil ? demande-t-elle.

Puis elle éclate de rire.

— Je m'habille pendant que tu reprends tes esprits, dit-elle. Avec ce que tu as bu hier soir, c'est presque miraculeux que tu puisses ouvrir les yeux.

Elle s'avance et m'embrasse sur le front. Un baiser rapide, plus amical qu'autre chose.

— Allez ! dit-elle. Il nous reste du travail ! Je prépare un déjeuner.

Elle se lève et enfile rapidement une robe de chambre. J'ai juste le temps d'apercevoir son corps musclé et, surtout, les cicatrices qui lui barrent le dos dans tous les sens.

— Qu'est-ce que c'est ?

— Quoi ?

— Les cicatrices.

— Oh, ça, dit-elle en se tournant la tête une seconde pour regarder son épaule… C'est de l'histoire ancienne.

Elle me fait un sourire et, quelques instants plus tard, j'entends couler la douche.

Mon seul désir est de partir au plus tôt avant de devoir lui avouer que je ne me souviens de rien. Je me contenterais d'un café, mais elle insiste pour faire un vrai déjeuner : œufs au plat, jambon, pain grillé au blé entier, *espresso* allongé.

— Avec ce que tu as bu, décrète-t-elle, c'est indispensable pour retrouver la forme.

De fait, je ressens des pulsations dans ma tête qui n'ont rien d'intellectuel.

J'avale mon déjeuner à une vitesse que j'essaie de contrôler. Balco joue un peu à l'hôtesse, mais en veillant à ne pas trop en faire. Pour ma part, j'essaie de ne pas paraître mal à l'aise tout en me demandant ce qui a bien pu se passer depuis le souper au Leméac.

C'est le trou noir.

Par chance, elle ne fait aucune référence à nos discussions de la veille. Quand je viens pour me lever, elle me fait couler un deuxième *espresso*. Court, celui-là.

— Tu vas en avoir besoin, dit-elle. Ça risque d'être une journée occupée.

Quand je finis par pouvoir partir, elle me dit, le plus naturellement du monde :

— On se revoit ce soir ?

Puis elle ajoute, comme si l'explication allait de soi :

— On pourra se coordonner. D'ici là, on a pas mal de choses à faire, tous les deux.

Dans la voiture, je commence par essayer de retrouver le souvenir de la soirée précédente et de la nuit que j'ai vraisemblablement passée avec elle. Soudain, ça me frappe. Mon auto !... Je devais être drôlement bourré pour avoir un black out. Est-ce que j'ai conduit dans cet état ?

S'il avait fallu que je sois arrêté ! J'imagine les titres dans les médias. Je pense aux conséquences... Et si c'est Balco qui a conduit, était-elle moins ivre que moi ?... Est-ce que ça veut dire qu'elle m'a volontairement fait boire ?

Dans un effort pour échapper à ces idées, j'allume la radio.

> —... des victimes saignées à mort comme si elles avaient rencontré un vampire, des corps vidés de leurs organes. La prochaine fois, ça va être quoi? Quand est-ce que la police va arrêter de se prendre le beigne?
> — Parlant de la police, tu as vu le *selfie* du flic avec les deux *pitounes*?
> — Celui qui est censé s'occuper de l'enquête?
> — Oui. Pas besoin de se demander pourquoi ça reste au point mort!
> — Au point mort... Est bonne!
> — On est rendus à combien de victimes, avec tout ça?

Bel exemple de la manière dont une photo, sans même avoir besoin d'être trafiquée, peut mentir. Suffit de la sortir de son contexte.

Pour échapper à ce flux de bêtises, il me suffirait de passer à Espace Musique. En temps normal, c'est ce que je ferais. Mais ça peut être utile de savoir ce qui se raconte sur les ondes. Les interprétations délirantes qui circulent, on risque de les retrouver quelques heures plus tard dans les points de presse des politiciens, avec des trémolos d'indignation dans la voix, formulées sous forme de questions ou bien au conditionnel, pour ne prêter flanc à aucune accusation.

> — Moi, je pense que c'est la mafia qui fait le ménage. Le designer, c'est sûr que c'était un drogué.
> — Et le militaire? Qu'est-ce que t'en fais?
> — C'que tu peux être naïf, des fois! L'armée, c'est là qu'il y a le plus de drogue! Les soldats ne pourraient pas tenir sans ça.

Je réalise tout à coup qu'ils ont la liste des victimes. Ce qui veut dire que le Service des relations publiques du SPVM l'a publiée. Sans même m'en parler.

Je regarde mon téléphone. Fermé.

Je l'ouvre et constate que j'ai trois appels ratés. Les trois en provenance du même numéro : Godin.

En sortant du condo de Borzilov, je m'étais dit que je l'appellerais du Leméac. Puis les choses se sont enchaînées et j'ai totalement oublié... Je l'appellerai en arrivant à la maison.

> — Je ne sais pas pour toi, mais moi, je trouve ça trop déprimant. On va à la pub et après, on passe aux élections.

J'éteins la radio : des pubs et deux imbéciles qui parlent d'élections, c'est plus que ce que je suis capable de supporter.

Après quelques minutes de silence, je commence à me sentir mal à l'aise. Puis je réalise que ce n'est pas vraiment le silence : le brouhaha de la circulation baigne l'habitacle de l'auto, sur fond de bruit de moteur.

C'est l'absence de voix...

62.

En arrivant devant chez moi, j'aperçois trois autos-patrouilles. Leurs gyrophares clignotent. Du ruban jaune isole le trottoir ainsi que le petit perron de bois devant l'appartement, comme s'il s'agissait d'une scène de crime.

Tout autour, des caméras cherchent à tout capter. Des micros font le trottoir et interviewent des gens en bordure du ruban jaune.

J'ai à peine le temps de sortir de ma voiture que Paradis se précipite vers moi.

Des représentants des médias le suivent, tenus à distance par deux policiers en uniforme.

— C'est bien chez toi, le 4382 ?

— Oui…

— Où est ton arme de service ?

— Au bureau. Dans le coffre où je la range toujours avant de partir. Qu'est-ce qui se passe ?

— C'est moi qui pose les questions.

Soudain, tout devient clair. Il y a un mort chez moi et Paradis a décidé d'en profiter… Mais de qui peut-il s'agir ?

— Est-ce que je suis accusé de quelque chose ?

— Pour l'instant, tu es notre principal suspect.

— Suspect de quoi ?

— Du meurtre de Dimitri Kopeïkine.

— Où est-il ?

— Avant de partir pour la morgue, il était chez vous.

— Comment est-il entré ?

Paradis me regarde avec un sourire.

— J'avoue que c'est habile, dit-il.

— Je ne comprends pas.

— Son corps était au bout du perron, en partie caché derrière l'espèce de vigne.

Sans grande surprise, Paradis me refuse l'accès à mon domicile. Pour ne pas contaminer la scène de crime.

Il demande ensuite aux deux uniformes de me conduire aux locaux des Affaires internes.

— Vous le gardez jusqu'à ce que j'arrive. Il ne doit parler à personne tant que je n'aurai pas pris sa déposition !

— Quelle déposition ? Je n'étais pas là !

— Je veux tout savoir sur tes déplacements au cours des dernières 24 heures.

— C'est ridicule!

— On a trouvé un cadavre sur le seuil de ta porte. Il ne peut pas y avoir de passe-droit. Tu es traité comme n'importe quel suspect.

— Ah oui? Depuis quand est-ce qu'on tutoie les suspects?

Paradis préfère ne pas répondre.

Les deux uniformes me conduisent vers l'auto-patrouille pendant que les caméras des médias filment la scène. Juste avant que je m'engouffre dans le véhicule, Paradis me lance, à haute voix:

— Il vous est interdit de mettre les pieds dans votre bureau. Vous êtes suspendu jusqu'à ce que cette affaire soit éclaircie.

Je remarque que, pour cette phrase destinée aux médias, il est revenu au « vous ».

Dans la voiture, je songe au rapport que Paradis me demande sur ce que j'ai fait au cours des dernières 24 heures. Je ne me vois guère rendre publiques mes relations avec Lydia Balco. Pas tant à cause de la nuit que nous avons passée ensemble que de notre collaboration sur l'enquête.

Les deux uniformes m'amènent dans un local des Affaires internes. L'un des deux me demande de lui remettre mon téléphone.

— Simple précaution, dit-il. Vous avez entendu le sergent-détective Paradis. Vous ne pouvez parler à personne.

— Est-ce que je suis en état d'arrestation?

— Non. Il a simplement dit que…

— Même si j'étais arrêté, j'aurais droit à un coup de fil.

Le malaise des deux policiers fait peine à voir. Ils savent que j'ai raison, mais ils craignent les représailles de Paradis.

— Le sergent-détective a expressément spécifié que...

— Vous pouvez faire l'appel pour moi, si vous voulez.

— Mais...

— Rassurez-vous, je ne veux pas appeler un complice. Vous allez appeler le directeur.

— Le directeur du SPVM?

— Oui, du SPVM! Robert Godin. Il attend que je retourne ses trois appels. Dites-lui simplement que je ne peux pas lui parler parce que le sergent-détective Paradis me l'interdit. Et appelez-le avec mon téléphone.

Toute une gamme d'émotions passe sur le visage des deux policiers. Je suis désolé de leur faire ça, mais je n'ai pas le choix.

— Pourquoi votre téléphone? demande l'un des deux.

— Pour qu'il reconnaisse mon numéro et qu'il prenne l'appel.

Celui qui m'a posé la question décide finalement de téléphoner. Je prie pour que Godin réponde.

— Ici le constable Bourget, directeur. L'inspecteur Dufaux fait dire qu'il ne peut pas vous parler...

Quand je comprends que le policier a le directeur au bout du fil, je sens un poids me tomber des épaules. Je ne pensais pas être un jour soulagé à la perspective de me faire engueuler par Godin.

— Oui, il est ici... C'est le sergent-détective Paradis. Il a interdit qu'il parle à qui que ce soit...

À chaque pause que fait Bourget pour écouter la réponse de Godin, je vois son visage se décomposer un peu plus.

Finalement, il me tend l'appareil. Je me dépêche de le mettre en mode « mains libres ».

— Dufaux.

En réponse, la voix de Godin explose et teste les limites du haut-parleurs.

— Pourquoi est-ce que tu ne réponds jamais à ton foutu téléphone ?

— On est dimanche. Dimanche matin.

— Trois nouveaux cadavres ! Ce n'est pas un motif suffisant pour me prévenir ?

— J'allais le faire cet avant-midi…

— Sans délai, je t'avais dit ! Me prévenir sans délai de tout nouveau développement !

— J'attendais une heure plus raisonnable.

— Et moi, je t'attends à mon bureau. Tout de suite.

— Je ne peux pas.

— Si tu n'es pas à mon bureau d'ici une demi-heure, tu es suspendu.

— Je suis déjà suspendu. Paradis vient de m'arrêter pour meurtre.

— Quoi !

— Enfin, pas exactement "arrêter". Pour l'instant, je suis retenu dans un local des Affaires internes. Je n'ai le droit de parler à personne.

Il y a un délai de quelques secondes avant que Godin me demande, d'une voix qui a perdu toute trace d'émotion :

— Qui as-tu tué ?

— Personne. Mais un des suspects de notre enquête a été retrouvé mort devant chez moi.

— Il a été tué de quelle manière ?

— Aucune idée, je n'étais pas là. Après les événements d'hier soir, j'ai passé la nuit chez une amie.

— Vraiment… ?

Le fait semble le surprendre davantage que l'éventualité que j'aie commis un meurtre.

Je m'empresse de poursuivre :

— En arrivant chez moi, ce matin, je n'ai même pas pu entrer. Paradis m'a intercepté et fait conduire aux Affaires internes, où je suis surveillé par deux policiers... J'ai demandé qu'ils vous appellent parce qu'il y a des éléments de l'enquête dont vous devriez être informé. Si vous veniez au local des Affaires internes...

— Passez-moi un des policiers !

— Ils vous entendent. J'ai mis le téléphone en "mains libres".

— Vous deux ! Vous amenez Dufaux à mon bureau ! Immédiatement !

— Bien, chef ! répondent en chœur les uniformes.

Je reprends la parole.

— Pouvez-vous leur demander de récupérer mon arme de service et de la porter au labo pour examen ? Le sergent-détective Paradis est tellement distrait ! Il est capable de l'égarer. Ou même de tirer un coup de feu avec elle par inadvertance !

63.

Une demi-heure plus tard, j'achève de mettre Godin au courant des derniers résultats de notre enquête et des péripéties de mon arrestation. Il est furieux contre Paradis.

— Tu as une idée de ce que ça va donner dans les médias ?

Bien sûr que j'ai une idée ! Un policier reconduit sous escorte pour être interrogé, c'est du bonbon pour les journalistes. Surtout s'ils se mettent à spéculer sur le lien entre mon arrestation et les trois nouvelles victimes.

— On a donc trois victimes de plus, résume Godin.

— Je sais, on n'avait vraiment pas besoin de ça.

J'ai déjà lu quelque part que la formulation d'évidences à haute voix est une des meilleures façons d'établir un certain courant de sympathie entre deux personnes. J'espère que cela va fonctionner.

De fait, c'est sur un ton moins stressé que Godin me demande :

— Le ministre Deschamps ? Il fait partie des nouvelles victimes ?

— Impossible de le savoir pour le moment.

— Le gouvernement va vouloir étouffer l'affaire. Je doute qu'on obtienne son ADN.

— Sa photo était dans le dossier JUSTICE POUR TOUTES. Ça n'augure rien de particulièrement réjouissant pour la suite.

— Merci de me le rappeler... Et les suspects ?

— Au début, Drouganine était mon premier choix. Mais il est sur le point de mourir et il semble complètement accaparé par la tâche d'assurer le bien-être de sa femme après sa disparition. Pourquoi est-ce qu'il se lancerait dans ce genre de guerre ?... Non, je pencherais plutôt vers Borzilov. Soit parce qu'il se prépare à prendre la direction du groupe, soit parce qu'il travaille pour quelqu'un d'autre.

— Quelqu'un d'autre que Drouganine ?

— C'est ça...

Godin rumine ma réponse pendant un moment. Puis il me demande :

— Ce que tu as découvert sur les différentes victimes, c'est solide ?

— Oui. Mais on ignore toujours pour quelle raison elles ont été choisies. On n'a même pas trouvé ce qu'elles avaient en commun.

J'ai droit à une nouvelle séance de rumination de la part de mon supérieur. Heureusement brève, celle-là aussi.

— Autre chose ? finit-il par me demander.

— Je ne vois pas ce que je pourrais ajouter.

À vrai dire, il y a le fait que je travaille avec Balco, que j'ai couché avec elle et qu'on a trouvé un dossier intitulé SCRS dans la clé USB découverte chez Borzilov. Mais ça…

À ce moment, Paradis fait irruption dans le bureau.

— L'inspecteur Dufaux est soupçonné de meurtre, déclare-t-il sans préambule. Il y a vingt-quatre heures, il recherchait un mafieux nommé Dimitri Kopeïkine. Ce matin, on l'a découvert assassiné chez lui.

— Dufaux le recherchait dans le cadre d'une enquête, réplique Godin.

— On l'a quand même trouvé mort sur le seuil de sa porte.

— Le fait qu'il ait été trouvé mort chez l'inspecteur Dufaux ne signifie pas automatiquement que c'est lui qui l'a tué. Surtout qu'il était absent. Ton mafieux peut avoir été tué ailleurs et déposé là. Il est très possible que ce soit une stratégie pour compromettre ton collègue.

La vivacité avec laquelle Godin prend ma défense me réjouit. Mais c'est surtout la réaction de Paradis que je remarque : au mot « collègue », ses traits se sont crispés.

Mais il ne dit rien.

— As-tu pensé à cette hypothèse ? insiste Godin.

— Oui, bien sûr.

— Peux-tu me certifier que Kopeïkine a été tué là où il a été trouvé ?

— C'est-à-dire… ?

— À quelle heure a-t-il été tué ?

Cette fois, Paradis est manifestement heureux d'avoir une réponse.

— Selon le pathologiste, vers les deux heures du matin.

Godin se tourne vers moi.

— Où étais-tu vers 2 heures, ce matin ?

— Chez une amie.

— Une amie…

Il y a encore les traces d'incrédulité sur son visage.

Le nombre de fois où il m'a demandé quand j'entendais reprendre une vie normale ! Sous-entendu : rencontrer une autre femme plutôt que d'entretenir ce qu'il appelle ma « relation imaginaire » avec mon épouse décédée.

En fait, quand j'y repense, je suis aussi étonné que lui de ce qui m'est arrivé.

— J'imagine que tu peux nous donner le nom et les coordonnées de cette personne, reprend Godin.

— Pas vraiment.

Je profite un instant de la stupéfaction sur son visage. Et de l'air de triomphe qui s'étale sur celui de Paradis.

Puis j'ajoute, en me tournant vers ce dernier :

— À la rigueur, je pourrais donner cette information au directeur. Il décidera ensuite s'il est pertinent de t'en faire part.

— C'est inadmissible ! explose Paradis. Cela reviendrait à une ingérence de la direction dans une enquête des Affaires internes !

Godin coupe court à ses protestations.

— Si tu veux bien sortir quelques instants, dit-il. Je vais entendre ce que Dufaux veut me confier. Et si je ne suis pas satisfait de ses explications, je te l'abandonne : tu pourras l'interroger autant que tu veux.

Paradis me jette un long regard et sort sans dire un mot. Il est clair qu'il entend me faire payer cette humiliation.

— Alors ? fait Godin. Qui est cette mystérieuse personne chez qui tu as passé la nuit ?

Après une hésitation, je me lance :

— Lydia Balco.

— Lydia Balco... Comme dans...

— Comme dans "directrice adjointe au SCRS".

Je le laisse absorber l'information, puis j'ajoute :

— Tu m'as demandé de collaborer, je collabore.

Je vois la contrariété durcir ses traits. Mieux vaut ne pas abuser. Je m'empresse de poursuivre l'explication :

— Bernier était impliqué dans une enquête ultra-secrète que la directrice adjointe dirigeait personnellement. Je lui laisse le soin de te dire elle-même ce qu'elle jugera pertinent de te communiquer.

— Tu étais avec elle...

Clairement, il n'a pas encore tout à fait assimilé l'information.

Je poursuis :

— Nous avons découvert que nos deux enquêtes étaient intimement liées.

— Pas seulement vos enquêtes, d'après ce que je comprends.

J'ignore la remarque et je poursuis :

— Plusieurs des suspects et des victimes sont impliqués dans les deux affaires.

— Donc, elle va confirmer ton alibi ?

Dans sa voix, il y a encore plus qu'un doute : la difficulté de croire que cela peut être vrai.

— Je l'espère. Mais elle pourrait vouloir se distancier de moi pour protéger son enquête. Avec les médias qui

ont assisté à mon arrestation… le cadavre qu'on a découvert devant ma porte…

— Je vais l'appeler.

— Tu devrais essayer son portable.

— Parce que tu as son numéro…

À son ton, je vois qu'il comprend que je suis sérieux.

Je consulte mon téléphone et lui donne le numéro. Il le
compose sur le sien.

Après un échange de politesses, il demande à Balco si
elle peut confirmer que j'étais avec elle vers 2 heures du
matin.

Il écoute ensuite quelques instants, puis il répond que
je suis avec lui. Quelques secondes plus tard, il me tend
l'appareil.

— Elle veut te parler.

Je prends le combiné.

— Désolé, je…

Elle me coupe.

— C'est quoi, le problème ? Tu n'as pas pu t'empêcher
de te vanter de tes succès ?

Sa voix semble cependant beaucoup plus moqueuse
qu'irritée.

— Kopeïkine a été tué.

— Je sais.

— Chez moi.

— Je sais, j'ai la télé.

— Sais-tu que les Affaires internes m'ont arrêté comme
principal suspect ?

— Qui, des Affaires internes ?

— Paradis.

— Christophe Paradis ?

— Tu le connais ?

— Passe-moi Godin.

Je remets l'appareil à Godin. Il se contente d'écouter et d'acquiescer à quelques reprises. Puis il raccroche.

— Pour l'instant, tu es tiré d'affaire, dit-il. Madame Balco a loué ton efficacité et ton dévouement… J'imagine qu'elle parlait de l'enquête.

Il retourne à son téléphone et compose un nouveau numéro.

— Une dernière vérification, dit-il.

Je reconnais le numéro du labo.

Après avoir discuté un moment avec le responsable, il raccroche et me confirme qu'aucun coup de feu n'a été tiré récemment avec mon arme.

— Soulagé ? demande-t-il.

— Penses-tu vraiment que je l'aurais utilisée pour tuer quelqu'un et que je serais ensuite revenu la mettre dans le coffre de sûreté pour être sûr d'apparaître en pleine nuit sur les caméras de surveillance ?

— Pourquoi avoir insisté pour qu'elle soit envoyée au labo ?

— Pour la mettre à l'abri de Paradis.

Il met quelques secondes à réaliser les implications de ma réponse.

— Je sais bien que tu ne l'aimes pas beaucoup, mais…

— Tu te souviens de ce qu'il a fait à Louis ? À Miron ?

— Je sais. Mais ce que tu suggères…

— Il est vraiment parti en guerre.

Godin se passe une main sur la nuque. Puis, après une pause, il déclare :

— Si tu décidais d'aller faire carrière au SCRS, j'imagine que j'en serais informé quelques semaines à l'avance…

Avant que j'aie le temps de répondre, il se lève et va chercher Paradis.

— Son alibi tient la route, lui dit-il.

— De qui s'agit-il?

— Ça ne te concerne pas. Tu le relâches immédiatement. Il est libre de reprendre ses fonctions.

— Mais…

— Il va de soi qu'il ne peut pas diriger l'enquête sur le meurtre de Kopeïkine. Une autre unité va s'en occuper.

— Vous ne pouvez pas…

— Il n'y a rien à discuter.

Comme Paradis s'apprête à sortir, Godin le relance:

— Je viens de parler au pathologiste. Il était évident sur la scène de crime que Kopeïkine avait été tué ailleurs et déposé là. Pour quelle raison as-tu arrêté Dufaux?

— Je ne l'ai pas arrêté.

— Tu l'as fait reconduire à l'arrière d'une auto-patrouille par deux policiers en uniforme. Sous l'œil des caméras, en plus!

— Je ne pouvais pas prendre ce risque. Il était un témoin important!… Je ne pouvais pas savoir!

— Tu n'avais qu'à demander au médecin légiste.

— Mais…

— Tu peux sortir.

En passant à côté de moi, Paradis prend le temps de me dire, à voix basse:

— Toi et tes *jeunes*, vous ne perdez rien pour attendre.

Je ne sais pas ce qui m'impressionne le plus: l'assurance qu'il démontre ou l'agressivité à peine contenue qu'il y a dans sa voix.

64.

Tout en marchant en direction du cimetière Notre-Dame-des-Neiges, je réfléchis à l'enquête. J'ai la bizarre

309

impression d'être sur le point de résoudre l'affaire et, en même temps, de rater quelque chose d'essentiel.

Il y a d'abord le meurtre de Kopeïkine. Le premier motif qui me vient à l'esprit est qu'on a voulu brouiller les pistes. Par ailleurs, on savait sûrement qu'en déposant le corps chez moi, cela allait créer des complications, possiblement ralentir l'enquête…

Puis je pense à Drouganine, à sa remarque quand il a appris que ses hommes étaient les auteurs du saccage chez moi. Il pourrait très bien avoir fait éliminer Kopeïkine et l'avoir fait livrer chez moi pour me montrer qu'il n'avait rien à voir dans cette agression. Qu'il prenait ce manque de discipline au sérieux.

Si c'est le cas, est-ce que le cadavre de Borzilov va apparaître à son tour sur le seuil de ma porte?… À moins que Drouganine ait fait exécuter Kopeïkine par Borzilov et qu'il ait jugé le message suffisant. Après tout, les seconds sont plus difficiles à remplacer que les simples hommes de main…

Arrivé au cimetière, je me dirige vers la tombe de ma femme.

— Et alors? Quoi de neuf?… Les vacances se passent bien?… Qu'est-ce que tu penses de tout ce qui m'arrive?

Évidemment, je n'ai aucune réponse. Son départ semble de plus en plus définitif.

— J'ai réfléchi à notre situation. Je suis certain que là où tu es, il n'y a pas de téléphone… Il n'y a donc aucune raison pour que tu te sentes obligée de répondre quand je t'appelle.

Comme pour confirmer mon hypothèse, elle ne répond pas.

Je marche une bonne heure entre les tombes. Je pense à tous ces gens qui ont disparu. D'abord physiquement. Puis de la vie des autres. De façon graduelle... Je serais curieux de savoir si le processus est toujours aussi long. Curieux de savoir combien de gens continuent à parler avec leurs morts. Pendant combien de temps...

Je continue de raconter toutes sortes de choses à ma femme, de l'interroger. Sans vraiment attendre de réponse. Mais sans me résigner tout à fait à ne pas en avoir.

Je lui parle même de ma soirée avec Balco.

> — C'est bizarre, ce matin, quand je me suis réveillé avec... qui tu sais... j'avais presque l'impression de t'avoir trompée... Pour me déculpabiliser, je me suis dit que Godin avait peut-être raison. Que je m'empêchais de vivre à cause d'un fantôme... Mais j'ai de la difficulté à te voir comme un fantôme...

En sortant du cimetière, je me dirige vers les Tontons Flingueurs et je m'installe au comptoir.

Les questions sur l'enquête continuent malgré moi de se bousculer dans mon esprit. Quel est le point commun entre les victimes ? Est-ce une personne ? Quelqu'un qu'elles connaissaient ? Quelqu'un à qui elles ont fait du tort ?... Faisaient-elles partie d'un groupe ? Y a-t-il un endroit où leurs chemins se sont croisés ?

Je remarque subitement la télé qui a été installée au bout du comptoir. Probablement une concession aux amateurs de sport. Si elle attire mon attention, c'est parce que ma photo vient d'y apparaître. En surimpression, une question :

FLIC COOL OU FLIC CON ?

Pas moyen d'entendre ce qui se dit. Le son de la télé a été supprimé au profit de la musique, qui noie les conversations.

Intérieurement, je réponds à la question : j'ai été con. Con de ne pas avoir exigé sur-le-champ que Sarah et ses amies détruisent les photos.

Mon portrait en gros plan est ensuite remplacé par la photo que Sarah a faite de moi en compagnie des deux mannequins, quand elles prenaient des *selfies*. Suivent plusieurs de ces foutus *selfies*.

J'achève mon verre et m'apprête à partir avant que quelqu'un me reconnaisse.

Trop tard. Avant même que je me lève, Stéphane Bouchard s'installe à côté de moi. Il sévit dans plusieurs journaux d'actualité artistique et criminelle.

— Un vrai *people*, dit-il en montrant la télé. Je vous offre un verre ?

— Je partais.

— Entre nous, comment vous faites ? Deux mannequins !… Ce n'est quand même pas le prestige de l'uniforme, vous étiez en civil !

— C'était pour le travail.

— C'est évident. On voit tout de suite à quel point vous aviez l'air de trouver ça pénible !

Je sais que je ne devrais pas répondre, mais je ne peux m'en empêcher.

— Ce sont deux personnes que j'ai interrogées dans le cadre d'une enquête.

— C'est en relation avec la baignoire sanglante ? Les corps éviscérés ?… Ou peut-être avec les cadavres sans tête d'hier soir ?… C'est hallucinant à quel point notre ville est en train de devenir violente ! On dirait qu'il n'y a plus de police pour nous protéger… Qu'est-ce que vous en pensez, inspecteur Dufaux ?

S'il est au courant des cadavres décapités, ça veut dire que c'est déjà dans les médias.

— Je ne peux rien dire sur ces enquêtes.

— Et c'est pour ça que vous êtes encore dans un bar aujourd'hui ? Pour le travail ?

Son ton est ironique, à la limite de la moquerie ouverte. Visiblement, il ne croit pas un mot de ce que je lui raconte. Il veut seulement récolter quelques phrases qu'il pourra utiliser dans un article.

— On est dimanche, au cas où vous ne l'auriez pas remarqué.

— Est-ce que vous attendez quelqu'un ?

— J'ai marché deux heures pour réfléchir. Je suis entré prendre une bière.

C'est vraiment stupide de ma part de poursuivre la conversation. Ça ne peut que lui donner des armes. Je lui en ai déjà trop dit.

Je me lève.

Juste à cet instant, la sonnerie de mon portable se fait entendre. Je regarde l'afficheur. Sarah la rousse.

Je me tourne vers Bouchard.

— Désolé. Le boulot.

— Vous n'avez pas dit qu'on était dimanche ?

Il semble trouver sa réplique très drôle. Je sors en le laissant rigoler tout seul devant sa bière.

Sur le trottoir, je prends l'appel.

— Du nouveau ?

— J'ai parcouru l'espèce de scénario qu'on a trouvé sur la clé USB. Je vous en envoie une copie sur votre téléphone. Il faut absolument que vous le lisiez.

— Tout le scénario ? Sur mon téléphone ?

— Il fait seulement une quarantaine de pages.

— Tu ne peux pas me le résumer ?

— Faites-moi confiance, lisez-le. Ensuite on en parle. Je veux savoir si vous en tirez la même conclusion que moi.

65.

Avant de rejoindre Balco, je fais un détour par la maison. J'en profite pour transférer sur mon ordinateur le scénario que m'a envoyé Sarah. Puis je l'imprime.

Il fait 41 pages.

Je m'installe dans un fauteuil pour le lire.

Après quelques pages, je comprends qu'il ne s'agit pas d'un vrai scénario, mais plutôt d'une sorte de brouillon écrit par blocs, au fil de la plume.

Les blocs ont un ordre chronologique. On y suit les grandes étapes d'une histoire qui pourrait devenir un roman ou un scénario de film. Certaines scènes sont décrites en quelques lignes. D'autres en plusieurs paragraphes. Quand les personnages font leur apparition, ils sont brièvement présentés.

À mesure que j'avance dans la lecture, je comprends pourquoi Sarah tenait à ce que je le lise moi-même.

Aussitôt que j'ai terminé, je l'appelle.

— Vous pensez la même chose que moi ? demande-t-elle sans attendre, comme si elle était certaine de ma réponse.

— L'affaire Goulet ?

— Quand j'ai vu les trois lettres à la fin du texte, je n'ai plus eu de doute.

Pierre-Yves Goulet, le journaliste assassiné à cause d'un dérapage du SCRS. Il avait l'habitude de signer sa chronique de ses initiales : PYG. Je croyais l'affaire résolue.

— Ça veut dire qu'on s'est trompés, reprend Sarah.

— Je dirais plutôt que quelqu'un nous a trompés.

— Qu'est-ce que je fais ?

— Pour l'instant, tu continues à coordonner l'enquête.

— Je commence à avoir hâte que Sarah la blonde revienne.

— Je sais… et tiens-moi informé dès qu'il y a du nouveau.

— Il va falloir que vous laissiez votre téléphone ouvert.

— Comme toujours…

Il est temps de me rendre au 3845.

Quand j'arrive, la télé fixée au plafond, derrière le comptoir, montre la façade de mon appartement. Le ruban jaune isole la scène de crime. Des curieux sont rassemblés à proximité. On voit Paradis arpenter nerveusement les lieux et donner des ordres à tout le monde.

Le reportage est brusquement interrompu par une publicité. Je pousse un soupir de soulagement. J'ai échappé au passage où deux officiers en uniforme me conduisent vers leur auto-patrouille.

Je me dirige vers ma table. Balco ne devrait pas tarder à arriver. J'ai hâte de lui soumettre mon hypothèse.

Tout en prenant le verre de Mad & Noisy que m'apporte Tonino, je pense à mon frère. Il y a une semaine que je n'ai pas eu de nouvelles. Malgré sa décision de garder un profil bas, je suis un peu inquiet. Surtout après ce que j'ai lu dans le scénario.

Au moment où j'aperçois Balco qui franchit la porte du bistro, mon téléphone se manifeste. Je regarde l'afficheur. Cette fois, c'est Sarah la noire.

— Des nouvelles du labo, dit-elle aussitôt que je réponds. L'identité des trois nouvelles victimes est confirmée. Il s'agit de Noreau, Mackay et Deschamps.

— Le ministre…

— Il avait fourni ses empreintes digitales pour profiter d'un traitement accéléré aux frontières américaines. C'est ce qui a permis de l'identifier.

— Tu en as parlé à la SQ ?

— Pas encore.

— Parfait. Oublie ça pour l'instant. Ils seraient capables de saisir les trois corps et tous les indices récoltés sur la scène de crime.

Pendant que je lui parle, je fais signe à Balco de s'asseoir.

Ça me fait drôle de la revoir, compte tenu de ce qui s'est passé entre nous… Enfin, de ce qui a dû se passer entre nous. Parce que je n'en ai toujours aucun souvenir.

— Fais des copies de tout ça et mets-les en lieu sûr, je dis à Sarah. Pour la SQ, je vais voir ce que je peux faire.

Au moment où je ferme mon appareil, Tonino dépose devant nous une autre Mad & Noisy, même si je n'ai pas encore terminé la première, et un verre de Tariquet.

— Aux frais de la maison ! dit-il.

— En quel honneur ? je lui demande.

— Un petit remerciement pour avoir recruté une nouvelle cliente régulière.

Il s'éloigne, l'air satisfait de lui.

— Boulot ? demande Balco, en référence au téléphone.

Elle a l'air parfaitement à l'aise. Son attitude envers moi n'a pas changé. Visiblement, elle n'entend pas prendre avantage de notre nuit pour modifier nos rapports. Du moins, pas publiquement.

— Le ministre Deschamps fait partie des victimes. La SQ va vouloir prendre le contrôle de l'enquête.

— Je m'en occupe, si tu veux…

Rien n'a changé, mais elle est quand même passée au « tu ». En soi, ce n'est pas nécessairement compromettant.

Ça peut s'expliquer par le travail. Entre collègues qui travaillent sur une même enquête, on ne se vouvoie pas. Même si elle est du SCRS.

Mais j'appréhende ce que Tonino va lire dans ce changement.

— La SQ, je lui demande, tu peux vraiment t'en occuper ?

Elle sort son portable et compose un numéro.

Après quelques secondes d'attente, elle se met à parler. Je n'entends que sa partie de la conversation, interrompue par de multiples pauses.

— Joan ? Lydia… Oui, je sais, ça fait un bail… Écoute, Joan, est-ce que tu n'aurais pas perdu un ministre ?

Je devine que le nom de famille de la Joan en question est Guertin. C'est la directrice de la Sûreté du Québec. Celle qui a pour tâche non écrite de contenir le plus possible tout ce qui pourrait embêter les politiques.

— Lui-même, reprend Lydia. Il était avec deux autres victimes liées à l'affaire de la baignoire sanglante… Non, je ne peux pas te rendre le corps immédiatement. C'est une question de sécurité nationale… Ce que je peux faire, c'est garder son identité secrète assez longtemps pour donner aux politiques le temps de se préparer… Je suis désolée, mais ça va finir par sortir. Apparemment, je ne suis pas la seule au courant de ses aventures en Thaïlande… Qui d'autre ? Les Américains, sûrement. Probablement les Britanniques, les Français…

Tout en poursuivant sa conversation, Balco me regarde et lève les yeux au plafond en signe d'exaspération.

— L'enquête est officiellement sous la responsabilité du SPVM, reprend-elle. À travers eux, c'est le SCRS qui dirige tout. Ils nous servent de couverture.

Elle me fait un clin d'œil et poursuit :

— On ne veut pas alerter les suspects sur qui on enquête. Si jamais ils s'aperçoivent qu'on s'intéresse à eux... D'accord... Quand je deviens directrice à mon tour ? J'y travaille, j'y travaille... Entre copines, oui.

Moins d'une minute plus tard, elle ferme l'appareil après avoir promis à sa « copine » de la tenir régulièrement informée.

— La version féminine du *boys club*, dit-elle en souriant.

— Tu es venue m'annoncer que c'est toi, et non la SQ, qui prends le contrôle de l'enquête ?

— Pas du tout. Tu te débrouilles très bien. J'ai seulement un peu arrangé la réalité.

— Et avec moi, tu l'arranges aussi, la réalité ?

— Je ne ferais jamais une telle chose...

Son ton moqueur, même par jeu, enlève beaucoup de crédibilité à sa réponse.

— Parlant d'arranger la réalité, tu as lu le scénario trouvé sur la clé USB ?

— Pas encore.

— Si je te parle d'un haut dirigeant d'un service de renseignement canadien qui a transmis des informations aux Russes par l'intermédiaire d'un chef mafieux...

— Difficile de ne pas faire de rapprochement.

— Et si j'ajoute que ce haut dirigeant communique avec le chef mafieux par l'intermédiaire d'un officier du SPVM ?

— Ça devient une histoire intéressante.

— Ensuite, je greffe à tout ça un faux coupable à qui on veut faire porter le chapeau...

— Je dirais que tu commences à avoir une très bonne histoire.

— Et si quelqu'un du SCRS approchait le SPVM dans l'espoir de s'infiltrer dans l'enquête, sous prétexte qu'elle est liée à la sienne, pour pouvoir la contrôler?

Elle éclate de rire.

— Là, ton histoire se met à vraiment déraper!... Dans ton scénario, il y a quelqu'un qui démasque la taupe?

— Un auteur de livres à succès.

— Ça manque de vraisemblance... Les personnages de cette histoire, ils ont des noms?

— Tout ce qui s'approche d'un nom, ce sont les trois lettres à la fin du texte. On dirait une signature. PYG.

Elle recule sur sa chaise, ouvre son téléphone, appuie sur quelques touches, puis le dépose sur la table.

Son visage se barre d'un sourire ironique.

— Tu ne me donnes pas le choix, dit-elle. Il va falloir que je t'explique un ou deux détails.

— Le téléphone?... Il y a quelqu'un qui va se joindre à notre conversation?

Elle rit.

— C'est maintenant le contraire d'un téléphone. J'ai activé la fonction "brouilleur". Plus personne ne peut nous écouter à distance ou nous enregistrer.

66.

Selon Balco, le scénario confirme que Goulet avait entendu parler de l'existence d'une taupe au SCRS. Comme il n'avait probablement pas assez de preuves pour faire un article ou un essai, il avait opté pour un roman. Ou un scénario de film.

— Et Bernier? je lui demande.

— Ce n'était pas un sous-fifre qui a fait une erreur. À mon avis, il avait des ordres explicites de la taupe : récupérer le document et éliminer les deux témoins potentiels.

— Le journaliste et l'éditeur.

— Ça expliquerait le complot pour faire accuser l'éditeur de meurtre.

— Ce que je comprends mal, c'est que tu aies utilisé Bernier en sachant ça.

— Bernier ?… Même si je n'avais pas de preuve, je savais qu'il travaillait pour la taupe. Par contre, lui ne savait pas que je savais… La mission que je lui ai confiée, d'infiltrer l'entourage de Sirois et de Klimenko, c'était seulement pour l'occuper et l'avoir à l'œil.

Elle sourit avant d'ajouter :

— Il salivait à l'idée de pouvoir en profiter pour se taper des filles !

Ça correspond en gros à ce que m'a expliqué mon frère ; il y a des chances que ce soit vrai.

Nous sommes interrompus par mon téléphone. Un texto de Sarah la rousse.

> Dossier à regarder à tout prix. Presque tous les disparus sont mentionnés. Voir pièce jointe.

J'ai à peine fini de lire que j'en reçois un autre.

> Je l'ai découvert en récupérant des dossiers effacés sur la clé USB de Borzilov.

Je clique sur l'icône du dossier et me retrouve devant une présentation PowerPoint qui a comme titre JUSTICE POUR TOUTES. Le même que celui du dossier trouvé dans l'ordinateur de Drouganine. L'expression est écrite en lettres rouges sur fond noir.

Je passe à la deuxième diapo. Il s'agit d'une liste de noms sur deux colonnes, en petits caractères. Il y en a vingt et un. Sirois et Klimenko y apparaissent tous les deux. J'y reconnais aussi le nom de plusieurs des disparus de notre propre liste, y compris celui des victimes qu'on a identifiées.

Suivent des fiches individuelles. Chaque diapo contient un nom, une photo de la personne, ses coordonnées et un court texte. Je me rends à celle de Klimenko.

> Trafiquant de jeunes femmes enlevées dans les pays de l'Europe de l'Est. Elles sont forcées de travailler au Canada comme danseuses nues et prostituées. Certaines ont été victimes du trafic d'organes.
>
> Coupable.

Le texte est suivi d'un petit pictogramme représentant une pierre tombale.

Je clique sur plusieurs autres diapos. Même scénario. Un nom, une photo, une courte description des crimes reprochés à l'individu. Puis le mot «Coupable», en bas du texte.

Un seul détail varie : le symbole de pierre tombale. Il n'apparaît pas à la fin de tous les textes. Cependant, toutes les victimes que nous avons identifiées en ont un. De même que quatre ou cinq autres noms… S'agit-il de victimes dont on n'a pas encore retrouvé le corps ? Quant aux individus qui n'ont pas de pierre tombale, est-ce que ce sont de futures victimes ? Si oui, il est urgent de les faire protéger.

Je pose ma tablette sur la table, la tourne vers Balco et je fais défiler lentement les diapos. Je lui explique l'interprétation que je fais de la présence ou de l'absence d'une pierre tombale à la fin des fiches.

Puis je conclus :

— Borzilov a d'autres victimes en réserve.

— Et il est impliqué dans les deux affaires. Mais je ne vois pas le lien.

Elle semble sincèrement perplexe. Je ne sens aucune ruse de sa part. Si c'est un numéro qu'elle joue, c'est de la haute performance.

— Je pense que je comprends, déclare-t-elle subitement.

Il y a de l'excitation dans sa voix.

— Ce qui se dégage de cette nouvelle liste, dit-elle, c'est la parenté des motifs. Toutes les victimes et tous ceux qui risquent d'en devenir ont violenté des femmes. D'une façon ou d'une autre. On a affaire à quelqu'un qui a décidé d'éliminer des prédateurs sexuels. Toutes sortes de prédateurs sexuels. Et il le fait de manière à ce que les médias remarquent ce qu'il fait.

Je n'ai pas grand-chose à objecter à ses conclusions. Sauf que ça rend encore plus étrange l'implication des motards et des groupes mafieux. Que viennent-ils faire là-dedans ?

— Si je cherchais un champion du féminisme, Borzilov n'est pas exactement la personne à qui je penserais.

— Peut-être qu'il travaille pour quelqu'un d'autre ?

Même si elle ne mentionne aucun nom, je ne peux m'empêcher de penser à Drouganine.

— Supposons que ce soit une sorte de vengeance, reprend-elle. Ou de châtiment exemplaire.

Puis elle s'interrompt brusquement, comme si une idée l'avait frappée.

— À moins que… C'est complètement fou, mais… S'il existait une sorte d'agence?… On la contacte quand on veut se venger de quelqu'un. Ce pourrait être ça, JUSTICE POUR TOUTES. L'agence prend des contrats et les exécute en lots. Le côté spectaculaire de la mise en scène permet à la fois de se faire de la pub et de brouiller les pistes.

Je la regarde longuement en me demandant si Paddle ne l'a pas contaminée. D'habitude, c'est lui qui amène ces idées farfelues, mais qu'on est incapable d'écarter du revers de la main.

Je finis par lui dire :

— Selon ton hypothèse, il faudrait donc chercher des motifs différents pour le meurtre de chacune des victimes.

— Avoue que ce serait brillant. Une agence qui accepte des contrats d'élimination et qui les sous-traite en lots en veillant à ce que rien ne permette de relier les victimes, et donc de remonter aux motifs.

Je dois l'admettre, c'est brillant.

— Mais ça n'explique pas le rôle de Drouganine dans cette histoire.

— Sauf si c'est lui qui est derrière tout ça, réplique Balco.

Mais, à sa voix, il est clair qu'elle n'en est pas convaincue.

67.

Quatre heures.

Quatre heures d'inconscience. Presque de repos. Quatre heures de répit avant de me réveiller en sursaut.

Je suis chez moi.

Techniquement, ce n'est plus une scène de crime. Les techs ont regagné leur labo. Les rubans jaunes ont disparu.

Le lieu est redevenu normal… La vie est censée reprendre son cours, banalement tranquille.

Je pense à ceux qui n'ont pas eu autant de chance que moi. À ceux qui n'ont pas eu un cadavre devant leur porte, mais à l'intérieur de leur maison. Et qui doivent vivre tous les jours dans une pièce où persiste la présence invisible du mort.

Je me lève du fauteuil du salon, où je me suis endormi.

Imperturbable, la télé continue de diffuser des informations. J'écoute distraitement tout en me dirigeant vers la cuisine. C'est la minute d'indignation du chroniqueur judiciaire.

> D'abord le bain de sang. Puis les corps éventrés. Et maintenant, des décapitations!… C'est quoi, la suite?

Excellente question. À laquelle on pourrait ajouter : combien de victimes encore? Pourquoi des meurtres aussi spectaculaires? Ou simplement : pourquoi tout ça?

> Que fait la police? Qu'est-ce que le gouvernement attend pour agir? Pourquoi est-ce qu'on ne déclare pas l'état d'urgence? Telles sont les questions que…

Je fais couler mon café en écoutant distraitement la suite du billet. Quand je reviens au salon, l'animateur annonce un micro-trottoir.

> Voyons maintenant ce que *vous*, vous pensez de ces terribles événements.

Pas besoin d'écouter pour savoir ce qui se va se dire sur les «terribles événements» : un ramassis d'impressions vagues, de bons sentiments et de condamnations convenues avec, pour épicer la sauce, les préjugés qui ont la cote en ce moment.

Je préfère interroger ma femme :

— Qu'est-ce que tu en penses, toi ?... À l'endroit où tu es maintenant, est-ce que les nouvelles se rendent ?... Est-ce pour échapper à tout ça que tu es partie ?

Bien sûr, elle ne répond pas. Je reste en tête à tête avec la télé, le temps de boire lentement mon café.

L'animateur en est maintenant aux élections. Ou plutôt, à l'effet de ces « meurtres spectaculaires » sur les élections.

Voyons d'abord ce que pensent les hommes politiques.

Dans un premier segment, le premier ministre dit quelques mots sur le ministre Deschamps, victime de cette « intolérable barbarie ».

— Merde ! Le nom du ministre doit être sorti dans les médias. Autrement, le PM n'en aurait jamais parlé... Godin va être furieux !

Le premier ministre enchaîne avec une dénonciation des ennemis de la démocratie. L'État a le devoir de les éradiquer, dit-il. Quels que soient les sacrifices que cela exige.

— De qui on va les exiger, ces "sacrifices", tu penses ?... Combien de ces "sacrifices" vont se traduire par "encore plus d'austérité" ? Par "encore moins de liberté" ?

Toujours pas de réponse.

C'est maintenant au tour des chefs des partis d'opposition d'avoir leur moment de gloire. Chacun promet de faire voter des lois plus contraignantes. De donner plus de moyens à la police. De confier l'enquête à la SQ ou à la GRC. De demander l'aide du FBI... Là où ils sont unanimes, c'est pour dénoncer le parti au pouvoir, source de tous les maux.

Un député habituellement invisible parle ensuite de rétablir la peine de mort. Un autre, d'instituer un service civil obligatoire. Un autre encore, de ramener les cours de religion dans les écoles…

Je vais porter ma tasse dans le lave-vaisselle.

Quand je reviens, l'animateur mentionne une rumeur qui court dans les réseaux sociaux : tous ces meurtres seraient le fait d'un islamiste blanc, Djihad Man. À preuve, la barbarie des meurtres. Et, surtout, les décapitations. La décapitation est devenue musulmane par essence, semble-t-il. Une sorte de signature.

D'accord, ces temps-ci, il arrive souvent que ce soit le cas. En apparence, du moins. Car ces atrocités sont le plus souvent le fait de paumés antisociaux, qui ne pratiquent pas l'islam et qui pensent racheter leur médiocrité ou leur complaisance dans le vice en se sacrifiant de façon spectaculaire pour Allah.

Le problème, ce n'est pas qu'ils sont musulmans. C'est qu'ils ne le sont pas assez !

> — *Tu les entends ? Comme si l'État islamique avait le monopole de la barbarie !… On dirait qu'ils ne voient jamais tous les meurtres qui font la une des infos. Tous ces meurtres perpétrés par d'honnêtes citoyens ordinaires, qu'on ne peut pas soupçonner d'islamisme, et qui n'ont même pas l'excuse d'être étrangers… Je te comprends d'avoir besoin de vacances !…*

Je pense à mes années universitaires. À ces penseurs que l'on étudiait, ceux de l'époque des Lumières. Ils disaient vouloir affranchir l'humanité de l'esclavage de la religion… Ce qu'ils n'ont pas vu, c'est que la plupart des êtres humains n'ont pas, semble-t-il, la maturité suffisante pour vivre sans l'encadrement d'une religion bien organisée. Au mieux, ils deviennent des prédateurs consuméristes *soft*, doucement immoraux, le genre *hashtag-I-me-mine-fuck-le-reste*, comme dirait Paddle; au pire, ils s'inventent un substitut simpliste de Dieu qui leur permet de justifier leurs pires pulsions.

Heureusement qu'on est une espèce raisonnable! S'il fallait que ce ne soit pas le cas…

Je regarde l'heure: 6 heures 20. Autant me rendre au travail à pied. Mais d'abord, il faut que je prenne une douche.

Dans le salon, la télé continue de monologuer.

68.

Quand j'entre dans le bureau de Godin, j'ai à la main le café que j'ai pris au 3845. Il me fait signe de m'asseoir dans le fauteuil, en face de son bureau.

Je dépose devant lui les onze résumés des affaires en cours. Il les feuillette rapidement, puis referme le dossier.

— J'ai eu un appel du premier ministre. Tu peux m'expliquer comment le nom de Deschamps s'est retrouvé dans les médias? On avait une entente pour le laisser à la SQ.

— On avait aussi trois cadavres. Si j'avais appelé la SQ, ils auraient confisqué les trois corps. J'ai agi en fonction de ce qui était le mieux pour l'enquête.

— De là à dire aux journalistes qu'on avait trouvé le ministre!

— Je ne leur ai pas parlé du ministre. Et je n'ai pas la moindre idée d'où vient le coulage.

— Je vais finir par croire que Paradis a raison. Qu'on a vraiment une taupe. Mais pas payée par le crime organisé: payée par les journalistes!

— Ça n'a pas que des mauvais côtés.

— Non ?

— Les noms des disparus traînent dans les médias depuis plusieurs jours. Les journalistes nous traitent d'incompétents. Ils nous reprochent de ne même pas être capables de retrouver le corps des victimes... Là, ils en ont, des corps. Ça permet de montrer que l'enquête avance.

— Et moi, qu'est-ce que je fais avec le PM ? Il a menacé de transférer l'enquête à la SQ.

— Dis-lui que nous sommes sa dernière ligne de défense. Qu'il devrait nous remercier que les escapades thaïlandaises de Deschamps ne soient pas déjà dans les médias.

— Il va prendre ça pour du chantage.

— Et alors ? Si c'est ce que ça prend pour empêcher une ingérence politique dans une enquête supposée impartiale...

Godin reste un moment sans parler. Quand il reprend, son agressivité n'est plus dirigée contre moi.

— On a d'abord eu droit au Vampire. Puis à Jack l'Éventreur... Et maintenant, Djihad Man !

— J'ai vu.

Il prend quelques secondes pour se calmer avant de poursuivre :

— C'est mon fils qui m'en a parlé. Il dit que c'est partout dans les réseaux sociaux.

— Et même dans les vrais médias.

Il ne relève pas ma tentative d'humour.

— Où tu en es, dans l'enquête ?

— Ça avance...

Je lui parle de Drouganine. De Borzilov. Du lien de plus en plus manifeste entre notre enquête et celle du SCRS... Et aussi du curieux PowerPoint que vient de découvrir Sarah la rousse, avec la liste des victimes avérées et potentielles.

— Tu penses que c'est une histoire de justice sauvage?

— Tous nos disparus, tous ceux dont on a retrouvé le corps, sont certifiés coupables. Et décédés. Tu penses que c'est une coïncidence?

— Ça voudrait dire que quelqu'un identifie des suspects, fait enquête, détermine s'ils sont coupables... et exécute la sentence.

— C'est ce qu'on pourrait croire. Mais...

— Tu as des doutes?

On peut lui faire confiance pour saisir un *cue*. En guise de réponse, je me contente de lui rappeler l'évidence.

— J'imagine mal un caïd de la mafia et un motard se lancer dans une carrière de justiciers.

— Tu parles de Sirois et de Klimenko?

— Eux, Borzilov... même notre bon ami Drouganine...

— En même temps, il ne peut pas ne pas y avoir de lien.

— Ça, je suis d'accord.

Après un moment de silence, Godin me dit sur un ton grave:

— Il ne te reste plus beaucoup de temps pour régler ça... Notre rencontre avec les Affaires internes est à 14 heures.

— Et...?

— Paradis n'a jamais eu l'air aussi triomphant. Ça n'augure rien de bon. Préviens les membres de ton équipe. S'ils ont des squelettes dans leurs placards, c'est le temps de faire le ménage.

Je reste sans voix.

Puis je regarde autour de moi... Non, je n'ai pas été transporté dans un univers parallèle. Je suis bien devant

Godin, alias monsieur procédure, formules et respect des protocoles. Et c'est lui qui vient de transgresser je ne sais combien de règles pour me prévenir que l'enquête des Affaires internes va faire des victimes dans mon unité. Et qui me suggère de prévenir ceux qui sont sous enquête.

— Paradis joue aux dominos ! conclut Godin.

Et là, tout devient clair. Je ne pensais qu'à mon équipe, j'oubliais le portrait global.

Godin a raison. S'attaquer à mon unité, convaincre certains membres de corruption ou de comportements criminels, bien sûr, cela va m'éclabousser ; ce qu'il me reste de carrière va être compromis. Mais, pour un directeur, être incapable de déceler une unité corrompue qui relève directement de lui, ça peut aussi signifier la fin d'une carrière.

Paradis serait donc prêt à faire tomber le directeur du SPVM, et la réputation de tout le service avec lui, pour favoriser son avancement…

— J'ai pris connaissance de ton entrevue, enchaîne Godin. Celle que tu as donnée à Bouchard !

— Ce n'était pas une entrevue. J'ai essayé de me débarrasser de lui en répliquant à ses questions pour qu'il me foute la paix.

— De la part d'une recrue, je pourrais comprendre. Mais toi…

— Qu'est-ce qu'il dit ?

— Je t'ai imprimé l'article qu'il a posté sur son blogue. Il me tend une feuille.

Ce qui frappe en premier lieu, c'est ma photo avec les deux mannequins en train de prendre des *selfies*. Un titre surmonte l'image :

NOTRE POLICE AU TRAVAIL

Le *lead* de l'article est encore plus dévastateur :

PENDANT QUE LE TUEUR CONTINUE DE FRAPPER,
L'ENQUÊTEUR FÊTE DANS LES BARS.

Je proteste un peu, pour la forme. Mais je sais très bien que je me suis fait piéger comme un bleu.

Godin poursuit :

— Avec les Affaires internes, les pressions politiques et tes frasques dans les médias, tu vis sur du temps emprunté… Ça prend des résultats. Et vite !

— On ne peut pas rendre public ce qu'on a trouvé sans déposer des accusations. Et on n'a pas assez de preuves pour le faire.

— Alors, trouve une façon d'acheter du temps. Aussitôt que les Affaires internes vont procéder aux interrogatoires, la SQ va se sentir justifiée de prendre le contrôle de l'enquête. De toute l'enquête…

— Du côté de la SQ, je suis tranquille. Pour quelques jours, au moins. Balco s'en est occupé.

C'est à son tour de rester sans voix. Je me contente de lui dire :

— Je t'expliquerai ça plus tard.

69.

Il n'est pas encore midi quand j'entre au 3845. Je m'installe au comptoir et Tonino m'apporte une Mad & Noisy.

— Ça va ? demande-t-il.

Il semble vraiment inquiet pour moi.

— Arrête de jouer au psy.

— Je suis surpris de te voir seul.

331

— Si tu veux, je peux choisir un autre café comme deuxième bureau.

— Tu vois que j'ai raison de m'inquiéter ! Tu as ton air des mauvais jours et une susceptibilité de vieille fille.

— Tu sais que c'est sexiste, ce que tu viens de dire ? En plus, c'est discriminatoire envers les personnes âgées.

Il s'en va à l'autre bout du comptoir sans se donner la peine de me répondre.

Je sors mon téléphone et j'envoie un bref texto à Sarah la noire.

Camp de pêche.

Puis je range mon appareil.

La trame musicale du café est constituée de vieux succès italiens. Tonino doit avoir un accès de nostalgie.

À la télé, les grands titres défilent pendant qu'un lecteur de nouvelles articule du silence.

Élections : 68 % des Québécois prévoient voter pour le candidat le moins mauvais. – Rumeurs de corruption au SPVM : le directeur refuse de répondre à nos questions. – Mort du ministre Deschamps : les réponses se font attendre. – Les États-Unis au bord d'une nouvelle guerre civile ?

Tonino revient. Il me demande pour qui je vais voter.

— Savoir que ça changerait quelque chose… Toi ?

— Quelqu'un qui va faire le ménage.

Je me lève et laisse un billet de dix sur le comptoir. Comme il s'apprête à me rendre la monnaie, je lui fais signe de tout garder.

Puis je déclare, en guise d'explication :

— C'est beau, l'optimisme. Ça mérite d'être encouragé.

Sa voix me rattrape au moment où je vais sortir.

— Je ne suis pas dupe ! Tu essaies de te faire pardonner ta mauvaise humeur !… Et ça ne couvre même pas tous les cafés que tu me dois !

Je sors sans me retourner et je marche pendant près de deux heures.

C'est en vain que je tente de réfléchir à l'enquête. Mon esprit revient sans cesse à Paradis… Et à ce qui risque d'arriver aux jeunes.

Je décide de revenir au poste.

Juste avant d'arriver, je reçois un texto de Sarah la noire.

> OK pour ce soir.

Je ferme mon appareil et me dirige vers le bureau de Godin.

70.

Quand j'arrive, Paradis est déjà installé à la petite table de conférence, au fond de la pièce. Quatre dossiers relativement épais sont étalés devant lui.

Godin est assis derrière son bureau. À son invitation, je prends place dans un des fauteuils libres.

— Le sergent-détective Paradis désire te faire part des progrès de son enquête, dit-il.

Paradis prend aussitôt le relais.

— Cette fois, je me suis intéressé plus particulièrement à ceux que vous appelez les "kids".

Je note qu'il continue de s'en tenir au « vous » quand nous ne sommes pas seuls.

Il ouvre un premier dossier. L'examine un instant, comme s'il s'amusait à me faire patienter.

— Patrick Moquin. Alias Paddle… Adepte des théories du complot et de sites conspirationnistes. Amateur de gadgets farfelus. Lectures d'ado. T-shirts volontairement provocants… Ce n'est pas exactement l'image qu'on se fait d'un policier.

— En somme, tu lui reproches son apparence et ses goûts personnels.

— Un policier doit inspirer le respect. Votre Paddle représente un risque réputationnel pour l'organisation. Vous savez qu'il garde de l'alcool dans son bureau ?

— Une bouteille de collection qu'il a oublié de rapporter chez lui.

— Une bouteille de collection qui était à moitié vide.

Merde ! Je ne peux quand même pas le laisser accuser pour une chose dont il n'est pas responsable.

— La demi-bouteille manquante, c'est moi.

— Vous !

Il a le regard d'un ado à qui on vient d'offrir le jeu vidéo qu'il n'espérait plus.

— J'ai décrété une tournée générale pour célébrer la fin d'une enquête particulièrement exigeante. Et c'était après les heures de service… Ensuite, j'ai demandé à Paddle de rapporter la bouteille chez lui.

— Vraiment ?… Il va me falloir tous les détails. Par écrit.

— Bien sûr. C'est tout ce que tu as contre Paddle ?

— Si cela peut vous rassurer, je ne crois pas qu'il soit la taupe. Mais c'est un irresponsable qui pourrait facilement être manipulé. Vous savez qu'il m'a candidement avoué avoir déjà fumé du *pot* ?

— Je suis sûr qu'il ne l'a pas respiré…

— Puisque vous le prenez comme ça.

Il ferme le dossier de Paddle et en ouvre un autre, qu'il fait mine de parcourir pendant quelques instants.

— François Beaudoin. Celui que vous appelez Kodak. Lui, il est un excellent candidat pour le rôle de taupe.

Je n'arrive pas à y croire.

— Une mémoire photographique, poursuit Paradis. Pour un espion, c'est utile. Même pas besoin de copier les documents : suffit de les lire. Ça pourrait expliquer qu'il n'ait jamais été pris…

— Et alors ?

— Vous savez s'il est homosexuel ?

— Un, il ne l'est pas. Deux : ce n'est pas de tes affaires. Et trois : qu'est-ce que ça pourrait bien changer, qu'il soit homo, hétéro ou gadgéto-sexuel ?

— Pour moi, strictement rien, cela va de soi. Mais c'est peut-être un homosexuel refoulé. Il y a encore beaucoup de discrimination, de pressions sociales… Cela peut perturber, créer des frustrations, rendre un individu plus vulnérable.

— Viens-en au fait, Paradis. Qu'est-ce que tu as contre lui ?

— Il joue au casino.

— Et alors ? Depuis quand est-ce illégal de payer des taxes supplémentaires en s'amusant ? C'est comme acheter des cigarettes ou du vin !

— Le problème, c'est qu'il gagne régulièrement. Très régulièrement… Trop régulièrement.

— Peut-être à cause de sa mémoire photographique et parce que son cerveau ressemble à un ordinateur.

— Ou parce qu'il est la taupe.

— Ridicule.

— C'est une des façons dont la mafia blanchit son argent et paie ses informateurs. On les laisse gagner le montant qu'on veut leur donner.

— Tu penses que la mafia contrôle Loto-Québec ?

— Pas nécessairement. Il suffit de corrompre deux ou trois croupiers... Mais passons. Parlons plutôt de celui que vous appelez Sundance. Vittorio Rinaldi.

— Si j'ai bien compris, tous les membres de mon unité sont suspects.

— Ça ressemble à ça.

— Tu dis vraiment n'importe quoi.

— Naturalisé à huit ans. Il a vécu son enfance en Italie.

— Et alors ?

— Il y a peut-être conservé des relations...

— Avec des amis de l'école primaire ?

— Ses amis ont maintenant son âge. Compte tenu de la région d'où vient Rinaldi, ce ne serait pas étonnant que plusieurs aient fait leur chemin dans la mafia.

— J'ai hâte de te voir avec ça devant un juge ! Mon suspect est coupable d'avoir eu des contacts avec un futur mafieux pendant son enfance !

Paradis ignore mon mouvement d'humeur et continue de lire dans son dossier.

— Expert en arts martiaux. Possède chez lui une impressionnante collection d'armes... Ça ressemble à une forme d'obsession.

— Aux yeux de la NRA, cela en ferait un patriote.

D'accord, ce n'est pas l'argument le plus intelligent. Mais Paradis n'en a cure. Il en est déjà à la question suivante.

— À votre avis, c'est un hasard s'il a un surnom inspiré d'un personnage de hors-la-loi ?

— Ses compétences, il les a acquises en travaillant dans les Forces spéciales. Au service de notre pays.

— Ce ne serait pas le premier fier-à-bras à mal tourner. Regardez ses fréquentations... Des motards. Des groupes de *survivalists*... Des milieux homosexuels *hard*.

— Décidément, tu en fais une obsession, des homosexuels, Paradis. Il y a des lois contre ce genre de harcèlement... Et Sundance n'a jamais caché qu'il est homosexuel.

— Comment vous expliquez qu'il y ait un trou de plus d'un an dans la vie de votre protégé ?

— Quel trou ?

— Officiellement, il faisait le tour du monde en solitaire. On trouve des traces de sa présence dans quelques ports. Quelques jours par-ci, par-là... Le reste du temps, on n'a aucune idée d'où il était.

— Sur son bateau, peut-être ?

— Ou dans un camp de formation, dans un pays étranger. Pour se perfectionner dans les techniques d'espionnage.

— Tu divagues !

— C'est aussi une divagation, le fait qu'il disparaisse pendant de longues périodes pendant ses vacances ? Qu'il prenne des congés sans solde pour les prolonger ?

Je me contente de secouer légèrement la tête en signe de découragement.

Paradis enchaîne.

— On a remarqué qu'il rencontre les trois femmes de votre unité une fois par semaine, dans un gymnase qu'il loue en exclusivité pour une période de deux heures.

— C'est vrai : il les entraîne.

Pour savoir ça, il faut qu'il surveille l'équipe depuis un certain temps. Et qu'il ait effectué des recherches assez poussées sur chacun d'eux.

— La question, poursuit Paradis, c'est de savoir s'il ne fait que les entraîner. Ou si c'est une cellule secrète qu'il dirige.

— Tu délires !

— Deux membres de votre unité ont des sources de fonds occultes. Un autre a un trou de plus d'un an dans sa biographie... À mon avis, il y a de quoi justifier un certain nombre de questions.

À voir l'air de Godin, je comprends que Paradis a marqué des points. Inutile de prolonger l'exercice. Je décide d'accélérer les choses.

— Et Parano ? je demande. Tu as sûrement quelque chose contre lui aussi ?

Bon prince, Paradis ignore la provocation et poursuit sur le même ton professoral.

— Basile Préval. Le surnom que vous avez attribué à votre Haïtien me paraît très juste.

— Ça change quelque chose, qu'il soit Haïtien ?

— Bien sûr que non.... Donc, malgré des études en sciences sociales, il a opté pour une carrière dans les forces de l'ordre. Parce que, dit-il, il préfère être du côté de ceux qui surveillent plutôt que de ceux qui sont surveillés.

— Et toi ? Ce n'est pas ce que tu fais ?

Là, j'ai réussi à le déstabiliser. Il met quelques instants à récupérer.

— Moi, dit-il finalement, je ne suis pas paranoïaque !

— Bien sûr qu'il a des tendances parano. Il est le premier à le reconnaître. Il se méfie systématiquement des hypothèses qu'on lui présente comme certaines. Il veut vérifier tous les faits... Pour un enquêteur, on ne peut pas rêver mieux.

— C'est pour se méfier des jugements rapides que sa résidence est hyperprotégée ? Caméras, micros, détecteurs de mouvement et de chaleur, portes en acier... On dirait un bunker de motard !

— Pour lui, c'est du même ordre que de porter un masque pendant les périodes d'épidémie. Une façon de réduire les risques.

— Et son ordinateur ? Il est sécurisé comme s'il travaillait à la NSA ! C'est parce qu'il a peur des virus ?... Tous les membres de votre unité ont le même type de protection informatique, d'ailleurs. Plus l'enquête progresse, plus c'est clair : votre groupe est bâti comme une cellule d'infiltration.

Enfin. On en vient à l'essentiel. C'est moi, sa véritable cible. Ou bien je suis le génie maléfique qui a construit cette cellule, ou bien je suis l'imbécile qui n'a rien vu.

Et, à travers moi, ultimement, c'est Godin qui est visé.

— Ceci nous amène au saccage de votre appartement, déclare Paradis. Une agression qui tombe à point. Pour écarter les soupçons de votre personne, quoi de mieux que de se poser en victime ?

Pendant qu'il parle, je m'efforce d'avoir une vue globale de la situation.

L'enquête de Paradis a été officiellement déclenchée le lendemain du meurtre de Bernier. Est-ce un hasard ? Est-ce une initiative des Affaires internes ou une commande pour distraire et paralyser mon équipe ? Si oui, une commande de qui ? De quelqu'un du comité direction ? Du SCRS ?... Est-ce l'affaire Goulet qui a tout déclenché ?

Chose certaine, il faut que Paradis soit sûr de lui pour ouvrir ainsi son jeu. Je ramène mon attention sur lui.

— Il y a aussi le nombre étonnant d'affaires résolues que revendique votre unité. Avec le groupe de marginaux que vous avez, une telle réussite est suspecte. On peut se demander qui les a vraiment résolues…

— Qui veux-tu que ce soit ?

— Ce ne serait pas la première fois qu'un groupe criminel s'entend avec des policiers.

— Qu'est-ce que tu veux insinuer ?

— Les policiers fournissent aux criminels des informations sur les opérations qui les visent ; en retour, les criminels donnent aux policiers des tuyaux qui leur permettent de neutraliser leurs concurrents. Tout le monde y gagne.

— C'est ça, ton argument ? On fait trop bien notre travail ?

— Tous les extrêmes sont suspects.

— Tandis que la médiocrité, elle…

Paradis se lève.

— Je n'ai aucun intérêt à prolonger cette guerre de mots, dit-il. J'étais venu dans un esprit de coopération, mais bon… Sachez seulement que tous les membres de votre unité sont suspendus à partir de demain en attendant un complément d'enquête… Sauf vous, bien sûr. Il semble que vous soyez momentanément indispensable.

— Tu n'as rien contre moi ?

— L'enquête n'est pas terminée.

— Avoue que ça te fait plaisir…

— Le seul plaisir que j'éprouve au travail, c'est celui de faire mon devoir.

71.

Après le départ de Paradis, j'échange quelques mots avec Godin. Le moins qu'on puisse dire, c'est que la présentation l'a affecté.

— S'il te reste un tour de passe-passe en réserve, dit-il, c'est le temps de le sortir. Je ne pourrai plus te couvrir longtemps. Même si ça contrarie le SCRS.

— Il n'a aucune preuve.

— Possible. Mais il tient une histoire. Et il a tous les éléments pour la rendre crédible. Je ne dis pas vraie, je dis crédible. Si jamais il la raconte aux médias, ou s'il menace les politiques de la raconter aux médias...

Plutôt que d'aller au bureau, je retourne au 3845. Je suis à peine assis que Tonino est devant moi.

— Elle n'est pas encore arrivée, dit-il d'emblée.

Pas le peine de lui demander de qui il parle.

— Tu as raté ta carrière, je lui réponds.

L'espace d'un instant, il semble perplexe. Presque inquiet.

— Vraiment ?

— Tu aurais dû être entremetteuse.

Puis le sourire revient sur ses lèvres.

— Ça fait partie du métier, dit-il Entremetteur, confident, psychologue, messager, raconteur d'histoires...

— Tout ce qui permet d'être un meilleur *pusher* de consommations !

— Tu me fais de la peine, réplique-t-il d'un air offusqué. Si c'était quelqu'un autre, il serait sur la liste noire.

— Ton chiffre d'affaires ne s'en remettrait pas.

Je commande une Mad & Noisy et je me rends à ma table. J'y passe le reste de l'après-midi à observer les clients et à réfléchir à l'affaire. Sans guère de résultats.

Deux bières plus tard, Lydia Balco s'assoit devant moi.

— Je savais que je te trouverais à ton bureau, dit-elle.

— Des progrès ?

— Les choses se placent tranquillement. Toi ?

Je lui raconte l'entrevue avec Paradis et lui annonce la suspension imminente de mon équipe. Je termine avec la question qui me taraude :

— Et si tout ça, c'était pour empêcher l'enquête de progresser ?

— La tienne ou la mienne ?

Je la regarde, interdit.

Une fois de plus, je suis confondu par mon aveuglement. J'étais tellement sûr qu'elle voulait protéger le SCRS contre la curiosité du SPVM que je n'ai pas songé une seconde que l'on pouvait vouloir entraver mon enquête pour nuire à la sienne. Parce que je risque de découvrir des faits qui seraient dangereux pour la taupe.

— Effectivement... Ça peut être l'une ou l'autre.

— Ou les deux.

Elle a raison, les deux affaires apparaissent de plus en plus liées.

Une heure plus tard, au moment de me lever, je lui demande :

— Tu es libre ?

— Pour souper ?

— C'est un peu plus compliqué que ça.

72.

Pendant qu'on marche, j'explique à Balco qui était mon ami Louis. Comment il est mort. Et pourquoi j'ai accepté la responsabilité d'entretenir sa maison et de tenter de retrouver son fils.

— Tu vis entouré de morts, dit-elle. Autant dans ta vie privée que dans ton métier.

— C'est le cas de tout le monde, non ? C'est juste que, dans notre métier, on ne risque pas de l'oublier.

Je lui explique ensuite de quelle manière on a commencé à se réunir chez Louis.

— La première fois, c'était après l'enterrement. Puis à l'anniversaire de sa mort... Ensuite, on a pris l'habitude d'utiliser l'endroit. C'était commode. À cause de la grande table...

— C'est étrange, non ?

— Quoi ?

— Cette façon qu'on a, nous les vivants, de nous réunir autour des morts pour sentir notre appartenance.

Je m'arrête et la regarde. Dire que je suis étonné est un euphémisme. Elle répond à mon regard par un sourire légèrement amusé.

Puis elle ajoute :

— Clarifier ses rapports avec la mort aide à vivre avec plus d'intensité. En sachant vraiment ce qu'on veut.

— Ça sort d'où, ces remarques ? On a été subitement transporté dans un univers parallèle sans que je m'en aperçoive ?

— On vit tous dans des univers parallèles. C'est juste que la plupart des gens ne le réalisent pas. Ils pensent naïvement que tout le monde vit dans le même monde qu'eux.

Notre marche se poursuit en silence pendant plusieurs minutes. Histoire de reprendre la conversation, je lui explique l'origine de l'expression « camp de pêche ».

— Louis était un passionné de pêche. J'allais à son camp avec lui. On remettait presque tout à l'eau. On gardait seulement ce qu'on allait manger le jour même... Souvent, il pêchait sans hameçon. Avec seulement un leurre au bout de la ligne. Il appelait ça : taquiner les poissons... Combien de fois je l'ai entendu dire que c'était ridicule de chasser ou de pêcher quand les supermarchés sont pleins de viande qui va se perdre. Pourquoi ajouter au massacre ?... Mais le lac était pour lui une sorte de drogue. Une façon de retrouver une paix intérieure. De compenser pour tout ce qu'on voit dans notre métier.

— Et aujourd'hui, il y a quelque chose à fêter ?

— Il faut que je vous...

Le vouvoiement m'est revenu sans que j'y pense. La force de l'habitude. Après une hésitation, je reprends :

— Il faut que je t'explique quelque chose. Un jour, Parano m'a posé une question ; il m'a demandé ce qui arriverait si tout le système était paralysé, si on n'avait plus accès aux ordinateurs... Ou si le bâtiment était détruit... Si les équipes d'entretien étaient incapables de rétablir le service.

— Parano...

Même si je lui ai expliqué les surnoms des kids, elle ne peut s'empêcher de rire.

— Oui... Pour le calmer, j'ai esquissé à grands traits un ensemble de mesures que l'on pourrait prendre. Et j'ai baptisé le projet : opération "camp de pêche".

Elle se retient à peine de rire.

— Les jeunes ont eu la même réaction. Paddle m'a même demandé quelle sorte de poisson on allait pêcher. La vérité, j'ai répondu. C'était une boutade, mais ils l'ont prise au sérieux. En moins de deux, ils ont transformé les quelques idées que j'avais émises en un plan de gestion de risques digne d'une institution bancaire... On a même un site de relève pour nos dossiers qui est indépendant de celui du SPVM. Au cas où ce dernier aurait des problèmes, comme dirait Parano.

— Ce n'est pas illégal ?

— La question n'a jamais été abordée... Ce qui inquiétait le plus Parano, c'était la possibilité d'une tempête solaire qui causerait un black-out Internet sur l'Amérique du Nord.

— Seulement ça…

— Parano prend les questions de sécurité très au sérieux.

— Il est où, ce site de relève ?

— Dans une résidence munie d'un groupe électrogène indépendant. Il y a un ordinateur auquel il suffit de se connecter par WiFi pour avoir accès à l'ensemble de nos dossiers.

— C'est pour ça, le système de sécurité ultra-sophistiqué ?

— En partie. Et aussi pour satisfaire Sarah la rousse. Côté paranoïa, je ne sais pas qui, d'elle et de Parano, est le plus atteint quand il s'agit d'informatique.

— Donc, si je résume, vous avez inventé une façon de vous passer du SPVM pour continuer vos enquêtes ?

— Uniquement de façon temporaire.

— Si jamais Paradis apprend ça…

— Je sais.

Ce que je sais aussi, c'est que je suis en train de révéler à Balco plus que je ne l'aurais voulu. Mais j'ai l'intuition que c'est par elle que passe une résolution rapide de l'enquête. Ce qui implique que je dois gagner sa confiance, si risqué que cela puisse être. Et, pour gagner la confiance de quelqu'un, la meilleure méthode est encore de paraître lui faire confiance, de lui révéler des choses sans y être obligé.

Dans le cours d'une enquête normale, je ne l'aurais probablement pas fait. Mais, étant donné la gravité de la situation et le peu de temps qu'il nous reste…

La voix de Balco me ramène à la réalité :

— Tu as l'air préoccupé.

— Je pensais aux jeunes… À Paradis qui cherche à détruire leur carrière.

— Tu vas sans doute dire que je me mêle de ce qui ne me regarde pas, mais…

— Tu vas t'en mêler quand même.

— Prends ça comme une déformation professionnelle, répond Balco en souriant.

Puis elle ajoute, sur un ton plus sérieux :

— J'ai lu dans ton dossier que tu n'avais jamais eu d'enfants.

— Ce n'est pas un secret.

— Je me demandais si c'était pour cette raison que tu sembles aussi attaché à tes "jeunes", comme tu les appelles.

Une autre qui veut me psychanalyser ! Comme si je n'avais pas assez de von Paulhus !

— C'est pas les jeunes, mon problème, c'est Paradis. Si seulement je pouvais le faire disparaître !

— Justement. Ça peut s'arranger.

Je m'arrête et la regarde.

— Tu n'envisages pas sérieusement de…

Elle éclate de rire.

— Bien sûr que non !… Remarque, ça ne me poserait aucun problème. Mais ce ne serait pas efficace. Il y aurait un risque de le transformer en martyr ; ça pourrait alimenter toutes sortes de rumeurs… Le monsieur Net du SPVM qui est éliminé pour l'empêcher de parler !… Le SPVM qui couvre ses éléments corrompus !… Ce genre de choses.

— Tu veux dire que tu n'aurais aucune objection à le faire éliminer ?

— Ou à l'éliminer moi-même.

— Mais tu ne le feras pas parce que ce serait… contre-productif ?

— Exactement. Bienvenue dans mon monde !

Nous reprenons la direction de chez Louis.

Une pluie fine commence à tomber, à peine plus dense qu'un brouillard. Nous accélérons le pas.

Tout à coup, je sens sa main sur mon épaule pour m'arrêter.

— La situation n'est peut-être pas aussi désespérée que tu le penses, dit-elle en me regardant.

— Tu sais des choses que je devrais savoir?

— Je dis seulement qu'il ne faut pas surestimer Paradis. Ce serait faire son jeu et lui rendre la tâche plus facile.

Malgré sa réponse, je suis persuadé qu'elle ne m'a pas tout dit. À moins que ce soit une stratégie. Qu'elle veuille entretenir chez moi l'espoir qu'elle peut m'aider, de manière à ce que je continue à collaborer... Qu'est-ce qui m'a pris de coucher avec elle?...

J'ai l'impression de me retrouver dans la peau d'un héros de roman de gare qui succombe au charme de la belle espionne!

73.

Nous sommes les derniers arrivés. Les autres sont déjà autour de la grande table. Paddle va chercher une chaise et l'approche pour que Balco puisse s'asseoir à côté de moi.

Je commence par leur expliquer la raison de sa présence.

— Nos enquêtes sont plus liées qu'on le croyait. Sans entrer dans les détails, je peux vous dire qu'il est possible, probable même, qu'il y ait une taupe au SCRS. C'est pourquoi madame Balco doit demeurer très prudente dans son enquête. C'est aussi la raison pour laquelle elle a préféré nous laisser l'initiative, quitte à nous appuyer de façon discrète au besoin.

Je peux voir les points d'interrogation dans leurs yeux. Ils trouvent mes explications un peu courtes, mais personne ne pose de questions. Ils doivent se dire que je navigue entre toutes les obligations de confidentialité que m'impose une relation avec le SCRS.

Je leur annonce ensuite leur suspension collective. Là, les questions fusent.

Je leur fais un bref compte rendu de ma rencontre avec Paradis, mais sans entrer dans le détail des faits qu'il leur reproche.

Des problèmes de comportement risquent d'être soulevés, des manquements à certaines normes administratives… Vous devez vous attendre à une convocation. Et si l'un de vous anticipe des problèmes particuliers, on peut en parler. Vous savez tous où me trouver.

Je jette un regard discret à Sarah la rousse. Elle ne semble pas particulièrement inquiète. Même chose pour Kodak et Sundance. Le sentiment dominant est l'indignation.

Paddle propose même que l'on fasse une contre-enquête sur Paradis.

À voir le visage des autres, je vois qu'ils ne seraient pas difficiles à convaincre. Je me sens obligé de recentrer la discussion.

— Au cas où vous l'auriez oublié, on en a déjà plein les bras.

— D'accord, fait Sarah la noire, qui a retrouvé sa couleur de cheveux naturelle. Qu'est-ce qu'on fait ?

— On poursuit notre travail. Je suis conscient que toutes ces complications arrivent au pire moment, mais il faut demeurer concentrés.

Je laisse ensuite la parole à Sarah la rousse.

Elle ouvre un sac et distribue les téléphones portables qu'il contient.

— Ce sont des Blackphone améliorés, dit-elle. Toutes les communications sont cryptées et décryptées automatiquement. Les clés de cryptage sont programmées dans les appareils.

— Et le piratage? demande Parano.

— Pour y accéder, il faut entrer un code manuel. Les appareils sont programmés pour détruire tout leur contenu après quatre tentatives infructueuses. Des brouilleurs sont également intégrés, pour empêcher qu'on intercepte les conversations.

— Et le décodage par force brute? demande Kodak.

— Il y a un dispositif qui empêche d'effectuer plus d'une tentative d'accès à la seconde par Internet. Pour trouver le code, ça prendrait des millénaires. C'est assez semblable au système du iPhone… Par mesure de sécurité, aucun document n'est archivé sur vos téléphones. Pour y avoir accès, il faut vous brancher sur l'ordinateur central.

Une fois les problèmes de quincaillerie réglés, je demande à Sarah de leur montrer le PowerPoint qu'elle a découvert : JUSTICE POUR TOUTES.

Quand elle a terminé de le présenter, les arguments et les commentaires fusent. Pour Parano, il est clair qu'on a affaire à une sorte de justicier.

— Ça pourrait être une nouvelle catégorie de tueur en série, dit-il. Un tueur qui a besoin de se donner bonne conscience en tuant des gens qui, à son avis, méritent d'être condamnés, mais qui échappent à la justice. Son côté tueur en série expliquerait le besoin de créer des mises en scène.

— Un peu comme Dexter, tu veux dire? fait Paddle.

Je lui demande qui est Dexter.

— Vous ne le connaissez pas ?

Paddle est sidéré. Les autres ont plutôt l'air de trouver ça drôle.

— C'est une série télé, explique Paddle. Le personnage principal est un tueur en série. Il s'appelle Dexter. Il tue uniquement des gens coupables de multiples crimes. Surtout d'autres tueurs en série qui ont réussi à échapper à la justice… Dans notre cas, on devrait peut-être plutôt parler de vengeur en série.

— Pour ça, il faudrait que le tueur connaisse les victimes de ceux qu'il tue, objecte Kodak.

— C'est peut-être l'ensemble de la société qu'il venge, réplique Paddle.

Les autres sont plutôt sceptiques. Les objections ne tardent pas à se faire entendre.

Pour quelle raison un tueur en série se préoccuperait-il de trafiquer des documents secrets ? Pourquoi est-ce qu'il ne s'amuse pas davantage à défier la police ? La conscience sociale n'est-elle pas antithétique avec le narcissisme habituel du tueur en série ?

Je laisse aller la discussion pendant un moment, puis je reprends le contrôle de la réunion. J'énumère tout ce qu'il reste à faire : les recherches à effectuer, les gens à rencontrer, les détails à vérifier…

Pendant que les jeunes se répartissent le travail. je prends à part Sarah la noire.

— En l'abseance de Sarah la blonde, j'aimerais que tu continues d'assurer la coordination de l'équipe.

— À temps plein ?

— Oui. Je sais que tu préfères le terrain et les relations avec les autres départements, que c'est là que tes habiletés sociales, comme tu dis, sont le plus utiles…

— Mais…

— Je suis débordé.

— Sarah la rousse ?

— Je préfère la garder sur son ordinateur.

— Et le salaire ?…

Nous sommes interrompus par Paddle. Il annonce qu'un message de revendication fait le buzz dans les médias sociaux. Il le redistribue sans attendre sur le réseau interne de l'équipe.

> Tourisme sexuel, réseaux pédophiles, porno industrielle : autant de façons de réduire la femme à l'état de *sexy machine*. Il est temps que cela se sache, que certains des coupables paient et que les autres vivent dans la terreur.
>
> Justice pour toutes

L'auteur du message aurait voulu donner raison à Paddle qu'il ne s'y serait pas pris autrement. On dirait bien le texte d'un tueur en série désireux de se donner bonne conscience, ce qui n'est pas vraiment l'image qu'on pourrait se faire de Borzilov.

Drouganine, par contre, s'il n'était pas mourant…

LA VIEILLE FEMME
DANS UN LIT

74.

Quand le téléphone me réveille, j'ai l'impression que je viens à peine de me coucher.

Je regarde ma montre sur la table de nuit. Cinq heures quatorze.

— Une nouvelle victime, dit Balco.

— À quoi est-ce que j'occuperais mes journées, si tu n'étais pas là ?

Pour toute explication, elle me donne une adresse sur le boulevard Pie-IX.

— Je te rejoins là-bas ? je lui demande.

— Il va falloir que tu te débrouilles tout seul. Pour l'instant, je suis un peu occupée. Je te rappelle plus tard.

Quand j'arrive sur les lieux. La porte extérieure est entrouverte.

À première vue, il n'y a pas grand-chose à observer. Presque toutes les pièces sont vides.

Dans une chambre, je découvre le cadavre d'une vieille femme enchaînée sur un lit. Pour tout vêtement, elle porte un pagne et un soutien-gorge. On peut sans difficulté lui compter les côtes.

Des cercles de métal, reliés par des chaînes à la tête du lit, lui enserrent les poignets. Un dispositif similaire attache ses chevilles au pied du lit.

La plénitude ronde des seins contraste avec la maigreur de son corps. Des verres fumés et une perruque blonde mal ajustée sur sa tête complètent le tableau.

Encore une mise en scène sordide. Difficile de ne pas penser au bain de sang, aux corps éventrés et décapités...

Mais un détail cloche. Cette fois, la victime est une femme.

J'appelle Godin et lui annonce qu'on a un nouveau cadavre sur les bras. Puis je lui décris la scène de crime.

— Tu as l'identité de la victime ?

— Non.

— Tu sais de quoi elle est morte ?

— À première vue, je serais porté à dire "d'usure généralisée"... Pour les détails, on est mieux d'attendre la médecin légiste.

— Qui t'a prévenu ?

— Balco.

— Elle est avec toi ?

— Non.

— Elle, qui l'a avertie ?

— Aucune idée. Mais pour une fois que le SCRS effectue un retour d'ascenseur...

— On aura vraiment tout vu !

— Le problème, c'est que je n'ai plus d'équipe. Mais j'ai pensé à quelque chose...

Léo Miron s'amène une demi-heure plus tard.

— C'est quoi, cette idée de me faire venir dans un appartement vide, à 5 heures du matin ?

— Presque 6 heures.

— D'accord, presque 6 heures… Si t'as besoin de parler à quelqu'un, il y a des numéros que tu peux appeler.

Je la conduis dans la pièce où se trouve la victime. Quand il découvre le cadavre, il accuse le coup.

— Quelqu'un que tu connais ? demande-t-il.

— Non. Mais j'ai pensé qu'il fallait quand même qu'on s'en occupe.

— Et tu t'es dit : on va refiler le bébé à ce bon vieux Miron !

— Un : ce n'est pas exactement un bébé.

— Toujours aussi observateur.

— Et deux : je n'ai plus d'équipe.

Là, son visage change. Quand il reprend, sa voix n'a plus aucune trace d'ironie.

— Ils ne t'ont quand même pas suspendu ?

— Moi, non. Mais les jeunes…

— Lesquels ?

— Tous… La raison officielle, c'est qu'il pourrait y avoir une taupe dans l'unité.

— C'est sérieux ?

— Qu'est-ce que t'en penses ?

— Qui est derrière ça ?

— L'ineffable sergent-détective Christophe Paradis.

— Pas lui !

Par le passé, l'unité de Miron s'est, elle aussi, fait pourrir la vie par Paradis. Pendant plus d'un an. Sans que ça débouche sur quoi que ce soit. Sauf un burn out et une retraite anticipée pour raison d'écœurement.

— Il a des chances de trouver quelque chose ? demande Miron.

— Peut-être des bricoles… Un jeune qui a raté une formation obligatoire, un formulaire mal rempli, un rapport égaré… Mais rien de sérieux.

— OK. Qu'est-ce que je fais ?

— Godin veut que tu l'appelles.

— À 6 heures du matin ?

— Je lui ai expliqué la situation. Il tient à ce que tout soit officiel.

L'appel dure à peine une minute. Miron range ensuite son téléphone et me regarde d'un drôle d'air.

— Comme ça, dit-il, je suis responsable de l'enquête… T'avais peur que je m'ennuie ? Tu sais combien j'en ai, des enquêtes en cours ?

— Une de plus, une de moins…

— En plus, on est en négos. J'ai une épidémie de congés de maladie !

— Je comprends… Mais, à la criminelle, tu es celui à qui je fais le plus confiance.

Il grogne encore un peu pour la forme, mais je vois bien la lueur qui est apparue dans ses yeux. Il n'a jamais pu résister à un beau cas.

— Tu es responsable, je lui dis. Et moi, je collabore avec toi.

— Comme ça, si tu coules, je vais pouvoir couler aussi… J'ai toujours su que je pouvais compter sur toi.

— Je vais commencer par te donner une copie de tout ce qu'on a trouvé.

— Tu sais que tu as vraiment un don, pour tomber sur des affaires pourries ! Dans quel merdier tu m'as encore foutu ?

Mais sa voix n'arrive pas à donner le change : il est clairement accroché.

— Tu n'as encore rien vu, je lui dis. Attends que les médias s'en mêlent !

Une voix de femme se fait brusquement entendre derrière nous.

— Alors, tu l'as mis où, le cadavre ?

La médecin légiste…

Je lui montre le lit.

— Il est là.

Elle observe la mise en scène avec une attention ravie, comme si on lui présentait un nouveau jouet, puis elle me sourit.

— Tu fais décidément tout pour me rendre la vie intéressante. Il va falloir que je pense à toi à Noël.

Je n'ai jamais vu un cadavre faire autant d'heureux ! Elle s'approche, tourne autour du lit pour examiner le corps sous différents angles.

— Morte, finit-elle par dire. Mais…

— Mais quoi ?

— Il y a quelque chose d'étrange… Je n'arrive pas à mettre le doigt dessus.

Pendant que la médecin légiste prend des dispositions pour faire transporter le corps au labo, Miron me dit :

— Pas de caméras de surveillance à l'intérieur ni à l'extérieur. Pas de témoins… Comment tu as su ?

— Appel anonyme.

Il n'a pas l'air très convaincu par ma réponse.

— Je vais demander à des uniformes de faire le tour des voisins, dit-il finalement. Des fois que quelqu'un aurait vu quelque chose.

Je lui résume ensuite l'essentiel de l'affaire. Je lui parle de Bernier. De Ti-Coune Sirois et de Klimenko. De Drouganine, de Borzilov.

Quand j'ai terminé, il me demande :

— Si Borzilov est derrière tout ça, pourquoi il n'a pas simplement éliminé Drouganine ? D'habitude, dans ce milieu-là…

357

— Drouganine a peut-être une police d'assurance… Des preuves contre Borzilov. Ou des informations dont il a besoin… Les codes d'un compte à numéro… Est-ce que je sais, moi ?

Je téléphone à Sarah la rousse et lui demande d'expédier une copie du dossier à Miron.

— Le plus simple serait qu'il passe me voir, répond-elle. Comme je ne peux pas aller sur le serveur du SPVM, je vais tout mettre sur une clé.

— D'accord. Je te l'envoie.

— Je lui donne vraiment tout ?

Avant de répondre, je jette un regard à Miron, qui n'entend qu'une moitié de la conversation.

— Oui. Absolument tout ce qui concerne notre enquête.

— Donc, rien sur les dossiers qui touchent au SCRS ?

— C'est ça. Et donne-lui la liste des noms qui n'ont pas de pierre tombale. Tu lui expliqueras ce qu'il faut faire.

Je lui parle ensuite de la nouvelle victime et du rôle de Miron. Puis je conclus en lui demandant de prévenir le reste de l'équipe.

Une fois que j'ai rangé mon téléphone, Miron me demande :

— Tu m'envoies où ?

— Chez Sarah.

— Laquelle ?

— La rousse. Sarah McNeil. Elle va te donner une copie de tout ce qu'on a. Sur une clé USB.

— Je pensais que toute ton unité était suspendue ?

— C'est pour ça qu'elle ne peut pas passer par le réseau.

Il me regarde d'un air à la fois amusé et ironique.

— Tu n'as vraiment pas changé. Tu es pire qu'à l'époque où on travaillait ensemble !

Je lui donne l'adresse de Sarah.

— Passe la voir aussitôt que tu auras terminé ici.

— C'est quoi, la liste des noms qui n'ont pas de pierre tombale ?

— Elle va t'expliquer.

— Et toi, quand est-ce que tu vas me parler de tout ce que tu n'as pas mis dans le dossier ?

— C'est contraire aux règles, de laisser des éléments d'enquête en dehors du dossier.

Il continue de me regarder, attendant une vraie réponse.

— D'accord, je dis. On peut se voir au dîner.

— À ton repaire habituel ?

— Le 3845. J'aurai même une surprise pour toi.

En sortant, je croise deux techs qui arrivent. Puis je me heurte aux caméras et aux micros qui les suivent à la trace.

Cette fois, j'ai la présence d'esprit de ne pas répondre à leurs questions.

Aussitôt dans la voiture, je démarre. Direction, le 3845. Il doit maintenant être ouvert.

75.

Une fois devant mon premier café de la journée, j'appelle Balco.

— Comment tu as trouvé le spectacle ? demande-t-elle.

— Il est temps que cette folie s'arrête.

— Je suis bien d'accord.

Je lui parle de mon arrangement avec Godin pour que Miron s'occupe officiellement de l'affaire. Puis je lui offre qu'on fasse ensemble le tour de la situation à l'heure du dîner, au 3845.

— J'aurai peut-être du nouveau, dit-elle.

— Dis-moi, comment tu as su, pour le corps dans l'appartement ?

— Un agent a découvert la scène de crime en cherchant un suspect. Il m'a appelée.

— Plutôt que son supérieur immédiat ?

— Il travaille directement pour moi.

— Finalement, c'est tout le SCRS qui travaille directement pour toi !

— Seulement quelques personnes.

— Je peux savoir qui il cherchait ?

— Un motard. Je ne peux pas t'en dire plus pour l'instant. Quand il a vu que l'appartement était vide… enfin, vide sauf pour la femme sur le lit, il est reparti et il m'a appelée.

L'appel terminé, je commande un autre café. Puis je tente de parler à ma femme.

— Je sais bien que les derniers meurtres, ce n'est rien pour te donner le goût de revenir… Mais j'aimerais savoir si tu penses être absente longtemps… Je ne veux surtout pas te bousculer, remarque… Sauf que…

Il va falloir que je me fasse à l'idée : elle est probablement partie pour de bon.

Difficile de ne pas la comprendre, quand je regarde le chaos qu'est en train de devenir cette enquête. Et ma vie…

À l'instant où j'ouvre les yeux, j'aperçois Tonino. Il a l'air inquiet.

— Ça va ?

— Oui, ça va.

— Ça t'arrive souvent ?

— Non. Et ça n'a rien à voir avec ce que c'était.

Je comprends Tonino de s'inquiéter. C'est lui qui a appelé l'urgence lors de ma première crise. J'étais resté une demi-heure pétrifié. Assis sur ma chaise. Les yeux ouverts... Mais je ne voyais rien de l'extérieur.

La seule chose devant mes yeux était un immense nuage noir qui tournait lentement sur lui-même. Comme une tornade vue en plongée. Ou les images de trous noirs dans les films.

Je m'en approchais lentement. Et plus j'approchais, plus je sentais mon corps se tordre. Comme si je me disloquais de partout à la fois. Comme si le trou noir était au centre de moi et que je m'y écroulais, en miettes. Que je m'y effondrais...

— Ça n'a vraiment rien à voir.

— Si tu le dis...

Il ne semble pas du tout convaincu. J'insiste :

— J'ai seulement "aperçu" le nuage noir. À distance.

— Tu comprends ce que ça veut dire, j'espère ?

Pour lui, ce qu'il me faut, c'est des vacances. Il m'a même proposé une série d'adresses en Italie, où je pourrais demeurer. Des cousins... À l'entendre, on croirait qu'il a des cousins dans toutes les villes d'Italie.

— Tu n'as pas à t'inquiéter, je lui dis.

C'est en parlant à von Paulhus que j'ai à peu près compris ce qui se passait.

— Il faut se raconter des histoires, a-t-elle l'habitude de dire. Et trouver les bonnes. Pour ça, les images sont parfaites : ce sont des condensés d'histoires, il suffit de les développer.

À son avis, le nuage noir est une image que j'ai trouvée inconsciemment. C'est le lieu où se retrouve tout ce qu'il y a de sombre, de douloureux, de frustrant dans ce qui m'arrive. Comme les puits abandonnés d'autrefois : on y retrouvait tout ce dont les gens voulaient se débarrasser...

Mais les choses s'accumulent. Le nuage grossit. Et quand il atteint une masse suffisante, il se transforme en trou noir. Développe une force d'attraction. Tout ce qu'on est gravite autour de lui… jusqu'à y sombrer.

La solution, c'est de vider le puits. D'alléger le nuage. Pour cela, il n'y a qu'un moyen : le raconter. C'est à ça que servent mes visites à von Paulhus. À ça que servent les textes qu'elle m'a suggéré d'écrire… Et c'est probablement la raison, aussi, pour laquelle j'ai autant besoin d'entendre des gens parler. Même si c'est dans des cafés ou à la télé. C'est comme si je les écoutais raconter le monde à ma place…

— Qu'est-ce que tu vas faire ? me demande Tonino.

— Marcher.

La marche aussi, c'est bon pour dissoudre le nuage noir. C'est comme si ça induisait une sorte d'état second. Les pensées se mettent en ordre d'elles-mêmes. Elles incitent le cerveau à se reposer. À se concentrer sur l'entretien et le bon fonctionnement des activités de base qui nous permettent de survivre comme organisme.

Je me lève et je sors en disant à Tonino que je paierai les deux cafés la prochaine fois.

Avant de fermer la porte, j'ai le temps de l'entendre protester :

— Tu dis toujours ça !

Sans y penser, je prends la direction de chez Louis.

76.

Comme chaque fois, quand j'aperçois la maison, je me rappelle la promesse que j'ai faite à Louis de retrouver son fils… Près de trois ans, déjà. Et toujours rien.

Au moment de tourner la poignée de la porte, je sens une résistance inhabituelle, suivie d'un léger déclic.

J'hésite une fraction de seconde, puis j'ai le sentiment d'être frappé. Comme si j'étais projeté face la première contre un mur. Pourtant, dans le même temps, j'ai aussi l'impression que mon corps est projeté à toute vitesse vers l'arrière.

Et tout devient noir.

Est-ce comme ça que tout va finir? Est-ce que je vais enfin savoir ce qu'il y a au fond du trou noir?

Quand je reprends conscience, je suis étendu sur la pelouse. Quelqu'un se penche sur moi… Un ambulancier, on dirait.

Je réalise que j'ai mal à la tête. Au front, surtout… Et au genou. Le droit.

— Ne bougez pas, dit l'ambulancier. Tout va bien aller.

Je soulève un peu la tête, puis la laisse retomber. Il y a quelque chose de rigide autour de mon cou. J'y touche de la main. Un collier cervical.

— Il faut bouger le moins possible, insiste l'ambulancier. Vous me comprenez?

Sa voix me parvient comme si elle était étouffée. Je cligne des yeux.

— Vous pouvez parler?

— Oui…

Il me montre sa main.

— Combien voyez-vous de doigts?

Une fois les tests passés, il m'apprend que j'ai été projeté par le souffle d'une explosion.

— On ne peut pas prendre de risque, dit-il. Vous pouvez être blessé sans le savoir. La colonne vertébrale peut avoir été atteinte.

J'acquiesce sans protester. La dernière chose que je désire, c'est de devenir paraplégique.

Quelques instants plus tard, je suis déposé sur une civière. Puis on me transporte à l'intérieur d'une ambulance.

77.

L'hôpital, c'est l'hôpital.

La façon dont on est traité dépend de l'impact des coupures budgétaires qui ont frappé l'institution, du nombre d'accidents qui sont survenus en même temps dans la journée, de l'humeur des intervenants, du fait qu'ils sont là depuis quinze heures ou qu'ils viennent d'arriver, du climat de travail de l'endroit, des éventuelles pénuries de matériel, des difficultés de recrutement de personnel… Sans compter les dernières déclarations du ministre, qui peuvent avoir mis le feu aux poudres…

Par chance, tout se passe bien. On m'apprend assez vite qu'il n'y a rien à craindre pour ma colonne vertébrale. Je n'ai aucune fracture. On m'enlève le collier et on me permet de bouger.

Mais pas trop, précise-t-on.

— Vous avez une légère commotion cérébrale. Rien de très sérieux. Un peu de repos et tout ira bien… Dans votre condition, l'important, c'est de ne pas avoir de stress, de ne pas vous fatiguer.

— Pas avoir de stress! Pas me fatiguer! Facile à dire… Avec ce nouveau meurtre et les magouilles de Paradis… Les jeunes qui risquent de perdre leur carrière…

Pour mon genou, la situation est moins reluisante. Il a absorbé une grande partie de l'impact de la porte. Il n'y a pas de fracture, mais l'enflure est assez importante.

— Il va falloir opérer?

— Non, répond le médecin. Ça va guérir tout seul. En attendant, vous pouvez mettre de la glace. Surtout en fin de journée. Je vais aussi vous prescrire des anti-inflammatoires.

— J'en ai pour combien de temps ?

— D'ici deux semaines, vous devriez éprouver beaucoup moins d'inconfort.

— Il n'y a rien à faire ?

— Des exercices pour renforcer le quadriceps. C'est écrit sur la feuille qu'on va vous remettre.

— Et la douleur ?

— Des Tylenol.

— Je peux sortir ?

— Il reste quelques tests à passer. Mais ensuite…

Il n'a pas le temps de terminer sa phrase. Une infirmière se précipite vers lui.

— Venez vite ! Le patient de la 11 !

Le médecin me dit de ne pas m'inquiéter et disparaît.

Après son départ, je me retrouve seul sur ma civière. Les deux montants de côté sont relevés. Ça ressemble à une mini-prison dont la seule issue serait vers le plafond.

Je réfléchis à ce qui est arrivé. De toute façon, qu'est-ce que je peux faire d'autre ?

Première question, qui a voulu me tuer ? Qui s'est senti menacé ? Drouganine ? Borzilov ?… La taupe ?

Les questions tournent dans ma tête.

Je ferme les yeux.

Je ne sais pas combien de temps j'ai dormi. Mais la main de Sarah la noire, sur mon bras, n'est pas un rêve.

— Vous m'entendez ? demande-t-elle.

— Oui… C'est un peu assourdi, mais ça va.

— J'ai parlé à un médecin. À moins de problèmes, vous allez sortir vers l'heure du souper.

— C'est ce qu'ils m'ont dit. Chez Louis, comment c'est ?

— Gros travail de reconstruction en vue. Par contre, la structure n'a pas été trop touchée. C'est ce que m'a dit Sundance.

Je songe que le peu qui restait de Louis dans cette maison risque de disparaître dans les rénovations.

— Qu'est-ce qui est arrivé ?

— Une bombe.

— Ça, je m'en doutais.

— J'ai des informations sur la vieille femme attachée sur le lit. C'est plus compliqué que ça en a l'air.

L'image de la scène de crime me revient. J'essaie d'imaginer quelle complication supplémentaire il pourrait y avoir… S'agit-il d'une présentatrice de Radio-Canada ? De la mère du premier ministre ? D'une pionnière de la cause des femmes ?

— C'est un homme, déclare Sarah… Enfin, c'était un homme. Il a subi un changement de sexe.

— C'est un de nos disparus ?

— Il n'était pas sur notre liste. Sa disparition remonte à deux ans. Tout le monde croyait qu'il était mort.

— Quelqu'un de connu ?

— Nathan Horwitz. Un médecin spécialisé dans la reconstruction d'hymen. Au besoin, il procédait aussi à des excisions et des infibulations… Très accommodant, le docteur. Très ouvert à la diversité culturelle.

— Et comment pouvez-vous savoir tout ça ?

— Ses empreintes digitales.

— Je serais étonné que ses pratiques culturelles "accommodantes" aient figuré sur ses empreintes digitales.

— Quand il a disparu, il était sur le point d'être inculpé.

— C'est sorti dans les médias ?

— À l'époque, ça a fait un certain buzz.

— Je parle de la scène de crime, de la façon dont il est mort.

— Pour l'instant, tout ce qui est sorti, c'est qu'une vieille femme a été retrouvée morte, attachée sur un lit. Il n'y a rien sur son identité.

— Si c'est relié au reste…

— Ça voudrait dire que c'est une affaire qui dure depuis plus de deux ans.

Je frissonne en pensant au nombre de victimes qu'on pourrait encore découvrir. Si jamais le meurtrier accumule des corps depuis tout ce temps…

— Et l'explosion ?

— Tout le monde en parle. Autant dans les médias que les réseaux sociaux. Certains font le lien avec les meurtres… D'autres avec l'enquête des Affaires internes.

— Quel genre de lien ?

— Il y en a qui pensent que c'est une tentative de *cover-up*. On aurait voulu vous empêcher de faire des révélations dommageables pour des gens au pouvoir.

— Quels gens ?

— Des politiciens, des hauts gradés du SPVM…

Je prends une longue respiration. Il ne faut pas que je laisse ce délire m'atteindre.

— Dis à tout le monde que je vais bien.

— Bien sûr. Autrement, vous ne seriez pas à l'hôpital.

— Tu es sûre que je ne peux pas sortir tout de suite ?

— Les ordres du médecin.

— Depuis quand tu t'occupes des ordres, toi?

Elle se contente de sourire.

De mon côté, je me demande si ce n'est pas ça, le complot: m'obliger à passer du temps à l'hôpital, dans ce lieu où on risque le plus d'attraper une bactérie mortelle!

78.

Avant de partir, Sarah m'a laissé un iPad doté d'un relais téléphonique intégré.

— Rien ne vous y oblige, a-t-elle dit. Mais si vous vous ennuyez…

En excluant les occasions où je me suis rendu au chevet d'autres personnes, c'est la deuxième fois que je suis obligé de passer du temps à l'hôpital. Comme la fois précédente, j'en viens à la conclusion que l'un des facteurs de mortalité les plus sous-estimés est l'ennui.

Je zappe un moment, puis je m'arrête sur une chaîne d'infos.

Même si l'oreillette transmet assez nettement les propos de l'animateur, je me concentre sur les titres qui défilent.

> Lien entre les victimes? Le SPVM refuse de parler.
> – Sécurité des rues: les mesures prises sont suffisantes, selon le ministre. – Le PM défend Deschamps et dénonce le recours à la culpabilité par association. – Attentat contre l'inspecteur Dufaux: qui a voulu le faire taire?

Comme si la raison de l'attentat était obligatoirement lié à de possibles révélations et, par conséquent, au spectacle médiatique. Comme si la vengeance ou la simple volonté de faire obstruction à une enquête n'étaient pas des motifs tout aussi plausibles!

Pendant que l'animateur continue de parler, la caméra élargit le champ jusqu'à inclure l'invité :

> ... de l'explosion qui a détruit une résidence dans Outremont. Ce nouvel attentat est-il relié à la série de meurtres spectaculaires dont s'occupe l'inspecteur Dufaux ? Est-il une conséquence de l'enquête des Affaires internes qui a mené à la suspension de toute son unité ? Curieusement, l'inspecteur Dufaux lui-même n'a pas été suspendu. Des sources ont évoqué les protections particulières dont il jouirait. Pour parler de tout cela avec nous, j'ai le plaisir d'accueillir Pierre-André Fortier.

Présenté comme un « expert des milieux policiers », le spécialiste entreprend de dresser mon portrait. Je regarde fixement la télé, trop interdit pour réagir.

> Une bio pas banale, l'inspecteur Dufaux. Des parents décédés avant même qu'il aille à l'école. Un parcours scolaire un peu chaotique : histoire, littérature, criminologie... Puis une réorientation vers le travail policier, où il connaît une carrière marquée de plusieurs drames : le suicide de son ami et adjoint, l'inspecteur Bourdages... La mort de sa femme, à qui il continue de parler même si elle est morte... Plus récemment, le saccage de son appartement... Et, ce matin, cette explosion qui a failli le tuer. À bien y penser, l'inspecteur Dufaux n'est pas un policier. C'est un personnage de *24 heures chrono* !

Il n'est pas difficile de décoder le sous-texte de cette présentation. Mes trois diplômes sont devenus un « parcours scolaire chaotique ». Lourdement perturbé pendant mon enfance, j'ai connu un parcours social difficile. Les drames récents ont probablement aggravé mes problèmes. Bref, je suis susceptible de perdre les pédales. Je suis une bombe qui peut exploser à tout moment…

L'arrivée de Léo Miron me permet d'échapper à ce délire. Je ferme la tablette électronique.

— Désolé de te ramener aux réalités déprimantes de l'enquête, déclare Miron.

— Ne t'excuse pas, c'est un soulagement.

Il commence par me confirmer ce que Sarah m'a déjà appris sur la victime : il s'agit bien de Nathan Horwitz. Il a subi un changement de sexe. On lui a récemment greffé des prothèses mammaires. Son corps, y compris sa récente zone génitale, porte la trace de multiples violences.

— Tu penses que c'est une vengeance ?

Ma question n'a pas l'air d'étonner Miron.

— J'y ai songé, dit-il. Il charcute des femmes pour les transformer. On le charcute pour le transformer en femme.

— Ça voudrait dire que les autres…

— Quelle espèce de malade peut avoir ce genre d'idées ?

— Si c'est une vengeance, il y a des chances que ce soit un patient du bon docteur. Un patient ou un de ses proches.

— Pour la liste de noms qui n'ont pas de pierre tombale, tout le monde a été contacté. Soit directement, soit par l'intermédiaire du service de police de leur ville. Ils vont avoir une protection pour les prochaines quarante-huit heures.

— Tu as démarré des recherches sur eux ?

— Pas eu le temps. J'ai été au plus urgent.

— Je comprends… Essaie quand même de te reposer. À notre âge…

Miron a onze jours de plus vieux que moi. Au début de notre carrière, je l'appelais l'antiquité. Maintenant, je le taquine de façon plus délicate. À cause de l'approche de la retraite, probablement. Autant la mienne que la sienne…

Au moment où il sort, Miron croise Paddle qui arrive. Il ne peut faire autrement que de remarquer son T-shirt. Il lance alors un regard dans ma direction, mais ne fait aucun commentaire.

Le T-shirt en question n'affiche que trois lettres géantes sur le devant : WTF.

Paddle m'en a déjà expliqué la signification : *What The Fuck !* Je ne peux résister à la tentation de le taquiner.

— C'est ton état mental ? L'ébahissement devant tout ce qui arrive ?

Puis, sans lui laisser le temps de répliquer, je lui demande ce qui l'amène.

— Je voulais seulement prendre de vos nouvelles, répond-il. Savoir comment vous allez.

— Touchante attention.

— Ensuite, je vais chez Sarah la noire. Elle a besoin d'aide pour la paperasse.

— Tu t'es occupé de nettoyer ton bureau ?

— Oui. J'ai enlevé toutes les BD.

Il me dit ça sur le ton de quelqu'un qui s'attend à ce que je sois ébloui par l'ampleur du sacrifice auquel il a consenti.

— Je suis impressionné.

Même ironique, ma réponse lui fait plaisir. On discute encore quelques minutes, puis il part rejoindre Sarah.

— Je lui ai trouvé un T-shirt qu'elle va adorer, dit-il en sortant. Pour quand elle est déprimée.

— Parce que tu as le temps de magasiner ?

— Je l'ai commandé sur Internet. Je viens de le recevoir.

79.

À la fin de l'après-midi, je vois arriver Balco, tout sourire, accompagnée du médecin.

— Tu as ton congé, dit-elle.

Le médecin me remet une feuille de recommandations.

— Les précautions à prendre pour éviter les complications après une commotion cérébrale, dit-il. Surtout, vous vous reposez. Au moins pour les prochaines 24 heures. Et si vous voyez des points noirs devant vos yeux, ou des éclairs... si vous avez des nausées, des étourdissements... si vous vous sentez anormalement faible...

— Je sais, je n'ai pas à m'inquiéter. C'est un effet normal de la nourriture d'hôpital.

Imperméable à l'ironie, le médecin se contente de conclure :

— ... vous venez immédiatement à l'urgence.

— Et mon genou ?

— Comme je vous ai dit, ça va se replacer tout seul. Le seul vrai souci, c'est la commotion cérébrale... Dernière chose : évitez de conduire votre automobile pendant les prochaines 48 heures.

— Je vais lui servir de chauffeur, déclare Balco.

Une fois qu'on est dans la voiture, elle insiste pour qu'on fasse un arrêt au 3845 avant de me ramener chez moi. Question d'effacer les souvenirs de la nourriture d'hôpital.

— Il n'y a rien à oublier, je n'ai rien mangé !

— Raison de plus !

Descendre de la voiture n'est pas aussi pénible que je le craignais. La douleur au genou est à peine incommodante.

Les deux comprimés de Tylenol que j'ai avalés avant de partir de l'hôpital n'ont pas tardé à faire effet.

Au bistro, je suis accueilli par Tonino comme si j'étais un héros de guerre. Il s'inquiète d'abord de mon boitillement et de ma lenteur, puis il déclare que je suis devenu une vedette de la télé.

— Ils n'arrêtent pas de parler de toi !

Comme si ça devait me rassurer…

Il nous reconduit ensuite à ma table habituelle et m'annonce que le repas est aux frais de la maison.

Je le regarde, puis je regarde Balco. Ce repas improvisé sent le coup monté, mais je n'ai pas la force de protester.

Aussitôt que nous sommes seuls, Balco m'informe qu'elle est au courant des derniers développements dans l'affaire de la « vieille femme décharnée ».

— La vieille femme décharnée… C'est quoi, cette expression ?

— Celle que tous les médias répètent.

— Misère…

Elle ouvre son téléphone et me montre une photo.

— Je te présente la victime, dit-elle. Nathan Horwitz. Un chirurgien très particulier. Reconstruction d'hymen, excision sous anesthésie…

— Je suis au courant.

— Donc, tu sais qu'avant de disparaître, il était sur le point d'être inculpé ?

— Oui.

— Ça, c'est la version officielle. Celle qui a été fournie aux médias après sa disparition.

— Et la version non officielle ?

— Il n'aurait pas été inculpé. Cela aurait compromis trop de gens importants. Autant chez les fondamentalistes juifs et musulmans que catholiques.

— Autrement dit, notre brave Horwitz était au service de tous les obscurantistes!

— Il offrait également ses services au crime organisé. Des opérations en dehors du réseau de la santé, des prescriptions à de faux noms… La GRC tolérait ses activités parce qu'il lui servait d'informateur. Il lui rapportait tout ce qu'il apprenait lors de ses contacts avec le crime organisé.

— Tu es sûre qu'il ne travaillait pas aussi pour le SCRS?

— Non. Mais il avait une autre corde à son arc. Il lui est arrivé de surveiller des interrogatoires pour différentes organisations.

— Surveiller?

— Il devait s'assurer que les personnes interrogées demeurent vivantes assez longtemps pour pouvoir révéler toutes les informations qu'elles possédaient.

— Tu parles de… torture?

— Le terme officiel est "technique d'interrogatoire renforcée".

— Pour les victimes, ça fait sûrement une grosse différence.

— Quand Horwitz a disparu, la nouvelle a causé toute une commotion. Sa disparition comme telle ne posait pas de problèmes. L'inquiétude, c'était qu'il ait conclu un accord avec une agence américaine. Ou avec les Russes… Qu'il ait accepté de leur dire tout ce qu'il savait et de travailler pour eux en échange de leur protection.

— Donc, beaucoup de gens vont mieux dormir ce soir.

— Oui. Mais ils vont quand même se demander où il était pendant tout ce temps. Et ce qu'il a pu raconter…

— Tu as une idée de ce qu'il lui est arrivé ?

— J'ai vu le rapport de la médecin légiste. Ça m'a permis d'imaginer un scénario plausible… À mon avis, Horwitz a été retenu prisonnier quelque part au cours des deux dernières années. Je pense que son changement de sexe lui a été imposé. Et je pense qu'il a ensuite été abusé de toutes sortes de manières : affamé, battu, violé…

— Encore une sorte de vengeance contre quelqu'un qui a commis des crimes contre des femmes, tu penses ?

— Sauf que, cette fois, il y a plusieurs autres candidats… Et je ne vois toujours pas en quoi l'histoire de la taupe peut cadrer avec ça.

— Moi, il y a un détail qui me tracasse : qui peut avoir les moyens de financer tous ces crimes ? de s'attaquer à tous ces gens de milieux différents ?

Balco change brusquement de sujet.

— Pour ce qui est du numéro inconnu que Borzilov a appelé, dit-elle, je devrais avoir des nouvelles bientôt.

— Tu as trouvé à qui il appartient ?

— Je préfère être certaine avant de t'en parler…

Subitement, la voix de Balco devient de plus en plus lointaine. Le restaurant disparaît. Je ne vois plus que le nuage qui grossit à mesure qu'il s'approche. Je sens sa force qui s'exerce sur chaque partie de mon corps…

Puis je reviens brusquement à la réalité. Balco s'est avancée vers moi. Ses mains sont posées sur mes épaules. Son regard est inquiet.

— Ça va ?

— Oui, oui… Ça va.

— Qu'est-ce qui s'est passé ?

— Rien de grave. Ça m'arrive parfois.

— J'ai eu peur que ce soit un accident cérébral.

— Ça n'a rien à voir. C'est…

Je m'arrête, incapable de lui parler du nuage noir. Je finis par simplement lui dire :

— C'est… autre chose.

— Autre chose de sérieux ?

— Pas vraiment.

Elle me regarde un long moment, attendant que je poursuive.

C'est Tonino qui rompt le silence en venant prendre notre commande.

Le reste du repas se passe à parler de choses et d'autres.

Balco me raconte à mots couverts les dessous de certaines décisions politiques, les enjeux secrets qui ont pesé sur les décisions des élus. Je lui parle des jeunes, de mon inquiétude pour eux, avec cette enquête de Paradis…

Le souper terminé, Balco offre de me conduire chez moi. Je lui dis que je vais appeler un des jeunes. Ou un taxi.

Après avoir protesté pour la forme, elle admet que ça l'arrange. Son horaire est serré. Elle promet de me contacter dès qu'elle a du nouveau.

En sortant, elle croise Miron, qui arrive.

— Je savais que je te trouverais ici, dit-il en s'assoyant devant moi.

Puis il me demande :

— C'est elle, ton contact au SCRS ?

— Oui.

— C'est bien qui je pense ?

— À situation exceptionnelle, mesures exceptionnelles.

— Eh ben… J'aurais gagé que c'était ton frère.

— Elle s'occupe personnellement de l'enquête.

— Ça veut dire…

Je ne le laisse pas terminer.

— Ça veut dire que t'en parles à personne.

— Tu es sûr que tu n'as pas été recruté par le SCRS?

Malgré l'amusement qu'il y a dans sa voix, je sens chez lui une réelle préoccupation.

— Quand ce sera fini, je vais tout te raconter. Mais là…

— D'accord. Si ça t'amuse de jouer aux espions…

— De ton côté, du nouveau?

— J'ai entendu des rumeurs. Les Affaires internes seraient sur le point de frapper un grand coup. Ce serait une question de jours avant que des accusations soient déposées.

— On a encore moins de temps que je pensais. Heureusement que c'est maintenant toi qui es officiellement chargé de l'enquête.

— Tant que ça ne donne pas des idées à Paradis! Comme on travaille ensemble, il est capable de penser qu'il devrait remettre ça avec moi!

Miron a raison… J'en suis presque à me dire que c'est une chance que Balco soit aussi sur l'affaire. Ça fait quelqu'un contre qui Paradis ne pourra pas exercer son pouvoir de nuisance.

Après le départ de Miron, j'appelle Parano et lui demande s'il peut venir me chercher.

— Je pourrais prendre un taxi, mais il y a quelque chose que j'aimerais que tu vérifies.

Pas besoin d'expliquer à Parano que je préfère lui parler de vive voix. Même quand il appelle sa mère pour s'informer de son arthrite, il se méfie du téléphone.

80.

Quand je me réveille, je constate qu'il pleut. Enfin, presque. Juste le temps d'aller chercher *Le Devoir* dans la boîte aux lettres, je suis transi. Le taux d'humidité doit atteindre 110 % !

J'allume la télé et je vais me faire un café.

Je m'installe ensuite devant le journal tout en écoutant distraitement la télé. Deux animateurs discutent de tout et n'importe quoi.

À quel âge faut-il initier les enfants aux collections de timbres ? Qu'est-ce qui distingue une personnalité « sudoku » d'une personnalité « mots croisés » ? Dans les téléréalités, quel est le pourcentage idéal de réalité ?

Pour alléger le propos, leur discussion est entrecoupée de trucs pratiques : comment déboucher sa toilette en douceur, comment recycler les bouteilles de bière dans son jardin, comment lutter contre la rouille des dentiers…

Un reste de café refroidit dans ma tasse. J'en suis à évaluer la pertinence de m'en faire un autre quand on frappe à la porte.

C'est Sarah la noire. Enfin, Sarah la grise, si j'en juge par sa nouvelle couleur de cheveux.

— Bien dormi ? demande-t-elle. Pas d'étourdissements ? Pas de nausées ?

— Non, juste un nouveau cancer et deux AVC. Nuit tranquille…

D'un geste, je désigne ses cheveux.

— L'influence de Gandalf le gris ?

Elle sourit.

— C'est presque ça !

Puis elle ajoute, comme s'il s'agissait d'une explication :

— Temps gris en vue, sur fond de grisaille.

— C'est bien ce que je pensais. Un accès d'optimisme… Ton téléphone est en panne ?

— Nos communications peuvent être sur écoute.

— Même nos Blackphone ?

— J'ai essayé, vous ne répondiez pas.

— J'ai dû l'oublier dans ma poche de manteau… Quoi de neuf ?

— J'ai le résultat des analyses d'ADN. Les traces de sang trouvées dans l'ambulance de Drouganine proviennent de plusieurs des victimes.

— Lesquelles ?

— Klimenko, Sirois… mais aussi Kelly, Montbourquette et… Noreau.

— Pas Mitchell ?

— Non.

— Ça établit un lien matériel entre trois des attentats.

— Paddle et Parano sont toujours persuadés qu'on a affaire à une sorte de justicier. Ils pensent qu'il a regroupé dans une même série de meurtres la vengeance de plusieurs femmes à qui on a fait subir toutes sortes de violences.

C'est, presque mot à mot, l'explication suggérée par Balco. Je ne sais pas si je dois me réjouir ou m'inquiéter. Si ces trois-là sont d'accord…

Il y a cependant un argument majeur contre cette théorie.

— Peux-tu m'expliquer comment un individu seul, uniquement à partir de son expérience personnelle, peut connaître autant de gens, provenant de milieux aussi différents ? Et surtout, comment il a réussi à découvrir tous leurs petits secrets ?

— Les victimes peuvent s'être regroupées, réplique Sarah. Elles peuvent avoir sous-traité leur vengeance à un contractuel.

— Ça n'explique pas ce que les motards et la mafia russe viennent faire dans cette histoire.

— Ce sont peut-être eux, les contractuels.

— Des féministes extrémistes qui sous-traitent des contrats d'homicide et de torture à un groupe mafieux des pays de l'Est… Tu es sûre que tu ne travailles pas en secret pour un des sites satiriques dont tu parles souvent avec Paddle… Comment ils s'appellent, déjà ?

— *La Pravda* ? *Le Navet* ?…

— C'est ça !

— Je n'essaie pas de vous faire une blague. Je suis tout à fait sérieuse.

— Paddle, sors de ce corps !

Sarah ignore mes protestations.

— Ça pourrait expliquer la disparité des victimes, poursuit-elle.

— Mais pas le lien avec l'histoire de la taupe au SCRS.

— Ce n'est peut-être pas lié. Ce genre de professionnel peut très bien avoir eu deux contrats de clients différents.

— D'accord, d'accord… Mais, pour l'instant, on cesse d'élucubrer et on se concentre sur les informations.

Sarah reprend son rapport :

— Dans les réseaux sociaux, les détails sur la mort de Horwitz commencent à sortir.

— Par "détails", qu'est-ce que tu veux dire ?

— Son nom. Le fait qu'il a subi un changement de sexe… Qu'il avait beaucoup vieilli, mais qu'il venait d'avoir des implants mammaires.

— Des mentions que son changement de sexe n'aurait pas été volontaire?

— Pas dans ce que j'ai vu.

— Aucun message de revendication?

— Non. Vous, par contre, vous êtes en train de devenir une vedette.

— Comme si j'en avais besoin...

— Pour certains, vous êtes le modèle du flic intègre qui refuse les combines politiques. Ce serait la raison pour laquelle le système essaie d'avoir votre peau.

— Ce n'est pas le système, c'est Paradis qui veut ma peau!

— Pour d'autres, vous êtes l'image du flic corrompu qui magouille et profite du système... Mais tout le monde s'entend sur une chose: vous devriez intervenir davantage dans les réseaux sociaux. Expliquer votre point de vue. Les gens se demandent pourquoi vous ne dites rien. Ils trouvent ça étrange. Suspect, même.

— Quand j'ai signé mon contrat, c'était pour être policier, pas amuseur public.

— La bonne nouvelle, c'est que votre image s'améliore. Surtout depuis l'explosion chez Louis. Les gens adorent les victimes.

— Je sais. Et quand ils manquent de victimes à adorer, ils en fabriquent pour satisfaire la demande...

Sarah reprend comme si je n'avais rien dit:

— Parlant de victimes, je vous ai apporté une version mise à jour du tableau-synthèse. J'y ai inclus tout ce qu'on sait. Et je les ai classées dans l'ordre où on les a trouvées...

C'est ce qu'il y a de bien avec les jeunes: je n'ai pas à faire continuellement attention à ce que je dis. Ils semblent immunisés contre mes accès d'humeur. Parfois, je me demande même s'ils les remarquent.

— Les quatre derniers noms sont des victimes potentielles, ajoute-t-elle en déposant une enveloppe sur la table.

— Je vais regarder ça. Pour votre suspension, comment ça s'est passé?

— À 6 heures, ce matin, j'ai reçu la visite de deux uniformes. Ils ont récupéré mon insigne et mon arme de service.

— Ils ont saisi ton ordinateur?

— Seulement celui fourni par le bureau. Mon accès au site du SPVM a aussi été désactivé.

— Les autres, tu as eu des nouvelles?

— J'ai téléphoné à tout le monde: même scénario. Il y a seulement Parano que je n'ai pas réussi à joindre.

Une fois Sarah repartie, j'examine le tableau-synthèse qu'elle m'a donné.

Identité	Métier	Sang	Corps	Tête	Organes
Bernier	SCRS	Bain	Bain	Bain	Bain
Klimenko	Mafieux	?	Entrepôt	?	?
Sirois	Motard	Bain	Entrepôt	?	?
Kelly	Financier	Bain	?	?	?
Montbourquette	Designer	Bain	?	?	?
Mitchell	Militaire	Bain	?	?	?
Noreau	Producteur porno	s.o.	Condo	?	s.o.
Mackay	Pasteur	s.o.	Condo	?	s.o.
Deschamps	Ministre	s.o.	Condo	?	s.o.
Horwitz	Chirurgien	s.o.	Lit	s.o.	s.o.
Lebel	Coach	?	?	?	?
Choung	Agent immobilier	?	?	?	?
Dansereau	Ingénieur	?	?	?	?
Day	Avocat	?	?	?	?
Hinse	Fonctionnaire	?	?	?	?

Je fais l'inventaire de ce qui manque... Des têtes, des organes, des corps. Des victimes complètes, possiblement. Mais surtout, il manque quelqu'un : la personne qui a conçu et organisé ces attentats.

Parfois, dans une enquête, on cherche désespérément des indices auxquels accrocher un moindre début de piste. Ici, il y en a trop. Je n'arrive pas à percevoir le portrait global...

J'en suis à ce point dans mes réflexions quand on frappe à la porte. Cette fois, c'est Parano.

— Où étais-tu ? je lui demande. Sarah la noire a essayé de te joindre pour savoir comment s'était passée ta suspension.

— Quelle suspension ?

— Mais...

— J'ai couché à l'hôtel et je n'ai pas accédé à mon compte au SPVM. Je n'ai donc pas été officiellement informé. Et tant que je n'ai pas connaissance du fait que je suis suspendu, je peux poursuivre en toute bonne foi l'enquête sur laquelle je travaille.

— Tu ne vas quand même pas me dire que c'est un scénario pour lequel tu t'étais préparé.

— D'accord, je ne vous le dirai pas.

Le pire, c'est que je ne suis pas surpris. Parano est obsédé par la gestion des risques. Il s'est même intéressé un moment aux puces GPS qu'on implante aux animaux... pour le cas où il serait enlevé.

Et quand il a travaillé sur une affaire de trafic d'organes, il a fait des recherches pour savoir si on pouvait greffer des puces à ses principaux organes, de manière à pouvoir les suivre à la trace, si jamais on les lui enlevait.

— Il faut que tu ailles voir Sarah la noire.

— Et l'enquête ? On ne laisse quand même pas tomber ?

— Pourquoi tu penses que je te demande d'aller voir Sarah ? Elle sort d'ici et j'ai oublié de lui dire une chose importante : j'aimerais qu'elle puisse joindre tout le monde à quelques minutes de préavis.

Après le départ de Parano, j'essaie de réfléchir à l'enquête, de mettre de l'ordre dans mes idées, mais je n'arrive pas à me concentrer. À deux reprises, je me retrouve à regarder le nuage noir...

La troisième fois, je décide que ça suffit. Ce n'est pas dans cet état que je vais pouvoir aider les jeunes. Aux grands maux, les grands remèdes !

Je prends mon téléphone...

81.

Visiter Jane von Paulhus est toujours une sorte d'épreuve.

Elle fait pourtant tout pour me mettre à l'aise. Jamais la moindre réaction négative à ce que je dis. Ou à mes silences, à mon impatience... Un ange de vertu.

« Et bien payée pour l'être », m'a-t-elle expliqué un jour, en souriant.

Alors, d'où vient ce malaise ? De moi ?...

Ce serait la réponse logique, étant donné qu'il n'y a personne d'autre lors de nos rencontres, selon elle. Comme elle le dit elle-même avec humour, elle n'est personne, à peine une apparition commode qui me permet d'interagir avec moi-même... Un peu comme ma femme, qui continue de me parler dans ma tête. Enfin, qui continuait de me parler...

— Pour comprendre, il faut être seul avec soi-même, a-t-elle l'habitude de dire.

Un jour, je lui ai répliqué :

— Pourquoi est-ce que vous me parlez, alors ?

— Pour vous donner un peu de répit de temps en temps... a-t-elle répondu avec un sourire.

Après avoir hésité un moment, je me lance :

— Le nuage noir est revenu.

Elle ne réagit pas.

Typique.

Un long silence suit.

Il faut lui donner ça, elle est très bonne pour se taire. Elle peut se taire interminablement. Sans le moindre effort apparent. Il faut dire qu'au tarif qu'elle pratique, le silence est vraiment d'or.

Je reprends :

— Je pense que ça va moins bien.

Elle hausse légèrement les sourcils.

— Le "ça" qui va moins bien, demande-t-elle, c'est vous ?

Elle a posé la question comme s'il s'agissait d'un développement inattendu.

— Je dors mal... Le nuage noir qui revient...

— Qu'y a-t-il de nouveau dans votre vie ?

— Pourquoi ce serait lié à quelque chose de nouveau ?... Vous n'arrêtez pas de me dire que les vrais problèmes sont toujours des problèmes anciens.

— Ça m'étonnerait que j'aie dit "toujours".

— D'accord, souvent...

— C'est vrai, il est fréquent que de nouvelles épreuves réveillent des problèmes dormants. Mais il ne faut pas non plus sous-estimer le pouvoir de perturbation des nouveaux événements.

Puis, après une courte pause, elle conclut :

— Donc, il y a quelque chose de nouveau.

Après un autre silence, je lui parle du saccage de ma maison, de l'explosion à la résidence de Louis, de la suspension des jeunes...

— Et vous êtes surpris de mal dormir ? Vous êtes surpris du retour du nuage noir ?

Elle me regarde un instant comme si elle se demandait comment expliquer une évidence. Puis elle reprend sur un ton très doux, presque comme si elle évoquait un souvenir attendrissant :

— Le saccage de votre appartement, l'attentat qui vous a envoyé à l'hôpital, l'aspect traumatisant des meurtres dont vous vous occupez, la menace que font peser les Affaires internes sur votre équipe, l'attitude de Paradis... vous trouvez ça banal ?

— Pas exactement, non.

— Vous êtes quelqu'un de très seul. Votre travail et votre équipe, particulièrement votre équipe, vous servent d'ancrage... Vous êtes-vous demandé si ce n'est pas la raison pour laquelle vous aimeriez la rendre permanente ?

— À votre avis ?

Elle ignore le ton sarcastique de ma réponse et poursuit :

— Soudain, tout cela est menacé. Est-ce vraiment étonnant que vous ayez de la difficulté à contenir le nuage noir ?

Je la regarde sans savoir quoi penser. Il est rare qu'elle parle autant.

— Il y a autre chose de nouveau ? demande-t-elle.

Avec réticence, je lui parle de Balco, de la soirée que j'ai passée avec elle. Du black-out. De mon réveil chez elle, le lendemain matin.

Je conclus en disant :

— Il y a longtemps que je n'avais pas bu autant.

Un autre silence suit.

Von Paulhus finit par demander:

— Vous pouvez me parler de cette personne?

— Pas vraiment.

Ma réponse lui arrache un haussement de sourcils.

J'attends quelques secondes avant d'ajouter:

— C'est une espionne. Elle travaille pour le SCRS. Je ne peux rien dire de plus.

— Et vous, dans tout ça?

Chaque fois qu'elle s'intéresse trop directement à ce que je ressens, j'ai comme un malaise. Une sorte de pudeur entre en jeu. Sans doute à cause de son apparence. J'ai l'étrange sensation de parler à ma fille... Je sais bien que je n'en ai pas, mais n'empêche... Il faudrait peut-être que je change de thérapeute. Ou que j'arrête les consultations...

— Vous lui faites confiance? reprend von Paulhus.

— Autant qu'on peut faire confiance à une espionne, je suppose.

— Et c'est commode?

Je ne réponds pas.

Après un moment, elle me demande:

— Vous avez apporté un texte?

— Non.

— Vous avez écrit?

— Pas grand-chose. Un début de texte sur les médias. Ça s'appelle *La Bête*...

— Vous pensez qu'ils rendent les gens bêtes?

— Pas du tout... Je pense que les médias sont exactement comme les cerveaux humains: ils fonctionnent à l'irrationnel. C'est à l'utilisateur d'apprendre à s'en servir de manière rationnelle.

Un sourire apparaît sur son visage.

— C'est quoi, ça ? Un projet de thèse ?

Puis, brusquement, elle me demande :

— Vous voulez me parler du nuage noir ?

Je m'efforce de lui décrire mes expériences récentes et je conclus en lui disant :

— Il y a longtemps que ça n'avait pas eu autant d'intensité.

Elle rumine un moment avant de me demander :

— Vous parlez toujours à votre femme ?

— Oui. Mais elle ne me répond plus.

— Cela vous inquiète ?

— Elle avait probablement besoin de vacances. De s'éloigner un peu du monde dans lequel je vis.

— Vous savez que vous ne m'avez jamais vraiment parlé d'elle.

— Au contraire !

— Je ne parle pas de vos discussions intérieures, mais de ce qu'il lui est arrivé à l'extérieur de votre tête, dans le monde réel. De sa mort…

— Tout était dans les médias. Je ne vois pas ce que je pourrais ajouter.

— Ce que j'aimerais savoir, c'est comment *vous* avez vécu sa mort. À part de continuer à lui parler… Se pourrait-il que vous refusiez de faire votre deuil ? Se pourrait-il que vous refusiez de la laisser aller ? Que vous pensiez ne pas en être capable ?

Ses questions me laissent sans voix. Après un moment, je regarde ma montre, puis je me lève.

— Notre temps est écoulé.

Elle sourit et me regarde partir sans répondre.

Pour se taire, elle est vraiment douée.

82.

En sortant de chez von Paulhus, je marche quelques minutes. Puis, sur une impulsion, je hèle un taxi et lui donne l'adresse de Drouganine.

Le Russe m'accueille lui-même à la porte, un verre à la main.

— Je suis heureux que ce soit vous, dit-il.

Il m'entraîne dans un salon où trône un piano à queue, pose le verre sur le piano et s'installe devant le clavier.

Je fais un geste pour désigner le verre.

— Vous êtes sûr que c'est recommandé?

— L'alcool? Maintenant, ça ne fait plus de différence… Vous aimez la musique, inspecteur Dufaux?

Il commence à jouer une pièce.

— La Sonate pour piano de Bartók, dit-il. Il l'avait écrite pour sa femme… C'était la préférée de Nadya.

Il arrête de jouer.

— Ma femme m'a toujours reproché la carrière que j'ai choisie. J'aurais pu être pianiste de concert. J'aurais fait beaucoup moins d'argent, mais il n'y aurait pas eu cet attentat…

Il se lève, se dirige vers le bar à côté du foyer, se sert un autre verre.

— Vous voulez quelque chose? Armagnac, rhum?… Champagne, peut-être?

— Rien, merci.

— Jamais quand vous êtes en service?

Puis il reprend, en gommant la pointe d'ironie qui avait percé dans sa voix:

— Mes affaires sont en ordre. Je viens de finaliser les derniers arrangements… Pour l'avenir de ma femme, je veux dire.

— Et le reste ?… Borzilov ? La direction de votre groupe ?

— Je n'ai plus de temps à perdre avec ces futilités, répond-il avec une impatience mal contenue.

De l'agressivité a percé dans sa voix. C'est toutefois sur un ton parfaitement maîtrisé qu'il poursuit :

— Au cours des dernières années, je m'en suis occupé parce que ça me permettait de prendre des dispositions pour assurer les soins de ma femme. Tout ce que j'ai fait a été motivé exclusivement par ça.

— Et Borzilov ? Vous ne l'avez pas aidé à disparaître ?

— Je vous l'ai dit, je suis maintenant au-delà de ces futilités… Moi non plus, je ne sais pas où il est. Il a quitté son appartement, il y a quelque temps. Je n'ai eu aucun contact avec lui depuis.

— Et si vous deviez absolument le retrouver ?

Il réfléchit un moment avant de demander :

— Vous aimez les restaurants spécialisés dans la cuisine est-européenne ?

Pourquoi n'y ai-je pas pensé ? Décidément, je ne suis pas au meilleur de ma forme.

— Vous pouvez m'en recommander un ?

— Le Pravda, la Caverne… le Zytynsky. C'est un de ses préférés.

Il reprend la sonate là où il l'avait laissée.

Je ne m'y connais pas beaucoup en musique mais, à la fluidité et à la précision de son jeu, je me dis qu'il aurait effectivement pu faire une carrière de pianiste.

— Vous connaissez Borzilov depuis longtemps ?

Pour me répondre, il se contente de jouer plus doucement.

— Assez, oui.

— Qu'est-ce qui peut l'avoir poussé à éliminer Klimenko et Sirois ? L'argent ? Le pouvoir ?

— La vengeance, je dirais.

— Contre qui ?

— Quand il était en Russie, il dirigeait une équipe de *goons* pour un puissant groupe de criminels.

— Par *goons*, vous parlez d'assassins ?

Cette fois, il s'arrête complètement de jouer et me regarde.

— Ils pratiquaient aussi la torture, procédaient à des enlèvements… Ils faisaient tout ce qu'on leur demandait.

— Vous n'avez pas eu de réticence à l'engager ?

— Borzilov ne présentait pour moi aucun danger. De plus, il était très efficace, très motivé.

Puis il revient à son histoire :

— Il s'est fait beaucoup d'ennemis en Russie. Trois groupes rivaux ont mis sa tête à prix. Ses employeurs ont trouvé plus simple et plus économique de le laisser tomber. De le remplacer par quelqu'un d'autre… En Russie, ce n'est pas la main-d'œuvre qui manque.

— C'est à ce moment-là que vous l'avez récupéré ?

— Oui… Il n'a jamais cessé de vouloir se venger. Prendre ma place lui en donnerait les moyens.

— J'ai beaucoup réfléchi à tous ces meurtres. Je me suis demandé d'où pouvait bien venir l'argent pour les financer. Il a aussi fallu trouver l'information sur les victimes, organiser les exécutions, se procurer le matériel…

— Et comme j'ai une certaine aisance financière, vous avez pensé que Borzilov était seulement un homme de main. Que c'était moi, derrière lui, qui tirais les ficelles ?

— Avec vos moyens financiers, vos relations…

— Ce qui vous manque, j'imagine, c'est le motif.

— Je me suis dit que, s'il y avait un point commun, c'était cette idée que rabâchent les médias : un tueur qui punit des abuseurs de femmes. Toutes les personnes assassinées ont comme point commun d'avoir maltraité des femmes.

— Autrement dit, les victimes de votre assassin étaient toutes coupables.

— Leurs crimes représentent une sorte d'inventaire des violences faites aux femmes.

— Donc, vous auriez affaire à un tueur… de tueurs de femmes. Il y a bien des gens qui lui donneraient une médaille au lieu de le pourchasser !

— C'est probablement comme ça qu'il se perçoit… Au début, je me suis demandé si cette personne pouvait être une femme violentée.

— La vengeance… Oui, ce serait un bon motif.

— Puis je me suis dit qu'il pourrait s'agir d'un homme proche d'une femme qui a été violentée… Que la victime pouvait être sa femme… Ou sa fille.

— Ça aussi, ça pourrait aussi être un excellent motif ! Vous pensez à quelqu'un ?

— Et vous ?… Vous avez une idée ?

Il répond en changeant complètement de sujet :

— Vous aviez raison, pour la vodka. Ce n'est pas très recommandé… Si vous n'y voyez pas d'objection, je vais me retirer.

— Nous allons certainement nous revoir.

— Vous êtes toujours le bienvenu. Mais n'attendez pas trop. Je pourrais ne plus être là.

— Vous envisagez de quitter la ville ?

Il semble amusé par ma question :

— Où voulez-vous que j'aille ? Dans mon état, monter à ma chambre sans prendre l'ascenseur est une aventure.

Il me reconduit à l'entrée.

Au moment où je vais sortir, il me demande :

— Vous ne trouvez pas ça futile, toutes ces enquêtes sur des gens qui en ont tué d'autres ? Et qui sont remplacés par des gens à peu près identiques à mesure que vous les arrêtez ? Et qui vont en tuer d'autres, à peu près identiques ? Puis qui vont se faire tuer ?… Vous n'avez rien de plus important à faire ?

— Comme quoi ?

— Comme décider de ce que vous allez faire de ce qu'il vous reste de vie… Maintenant que votre femme n'est plus là, je veux dire.

Qu'il sache que ma femme est morte, ce n'est pas vraiment une surprise. Avec tout ce que les médias ont raconté sur moi… Mais s'il fait référence au fait qu'elle a cessé de me répondre…

Normalement, la seule personne à le savoir est Jane von Paulhus… Puis je pense à Balco. Se peut-il que je lui en aie parlé pendant la soirée dont j'ai perdu le souvenir à cause du black-out ?

Et si jamais c'était le cas, comment Drouganine a-t-il pu l'apprendre ? A-t-il mis la résidence de Balco sur écoute avec l'aide de la taupe ? À moins que ce soit le bureau de von Paulhus qu'il ait espionné…

Décidément, il va falloir que je me soigne si je ne veux pas devenir comme Parano !

83.

Un taxi me ramène au bureau. Les portières, des deux côtés, sont couvertes par une affiche aux couleurs criardes :

JOE LE TAXI / JOE'S TAXI
joestaxi.ca
facebook.com/joeletaxi

Comme il est affilié à une compagnie, je suis étonné qu'il se fasse une publicité personnelle aussi tonitruante.

— J'aime parler aux clients, m'explique-t-il. Je veux qu'ils se souviennent de moi. Il y en a plusieurs qui viennent sur mon site ou sur ma page Facebook pour continuer la conversation.

J'ai ensuite droit à une tirade anti-Uber.

— Le PM, il s'en fout, des taxis. Lui, il se promène en limousine ou en avion. Il veut juste avoir la paix. Il ne se rend pas compte, on dirait, qu'Uber ne respecte jamais les ententes qu'il signe. C'est la même chose partout sur la planète.

Sur le fond, je sympathise avec lui. Mais j'ai de la difficulté à m'intéresser à la conversation. Je n'arrête pas de penser à ma rencontre avec Drouganine.

Plus que ce qu'il a dit, c'est son attitude qui m'a frappé. C'est comme si plus rien ne pouvait l'atteindre.

D'accord, il a un cancer en phase terminale. Mais comment peut-il être certain que ses projets vont se réaliser comme il l'a prévu? Pour sa femme, surtout…

Mon attention revient au chauffeur de taxi et à sa tirade contre Uber.

— … les inviter à la commission parlementaire! Je n'en reviens pas! C'est comme demander à la mafia de venir donner son point de vue sur la réforme du Code criminel!

Je sors mon téléphone et je me concentre pour envoyer un texto à Miron, ce qui a pour effet d'interrompre la tirade du chauffeur.

> Idée pour trouver Borzilov : restos avec cuisine des pays de l'Est. Drouganine dit qu'il mange surtout dans ce type de resto.

La réponse s'affiche presque aussitôt.

> Tu sais combien il y en a ?!

> Commence par le Pravda, la Caverne et le Zytynsky.

Aussitôt que je range mon téléphone, le chauffeur recommence à «communiquer». Cette fois, il a abandonné Uber pour les meurtres du «tueur de machos»... Sans doute une autre expression à mettre au compte de la créativité des réseaux sociaux !

— J'ai vu le même genre de choses pendant la guerre des Balkans, dit-il. Et en Tchétchénie. Du sang, des corps en morceaux... des viols, des décapitations, des gens castrés... des yeux et des langues arrachés... Je ne comprends pas pourquoi, ici, le monde s'énerve autant. Ailleurs, c'est courant. Vous, vous avez juste un fou de temps en temps... Moi, en tout cas, je trouve que le monde, ici, sont pas mal "moumounes", comme vous dites...

Un instant, je me demande si je ne suis pas dans une émission de téléréalité qui piège des gens dans les taxis.

Mais non, c'est juste un taxi normal. Enfin, normal...

Je passe le reste du trajet à penser à Drouganine et à la question qu'il m'a posée... Quand il m'a demandé ce qui était important pour moi.

Il semblait tout à fait sincère. Et il n'avait pas du tout le comportement d'un suspect. Pour employer ses propres termes, il donnait vraiment l'impression d'être «au-delà des futilités».

84.

Au moment où j'arrive au bureau, Godin me demande par téléphone de passer le voir.

— Des nouvelles? demande-t-il d'emblée quand j'arrive.

— Je suis retourné voir Drouganine. Il m'a peut-être donné une piste pour retrouver Borzilov. Miron s'en occupe.

— Et tes jeunes? Comment est-ce qu'ils prennent leur suspension?

— Qui peut être contre un congé payé?

— Sérieusement…

— Ils sont indignés, mais j'ai l'impression qu'ils ne réalisent pas à quel point Paradis est dangereux.

— J'ai reçu un appel de lui. Il prévoit procéder à trois arrestations.

Je parviens à me contrôler et je lui demande calmement:

— C'est pour quand?

— Bientôt. Il n'a pas voulu être plus précis.

— Qui est visé?

— Sarah la rousse, Sundance et Kodak.

— Il a vraiment des preuves?

— Assez pour qu'un juge autorise un interrogatoire et une perquisition de leur appartement.

— La sale petite ordure!

Le pire, c'est que toute cette agitation, même si elle n'aboutit à rien, va laisser une impression de culpabilité.

Les gens vont se souvenir que les jeunes ont été arrêtés. Ils vont se dire que ce ne sont pas des choses qui se font à la légère, surtout quand il s'agit de policiers ; qu'on n'a peut-être pas trouvé assez de preuves pour les condamner, mais qu'il n'y a pas de fumée sans feu...

Même moi, qui sais pourtant à quoi m'en tenir sur Paradis, je suis inquiet. Je me demande s'il n'a pas réellement trouvé quelque chose sur eux. Quelque chose qui n'est pas nécessairement en rapport avec la taupe, mais qui pourrait entacher leur réputation, miner leur carrière...

Godin fouille dans un tiroir et me remet une chemise cartonnée.

— Voici ce qu'il a contre eux, dit-il. Nous avons rendez-vous avec lui à 9 heures, demain matin.

Je regarde le dossier, puis je ramène les yeux vers Godin comme pour m'assurer que je ne rêve pas.

— Pourquoi ? je lui demande.

— Parce que, malgré tous les problèmes que tu me crées, je t'apprécie. J'ai confiance en ton jugement.

— Tu es sûr que c'est la seule raison ?

— Il y a aussi les preuves. Tout est circonstanciel... Remarque, l'histoire qu'il raconte autour des preuves est plausible. Mais elle n'est que ça : plausible. J'aimerais savoir si ça peut s'expliquer autrement.

— Pourquoi est-ce que je ne suis pas complètement convaincu ?

Je me dis encore une fois qu'à travers moi et mon équipe, c'est aussi lui qui est visé, ultimement.

Sa réponse me surprend.

— Tu as raison. Il y a aussi le fait que c'est Paradis... Je venais d'arriver en poste quand il a fait son *stunt* contre l'unité de Miron. On a été dans les médias pendant huit mois. Un excellent policier a pris une retraite prématurée. Un autre a fait un burn out... Et tout ça pour aboutir à quoi ? Un blâme pour ne pas avoir suivi exactement le protocole dans l'enregistrement d'un document !

— Je sais... Miron a mis des années à s'en remettre.

— Un soir, je suis allé chez lui. Parce qu'il m'inquiétait. Je parle de Miron... Je suis arrivé à temps : il se préparait à aller descendre Paradis... Des fois, je me demande si je n'aurais pas dû le laisser faire.

Dire que je suis étonné serait un euphémisme.

— Je ne parle même pas du suicide de Louis, poursuit Godin.

Après un moment, il ajoute :

— Ce que je veux, c'est savoir ce que valent ces prétendues preuves. Avant que les médias s'emparent de l'histoire, de préférence.

Je prends le dossier. Je cherche mes mots un instant avant de lui dire :

— Tu es quelqu'un de... surprenant.

— Je sais que tu me trouves trop porté sur les procédures, la paperasse, le respect tatillon des règlements... Tu as peut-être raison. Je suis quelqu'un qui aime l'ordre... Mais quand quelqu'un se sert des structures d'ordre pour semer le désordre...

Il ne complète pas sa phrase. Mais au ton de sa voix et à son non-verbal, on comprend facilement que c'est pour lui le comble de la monstruosité.

— Je te promets de faire ce que je peux.

Il ne répond pas.

Je m'empresse d'amener la discussion sur un autre sujet :

— La SQ ?

— Pas de nouvelles pour l'instant. Mais après les arrestations…

En sortant de son bureau, je regarde mon Blackphone, qui a vibré à quelques reprises contre ma cuisse pendant que j'étais chez Godin.

Deux textos de Sarah la rousse.

> Ai trouvé l'adresse IP de Borzilov. Rappelez-moi.

Puis, quelques minutes plus tard :

> Urgent. Adresse réelle de Borzilov.

Je la rappelle.

Elle commence par m'ensevelir de détails techniques. Je l'interromps.

— Où est Borzilov ?

— Probablement au 6895, rue des Écores.

— Pourquoi "probablement" ?

— C'est l'endroit où était son portable quand il a reçu le plus d'appels de son mystérieux correspondant et de Drouganine.

— D'accord, je m'en occupe. Ensuite, je passe te voir. Ça risque d'être assez tard. Peut-être même au cours de la nuit.

— C'est la première fois que vous me faites des propositions.

— Non, ce n'est pas…

Son éclat de rire interrompt mes protestations.

— Ça va, dit-elle. Je jouerai sur *Legacy of the Void* en vous attendant.

— Appelle Kodak et Sundance. Je vais aussi passer les voir.

— Il va falloir mettre votre profil Facebook à jour.

— Quoi ?

— Je parle de votre statut. Il va falloir passer de céliba-taire à "C'est compliqué" !

Sur quoi, elle éclate de rire à nouveau.

Je ferme mon téléphone.

Normalement, il faudrait que j'appelle Miron, mais j'hésite à le mêler à une opération aux limites de la légalité. Avec Paradis dans le décor...

Je décide finalement de me tourner vers Balco.

— Il faut qu'on se voie. Rapidement.

— Je suis flattée de l'urgence de ce besoin, dit-elle sur un ton chargé de sous-entendus.

Non, mais ! Qu'est-ce qu'elles ont toutes ?

— J'ai une adresse où on a une chance de trouver Borzilov.

La voix de la directrice adjointe redevient brusque-ment froide et précise. Son cerveau a basculé en mode opérationnel.

— Où est-ce ?

Je lui donne l'adresse et lui demande si elle peut être là dans une heure.

— Aucun problème.

— Ce que j'ai à te proposer n'entre pas tout à fait à l'intérieur des protocoles définis par la loi. Je ne veux pas impliquer Miron.

— D'accord, donne-moi une heure trente. Je serai dans une limousine, à proximité.

85.

Quand j'arrive près de la limousine, Balco ouvre la portière arrière.

En entrant, j'aperçois mon frère, Louis-Simon, installé derrière le volant.

— Je te croyais planqué quelque part, toi !

— Un agent secret ne se planque jamais, réplique mon frère, imperturbable. Il maintient un profil bas.

Balco prend le relais.

— Il travaille pour moi, dit-elle. Strictement pour moi. Sa mission n'apparaît dans aucun document officiel ou officieux.

J'ai alors une illumination :

— C'est lui qui suit la taupe !

— Techniquement, non. Mais ça ressemble à ça… Il s'occupe du contact qui sert de lien entre la taupe et la mafia russe.

Je me tourne vers mon frère.

— L'info sur la fausse vieille femme dans le lit, c'était toi !

Mon frère regarde Balco d'un air ravi avant de déclarer :

— Je vous l'avais dit, qu'il ferait le lien !

— Aucune importance, répond cette dernière.

Puis elle s'adresse à moi :

— Nos enquêtes sont encore plus liées que je l'imaginais. Et, avec un peu de chance, on va pouvoir les résoudre assez rapidement. Toutes les deux.

Elle ouvre un sac contenant plusieurs armes. Après avoir donné un Uzi à Louis-Simon et en avoir pris un, elle me tend un pistolet identique à mon arme de service.

— Tu y es habitué, dit-elle. Autant ne pas compliquer les choses.

— J'ai déjà une arme.

— Laisse-la dans la voiture. Ce n'est pas une opération du SPVM. Ni du SCRS. Ce n'est pas une opération du tout.

— Ce n'est pas mon arme de service.

— Raison de plus. La dernière chose qu'on veut, c'est une balle qui permette de remonter à ton arme personnelle.

— D'accord.

J'échange mon pistolet contre celui qu'elle me tend.

— Il n'y a que deux sorties, déclare Louis-Simon. Je m'occupe de l'arrière.

Balco hoche la tête en signe d'assentiment.

L'arrestation de Borzilov se déroule comme dans les séries télé.

On s'installe de chaque côté de la porte avant. Balco sonne et s'identifie comme étant du SPVM. La chose n'a pas l'air de la gêner le moindrement.

Des coups de feu sont tirés à travers la porte. Avec un silencieux, car on n'entend presque pas les détonations. Par contre, on entend ensuite quelqu'un qui s'éloigne au pas de course vers l'arrière de la maison.

On défonce la porte, on entre, on examine les pièces une à une... Vides.

Quand on arrive à la porte arrière, Louis-Simon nous attend. Borzilov est au sol. Inconscient et menotté.

— *Piece of cake*, déclare mon frère en guise de commentaire.

Il transporte Borzilov à l'intérieur sur son épaule et le laisse tomber sur une chaise, dans la salle à dîner. Balco s'occupe de le ligoter pendant que Louis-Simon et moi faisons le tour de l'appartement.

Il n'y a presque rien. C'est seulement un endroit pour dormir, manger des plats surgelés et regarder la télé.

Quand nous revenons vers Balco, elle est en train d'examiner le téléphone de Borzilov.

Sur un signe de sa supérieure, Louis-Simon récupère nos armes et va les porter à la limousine. Je l'accompagne à la porte, où je l'attends quelques instants.

Il revient et me tend mon pistolet. Puis il disparaît.

86.

Borzilov a repris conscience. Il commence par nier catégoriquement avoir assassiné Kopeïkine.

— Vous ne me collerez pas ça sur le dos !

— Ce n'est pas à toi qu'on s'intéresse, réplique Balco. Que tu aies descendu Kopeïkine, on s'en fout.

— Je vous dis que je ne l'ai pas tué !

— Écoute, on ne t'a pas lu tes droits. Alors, d'un point de vue légal, rien de ce que tu nous dis n'est admissible en preuve. C'est une simple discussion entre professionnels.

— Pourquoi je l'aurais tué ? continue de protester Borzilov. Je comptais sur lui pour m'aider à prendre le groupe en main après le départ de Drouganine.

Ses protestations ont un accent de sincérité assez déroutant.

— D'accord, fait Balco. Admettons que tu ne l'as pas tué. Mais les autres meurtres ?... Sirois et Klimenko ? Tu ne t'es pas débarrassé d'eux pour prendre la direction du groupe ?

— Non. Ce n'est pas moi.

— Tu as quand même loué l'entrepôt, conduit l'ambulance...

— C'est vrai, j'ai loué l'entrepôt. J'ai livré l'ambulance sur un stationnement et je l'ai récupérée le lendemain dans un garage. Mais je n'ai rien fait d'autre.

— Au fond, tu es seulement un chauffeur de corbillard.

La remarque a le don de le rendre plus agressif.

— Pensez ce que vous voulez ! Je n'inventerai rien pour vous faire plaisir.

— OK, OK… Disons que tu n'as rien à voir dans les meurtres… à part les avoir facilités et avoir fourni le matériel. Complicité pour meurtre, ça peut aller chercher dans les…

— Vous déformez ce que je dis ! Je ne savais pas qu'il allait y avoir des meurtres ! Vous voulez me "framer" !

— Ce que je veux, c'est savoir pourquoi tu as fait tout ça. Qu'est-ce que tu avais à y gagner ?… Que tu élimines l'homme de confiance de Drouganine pour prendre sa place, je peux comprendre. Que tu fasses disparaître Sirois parce qu'il était lié à Klimenko, ça va aussi. Même Bernier, ça pouvait avoir du sens de l'éliminer, quand tu as découvert que c'était un agent infiltré. Mais les autres meurtres…

— Combien de fois il va falloir que je vous le dise ? Je n'avais pas besoin d'éliminer Klimenko ! Drouganine m'avait promis que je serais son successeur.

— Pourquoi ? Parce qu'il te trouvait sympathique ?

— Parce qu'il est sur le point de mourir.

— Ça, on le sait. Cancer du pancréas et du foie. Il a pris des dispositions pour qu'on prenne soin de sa femme après sa mort.

— Si vous savez tout, pourquoi vous m'interrogez ?

Malgré son ton bravache, il est facile de voir qu'il est décontenancé.

— Ce qui nous intéresse, c'est ce qu'il t'a demandé en échange de ce qu'il t'a promis.

— Il ne m'a rien demandé.

— Même pas de t'occuper d'un ou deux dossiers ?… Justice pour toutes… *SCRS*…

— Je n'ai rien d'autre à vous dire.

— On avait pourtant une conversation intéressante, civilisée…

Balco approche une chaise. Elle la place à côté de celle où Borzilov est ligoté, mais dans le sens contraire, de manière à lui faire face quand elle s'assoit.

— Tu es certain de ne plus avoir rien à dire?

— Je vous ai tout dit.

— Dommage…

Elle lui prend la gorge de la main droite. Son pouce et ses doigts forment une pince qui se resserre sur la trachée de Borzilov.

— Tu as déjà étudié le jeu délicat de muscles, de cartilages et d'organes qui fait que tu peux respirer? C'est vraiment une belle mécanique. Remarquablement solide, compte tenu de sa délicatesse. Mais il suffit d'une pression bien appliquée pour la détruire… Et c'est irréversible.

Difficile de savoir ce qui est le plus inquiétant: ce que fait Balco, ou la froideur de sa voix. Je la regarde sans oser intervenir. Ce type d'intimidation ne fait absolument pas partie de ce qui est autorisé. Même si, comme elle, on est du SCRS… Brusquement, je me souviens de sa main sur ma gorge, au moment où je me suis réveillé dans son lit. Je ne peux m'empêcher de porter ma propre main à mon cou.

— Là, tu vois, poursuit Balco, si j'accentue la pression, ça va briser l'attache du larynx au sommet de l'hyoïde.

Borzilov est complètement immobile, comme s'il avait peur de provoquer lui-même une blessure en faisant un mouvement trop brusque.

Balco déplace sa prise.

— Si j'appuie ici et que j'enfonce les doigts un peu plus profondément, c'est toute la structure en cartilage du larynx que je peux écraser.

Elle déplace de nouveau la prise de sa main.

— Ici, dit-elle, j'ai de fortes chances de provoquer une rupture de l'artère carotide.

Elle retire sa main.

— Je te laisse le choix, dit-elle. À quoi veux-tu que je m'attaque en premier ?

— Je ne sais rien ! proteste le Russe.

Il y a maintenant de la terreur dans sa voix.

— Si tu ne choisis pas, répond Balco, c'est moi qui vais choisir.

Elle remet la main sur la gorge de Borzilov.

Je commence à me demander s'il s'agit seulement d'intimidation. Il y a quelque chose d'impitoyable dans l'attitude de Balco.

Comme je suis sur le point d'intervenir, le Russe se met à crier :

— Attendez ! Attendez !

— Tu te souviens de quelque chose ? demande Balco.

Elle laisse néanmoins sa main sur la gorge de Borzilov.

— Qu'est-ce que vous voulez savoir ?

— Comme je te disais, les intermédiaires ne nous intéressent pas vraiment. Par contre, ce que tu sais sur ceux qui sont derrière ces meurtres…

— Et si je vous raconte ce que je sais ?

— Nous allons te laisser ici et repartir, répond Balco. À toi de te débrouiller.

Je jette un regard étonné à Balco, mais je ne dis rien.

— Comment je peux être sûr ? demande Borzilov.

— Tu ne peux pas. Mais une chose est certaine, par contre : si tu ne parles pas, tu n'as aucune chance.

— D'accord… Tout ça, c'est Drouganine. Les meurtres, l'ambulance… J'exécutais ses ordres.

— Et la tentative d'assassinat contre l'inspecteur Dufaux ? enchaîne Balco.

Borzilov proteste avec véhémence.

— Ça, ce n'est pas moi !

Puis il ajoute, en me regardant :

— Vous êtes là, non ?

— Ce qui veut dire ?

— Si on m'avait dit de vous éliminer, vous seriez mort.

— Peut-être que ce n'est pas toi, admet Balco. Mais tu sais sûrement qui c'est.

— Pas exactement… À votre place, je creuserais du côté des Black Death.

Balco me regarde sans rien dire…

Les Black Death sont réputés pour avoir deux exécuteurs. Wayne « The Silent » Morel et Albert « Two-Face » McDuff. Ils se chargent de presque toutes les corvées : des interrogatoires musclés jusqu'au meurtre, en passant par le passage à tabac plus ou moins appuyé.

— Je ne sais vraiment pas qui a fait ça, reprend Borzilov en s'adressant à moi. Mais je ne pense pas qu'il avait l'ordre de vous tuer.

— Tu es devin, maintenant ?

— Le souffle de la bombe a projeté la porte vers l'extérieur sans qu'elle se brise. Ils voulaient vous secouer, pas vous tuer.

— Et comment est-ce que tu peux savoir aussi précisément ce qui s'est passé ?

— Tous les détails étaient à la télé.

— En étant projeté, j'aurais pu me fracasser la tête sur une roche, sur un arbre… sur une auto…

— C'est vrai, c'était un risque. Mais s'ils avaient vraiment voulu vous tuer, ils se seraient assurés que ça réussisse.

Ils auraient choisi un autre type de bombe. Et ils l'auraient mise plus près de la porte… À moins que ce soient des amateurs. Mais je ne pense pas.

— Et sur Drouganine ? demande Balco avant que j'aie le temps de répondre. Qu'est-ce que tu peux me dire ?

— C'est sérieux ? Vous ne m'arrêterez pas ?

— On a toujours intérêt à connaître ceux qui dirigent le crime organisé. Ça facilite les rapports en temps de crise.

Borzilov nous regarde encore un moment, puis il se décide.

— Il m'a proposé d'être son successeur. À la condition que je m'occupe des deux dossiers dont vous avez parlé.

— Parle-moi du dossier JUSTICE POUR TOUTES. C'est quoi, ce truc ?

— Je me suis occupé de tout, sauf des meurtres. Pour ça, Drouganine avait quelqu'un d'autre. J'avais des instructions sur les locaux à louer, le matériel à installer… l'argent à virer sur des comptes offshore, les directives à envoyer aux exécutants, les véhicules à trouver…

— Tout ça venait de Drouganine ?

— Oui.

— Et les meurtres ? Qui s'en est occupé ?

— Je vous l'ai dit, regardez du côté des Black Death !

— Si tu avais à deviner ?

— Ça prend quelqu'un d'assez tordu. Exécuter un contrat. Éliminer un ou deux clients, OK… Mais ça !

J'échange un regard avec Balco. Elle reprend l'interrogatoire.

— Et l'autre dossier ? Celui sur le SCRS ?

— Je n'ai pas eu grand-chose à faire : transmettre les documents que je recevais, effectuer des virements d'argent…

— Les documents, tu les recevais comment?

— Un livreur les déposait dans ma boîte aux lettres. J'étais prévenu par téléphone une heure à l'avance.

— Toujours le même livreur?

— Non. Toujours quelqu'un de différent. Les types à bicyclette qui font des livraisons partout en ville.

Balco sort son téléphone portable et fait apparaître un numéro de téléphone.

— C'est le numéro de celui qui t'appelait?

Borzilov le regarde.

— Oui. Et c'est le numéro que j'appelais pour l'informer des virements.

— Qu'est-ce que tu sais d'autre sur Drouganine?

— Je ne vois pas quoi vous dire de plus...

— Bien.

Balco s'assure alors de la solidité des liens de Borzilov, puis elle m'entraîne vers la sortie.

— Vous ne pouvez pas me laisser comme ça! proteste le Russe.

— Je fais ce que je t'ai promis, répond Balco: on sort et on te laisse ici.

— Comment je fais pour me libérer?

— On va t'envoyer quelqu'un. Ils vont te mettre à l'abri.

— Pas les flics! Vous aviez promis...

— Si tu ne dis rien de notre conversation, on va faire en sorte que tu ne sois pas accusé de meurtre. Mais si tu parles...

Une fois la porte refermée, on continue d'entendre les protestations étouffées de Borzilov.

— C'était quoi, ce cirque? je demande à Balco en m'efforçant de garder ma voix basse. Tu aurais pu me prévenir!

— Ç'aurait été moins amusant.

— Amusant... Tu es vraiment cinglée !

— Dans notre métier, c'est le seul moyen de ne pas devenir fou.

— En n'intervenant pas, j'ai été complice de torture !

— De technique d'interrogatoire renforcée... À peine renforcée, d'ailleurs. Je suis certaine qu'on ne trouvera aucune trace de violence sur lui.

Comme on arrive à la voiture, elle se met à rire doucement et me regarde avec un air amusé.

— Avoue que c'était une bonne performance, dit-elle. Je ne réalisais pas à quel point le terrain me manquait !

— Tu es sûre que c'était juste une performance ?

— Ça, tu ne le sauras jamais !

On entre dans la voiture et je téléphone à Miron.

— Léo ? C'est Dufaux !

— J'imagine que tu as encore une corvée pour moi !

— Je tenais à te féliciter pour les progrès de ton enquête.

— De quoi tu parles ?

— Le conducteur de l'ambulance privée de Drouganine. Il aura des tas de choses à te dire.

Je lui donne l'adresse en lui disant de faire aussi rapidement qu'il peut.

— Tu es là-bas ?

— Autre chose à faire.

— Et comment j'explique que je me suis rendu là en pleine nuit ?

— Ce n'est pas encore tout à fait la nuit.

— Il fait noir, j'étais couché et je venais de m'endormir ! Si ce n'est pas la nuit...

— D'accord, d'accord... T'as juste à dire que c'est un de tes informateurs.

Après avoir raccroché, je demande à Balco :

— Tu penses que Borzalov va raconter tout ce qu'il sait?

— Pas dans l'immédiat. Il va attendre, question de voir comment les choses tournent, comment il peut utiliser au mieux les informations qu'il détient.

Nous guettons l'arrivée de Miron. La probabilité que quelqu'un d'autre se pointe à la résidence est mince, mais Balco préfère attendre. Au cas…

De l'endroit où la voiture est garée, nous sommes assez près pour surveiller l'entrée de la maison, mais suffisamment éloignés pour ne pas attirer l'attention des policiers quand ils arriveront.

Je demande à Balco ce qu'elle pense de l'idée que le tueur soit un motard.

— Mon premier choix, répond-elle.

— Sinon?

— Un tueur lié aux mafias d'Europe de l'Est.

— Demain, je vais rendre visite à nos collègues du crime organisé. Si quelqu'un sait où on peut trouver nos deux suspects, ce sont eux.

— Je vais regarder de mon côté.

— Le type qui contactait Borzilov, la taupe, tu sais qui c'est?

— Je pense le savoir. Et ce n'est pas la taupe elle-même, c'est un intermédiaire… C'est lui que ton frère surveille.

Puis elle ajoute:

— Je devrais pouvoir te dire demain de qui il s'agit. Il me reste encore quelques vérifications à effectuer.

— Demain, je n'aurai pas beaucoup de temps. Paradis va arrêter trois membres de mon équipe.

— Beaucoup de choses peuvent survenir d'ici demain matin.

— On croirait entendre un motivateur.

411

— *Think positive*, dit-elle en riant.

Juste à ce moment, deux autos-patrouilles et une voiture banalisée s'immobilisent devant l'entrée de chez Borzilov.

Je démarre. On s'éloigne lentement.

— Où est-ce que je te dépose ?

— Chez moi.

— Tu es chanceuse de pouvoir dormir.

— Si tu as besoin de quoi que ce soit, tu sais où me joindre !

— Il y aurait une chose…

87.

Le lendemain, j'arrive tôt au bureau. Miron m'y attend.

— Grâce à toi, je n'ai pas dormi de la nuit, dit-il en m'accueillant.

— Mais tu es un héros. Tu as arrêté le conducteur du véhicule qui a servi à transporter les victimes. Godin va t'adorer.

— Justement… Il y a un ou deux détails que je voudrais discuter avec toi.

— Comme quoi ?

— Les coups de feu à travers la porte… Comment est-ce que tu as pu l'arrêter à toi seul ?

— Je l'ai eu à la psychologie.

Miron me regarde comme si je parlais de voyage astral.

— Qu'est-ce que tu as fait ? insiste-t-il. Tu lui as dit que tu allais pleurer s'il ne te laissait pas l'arrêter ?

— J'ai d'abord frappé à la porte. Aussitôt qu'il a commencé à tirer, j'ai couru à la porte arrière. Quand il est sorti pour s'enfuir, je l'ai assommé. Même pas eu besoin de tirer un coup de feu !

— Puis tu l'as transporté seul dans le salon, tu l'as menotté, tu l'as ligoté, tu as perquisitionné la maison, inspecté le garage...

— T'as pas idée à quel point j'étais fatigué quand je me suis couché !

— Et les menottes ?

— Qu'est-ce qu'elles ont, les menottes ?

— Ce ne sont pas celles qu'on utilise au SPVM.

— Je les ai trouvées sur place.

— Arrête de me prendre pour un imbécile !... Tu ne veux pas me dire ce qui s'est passé, parfait ! Mais ne me prends pas pour un imbécile !

— Désolé, tu as raison. Je ne peux pas te parler de tout. Mais aussitôt que c'est possible...

— Et Godin ? S'il me demande comment j'ai eu l'idée de me rendre là-bas en pleine nuit, je réponds quoi ?

— Je te l'ai dit hier, un informateur... Mais tu t'en fais pour rien. Il va être trop content d'annoncer des progrès dans l'enquête pour t'embêter... Moi, il faut que je parte.

— Qu'est-ce que tu as de si urgent ?

— Un rendez-vous avec les Affaires internes. Paradis a fait arrêter trois des jeunes. Ce matin, les médias étaient devant leur porte avant même l'arrivée des policiers.

— Tu penses qu'il les avait prévenus ?

— T'as vraiment une belle naïveté...

88.

Quand j'entre dans le bureau de Godin, Paradis a déjà étalé ses dossiers sur la table de conférence.

— Dufaux, tu as l'air d'avoir dormi sous un pont, me lance Godin en me faisant signe de m'asseoir.

— Si seulement j'avais pu dormir sous un pont !

— Qu'est-ce qui se passe ? demande Paradis. La réunion de ce matin vous rendait nerveux ?

— Pas du tout. C'est une enquête que je suis en train de boucler. Une enquête sur des vrais criminels… Tu devrais essayer, un jour.

— Vous voulez dire que les membres de votre unité sont impliqués dans une enquête malgré leur suspension ? Ça va aggraver leur cas. Sans compter que ça risque d'invalider toutes les preuves qu'ils ont pu…

Je le laisse pérorer. Quand il a terminé, je me contente de lui répondre :

— L'unité de Miron n'est pas suspendue, que je sache. Je lui ai refilé quelques tuyaux et il a arrêté le conducteur du véhicule privé qui a servi à transporter le corps des victimes.

Je me tourne vers Godin avant d'ajouter :

— C'était Borzilov.

Puis je ramène mon attention vers Paradis.

Voir son visage est déjà une victoire. Que Miron et moi soyons en train de résoudre l'affaire l'horripile clairement. C'est toujours plus difficile de s'attaquer à un policier qui vient d'arrêter un grand criminel.

Pour reprendre contenance, il passe un moment à faire semblant de remettre de l'ordre dans ses papiers. Puis il attaque :

— Quoi qu'il en soit, nous sommes ici pour discuter de choses autrement plus graves.

— Plus graves que ces meurtres barbares ?

— Nous sommes ici pour parler de corruption. De la confiance que la population est en droit d'avoir en son corps policier. Des bases mêmes de l'ordre social…

Godin l'interrompt.

— Je n'ai pas toute la journée. Viens-en au fait !

— Si c'est ce que vous voulez…

Paradis se tourne vers moi.

— Ce matin, j'ai procédé à l'arrestation de trois membres de votre unité.

— Difficile de l'ignorer, c'est partout dans les médias.

Avant qu'il puisse répondre, Godin le relance.

— Était-ce bien nécessaire ?

— De les arrêter ?

— De prévenir les médias pour qu'ils soient sur place au moment des arrestations ? Tu sais le message que ça envoie ?

— Que les policiers ne sont pas au-dessus des lois. Que l'administration de la justice est transparente. Qu'ils peuvent faire confiance au système !

— Tu sais très bien que tu dis des conneries !

Godin a raison. Aux yeux du public, les trois vont être condamnés avant même d'avoir eu un procès. Les gens vont penser que, pour arrêter des policiers, il faut qu'on ait des preuves blindées. Et si jamais le tribunal juge qu'ils ne sont pas coupables, le public va croire qu'on a magouillé pour qu'ils soient blanchis.

Mais c'est une perte de temps de discuter avec Paradis. Je décide de précipiter les choses.

— Qu'est-ce que tu leur reproches ?

— Ce n'est pas moi, ce sont les Affaires internes. Je ne suis que leur représentant.

— D'accord, qu'est-ce que les Affaires internes leur reprochent ?

— Je vais d'abord vous expliquer pourquoi je me suis intéressé à votre unité.

415

— Parce que tu es une teigne ? Parce que d'avoir détruit la vie de Louis et pourri celle de Miron, ça ne te suffisait pas ?

Impérial, Paradis poursuit son explication comme si je n'avais rien dit.

— C'est votre taux de succès. Ce n'est pas normal, un taux aussi élevé…

— Tu te répètes !

— Surtout pas avec le groupe de marginaux que vous avez réuni autour de vous, poursuit Paradis. Un paranoïaque, un jeune qui se prend pour un hippie version Armani, une asociale qui préfère travailler chez elle… sans parler des fréquentations douteuses de plusieurs d'entre eux : milieu de la mode, groupes *survivalist*, motards… Je ne parle même pas des antécédents criminels de certains membres de leurs familles…

Je ne peux pas me retenir.

— Tu es vraiment crétin ou tu fais un effort pour en avoir l'air ? Parce que je dois dire que, comme performance, c'est particulièrement convaincant !

— Il y a aussi leurs ordinateurs, poursuit Paradis, imperturbable. Tous hyperprotégés. Comme pour des espions… Évidemment, tout cela a été saisi.

— Vous avez trouvé des choses intéressantes ?

— Il est encore trop tôt pour en parler. Mais quand on aura brisé votre système de cryptage…

— Au fait, Paradis ! insiste Godin. Tu as des preuves, oui ou non ?

— Je tenais à présenter le contexte. À montrer le caractère improbable d'un tel succès… Improbable à moins de faire intervenir un facteur externe.

— Accouche ! s'impatiente Godin.

— Il existe un schéma classique : un criminel refile des tuyaux à un policier corrompu pour lui permettre d'arrêter ses concurrents ; en échange, le policier le prévient quand des opérations visent son groupe. C'est une solution gagnant-gagnant.

Je ne peux pas laisser passer ça.

— Tu m'accuses d'être corrompu ?

— Je n'accuse pas. Je constate une anomalie et j'évoque un possible facteur explicatif.

— C'est vrai, mon équipe est anormalement efficace. C'est sûrement suspect !

Ignorant l'ironie de la remarque, Paradis choisit d'y répondre en l'interprétant au sens littéral.

— Je suis bien d'accord avec vous. C'est pourquoi je m'interroge sur les raisons de cette efficacité. Surtout si on tient compte des zones d'ombre dans la biographie de vos jeunes subordonnés.

— Tu as des preuves de tes insinuations ? demande Godin.

— Bien sûr que j'en ai. Pas encore autant que je le voudrais, mais j'en ai… Il est quand même curieux que les membres d'une unité se réunissent en dehors des lieux de travail, pendant les heures de travail.

— Le 3845 est presque une annexe du bureau. Y déjeuner ensemble permet de commencer à travailler plus tôt.

— Et la rencontre à la résidence de Louis Bourdages ? C'était pour déjeuner ?

Pour savoir ça, il faut qu'il nous ait fait suivre. Je m'en doutais un peu, mais quand même, d'en avoir la preuve…

— Les rencontres chez Louis, c'était pour honorer sa mémoire. Mémoire que tu t'es acharné à salir !

— Je n'ai fait que mon travail… Quoi qu'il en soit, nous ne tarderons pas à être fixés. Avec les interrogatoires et les perquisitions à leur domicile…

89.

Paradis ouvre un premier dossier. Il prend le temps de le feuilleter en faisant des petits hochements de tête, comme s'il voulait mémoriser les points importants de son argumentation.

— Commençons par Sarah McNeil, dit-il. Celle que vous appelez Sarah la rousse. Elle est soupçonnée de corruption et de blanchiment d'argent. Il a été établi que, le premier jour de chaque trimestre, elle reçoit 20 000 dollars dans un compte à numéro, dans une banque de Jersey. Elle y prélève mensuellement un montant de 3 000 dollars pour son usage personnel. Elle y puise aussi à l'occasion pour transférer d'autres montants dans des comptes à numéro.

Godin me regarde d'un air inquiet. Je secoue légèrement la tête pour lui signifier qu'il n'a pas à s'inquiéter, mais il ne semble pas convaincu.

Paradis poursuit son exposé.

— L'enquêtrice McNeil est soupçonnée de recevoir de l'argent provenant d'un groupe criminel, probablement la mafia russe, en échange des informations qu'elle leur livre. Quant aux sommes qu'elle a transférées dans des comptes à numéro, on pense qu'elle s'en est servi pour acheter des complicités.

— Est-ce que vous avez des preuves qu'elle vend des informations ? demande Godin.

— Des preuves circonstancielles, pour le moment. C'est une spécialiste en informatique et elle a accès à tout le réseau du SPVM. Son ordinateur personnel est protégé par un code que nos meilleurs éléments n'ont pas encore réussi à percer. De plus, elle fréquente un hacker.

Je m'empresse d'intervenir.

— Si tu parles de son ami, c'est un *white hat*. À l'occasion, il travaille même comme consultant pour le SCRS.

Paradis paraît surpris de l'information.

— Peu importe pour qui il travaille, répond-il néanmoins. Un pirate informatique, ça reste un pirate informatique.

— Tu as autre chose? l'interrompt Godin.

— C'était suffisant pour convaincre le juge de signer un mandat d'arrêt et d'autoriser une perquisition de son appartement.

J'ouvre le dossier que j'ai apporté et je lui tends un paquet de feuilles agrafées ensemble.

— Est-ce que ceci te dit quelque chose?

Il s'empare des feuilles et parcourt rapidement la première page.

— Qu'est-ce que c'est?

— Les détails de ce fameux compte secret qui t'intrigue tant.

— Comment avez-vous eu ça?

— J'ai demandé l'information à Sarah. Ce que tu aurais pu faire… Ça t'aurait beaucoup évité de te lancer dans des élucubrations loufoques.

— Et je suppose que vous avez une explication sur l'origine de tout cet argent?

— En partie le Trésor britannique, mais surtout l'héritage de ses parents. Les deux sont maintenant décédés. Ils ont été tués à cause de leur implication politique, à l'époque de l'IRA.

419

— C'étaient des terroristes ? Et c'est leur argent que… ?

— Leur argent… mais aussi la pension que verse à Sarah le Trésor britannique. À titre de compensation. Avoue que c'est intrigant…

Paradis ne répond pas. Je poursuis l'explication.

— Son père avait une très grande fortune. Il s'est opposé à l'action militaire de l'IRA : il voulait privilégier l'action politique. Sa tête a été mise à prix. À la fois par les extrémistes catholiques, sous prétexte qu'il était un traître, et par les extrémistes protestants, qui avaient besoin des extrémistes catholiques pour justifier leur propre existence.

— Si sa fortune est légitime, pourquoi elle cache son argent ?

— J'aime tes questions. Si tu n'avais pas l'habitude d'inventer toutes sortes de réponses farfelues, tu aurais presque pu devenir enquêteur.

— C'est tout ce que vous avez à répondre ? réplique Paradis avec hauteur.

— Quand la mère de Sarah a été tuée, son père a décidé de protéger sa fille. Avec l'aide de la police britannique, il lui a payé une nouvelle identité et il l'a envoyée au Canada. Puis il a mis sur pied une fiducie anonyme à son profit, pour qu'elle puisse avoir accès à son argent sans qu'il soit possible de remonter jusqu'à sa véritable identité. Quelques années plus tard, son père a été assassiné à son tour. Sarah avait 17 ans et elle étudiait en informatique. Elle a terminé son cours, puis elle s'est inscrite en techniques policières.

Paradis s'efforce de ne pas paraître ébranlé.

— C'est une belle histoire, dit-il. Mais, pourquoi une personne aussi riche travaillerait comme inspectrice au SPVM ? Ça n'a aucun sens.

— La réponse est simple : elle ne travaille pas pour l'argent. Je sais que ça peut te sembler étrange, mais elle trouve son travail intéressant. Et important. Assez pour tolérer des contraintes bureaucratiques aussi absurdes que d'être obligée de pointer régulièrement au bureau alors qu'elle serait plus efficace en travaillant chez elle.

— Vous avez beau persifler, mais votre belle histoire ne tient pas. À l'époque dont vous parlez, la guerre avec l'IRA était terminée depuis des années. Il faudrait que votre Sarah ait cinquante ans, pour que ce soit crédible.

Cette fois, il pense vraiment triompher.

— Comme je te le disais, Paradis, tu poses d'excellentes questions. Mais pour les réponses, tu es une vraie merde. Tu devrais savoir qu'il y a des gens pour qui la guerre n'est jamais terminée. Les fanatiques ont la mémoire longue. Le père et la mère de Sarah ont été tués plusieurs années après la fin officielle de la guerre.

— Et je suis censé croire tout ça sur parole ! Ces documents peuvent être des faux.

— Regarde la dernière page.

Il s'y précipite.

Pendant qu'il commence à lire, je lui explique de quoi il s'agit :

— C'est une attestation de la véracité de toutes les informations contenues dans les pages précédentes. Attestation signée par le consul britannique à Montréal. Il a initialisé chaque page… Son numéro de téléphone est au bas de la dernière page, pour le cas où tu voudrais entendre la confirmation de sa bouche.

Cette fois, Paradis est clairement ébranlé. Il ne parvient plus à le dissimuler.

— Vous comprenez que je vais devoir vérifier tout ça.

— Bien sûr. Mais entre-temps, j'imagine que tu vas libérer Sarah.

Ma demande le prend de court. Il hésite avant de répondre.

— C'est délicat, dit-il finalement. Il y a aussi les preuves contre les autres. S'il s'agit d'un réseau…

Il se lève comme s'il s'apprêtait à partir.

— Nous n'avons pas encore terminé, déclare Godin.

Paradis le regarde, me regarde.

— C'est toi qui as demandé cette rencontre, poursuit Godin. Tu voulais nous présenter tes preuves. Je veux savoir si celles que tu as contre les deux autres policiers incriminés sont plus solides que celles que tu viens de présenter.

Paradis se rassoit.

Je lui demande ce qu'il a contre Kodak.

Il ouvre un autre dossier, le parcourt pour se donner le temps de reprendre contenance.

— François Beaudoin, dit-il. Probablement un joueur compulsif. Ça ne cadre pas tellement avec l'image qu'on se fait d'un policier… En plus, il réalise des gains tout à fait anormaux au casino. Autant de régularité, ça ne peut être qu'une forme de paiement.

— Tu as tout à fait raison.

— Vraiment ? J'ai raison ?

Il n'en revient pas. Quand il reprend, il y a de l'excitation dans sa voix.

— Comme je vous l'ai dit l'autre jour, c'est une méthode fréquemment employée par la mafia pour payer ses…

Je l'interromps.

— Kodak est employé par le casino. Son travail est de tester les croupiers, de repérer les clients qui essaient de tri-cher… C'est un travail de cinq ou six heures par semaine. Il remet les deux tiers de ce qu'il gagne au casino : le résiduel est son salaire, qu'il reverse à un organisme qui vient en aide aux joueurs compulsifs.

— Ils le laissent gagner ?

— Ce n'est pas nécessaire. Il y arrive très bien tout seul. À cause de son habileté à se souvenir des cartes jouées et à calculer les probabilités.

J'ouvre mon dossier et lui tends de nouvelles feuilles.

— L'autorisation du SPVM signée par l'ancien directeur, une copie de son contrat avec le casino… et un extrait de sa déclaration de revenus concernant les dons de charité… Évidemment, je te les prête pour lecture seulement. Ensuite, je les récupère.

Paradis les parcourt et j'ai le plaisir de le voir blêmir à mesure qu'il tourne les pages.

Quand il relève les yeux, il me demande :

— Je suppose que vous avez préparé le même genre de *stunt* pour innocenter Rinaldi.

— Dans son cas, j'ai besoin d'un témoin qui n'est pas encore arrivé.

En fait, son retard commence à m'inquiéter. Sa présence était prévue pour le début de la réunion.

— Je n'ai pas toute la journée, réplique Paradis.

Il commence à ramasser ses dossiers.

— Pause de quinze minutes, décrète Godin en se levant.

90.

Quand la réunion reprend, nous ne sommes toujours que trois.

— Votre invité vous a fait faux bond ? ironise Paradis.

— Simple retard.

— Je peux comprendre. Défendre un espion, c'est toujours un peu compliqué… On peut reporter cette réunion, si vous le désirez.

— Pas du tout, tranche Godin. On commence.

Paradis feuillette son troisième dossier. Il semble plus nerveux.

— Il s'agit de Vittorio Rinaldi. Celui que vous appelez Sundance. Comme je l'ai déjà indiqué, il y a un trou anormal dans sa biographie. Pendant plus de 18 mois, on n'a aucune idée de l'endroit où il était. Ni de ce qu'il faisait.

— Le tour du monde. Sur un voilier.

— On ne sait pas non plus où il a trouvé les moyens de se payer un tel bateau. Et tout ça, c'est sans compter ses fréquentations douteuses… des motards, des groupes *survivalist*…

Juste à ce moment, la secrétaire du directeur fait irruption dans la pièce, suivie de Lydia Balco.

— Cette dame affirme qu'elle est attendue…

Godin me jette un regard et dit à la secrétaire que ça va.

Il a reconnu la directrice adjointe du SCRS. Mais, ce qui m'étonne, c'est que Paradis aussi semble l'avoir reconnue.

— Je proteste, fait ce dernier. Notre rencontre a un caractère privé que je ne peux…

— Du calme, Paradis! réplique Godin.

— Vous savez qui elle est? C'est la…

Je l'interromps.

— La directrice adjointe du SCRS, madame Lydia Balco. Elle va nous expliquer où était Sundance pendant la période qui t'intéresse. À moins que tu préfères ne pas le savoir…

— Ceci est très irrégulier…

Balco, qui ne cache pas son amusement, se tourne vers moi.

— Je suis désolée du retard, dit-elle.

Puis elle s'adresse au groupe.

— Avant de commencer, je dois vous prévenir : tout ce que je vais vous dire est couvert par le secret défense. Vous devrez signer un document par lequel vous vous engagez à ne rien divulguer.

— Vous ne voulez quand même pas que je couvre un crime ! proteste Paradis.

— Je vous rassure, je ne vous demanderais jamais une telle chose.

Elle explique ensuite que, pendant les fameux 18 mois qui intriguent tant Paradis, Sundance a continué à faire partie des forces spéciales.

— Il a participé à différentes opérations à l'intérieur d'une unité ultra-secrète, dit-elle, et il n'est pas question de révéler quoi que ce soit sur le sujet. Le simple fait de poser des questions sur Sundance, ou de chercher à savoir ce qu'il faisait pendant cette période, peut compromettre le travail de cette unité. Et, aujourd'hui encore, mettre des vies en danger.

— Et il faut vous croire sur parole ! objecte Paradis.

— Préférez-vous être accusé de trahison ?

Paradis ne répond pas.

— À bien y penser, reprend Balco, vous allez de toute façon être accusé de trahison et d'espionnage.

Godin regarde Balco et Paradis, puis il se concentre sur moi comme pour savoir si j'étais au courant. Je me contente de hausser les sourcils et de secouer légèrement la tête pour signifier que je n'en savais rien.

Quant à Paradis, il est trop soufflé pour exprimer une réponse cohérente.

— Quoi!… C'est impossible!…

— Vous avez vendu des secrets d'État à un pays ennemi, poursuit Balco. Et vous avez compromis la sécurité de plusieurs agents.

— Ridicule!

Balco sort un téléphone, appuie sur un bouton et dit simplement:

— Le colis est à vous.

L'instant d'après, deux armoires à glace entrent dans la pièce et se saisissent de Paradis.

— Une perquisition a eu lieu à votre domicile, reprend Balco. Juste après votre départ, ce matin. On y a trouvé une clé informatique sur laquelle il y avait une copie des documents transmis à Borzilov… Chez vous aussi, la clé était dissimulée à l'intérieur d'un matelas. Pas très original.

— Mais…

— Je suis certaine que votre téléphone va nous permettre de remonter jusqu'à votre source à l'intérieur du SCRS.

Au moment où elle dit cela, un des agents fouille les poches de Paradis, prend son téléphone et le remet à Balco.

— Vous n'avez pas le droit! proteste Paradis.

Il se tourne vers Godin.

— Vous ne pouvez pas les laisser m'arrêter ici! Pensez aux médias!

— Je vous rassure, dit Balco, les médias ne sauront rien de votre arrestation. Pour le moment, du moins. Notre plus grand souci est de protéger la réputation du SPVM, dont la collaboration a été appréciée.

Elle fait un signe de la main et les deux armoires à glace disparaissent avec Paradis, qui ne songe plus à résister.

Balco regarde alors Godin, puis me regarde, l'air amusée.

— J'imagine que vous avez des questions, dit-elle.

Et, sans attendre, elle poursuit :

— Paradis servait d'intermédiaire à une taupe à l'intérieur du SCRS. La taupe confiait les informations à Paradis, qui les transmettait à Klimenko, qui les remettait à un attaché culturel russe.

— Est-ce qu'il y a un lien avec l'enquête sur l'unité de Dufaux ? demande Godin.

— Paradis avait peur de ce que l'inspecteur Dufaux pouvait découvrir en s'intéressant à Bernier, mais surtout à Klimenko et à Sirois. Il a déclenché l'enquête des Affaires internes pour le neutraliser. En plus, ça lui donnait une occasion de faire avancer sa carrière. Il faisait d'une pierre deux coups.

Elle se tourne ensuite vers moi :

— Une chose m'intrigue, cependant. Comment a-t-il pu trouver aussi rapidement des éléments pour donner une apparence de crédibilité à son enquête ?

— Ça fait des années qu'il nous surveille, mon équipe et moi. Depuis son enquête qui a conduit au suicide de Louis, en fait.

— Et Drouganine, dans tout ça ? demande Godin.

— Un facilitateur, répond Balco. La taupe lui a donné les moyens d'assurer les meilleurs soins à sa femme après sa mort ; en échange, Drouganine a mis sur pied la filière de transmission des informations.

— Et la taupe ?

— Pour ça, il va vous falloir patienter, il me reste quelques détails à régler.

J'en profite pour lui demander :

— J'imagine qu'il y a un lien entre l'identité de cette taupe et le fait que personne au SCRS ne soit au courant de cette opération ? Pas même le directeur...

Godin me regarde, manifestement étonné que je pose une question aussi directe. Puis il regarde Balco.

Elle ne semble aucunement ennuyée par ma question.

— Ce fut un plaisir de travailler avec l'inspecteur Dufaux, se contente-t-elle de répondre à Godin. Sa fréquentation a été une source d'agréables surprises.

Sur ce, elle se lève et prend congé en nous souhaitant bonne chance pour la suite des choses.

91.

Après le départ de Balco, Godin reste silencieux un moment. Puis il me demande :

— Tu es sûr qu'on n'a pas rêvé ?

— Ça ressemblait plutôt à une accalmie à l'intérieur d'un cauchemar.

— Un cauchemar qu'on n'a pas fini de régler.

— On a quand même avancé. On sait à peu près qui a fait quoi. Et on sait qu'il y a deux affaires. Un : la taupe qui faisait parvenir des informations aux Russes via Sirois et Klimenko. Deux : les autres meurtres... On sait aussi que Drouganine a demandé à Borzilov de régler les deux dossiers, en échange de quoi il en faisait son successeur.

— Tu as un plan pour la suite ?

— La priorité, c'est de s'occuper des jeunes.

Godin grogne un assentiment, prend le téléphone et demande à sa secrétaire de le mettre en communication avec le directeur des Affaires internes.

— Thibault ? Godin... Oui, je sais, ce n'est pas une affaire brillante. Il faudrait qu'on en parle... Bien sûr, je ne veux surtout pas interférer dans une affaire en cours... Non, non. Je voulais seulement t'informer d'un ou deux détails… J'ai pensé que tu aimerais savoir que Paradis vient d'être arrêté par le SCRS pour trahison et espionnage.

Godin écarte le téléphone de son oreille et me regarde en souriant pendant qu'il écoute à distance la réaction de Thibault.

— Il servait de courrier pour transmettre des informations aux Russes, reprend Godin. Par l'intermédiaire de la mafia… Qu'est-ce que tu crois ? Bien sûr que je suis certain de ce que je dis. La directrice adjointe du SCRS est venue l'arrêter en personne dans mon bureau. Elle dit qu'elle aura des questions à te poser… Ah, j'oubliais. Si tu répètes le moindre mot de ce que je viens de te dire, à qui que ce soit, tu t'exposes à des poursuites… Sécurité nationale…

Nouvel intermède au cours duquel Godin éloigne le téléphone de son oreille. Puis il reprend :

— Oh, un dernier détail : aucun des éléments de preuve contre l'unité de Dufaux ne tient. Paradis a déclenché l'enquête parce que Dufaux, sans le savoir, menaçait de découvrir ses activités d'espionnage… Non, non. Rien ne presse. On en reparlera quand tu auras le temps… Tout de suite ? Attends un peu que je regarde mon agenda… Dans une heure, si ça te va… D'accord. En attendant, tu pourrais faire relâcher ceux que Paradis a arrêtés et lever les suspensions… Leur rendre le matériel saisi à leur domicile, aussi. Ça faciliterait sûrement les choses… Oh, j'oubliais : un rectificatif dans les médias. Il me semble que ça s'impose…

Quand il raccroche, Godin confirme ce que j'ai compris de la conversation :

— Pour tes jeunes, c'est réglé. Ils vont être relâchés dans les prochaines minutes et toutes les suspensions sont levées… Il y aura un communiqué de presse au cours de la journée.

— Une bonne chose de faite.

— Tu t'occupes du Russe ?

— Pas tout de suite. Avant, j'ai encore un détail à régler.

— Quel détail ?

— Trouver le contractuel que Drouganine a engagé pour exécuter ces contrats.

— Et Drouganine ? Tu n'as pas peur qu'il disparaisse ?

— Dans l'état où il est, s'il va quelque part, ça va être son dernier voyage.

Godin me regarde un instant avant de réaliser ce que je veux dire.

Il y a une autre raison pour laquelle je ne suis pas pressé d'arrêter Drouganine, mais celle-là, je préfère ne pas en parler à Godin : c'est le fait que plus je retarde son arrestation, plus ça lui donne de temps pour s'assurer que sa femme ne manque de rien, une fois qu'il ne sera plus là. Ce n'est sans doute pas ce que recommanderait le manuel du parfait petit policier, mais ça me semble la chose à faire.

De retour à mon bureau, je téléphone à chacun des jeunes pour leur confirmer personnellement qu'ils n'ont plus à s'inquiéter de l'enquête des Affaires internes.

Je donne ensuite un coup de fil à la division du crime organisé. Je tombe sur Mathieu, à qui je dois déjà quelques verres pour des renseignements qu'il m'a fournis. Je lui en promets deux autres.

— Si tu payais tous les verres que tu me dois déjà, il faudrait que je prenne un mois de vacances !

— C'est juste que l'occasion ne s'est pas présentée.

— Ça va, ça va... Qu'est-ce que tu veux savoir ?

— Silent Morel et Two-Face McDuff.

— Tu cherches à meubler ta vie intellectuelle?

— Tu sais où je peux les trouver?

— Silent Morel est à la prison de Donnacona depuis deux semaines.

— Tu es sûr?

— Certain.

— Et Two-Face McDuff?

— Libre comme l'air.

— Tu as une adresse?

— Oui. Mais je ne peux pas garantir qu'il y est encore.

Après avoir pris l'adresse en note, je confirme à Mathieu que je lui dois maintenant deux verres de plus.

Puis je raccroche et je téléphone à Balco.

— Morel est à Donnacona, je lui dis. Il ne reste que McDuff.

— Selon Bernier, c'était un ami de Ti-Coune Sirois.

— Qu'est-ce qu'on fait? Je m'en occupe seul ou tu viens?

— Si tu penses que je vais me priver de ce plaisir!

— Tu n'es pas occupée?

— Les choses sont en voie de se régler.

92.

Je rencontre Sundance dans un café de la rue Mont-Royal, où je lui ai donné rendez-vous.

— Comment ça s'est passé? Pas trop de problèmes?

Il me regarde, l'air de se demander de quoi je parle.

— Ton arrestation…

— Ah, ça… Ils m'ont posé des questions.

— Et?

— J'ai répondu.

— C'est tout?

— Des amateurs.

431

Visiblement, son bref séjour en prison ne l'a pas traumatisé. Ni rendu plus volubile.

Une demi-heure plus tard, Balco nous rejoint. Nous sommes rapidement prêts à intervenir. Une fois encore, les armes et les vestes pare-balles sont une gracieuseté du SCRS.

Précaution inutile. Two-Face McDuff n'oppose aucune résistance. Il faut moins d'une minute pour qu'il se retrouve menotté, assis à la table de la cuisine.

À le voir, on pourrait le prendre pour un animateur d'émission d'humour ou de jeu télévisé. Une tête de bonhomme sourire, un visage poupon, un air sincèrement intéressé à tout ce qu'on lui dit… Le contraire d'un *goon*.

C'est d'ailleurs ce qui le rend si dangereux. Parmi ses victimes, rares sont celles qui se sont rendu compte de la menace qu'il représentait. Sauf lorsqu'il était trop tard.

Pour commettre ses meurtres, Two-Face préfère agir de façon insidieuse : une balle dans le dos, une bière au GHB suivie d'une overdose, une voiture qui explose…

Pendant que je l'interroge avec Balco, Sundance inspecte la maison.

— Je suis sûr que c'est un malentendu, commence par dire Two-Face sur un ton conciliant.

— Vraiment ? réplique Balco.

— Vous ne pouvez pas m'arrêter : je travaille pour les fédéraux.

— Tu travailles pour la GRC ?

— Mieux que ça. Le SCRS.

Balco se met à rire.

— Tu devrais sérieusement penser à sauver ta peau, dit-elle.

Subitement, le visage de Two-Face se transforme. Sa voix devient menaçante.

432

— Je serai sorti d'ici dans moins d'une heure !

— Ça m'étonnerait beaucoup.

— Vous ne savez pas à qui vous avez affaire ! Quand je vais en avoir fini avec vous, vous allez regretter d'être venue au monde. Vous n'avez pas d'idée à quel point votre vie va devenir un enfer !

Puis, presque sans transition, son visage retrouve son apparence débonnaire. C'est sur un ton redevenu civilisé, presque aimable, qu'il ajoute :

— Si vous me laissez tranquille, j'oublie tout.

Balco lui parle alors de la confession de Paradis, qui a admis avoir commandité l'attentat chez Louis.

— Tu vas être arrêté pour tentative de meurtre, dit-elle. Mais surtout, pour menace à la sécurité de l'État. Autrement dit, pour terrorisme.

— Vous ne comprenez pas ! J'ai rendu service à mon pays !

Pendant que Two-Face McDuff continue à protester qu'il est un patriote, Sundance me demande de le suivre au salon.

Sur une table basse, il y a un ordinateur portable et une mallette grande ouverte. Elle est remplie de liasses de billets de 100 dollars US.

— À première vue, dit Sundance, il y en a pour environ un demi-million.

— Tu as déniché ça où ?

— Dans l'entretoit. Sous la laine minérale. Juste à côté de la trappe d'accès. Il ne s'est pas cassé la tête.

Je retourne au salon avec l'ordinateur et la mallette.

— Des choses intéressantes ? demande Balco.

— Un ordinateur. Et de quoi intéresser l'impôt.

Je lui montre le contenu de la mallette.

— Je m'occupe de lui et de l'argent, dit Balco en désignant Two-Face. Il hésite encore, mais il va finir par me supplier d'écouter tout ce qu'il a dire.

— Et moi?

— Tu t'occupes du reste.

Elle me tend le téléphone de McDuff.

— Avec ça et son ordinateur, tu ne devrais pas t'ennuyer.

— Si je trouve quelque chose relié à ton enquête, je te contacte.

— J'y compte bien. On forme une super équipe!

Le ton est juste assez humoristique pour arracher un sourire à Sundance.

En sortant, je l'entends dire à McDuff:

— Ta seule défense, c'est de témoigner contre ceux qui t'ont payé. Et de le faire avant qu'ils aient le temps de t'éliminer.

Je ne peux m'empêcher de me demander à quelle méthode d'interrogatoire elle va avoir recours, s'il refuse de collaborer. Est-ce la raison pour laquelle elle désire être seule avec lui?

93.

Je vais d'abord porter le téléphone et l'ordinateur à Sarah la rousse. Puis je reviens chez moi pour une courte sieste. J'ai rarement été aussi épuisé. Ça doit être l'âge...

Deux heures trente plus tard, à peine plus reposé, je suis de retour chez Sarah la rousse, où j'ai fixé rendez-vous à Balco.

Elle débarque avec l'air satisfait du canari qui a bouffé le chat.

— Tout est en train de tomber en place, dit-elle. De ton côté, ça avance?

Sarah la rousse s'empresse de lui remettre une clé informatique.

— Une copie complète de ce qu'il y avait sur le téléphone et l'ordinateur de McDuff. En gros, ça confirme ce qu'on savait déjà. Borzilov s'occupait de la préparation des contrats et Two-Face les exécutait.

Puis, comme si elle prenait subitement conscience que nous sommes chez elle, Sarah nous demande :

— Vous voulez un café ? Un verre de vin ?

— Désolée, répond Balco. Je ne peux pas rester.

Elle se dirige vers la porte.

— Si vous trouvez des choses intéressantes, dit-elle avant de sortir, vous m'appelez.

— On est devenus une annexe du SCRS sans que je m'en aperçoive ? me demande Sarah après le départ de Balco.

— C'est ça…

— Est-ce que c'est une promotion ? Nos salaires vont augmenter ?

— Où tu en es ?

— J'ai fini de tout classer. Il me reste à procéder à l'examen détaillé du contenu.

— Qu'est-ce que t'attends ? Plus vite tu commences, plus vite on va savoir à quoi s'en tenir.

94.

Pendant que Sarah se met à l'œuvre, je m'allonge sur le divan du salon. Je tente de réfléchir à l'affaire, mais je ne tarde pas à m'endormir.

C'est l'odeur du café qui me réveille.

Quand j'ouvre les yeux, je vois Sarah qui me regarde, un air moqueur sur le visage. Elle a approché un fauteuil et déposé deux tasses sur la petite table devant le divan.

— Il va falloir sauter l'apéro, dit-elle. On a du travail.

— Quelle heure est-il ?

— 20 heures.

— Quoi ?

— Il faut bien qu'il y en ait qui travaillent pendant que les autres dorment.

— D'accord, tu auras tes heures supplémentaires.

— Je pensais plutôt à un Calon-Ségur ou un Montrose.

— Je verrai… Qu'est-ce que tu as trouvé ?

— Beaucoup de choses sur les trafics des Black Death. Un dossier sur des gens qui leur créaient des problèmes et qui sont morts…

— L'unité du crime organisé va nous adorer.

— Il y a un autre dossier sur leurs contacts et les moyens de pression qu'ils ont sur eux. Des gens dans l'administration de la justice, au service des passeports… d'autres dans l'administration de la ville, à la SAQ…

— Il y en a au SPVM ?

— Une personne. Son nom de code est EDEN.

— Paradis ?

— Possible… Mais le plus intéressant pour notre enquête, ce sont les courriels échangés entre McDuff et quelqu'un qui semble être son employeur. Il y a les détails de tous les meurtres, les prix et les modalités de versement des montants, les numéros des comptes dans les paradis fiscaux…

— Tu as l'identité de cet employeur ?

— Il signe avec une seule lettre : D.

— Drouganine ?

— C'est le premier à qui j'ai pensé… J'ai aussi trouvé un dossier détaillé sur chacune des victimes. Il y a de longs rapports de surveillance sur chacune d'elles. Des rapports sur leur vie privée, des témoignages de gens qu'ils ont agressés… Toutes leurs turpitudes sont soigneusement documentées.

— Comment est-ce qu'il a pu avoir tout ça ?

— Il a dépensé une fortune en détectives privés.

— Ça ne correspond pas à la psychologie d'un motard. Encore moins à celle des tueurs qu'ils utilisent.

— La psychologie des motards, c'est l'argent. Si quelqu'un le payait…

— On en revient à Drouganine… Pour les corps manquants, tu as trouvé quelque chose?

— Non…

Sarah s'interrompt brusquement et son visage s'illumine.

— … mais je pense que j'ai une idée!

95.

Sarah retourne à son ordinateur. De mon côté, je m'installe dans le salon et je regarde les informations sur son écran plasma géant.

Two-Face McDuff est sur toutes les chaînes. Son arrestation fait la une. Ce n'est pas tous les jours que les journalistes peuvent se mettre un tel «tueur» sous la dent. Presque personne ne semble douter qu'il soit responsable de tous ces «massacres en série», selon l'expression d'un animateur de V.

Pour plusieurs médias, c'est l'occasion de revenir sur les différents meurtres: le bain de sang, les cellules de l'entrepôt où ont été découverts les corps éventrés, l'appartement des *sexy machines*… Tout y passe.

Je sors mon calepin et, tout en continuant à écouter distraitement la télé, je relis quelques lignes que j'ai écrites sur les médias.

Terminés
les vampires et la bave des loups-garous
Terminés
les regards vitreux et les membres décharnés des morts
vivants
Désormais, la Bête est clean, lean et mean
Filiforme à l'extrême
Aseptisée

J'aime bien cette image de la bête. Ça donne à la fois une impression d'instinct, de puissance et d'absence de conscience morale. Ce qui est le fait de n'importe quel animal. Et plus encore, de n'importe quelle technologie.

Au fond, il est absurde de s'attendre à ce que les médias soient autre chose que des médias. C'est-à-dire, des chambres d'amplification qui répercutent avec brutalité ce qui tombe sous leur attention.

La Bête vit propre
Ultra-propre
Et ultra-froide
Elle hante les fils à la vitesse de la lumière
S'abreuve aux claviers
Dévore les octets
Inlassablement

C'est bizarre que j'aie d'abord parlé du système plutôt que du contenu. Que je me sois attardé à tous les réseaux de fils, d'écrans et de serveurs réfrigérés qui enserrent nos vies. Comme si le contenu était désormais accessoire. Qu'il ne servait qu'à alimenter la Bête...

Au fond, c'est peut-être ça, les médias : de la tuyauterie qu'il faut remplir.

J'ajoute à la suite :

La Bête n'agresse pas, elle s'infiltre...
dans les objets
dans l'ordre des évidences
dans les techniques, les représentations
dans les gens, même
jusqu'à être partout
qu'il n'y ait plus qu'elle

Étonnant à quel point les mots me viennent facilement, parfois. C'est comme s'ils mijotaient quelque part, à l'abri de ce que je pense, et qu'ils surgissaient tout à coup quand je commence à écrire...

Enfin, pas toujours. Mais je commence à mieux comprendre pourquoi von Paulhus m'a suggéré d'écrire...

À bien y penser, le texte ne parle pas uniquement, ni même d'abord, des médias, contrairement à ce que je croyais ; la métaphore de la bête peut s'appliquer à toutes les formes de pouvoir. Ou plutôt, au mélange inextricable qu'elles sont en train de constituer. À cette prison invisible parce que sans murs, qui n'a même pas besoin de murs, puisqu'elle est maintenant partout...

Je range mon calepin et ramène mon attention vers la télé...

À l'écran, un animateur fait défiler la liste des victimes du « massacreur ». Chaque nom est suivi d'un ou deux mots qui résument l'accusation. On a toutefois pris le soin de faire suivre chaque précision d'un point d'interrogation. Sans doute à la suggestion de l'avocat de la chaîne télé.

Identité	Accusation
Pete Bernier	Violeur ?
Oleg Klimenko	Trafic d'êtres humains, d'organes et de bébés ?
Eddie Ti-Coune Sirois	Proxénète ?
Carlos Kelly	Violeur ?
Josuah Montbourquette	Agresseur sexuel en série ?
Tony Mitchell	A encouragé la discrimination contre les femmes dans l'armée ?
Peter Noreau	Producteur porno ?
Stephen Mackay	Militant anti-avortement extrémiste ?
Adrien Deschamps	Pédophile ?
Nathan Horwitz	Chirurgien-boucher ?

Subitement, l'émission est interrompue par un bulletin spécial.

> Nouvelle étape dans la guerre qui sévit présentement dans le monde criminel. Albert «Two-Face» McDuff, un membre des Black Death, est mort il y a quelques instants dans l'explosion de la voiture qui le conduisait...

Les questions se bousculent dans ma tête.

Balco est-elle morte, elle aussi, dans l'attentat ? À moins que ce soit elle qui ait organisé la disparition de McDuff pour s'assurer qu'il ne fasse aucune révélation embarrassante ?... C'était peut-être la raison pour laquelle elle voulait rester seule avec lui... Et si ce n'est pas elle...

> ... dans la guerre que se livrent les Black Death et la mafia russe pour le contrôle de...

Je décide de l'appeler. Elle répond à la deuxième sonnerie.

440

— J'attendais ton coup de fil, dit-elle d'emblée. J'imagine que tu as appris, pour McDuff.

— Qu'est-ce qui est arrivé?

— Ce que les nouvelles ne disent pas encore, c'est que l'agent qui le conduisait dans un endroit sécurisé est également mort dans l'explosion.

Je prends quelques secondes pour digérer l'information. Puis je lui demande:

— Tu sais d'où ça vient?

— Je pense que la taupe s'énerve.

— Qu'est-ce qui te fait croire ça?

— C'est moi qui devais être dans l'auto avec lui. À la dernière minute, j'ai demandé à un agent de s'en occuper.

— Comment est-ce que la taupe pouvait savoir que tu devais être dans la voiture?

— Deux personnes le savaient. Ton frère et l'agent qui le conduisait.

— Tu penses que mon frère...

— Non. C'est l'agent qui est mort avec McDuff qui a coulé l'information. La taupe a dû prendre des dispositions pour faire sauter la voiture sans le prévenir. Autrement, il aurait trouvé une excuse pour ne pas me remplacer.

— Qu'est-ce que tu vas faire?

— Régler les choses le plus vite possible.

Après qu'elle ait raccroché, mon attention se porte de façon mécanique vers l'écran de télé.

Le premier ministre explique qu'Adrien Deschamps, comme tout ministre, avait fait l'objet d'enquêtes de sécurité. Aucune de ces enquêtes n'avait révélé le moindre comportement criminel, encore moins des pratiques pédophiles, comme le laissent entendre certaines rumeurs sur Internet...

Subitement, l'écran s'éteint. Je tourne la tête et j'aperçois Sarah, une télécommande à la main.

— Regardez plutôt ceci, dit-elle.

Une carte d'une partie de l'île de Montréal apparaît à l'écran. Elle est parsemée de points rouges. À côté de chaque point, il y a un chiffre entre parenthèses.

— Ce sont tous les lieux où était McDuff quand il a utilisé son téléphone. Entre parenthèses, c'est le nombre total d'appels qu'il a faits ou reçus à cet endroit. L'appartement où il a été arrêté a le nombre le plus élevé. Le deuxième plus élevé, c'est ici.

Elle effectue une série de zooms sur un point jusqu'à ce qu'on distingue une ancienne église anglicane.

— C'est le seul lieu qui se démarque. Il y était presque aussi souvent qu'à son appartement.

— Une église ?

— Elle a été vendue il y a quelques années à un entrepreneur qui voulait la transformer en condos de luxe. Tous les travaux ont été arrêtés, il y a environ six mois. Des problèmes de financement.

— Donc…

— Je pense que vous allez encore devoir réquisitionner votre ami Miron.

UN DÎNER DE TÊTES

96.

Quand Miron passe me prendre chez Sarah la rousse, son humeur laisse à désirer. Je l'informe que Sarah va nous accompagner.

Il hoche la tête en signe d'assentiment, puis me demande :

— Ça t'arrive de travailler le jour ? À des heures normales ?

— Le problème, c'est que les criminels, eux, travaillent vingt-quatre heures sur vingt-quatre.

— Et sept jours sur sept, je sais.

Une vingtaine de minutes plus tard, Miron immobilise son véhicule devant l'église. L'auto-patrouille qui nous suit se range le long du trottoir, derrière nous.

— C'est ça, le repaire du Mal ? demande Miron.

— Il n'y a qu'une façon de le savoir.

Je sors.

Il sort à son tour et fait signe aux policiers en uniforme de nous suivre.

Première surprise : la porte centrale n'est pas verrouillée. Automatiquement, Miron et les autres dégainent leurs armes.

Il n'y a cependant rien à l'intérieur. Juste un immense espace vide dont on a commencé à réparer les murs de pierre.

— Tu es sûr qu'on est au bon endroit ? demande Miron.

— C'est ici qu'était le téléphone au moment des appels.

Je me dirige vers le fond de l'église. Miron et Sarah me suivent.

Une porte donne accès aux anciens appartements privés du pasteur. Ce qui était sans doute à l'origine un salon est devenu un bureau ultra-moderne : ordinateur, mobilier en verre et métal poli, immense écran plasma au mur... Ça rappelle le bureau de Sarah la rousse. En plus froid, plus impersonnel.

— Je comprends qu'ils aient manqué d'argent pour le reste ! déclare Miron.

Sarah s'installe devant l'ordinateur pendant qu'on poursuit l'exploration des appartements privés.

Personne...

Au moment où on revient vers Sarah, on l'entend qui s'exclame :

— Bingo !

Je la regarde.

— Encore un qui avait peur de ne pas retenir son mot de passe ! explique-t-elle.

— Tu l'as déverrouillé ?

— Seulement cinq caractères ! Un chiffre et une seule majuscule. Même pas de caractère spécial. Pouvez-vous imaginer ?

Je peux très bien imaginer. C'est ce que je ferais moi-même, si je n'avais pas toutes ces contraintes de sécurité qui me pourrissent la vie... J'estime cependant préférable de ne rien dire.

— Et pour être sûr de ne pas l'oublier, poursuit Sarah, il a pris son surnom ! On n'est jamais déçu quand on fait confiance à la paresse des utilisateurs !

Elle me montre le mot de passe à l'écran :

2F<small>ACE</small>

— Tu as accès à quoi ?

Elle fait apparaître et disparaître rapidement un certain nombre de dossiers.

— À tout, on dirait. Il n'y a rien de crypté.

On n'y trouve presque rien de neuf : les mêmes contrats à des enquêteurs privés pour monter des dossiers sur les victimes, un relevé des communications de McDuff avec Borzilov, une liste des honoraires payés à différents contractuels…

Le seul élément nouveau est un échange de courriels qui prouve que McDuff travaillait directement pour Drouganine. Que ce dernier était bien le commanditaire de tous les meurtres.

On en a maintenant assez pour boucler l'enquête : il ne reste qu'à arrêter Drouganine… et à retrouver le corps des dernières victimes.

— Je te laisse arrêter Drouganine ? demande Miron.

— On peut faire ça ensemble demain matin. Le temps d'avoir un mandat… De toute façon, dans son état, il ne peut pas aller bien loin.

Miron me regarde d'un drôle d'air.

— Tu es sûr ? demande-t-il.

— Je sais ce que tu penses. Mais je te rassure : je n'ai pas d'accord avec le SCRS pour le laisser s'enfuir. Demain matin, on passe le cueillir à la première heure… Tu t'occupes du mandat ?

— D'accord.

Je sens qu'il n'est pas entièrement convaincu, mais il est prêt à m'accorder le bénéfice du doute. Pourvu que Balco n'ait pas effectivement prévu de me doubler au final et de faire disparaître le Russe!

Comme je suis sur le point de partir, un policier en uniforme se précipite vers nous.

— On a trouvé les têtes, dit-il.

— Les têtes… Quelles têtes?

Puis je réalise de quoi il parle.

— Tu veux dire…?

— Une pièce dissimulée. L'entrée était cachée par une bibliothèque.

Je pense aux romans du dix-neuvième siècle, avec leurs pièces secrètes et les bibliothèques pivotantes qui y donnaient accès.

L'uniforme nous conduit au sous-sol.

Cette fois, le thème est décliné de façon minimaliste: une bibliothèque IKEA en mélamine, presque vide. Sur les tablettes, quelques gugusses décoratifs disputent l'attention à deux petits empilements de livres en mauvais état.

— Il y avait des marques sur le plancher, reprend le policier. Je me suis demandé si c'était parce que quelqu'un avait déplacé la bibliothèque… et j'ai découvert ça.

« Ça », c'est une porte qui donne sur une petite pièce avec divan, bureau et quelques chaises. Là aussi, je reconnais le style IKEA.

Une affiche électorale, sur le mur, représente le premier ministre avec des supporteurs. Tous les goûts sont dans la nature, il faut croire! Enfin…

— C'est ça, ta pièce secrète?

— On est seulement dans l'antichambre, répond le policier. Mais regardez!

D'un geste, il désigne le mur de gauche. Un coffre-fort de bonne dimension y est incrusté. La porte est à moitié ouverte.

— C'est rempli de petits lingots d'or, de diamants, de liasses de billets de cent, dit le policier... Il y en a pour des millions !

Je me tourne vers Miron.

— On dirait bien qu'on a trouvé le quartier général de McDuff.

— Ça y ressemble...

Puis je demande au policier :

— Les têtes ?

Il nous conduit jusqu'à une porte, au fond de la pièce.

Quand il l'ouvre, une vague d'air froid nous submerge. J'entre avec lui dans la chambre réfrigérée. La température y est nettement inférieure au point de congélation.

Une table métallique trône au centre de la pièce. Des assiettes sont disposées de façon symétrique, de chaque côté de la table. Et, dans chaque assiette, une tête. Congelée.

— Il ne préparait quand même pas une réception...

Miron me regarde sans répondre.

Puis je songe que c'est effectivement une réception : c'est monté comme un spectacle. Toutes les têtes sont légèrement tournées vers la porte, comme si elles attendaient quelqu'un.

— J'appelle la médecin légiste et l'équipe technique, fait Miron.

— Parfait... Maintenant, il nous reste seulement à arrêter l'organisateur de ces *festivités*.

Pendant que Miron compose un premier numéro sur son téléphone, il me demande :

— Tu penses toujours que ça peut attendre à demain matin ?

— Crois-moi, il n'ira nulle part. Mais, si ça t'inquiète, mets une équipe en surveillance devant chez lui.

97.

Une fois de plus, j'ai dormi tout habillé dans le fauteuil du salon.

Quand le carillon de la porte me réveille, j'ai l'impression de venir à peine de fermer les yeux. J'aurais volontiers dormi une semaine ou deux de plus.

Je vais ouvrir.

Miron a un café à la main. Je lui dis de s'asseoir pendant que je vais à la salle de bains, histoire de me passer un peu d'eau sur le visage et d'apparaître minimalement en contrôle de mes facultés.

Quand je reviens, il a terminé son café.

— Tu as le mandat ? je lui demande.

— Oui.

— Alors, on y va.

Dans la voiture, je lui fais part d'une question qui me tracasse.

— Je ne comprends toujours pas pourquoi Drouganine s'est lancé dans cette série de meurtres. Il est mourant ! La seule chose qui l'intéresse, c'est le bien-être de sa femme !

— Il voulait peut-être la venger.

— J'y ai pensé. Mais...

— Il avait de l'argent. Avec de l'argent, on peut acheter toutes les informations qu'on veut... En plus, il avait accès à tous les hommes de main dont il pouvait avoir besoin.

— Il y a quand même quelque chose qui m'agace...

— Moi, j'avais oublié à quel point *toi*, tu pouvais être agaçant !

— Tu es vraiment convaincu que Drouganine est responsable de tout ça ?

— As-tu une meilleure suggestion ?

Quand on arrive à la résidence de Drouganine, une voiture de police banalisée est garée devant l'entrée. Le policier nous informe que personne n'est entré ou sorti.

En approchant de la maison, on s'aperçoit que la porte est entrebâillée.

— Il y a quelqu'un ? demande Miron après avoir fait un pas à l'intérieur.

— Par ici, répond la voix de Drouganine. Je suis au salon.

Il est assis à son piano et semble encore plus mal en point que la veille. Son teint est plus pâle, si la chose est possible.

— J'avais peur de vous manquer, déclare le Russe.

Puis, après avoir examiné Miron, il ajoute :

— C'est bien d'avoir amené de la visite. Plus on est de fous…

Il joue quelques notes. Je reconnais la sonate de Bartók.

— Vous savez pourquoi nous sommes venus ? je lui demande.

— Parce qu'il est temps de clore cette histoire. Vous permettez ?

Il tend le bras pour prendre le verre qui est posé devant lui, sur le piano, le vide et le repose à côté de la bouteille d'Armagnac. Derrière la bouteille, il y a une enveloppe blanche.

— Le verre du condamné, dit-il. Je vous en offrirais bien, mais ce ne serait pas vous rendre service.

Je regarde Miron.

Lui aussi, il a compris. Le Russe a décidé d'en finir.

— C'est plus cher que la morphine, reprend Drouganine. Mais c'est plus efficace.

— Et votre femme ?

— Elle est maintenant dans une résidence spécialisée, en Suisse.

Que dire à un cancéreux en phase terminale qui a choisi de ne pas passer ses dernières heures en prison, pressé de questions par des policiers soucieux de lui soutirer le plus d'informations possible avant qu'il meure ?

Lui dire qu'il y a toujours de l'espoir ? Qu'un miracle peut toujours survenir ? Que chaque minute de vie est une victoire sur la mort ? Qu'il faut penser « positif » ?

Faut-il l'arrêter ? Le traîner jusqu'à un hôpital en espérant arriver à temps pour qu'ils lui fassent un lavage d'estomac, alors qu'il a toutes les chances de mourir dans la voiture ?

J'aurais l'impression de faire comme Horwitz, qui « prolongeait » les prisonniers...

— Rassurez-vous, reprend Drouganine, ce ne sera plus très long.

— Nous avons tout notre temps.

J'ai à peine terminé ma phrase que je pense à la bêtise présomptueuse de cette formule. Comme si le temps nous appartenait. Comme si on était assuré de le posséder...

Drouganine est un homme de parole. Moins de deux minutes plus tard, il est mort.

Miron appelle la légiste.

— C'est encore moi... Oui, je fais une compétition avec Dufaux.

Pendant que Miron lui donne l'adresse de la résidence de Drouganine, je prends l'enveloppe qui est près de la bouteille d'Armagnac.

En guise d'adresse, il n'y a qu'un nom : Lydia Balco.

98.

En milieu d'après-midi, je me retrouve devant une nuée de journalistes, de caméras et de micros. Difficile de dire lesquels sont les plus dangereux.

Godin a insisté pour que la conférence de presse ait lieu le jour même. Et il tient à ce que ce soit moi qui la donne. Avec l'aide de la porte-parole du SPVM, a-t-il précisé, comme s'il me faisait une faveur et que cela devait rendre l'exercice moins éprouvant.

— C'est toi qui as résolu cette affaire, dit-il : à toi la gloire !

— La gloire...

Il a ensuite ajouté que c'était indispensable. À cause des rumeurs qui avaient circulé sur mon unité, à la suite des accusations de Paradis.

— Il faut couper court à tout ça. L'organisation doit témoigner publiquement de la confiance qu'elle t'accorde.

Puis, il a eu recours à un argument particulièrement pervers.

— Ce serait une excellente occasion pour annoncer le nouveau statut de l'unité que tu diriges.

— Quel nouveau statut ?

— Une unité permanente qui relève directement de moi. Je pourrais vous assigner les crimes les plus intéressants... Ce n'est pas exactement le terme qui sera utilisé, mais je pense qu'on se comprend.

— Je conserverais toute mon équipe ?

— C'est ce que tu veux, non ?

— C'est du chantage !

— Si peu... Tu auras une équipe stable, une plus grande liberté d'action...

— Le directeur de la criminelle n'appréciera pas.

— J'ai déjà consulté le nouveau directeur de la criminelle sur le sujet. Il n'y voit aucune objection.

— Quel nouveau directeur ?

— Miron.

Je dois faire une drôle de tête, car il éclate de rire avant de poursuivre :

— Une promotion pour les années qui lui restent. Cela fera le plus grand bien à sa rente de retraite. De toute façon, le département lui doit bien ça. Si ce n'avait été de Paradis, il occuperait déjà un poste dans la haute direction… Les ressources humaines sont en train de négocier les derniers détails du départ de son prédécesseur. Tout sera officiel dans une semaine au plus tard.

Voilà pourquoi je suis maintenant devant tous ces micros et toutes ces caméras. Devant tous ces visages impatients d'avoir leur moment de gloire en posant la question qui tue, en obtenant la déclaration qui va faire les manchettes.

À côté de moi et de la porte-parole du SPVM se tient Miron. J'ai insisté pour qu'il m'accompagne, puisqu'il a dirigé une partie des opérations. Et puis, lui aussi, il a besoin que l'organisation lui témoigne publiquement sa confiance.

99.

La porte-parole du SPVM commence par expliquer les raisons de ma présence.

— L'inspecteur Dufaux a fait l'objet de rumeurs au cours des dernières semaines. Ces rumeurs ont été alimentées par la suspension des membres de son équipe et l'arrestation de trois d'entre eux.

452

Dans l'assistance, les murmures ont cessé. Chacun pressent le scoop.

— Ces suspensions et ces arrestations, poursuit la porte-parole, sont le fait du harcèlement d'un officier des Affaires internes, le sergent-détective Christophe Paradis, contre l'inspecteur Dufaux. Le sergent Paradis est présentement en état d'arrestation et fait face à des accusations de corruption, d'espionnage et d'atteinte à la sécurité de l'État.

Pendant qu'elle parle, plusieurs journalistes pianotent furieusement sur leur téléphone ou leur tablette électronique.

— Une conférence de presse conjointe du SCRS et du SPVM aura lieu au cours des prochains jours pour faire le point sur cette affaire. J'ajouterai seulement ceci: dans son enquête sur l'affaire du bain de sang et sur les autres meurtres qui ont suivi, l'inspecteur Dufaux a été amené à s'intéresser à des complices du sergent Paradis. Se sentant menacé, le sergent Paradis a lancé cette attaque contre l'unité de l'inspecteur Dufaux pour le neutraliser.

— Quels complices? demande le représentant de *La Presse +*. D'autres policiers?

— Le sergent Paradis est le seul policier impliqué. Je ne peux pas être plus précise pour le moment.

Puis elle conclut:

— Je laisse maintenant la parole à l'inspecteur Dufaux. Il vous expliquera comment il a résolu cette affaire. Sachez seulement que, pour ne pas porter préjudice à l'enquête en cours sur le sergent-détective Paradis, l'inspecteur Dufaux ne répondra à aucune question sur le sujet.

Je commence par expliquer la présence de Miron à mes côtés: la suspension des membres de mon unité, la difficulté où j'étais de poursuivre l'enquête… Puis j'ajoute :

— C'est grâce à sa confiance et à son aide que j'ai pu poursuivre l'enquête et résoudre cette affaire, malgré le harcèlement dont mon équipe était l'objet.

— Est-ce que ce n'est pas inhabituel, ce genre de collaboration improvisée ? demande le journaliste de LCN.

Je me contente d'une réponse laconique :

— Des difficultés inédites requièrent parfois des solutions inédites.

Je parle ensuite de l'auteur des crimes, Albert Two-Face McDuff, un motard, mort dans ce qui semble être un règlement de comptes entre les Black Death et la mafia russe.

— Est-ce que sa mort est reliée à cette série de meurtres ? demande la journaliste de Radio-Canada.

— Nous savons que c'est lui qui a commis ces meurtres. Nous savons aussi qu'il a été victime d'un règlement de comptes. Pour ce qui est du lien entre ces deux éléments, par contre, on ne peut pas encore se prononcer. Il reste des informations à vérifier, des preuves à examiner.

Dire que c'est moi qui utilise une telle langue de bois !

La journaliste insiste.

— Est-il possible que les motards aient vu ces meurtres d'un mauvais œil parce qu'ils étaient susceptibles d'attirer l'attention sur eux et sur leurs activités ?

— Cette hypothèse sera sûrement examinée au cours de l'enquête sur sa mort.

Une autre question vient du représentant de l'agence QMI.

— Est-ce que vous savez pourquoi il a commis ces meurtres ?

— Parce qu'il a été grassement payé pour le faire. Pour lui, ce n'était qu'un contrat.

La question qui suit est prévisible :

— Qui a payé pour ce contrat ?

— Dans l'état actuel du dossier, nous ne pouvons pas avancer de nom avec certitude.

— Que pensez-vous de l'information sur les victimes qui est sortie dans les médias ? Sur le fait qu'elles méritaient ce qu'il leur est arrivé ? Pensez-vous que ça pourrait être une vengeance ? Que quelqu'un aurait décidé de faire le ménage que la police n'est pas capable de faire ?

— Je sais que l'idée d'un "tueur de tueurs de femmes", comme l'ont évoqué certains médias, ferait des miracles pour vos tirages et vos cotes d'écoute. Mais aucun indice ne pointe pour l'instant dans cette direction.

— Donc, vous excluez l'idée qu'il pourrait s'agir de vengeance ?

— Je ne dis pas que c'est exclu. Mais ça pourrait aussi être une sorte de malade. Ou un fanatique…

— C'est votre hypothèse ? Vous pensez que c'était un fanatique ?

Merde, il faut que je fasse attention à ce que je dis ! Je me dépêche de corriger le tir.

— J'ai utilisé le terme un peu librement, je m'en excuse. Je préfère laisser ces spéculations aux experts et aux réseaux sociaux. Qui sait, il y aura peut-être un jour un biographe qui se penchera sur cette question. On en fera peut-être même un film…

La porte-parole du SPVM me jette un regard inquiet. Il est clair qu'elle craint un dérapage. Les journalistes, pour leur part, semblent apprécier le ton de mes dernières remarques.

— Vous accepteriez de collaborer avec un éventuel biographe? demande une voix que je ne parviens pas à identifier.

— Je préfère passer le peu d'années qu'il me reste à élucider des crimes et à empêcher leurs auteurs d'en commettre d'autres.

— Et quand vous serez à la retraite?

— Je ne pratiquerai aucune activité qui me rapproche, même de loin, de l'univers de la criminalité! Je vais plutôt lire, voyager et cultiver des fleurs.

— Un policier poète!

Quelques rires se font entendre dans l'assistance. La porte-parole se sent obligée d'intervenir.

— D'autres questions sur l'enquête?

— Est-ce que vous avez retrouvé les corps de toutes les victimes? demande le journaliste du *Journal de Montréal*.

— Pour l'essentiel.

— Qu'est-ce que ça veut dire?

— Vous me permettrez de ne pas aborder ces détails sordides. Les médias ont amplement fait état de tout ce qui avait été infligé aux victimes. Pensons à la douleur des familles.

Quelques protestations fusent, mais elles s'arrêtent aussitôt qu'un des journalistes demande:

— Et le patron de la mafia russe, Drouganine? C'est quoi, exactement, son rôle dans cette histoire?

— Monsieur Drouganine était une relation d'affaires de Two-Face McDuff. Il lui a fourni une grande partie des équipements utilisés dans les meurtres. Il l'a également mis en contact avec certains spécialistes du domaine de la santé qui opèrent de façon clandestine.

— Vous parlez de médecins?

— J'ai volontairement utilisé un terme général. Je parle des personnes auxquelles McDuff a eu recours pour les aspects médicaux des meurtres. Leur identification est en cours.

— Ce Drouganine, ce ne serait pas lui, le commanditaire du motard ?

— Pour l'instant, c'est une des hypothèses que nous examinons. Mais, comme je l'ai dit, on ne peut encore rien confirmer.

Il s'ensuit un nouvel accès de pianotage sur les appareils électroniques.

— Est-ce qu'il a été arrêté ?

— Monsieur Drouganine était atteint d'un cancer en phase terminale : le foie et le pancréas. Tôt ce matin, il a mis fin à ses jours. Au cours des dernières quarante-huit heures, il nous a fourni des informations décisives qui ont permis de débloquer notre enquête. Malheureusement, il était trop tard pour mettre la main sur McDuff. Ce dernier a été tué pendant que nous étions à sa recherche.

— C'est un hasard, à votre avis ?

— Je pense surtout que c'est une contrariété. Sa mort va peut-être nous empêcher de répondre à toutes les questions que nous nous posons encore.

— Quel genre de questions ?

— Ses motivations… Le nom de tous les intermédiaires qu'il a employés…

— Je voudrais revenir un instant sur les victimes, fait le représentant du *Journal de Montréal*. Est-ce que vous avez été en mesure de vérifier les informations comme quoi ces individus avaient commis envers des femmes les actes violents qu'on leur a reprochés ?

La porte-parole me lance un regard anxieux. C'est une des questions les plus délicates. Je suis sûr qu'elle brûle d'intervenir. Mais elle s'en tient à la consigne que lui a donnée Godin : interférer le moins possible.

En y repensant, je me demande si cette conférence de presse n'est pas un test. Peut-être que Godin veut évaluer ma capacité à me débrouiller face aux journalistes. Ce qui voudrait dire qu'il ne m'a probablement pas tout dit sur le rôle qu'il entend faire jouer à mon unité.

Je regarde le journaliste qui a posé la question pendant quelques secondes avant de répondre :

— J'ai lu ou entendu une bonne partie de ce que l'on a raconté sur les victimes. Pour l'instant, rien ne nous permet de contredire ces informations… Est-ce que nous les avons toutes soigneusement vérifiées ? Pas encore. Honnêtement, nous n'avons pas eu le temps…

Je pense au truc que je refile à tous les nouveaux : si quelqu'un utilise les mots « honnêtement », « sincèrement » ou des termes du genre, méfiez-vous !

— Vous n'avez pas jugé cela important ? réplique le journaliste.

— Dans notre système judiciaire, on a tendance à enquêter davantage sur les meurtriers que sur leurs victimes. Cela dit, à la lumière de ce que nous avons découvert, nous allons sûrement examiner très sérieusement toutes ces allégations.

Ce n'est plus de la langue de bois, c'est de la démagogie. Enquêter sur les victimes est souvent une clé pour comprendre les motivations du meurtrier. Mais j'ai promis à Godin d'éviter le plus possible ce sujet.

Sans attendre, je passe aux questions suivantes. Comme elles portent davantage sur les détails des opérations, j'en profite pour abandonner le micro à Miron.

Une fois la conférence de presse terminée, la porte-parole me félicite pour l'habileté avec laquelle j'ai évité les questions-pièges.

— J'ai seulement refusé de spéculer. Je m'en suis tenu à ce qu'on sait et aux raisons de ne pas m'appesantir sur les détails sordides.

Pendant que je lui fais cette réponse, je pense à l'enveloppe dans la poche intérieure de mon veston. Celle destinée à Lydia Balco.

Parce qu'elle ne m'est pas adressée, je n'ai pas voulu l'ouvrir sans qu'elle soit présente. Mais je ne peux pas m'empêcher de penser qu'elle contient probablement une autre partie de la vérité.

Et si c'étaient les aveux de Drouganine ? Ou le nom de celui pour qui il a agi ?...

Je suis tiré de mes pensées par l'arrivée d'un texto.

Le message contient uniquement un lien vers le site d'information de Radio-Canada.

> http://ici.radio-canada.
> ca/regions/montreal/...
> /002-trois-motards-
> retrouvés-inconscients-
> dans-un-stationnement.
> shtml

Même pas besoin d'aller voir. Le titre suffit. Sundance a finalement réglé ses comptes...

100.

Miron m'a invité à prendre un verre au 3845. Il me regarde d'un air perplexe.

— L'affaire est terminée, dit-il en levant sa bière.

— Je sais.

Je lève la mienne à mon tour. Je prends une gorgée.

— Alors, pourquoi tu fais cette tête d'enterrement ? Le tueur est mort, son complice aussi, les corps ont été récupérés. Enfin, ce qu'il en restait… Et Paradis est hors d'état de nuire ! Qu'est-ce qu'il te faut de plus ?

— Je sais… C'est juste que…

Je n'arrive pas à mettre en mots le curieux malaise que j'éprouve. Habituellement, à la fin d'une enquête, je me sens plus léger. Comme si un poids quittait mes épaules. Mais là…

— Qu'est-ce que tu en penses, toi ? C'est à cause de l'âge ?… Parce que le poids de chaque enquête disparaît quand elle est résolue, mais pas complètement ? Qu'il en reste des traces… et que les traces s'accumulent ?

Évidemment, ma femme ne répond pas. Ce qui ne m'empêche pas de continuer à lui parler.

— Plus ça va, plus je te comprends d'être partie. Si je pouvais, moi aussi, je partirais. Je prendrais des vacances de moi. Et de toutes ces horreurs qui se succèdent… Ce serait peut-être la meilleure façon de faire disparaître le nuage noir…

La voix de Miron me ramène à la réalité.

— Tu étais rendu où ?

— Dans ma tête.

— Ça n'a pas l'air d'être un endroit rigolo.

— Compte tenu des crimes sur lesquels on enquête… année après année…

Puis je me force à détendre l'atmosphère.

— Allez ! À une autre affaire brillamment résolue !

Je lève mon verre.

Miron fait de même.

— Et à l'élimination de Paradis! ajoute-t-il avec une satisfaction qui ne trompe pas.

Après avoir terminé sa bière, il rentre chez lui. Je pense qu'il n'a pas encore complètement réalisé que Paradis est sorti de son existence.

Cinq ans! Cinq ans qu'il lui pourrissait la vie!

Cinq années d'insinuations et de rumeurs entretenues par le sergent-détective Paradis pour justifier son échec. Cinq années à répéter ici et là, à demi-mot, que l'enquête sur Miron n'avait pas conclu à son innocence: seulement à une absence de preuves suffisantes pour porter des accusations. Il avait fallu se contenter de souligner des irrégularités, disait-il, des manquements aux procédures. Rien de très grave. Mais c'était révélateur d'une attitude, une tendance à prendre ses aises avec la loi… Un jour ou l'autre…

— Tu as une tête d'enterrement!

Pas lui aussi! C'est quoi, ce refrain qu'ils répètent tous? Je tourne la tête.

C'est bien lui. C'est mon frère. Il s'assoit à ma gauche.

Je suis toujours étonné de l'aisance avec laquelle cette masse humaine réussit à tenir sur les bancs du comptoir du 3845.

— En congé? je lui demande.

— Pour le reste de la journée.

— Wow! Des vacances de trois ou quatre heures! Qu'est-ce que tu as fait pour mériter ça?… J'oubliais: tu as arrêté une taupe. Quand est-ce qu'on va connaître son identité?

— De quelle taupe parles-tu? Il n'y a jamais eu de taupe au SCRS!

— C'est la version officielle?

— On ne va quand même pas se ridiculiser aux yeux de la planète!

— C'est vrai… Au fait, plutôt que de me raconter des histoires, tu aurais pu me le dire, que tu travaillais sous couverture.

— Tu sais comment c'est… En plus, je suivais quelqu'un du SPVM.

— Tu avais peur que j'intervienne?

— Non. Je craignais que tu aies subitement l'air trop heureux et que ça mette la puce à l'oreille de Paradis!

Il éclate de rire et se commande une Hoegaarden. Puis il me demande:

— Tu es libre pour souper? Je t'invite.

— J'ai déjà quelque chose de prévu. Un souper chez Sundance. Il a invité toute l'équipe. Tu veux venir?

— Non… Moi, les activités sociales…

La télé, derrière le comptoir, égrène les infos.

McDuff, alias «le tueur de tueurs de femmes», fait les manchettes. Il partage la vedette avec ses victimes.

Le reste des informations se bouscule dans le désordre: la nouvelle lubie du maire du Plateau, la Grande-Bretagne qui n'en finit pas de sortir de l'Europe, les nids de poule qui prolifèrent, le décrochage scolaire qui augmente encore, un nouveau carnage dans une école américaine, le Canadien qui n'est pas sûr de faire les séries, la nouvelle déclaration insultante du ministre de la Santé, le prochain voyage du Pape, les coupures dans les garderies, les bienfaits méconnus du pétrole, le nouvel attentat de l'État islamique…

C'est curieux, cette façon que j'ai de suivre les infos à la télé sans le vouloir, sans presque m'en rendre compte, pendant que je parle à quelqu'un ou que je fais autre chose. Il faudrait que j'en discute avec von Paulhus, elle qui me trouve accro aux paroles…

Je me rappelle subitement de l'existence de mon frère, à côté de moi. Il achève sa bière. Je me dis qu'il devrait faire équipe avec von Paulhus : lui aussi, il excelle à se taire !

Je lui demande s'il sait ce qui va arriver à la taupe. Celle qui n'existe pas.

— Évidemment, tu avais deviné que c'était le directeur.

— Disons que je me suis douté que ça "pouvait" être lui. C'était la seule chose qui pouvait expliquer que Balco le tienne dans l'ignorance de son enquête.

— Officiellement, il n'y a jamais eu de taupe. Il ne peut donc pas y avoir de procès.

— Et Paradis ?

— Une tentative d'espionnage qui a été contrée.

— Vous n'avez pas peur qu'il parle ?

— Crois-moi, il va s'en tenir à la version officielle.

— S'il se met en tête d'écrire un livre… de recruter un agent pour proposer un scénario de film…

— Il y a des prisons qu'il est préférable d'éviter quand on a déjà été flic. Il y a aussi des secteurs plus à risques, dans les prisons.

Rien à redire là-dessus. À moins d'être suicidaire, Paradis va raconter tout ce que le SCRS va lui suggérer de dire. Et seulement ce qu'on lui a suggéré de dire.

Au moment où mon frère s'apprête à partir, un bulletin spécial d'informations accapare l'écran.

> Robert Travis, le directeur du SCRS, a été retrouvé mort à son domicile au début de la matinée. Il se serait suicidé. Atteint de sclérose latérale amyotrophique, aussi connue sous le nom de maladie de Lou Gehrig, il aurait voulu éviter, à lui et à son entourage, le spectacle des dégradations provoquées par cette maladie, dans les stades ultérieurs de son évolution.

De façon intérimaire, c'est la directrice adjointe aux opérations, madame Lydia Balco, qui assurera la direction du service…

— *Cute*, se contente de dire mon frère en souriant.

Je ne fais aucun commentaire.

Pendant qu'il se dirige vers la sortie, je mets la main dans la poche intérieure de mon veston et je touche la lettre que Drouganine a laissée à l'intention de Balco.

Expulsion de Maksim Khomoutov, un attaché culturel russe à l'ambassade d'Ottawa. Selon les rumeurs, Khomoutov aurait été le contact de…

Le ménage se poursuit.

101.

Sundance et son conjoint habitent un immense loft, presque entièrement fenestré, au sommet d'un édifice à condos.

Quand j'arrive, tout le monde est déjà là. Parano m'accueille.

— Sundance aide Christian dans la cuisine. Vous buvez quelque chose ?

— Eau minérale.

Parano me regarde avec inquiétude.

— Vous êtes malade ?

— Non, prudent. J'ai passé quelques heures au 3845. Je fais une pause.

Pendant qu'il va me chercher une eau minérale, Sarah la noire vient à ma rencontre. Sarah la rouge, je devrais dire. Le gris de ses cheveux a cédé la place au rouge vin.

Je lui demande si sa nouvelle couleur a une signification particulière.

— Rouge "vin". La couleur des partys…

J'aurais dû y penser…

— Toutes les familles ont été prévenues, poursuit-elle.

— Même celles dont les corps…

— Oui.

— Qui s'en est occupé ?

— Kodak et moi.

J'imagine comment ils ont dû se sentir… Je fixe un moment son T-shirt. Trois lettres blanches sur fond noir. FTW.

— Un cadeau de Paddle, dit-elle en voyant la direction de mon regard.

— Il m'avait dit que c'était pour les jours où tu te sentais déprimée.

— Ça peut aussi servir quand on a envie de tout envoyer promener pour faire le party ! *Fuck The World !* On fête et on oublie le reste !

Notre conversation est interrompue par le retour de Parano.

— Je ne sais pas comment ils font pour vivre ici, dit-il. Avec toutes ces fenêtres ! Moi, je me sentirais continuellement surveillé.

Par nervosité, il consulte sa montre.

— Mon pouls est trop élevé, dit-il. C'est le stress.

— Toi, réplique Sarah la noire, tu te sentirais surveillé même si tu étais enfermé dans un conteneur jeté au fond de la mer !

Parano la regarde.

— Tu es sérieuse ? Tu penses que ça pourrait m'arriver ?

Elle éclate de rire.

— Il faut voir le bon côté, dit-elle. C'est beaucoup plus difficile de dissimuler des micros dans un mur de verre.

— Mais on peut utiliser les murs de verre pour amplifier les ondes sonores. Si on a un laser…

— Laisse tomber !

Elle prend Parano par le bras et l'amène vers la table où sont étalés les plats du premier service.

Je promène mon regard sur les invités. Je suis à la fois heureux d'avoir obtenu ce que je voulais, de pouvoir travailler avec eux pour les prochaines années, mais légèrement inquiet, parce que je me méfie quand même un peu des tâches que Godin va vouloir nous confier.

Je suis tiré de mes réflexions par Paddle, qui me tend une facture.

— Pour le rhum, dit-il.

J'y jette un œil. Ferme les yeux. Regarde de nouveau.

— Trois cent vingt-neuf dollars ! Tu veux m'arnaquer ! Ça ne coûte même pas cinquante. Je le sais, j'en achète.

— Celui-là, ce n'est pas le Diplomatico Riserva, proteste Paddle, visiblement offusqué. C'est l'Ambassador Selection.

— Je comprends pourquoi tu ne le buvais pas. C'est pas un rhum, c'est un investissement !

Une clameur interrompt notre discussion. Sarah la blonde arrive, radieuse, son bébé de deux mois dans les bras.

Les jeunes se pressent autour d'eux. Rapidement, le bébé se retrouve dans les bras de Sundance, où il s'endort malgré les éclats de voix et le bruit ambiant.

J'observe Sarah à distance.

Cheveux blonds ondulés qui lui tombent sur ses épaules, tailleur pantalon noir, chemise bleue très pâle, souliers à talon, toute son apparence semble obéir à des règles aussi immuables que celles qui régissent le traitement des informations dans son cerveau. Seule exception : ses cheveux.

Ils frisotent allègrement à la moindre hausse du taux d'humidité. Sarah mène contre eux une lutte constante – et perdue – pour les contraindre au type d'ondulation qu'elle juge acceptable.

Quand nos regards se croisent, elle s'empresse de venir vers moi.

— Heureux que ce soit terminé ? demande-t-elle.

— Soulagé, oui. Surtout pour les trois qui ont été arrêtés… Tu es au courant de tout ce qui est arrivé ?

— Je n'ai pas raté grand-chose : les deux Sarah m'appelaient tous les jours, souvent deux ou trois fois, pour me dire où l'enquête en était.

— Tu n'es pas en congé, toi ?

Je proteste pour la forme. Dans la même situation qu'elle, je n'aurais pas supporté d'être tenu dans l'ignorance. D'autant plus qu'elle était visée, elle aussi, par l'enquête de Paradis.

— C'est moi qui ai insisté, dit-elle. Tant qu'à avoir la version des médias et des réseaux sociaux, j'aimais autant savoir ce qui se passait réellement.

— Assez causé boulot. Parle-moi de la petite merveille.

À l'évocation du bébé, son visage s'éclaire.

— Louis ? C'est un ange… Aussitôt que Sundance l'a pris dans ses bras, il s'est endormi. C'est la même chose chaque fois qu'il le garde.

Ça doit être le seul bébé qui a un ex-membre des forces spéciales et un ancien SEAL comme nounous. Question sécurité, j'imagine que ça doit être assez difficile à battre.

La soirée passe rapidement, entrecoupée de toasts et d'éclats euphoriques à l'arrivée des nouveaux plats. La plupart profitent de l'occasion pour partager des informations et des commentaires sur les événements les plus récents.

À la faveur d'un toast, je leur annonce le nouveau statut de notre unité ainsi que la promotion prochaine de Miron, qui deviendra directeur de la criminelle. J'en profite aussi pour les informer du suicide du directeur du SCRS et de la nomination de Balco.

Vers 23 heures, un peu avant l'arrivée du dessert, je sens mon téléphone vibrer dans la poche de mon pantalon.

Balco...

— Toujours libre pour un verre de fin de soirée?

— Oui. Pour un verre.

J'insiste sur le «un».

— D'accord. Au Rouge-Gorge?

Puis elle ajoute en riant:

— Selon les médias, c'est un endroit que tu apprécies particulièrement.

102.

Quand j'arrive au bar à vin, je vois que Balco a commandé une bouteille. Deux verres ont déjà été servis.

— Les Cresses 2002, dit-elle. Le serveur me l'a recommandé. Il a dit que ça lui ferait du bien de respirer. C'est pour ça que je lui ai demandé de servir les verres sans attendre.

— Moi, si je veux continuer à respirer, il faut vraiment que je m'en tienne à un verre.

Elle attrape un serveur au passage et commande une assiette de fromages.

— Pas encore eu le temps de souper, dit-elle. Comme tu dois t'en douter, je suis un peu occupée.

— Moi, par contre...

— Tu es au courant de ce qui est arrivé au directeur?

— Oui. Plutôt rapide, non ?

— Il a vite compris ce qui était le mieux pour l'image qu'on se fera de lui après sa mort... Et pour sa famille.

— Un héros qui s'est tué au travail !

— C'est bien, non ? Ça peut inspirer les jeunes !

— Et Paradis ?

— Pour l'instant, il est encore sous le choc. Il n'y a aucun danger qu'il dise quoi que ce soit sans notre accord.

— Et quand l'effet du choc va se dissiper ? Quand il va se poser des questions ? Se demander s'il n'a pas d'autre choix ?

— L'équipe qui s'occupe de lui a sûrement déjà planifié quelque chose pour gérer les imprévus.

— Parlant d'imprévu... J'ai quelque chose pour toi.

Je lui remets l'enveloppe que j'ai trouvée chez Drouganine.

Elle la prend, la regarde.

— Tu ne l'as pas ouverte ?

— Elle ne m'était pas adressée.

Elle l'ouvre, examine rapidement la feuille qui est à l'intérieur, puis me la tend.

Il n'y a qu'un mot.

MERCI

— Si quelqu'un d'autre que moi était tombé sur ça...

— Il n'y aurait pas eu de problème, répond Balco. J'aurais admis avoir rencontré Drouganine et avoir conclu un marché avec lui. En échange de son aide pour coincer Paradis, je me suis engagée à ce que les dispositions qu'il avait prises pour les soins de sa femme soient respectées.

— C'est ce qui est arrivé ?

— J'ai effectivement facilité son transport vers la Suisse. Un vol privé.

— Tu ne trouves pas étrange qu'un type comme lui se soit lancé dans cette opération de justice sauvage? Il me semble qu'il n'a pas le profil...

— Quelqu'un dont les deux filles, la mère et les trois sœurs ont été tuées dans des agressions? Et dont la femme a survécu, mais dans l'état que tu sais?

— Je veux bien. Mais elles n'ont pas été la proie de proxénètes, de pédophiles ou de trafiquants d'organes. Elles ont été les victimes collatérales d'une guerre entre mafieux. S'il y avait quelqu'un à qui Drouganine devrait en vouloir, c'est à celui qui a commandité cet attentat...

— Ça, je t'ai déjà expliqué comment il s'en était occupé.

— Il aurait également pu s'en vouloir, à lui, de les avoir exposées au danger.

— Les gens font parfois des choses étranges, dit Balco. Dans notre travail, on est bien placés pour le savoir.

Une phrase de Drouganine me revient à la mémoire. «Tout ce que j'ai fait, je l'ai fait pour ma femme...»

Voulait-il dire qu'il avait accepté de piloter les deux opérations pour être capable de protéger sa femme après sa mort? Les deux contrats venaient-ils du même client?

Si oui, ça ne pouvait être que le directeur du SCRS. Quelqu'un dans sa position aurait facilement su à qui s'adresser pour obtenir les infos sur les victimes.

Mais pourquoi aurait-il fait ça? Parce qu'il pensait qu'une série de meurtres tordus serait la couverture idéale pour effacer les traces de l'autre opération? Que ce serait la diversion parfaite?

Je décide de soumettre l'idée à Balco.

Le ton de sa réponse traduit clairement son scepticisme.

— Il aurait commandité tous ces meurtres, tu penses? Uniquement pour brouiller les pistes?

Je poursuis :

— Il y a tous ces indices qu'on a découverts presque trop facilement… Le iPod sans protection trouvé dans un sac de riz. La clé USB dans le matelas de Borzilov, alors que le reste de son appartement était parfaitement nettoyé… La facilité avec laquelle Drouganine nous a laissé emporter son ordinateur… L'autre clé USB chez Two-Face…

Je reste un moment sans parler. Balco me regarde, attendant que je poursuive. Une autre qui excelle à se taire ! À croire que je vis entouré de machines à silence !

— En fait, il y a eu toute une série… d'incongruités.

— Tu penses qu'il voulait qu'on découvre la vérité ?

— La vérité, je ne sais pas. Mais nous aiguiller sur ces meurtres, sur la piste de Drouganine…

— Peut-être qu'il tenait à ce qu'on sache qui étaient réellement les victimes. Et les raisons pour lesquelles elles avaient subi ce châtiment.

— Dans quel but il aurait fait ça ?

— Pour se déculpabiliser. Pour que ses crimes paraissent moins effrayants…

— Ça, j'avoue, ça collerait assez bien au personnage.

— Ou encore, il a voulu apaiser sa conscience avant de mourir. S'assurer que ses complices soient punis…

— On en revient toujours au mobile…

— Et si Drouganine avait accepté de s'avouer coupable à la place de son client ? suggère Balco.

— Pourquoi ?

— En échange de ce qu'il a obtenu pour sa femme.

— Ça voudrait dire que ton ex-directeur serait vraiment l'auteur du projet. Tu penses sérieusement que… ?

— Non. C'est illogique… Imagine : quelqu'un met sur pied une opération d'espionnage et, en même temps, il se lance dans une aventure de justice sauvage qui a toutes les chances d'attirer l'attention sur son principal agent… Ça ne tient pas debout.

— Si ce n'est pas lui, qui veux-tu que ce soit ? Quand même pas McDuff ?

— Non. McDuff est un psychopathe. Il était parfait pour exécuter des meurtres, mais je ne l'imagine pas capable de monter ce genre de plan.

À mesure qu'on discute, je commence à comprendre pourquoi je ne parviens pas à ressentir la satisfaction que j'éprouve habituellement quand je réussis à clore une enquête.

— À quoi penses-tu ? demande Balco.

— Le vrai mystère, ça reste Drouganine. Je n'arrive toujours pas à imaginer qu'il ait élaboré ce truc de JUSTICE POUR TOUTES…

— La seule explication, dit Balco, c'est qu'il y ait quelqu'un d'autre derrière lui. Que Drouganine ait eu deux clients. La taupe, pour les activités d'espionnage ; et quelqu'un d'autre, pour les meurtres.

Elle me sourit et ajoute :

— C'est une des premières choses que je t'ai dites : qu'il y avait deux affaires et que c'était la raison pour laquelle tout paraissait incompréhensible.

Quand je reviens chez Sundance, le repas est terminé. Les jeunes ont dégagé l'espace autour du piano. Sarah la blonde s'y est installée à côté de Kodak. Ils sont accompagnés de Christian au sax et de Sarah la noire à la basse. Paddle s'est improvisé une batterie réduite avec des objets qu'il a trouvés.

Ils se sont lancés dans une improvisation jazz-rock sur le thème de *First We Take Manhattan*.

Au fond de la pièce, Sundance a toujours le petit Louis dans les bras. Le bébé dort profondément, imperméable à la musique et aux bruits des voix.

Je profite de l'atmosphère un moment, puis je me dirige vers Sarah la rousse.

— J'ai un travail un peu particulier à te demander…

103.

Heureusement que c'est la fin de semaine. J'ai dormi comme je ne l'ai pas fait depuis longtemps. Quand un coup de fil de Sarah la rousse me réveille, on est au début de l'après-midi.

Elle a des résultats.

En entrant, je lui tends une bouteille de Château Montrose 2006.

Elle la prend en me disant qu'elle aurait dû en exiger deux, compte tenu du travail que cela lui a demandé, à elle et à son ami *white hat*. Ils ont travaillé toute la nuit. Son ami a dû retarder son départ pour le Saguenay.

— Je pense que vous allez être impressionné, dit-elle en me conduisant au salon.

Sur la table basse entre le divan et la causeuse, une bouteille est déjà ouverte. Deux verres sont servis. Il y a aussi une petite pile de feuilles imprimées.

— Pour quelle raison vouliez-vous ce profil ? me demande-t-elle. Vous faites toujours ça ?

Derrière l'ironie, je sens une véritable curiosité.

— Non. Seulement quand la situation l'exige.

Elle prend un des deux verres et se dirige vers le bureau.

— Un détail à régler, dit-elle. Je vous laisse lire.

Au moment où je termine ma lecture, je lève les yeux vers Sarah, qui revient vers moi. Je lui demande:

— Sur sa famille, tu as des détails?

— Tout est dans les annexes. C'est assez sordide.

— J'imagine.

— Ce qui est surprenant, c'est qu'elle ait pu demeurer relativement équilibrée après avoir vécu tout ça.

— Équilibrée, oui…

Je remercie Sarah, prends le dossier, puis je retourne à pied chez moi.

En arrivant, je dépose le document sur le bureau. Après l'avoir lu avec attention, je me sers un grand verre de Diplomatico et je vais m'asseoir dans le salon.

Mais je ne tarde pas à m'endormir, même si j'ai l'impression que ce que je vis est le contraire du sommeil.

J'occupe le siège du passager dans une voiture. Ma femme est au volant. La pluie nuit à la visibilité, mais ce n'est rien de dramatique. Je sens tout de même ma femme tendue. C'est sans doute à cause de l'éblouissement provoqué par les lumières des voitures que nous croisons. Elle n'a jamais aimé conduire la nuit.

Soudain, une voiture qui roule en sens inverse braque dans notre direction et se retrouve dans notre voie. Elle fonce sur nous à toute vitesse. Je n'ai pas le temps de penser à quoi que ce soit. Il y a un fracas. Puis, plus rien.

474

Je sombre dans le noir et le silence. Comme si j'étais aspiré au cœur d'un nuage noir. Plus je m'enfonce, plus je sens mon corps comprimé…

Quand je me réveille, je mets un moment à reconnaître où je suis. Et, lentement, je me rappelle : le cauchemar…

Je me lève et me mets à marcher de long en large dans le salon.

Après un moment, je prends le téléphone :

— Madame von Paulhus ?… Je pensais tomber sur votre répondeur… Vous travaillez la fin de semaine ? C'était pour prendre rendez-vous. J'aurais besoin de vous parler… Quoi ! Tout de suite ?… Vous êtes sûre ?… J'arrive.

104.

La seule concession que Jane von Paulhus semble faire à la fin de semaine est une tenue vestimentaire un peu plus sport. Son maquillage, par contre, est tout aussi soigné.

— Je veux vous parler de ma femme.

— Je vous écoute.

Comme si elle avait besoin de le préciser ! C'est la principale chose qu'elle fait, écouter.

— Vous m'avez déjà dit que les discussions que j'ai avec elle, c'était ma façon de la garder vivante. Que c'était probablement comme ça que le culte des ancêtres était apparu. Et, plus tard, les dieux, la prière…

Ma déclaration semble l'amuser.

— Vous êtes sûr que je vous ai dit tout ça ?

— Quand j'en ai parlé, vous avez eu l'air d'approuver.

— Je vous ai sûrement approuvé, vous, d'en parler. Parce que vous jugiez important de le faire… La vraie question, c'est de savoir si ces idées vous ont aidé à mieux vivre.

— Vous voulez dire : si elles m'ont justifié de passer autant de temps à parler à quelqu'un qui n'existe pas ?

Ignorant ma tentative d'autodérision, c'est d'une voix très douce qu'elle me répond :

— Elle existe encore en vous, d'après ce que vous me dites.

— C'est de ça que je veux vous parler. J'ai l'impression qu'elle a disparu pour de bon.

Je vois son regard s'aiguiser.

— C'est arrivé subitement, cette impression ?

— À plusieurs reprises, elle m'a dit qu'elle était fatiguée. Qu'elle avait besoin de se reposer.

Après un long silence, von Paulhus me demande :

— Fatiguée de quoi ?

— Elle a dit qu'elle ne pouvait pas être de garde à perpétuité, au cas où j'aurais besoin d'elle.

— Ça peut se comprendre, non ?

Je la regarde, interdit.

— Si elle était vivante, oui.

— Pour vous, elle ne l'est pas ?

— Je suppose…

Après un autre long silence, elle me demande :

— Quel effet ça vous fait, de ne pas pouvoir lui parler ?

— Je… Je me sens vide.

— Et… ?

— Triste, j'imagine.

— Vous l'imaginez… ou vous le ressentez ?

— C'est différent ?

Son sourire s'élargit, mais elle continue de se taire.

— J'ai fait un drôle de rêve, je lui dis.

Après une pause, je ne peux m'empêcher d'ajouter :

— Les rêves, c'est votre truc, non ?

Elle continue de me regarder en silence.

Je lui raconte alors mon rêve : ma présence sur le siège du passager, la voiture qui fonce vers nous, le sentiment de ne pouvoir rien faire…

— Vous pensez que vous auriez pu la sauver ?

— Je ne sais pas… Peut-être…

— Même si vous n'étiez pas dans la voiture ?

Un long silence suit.

Contrairement à l'habitude, c'est elle qui le brise.

— Vous vous rappelez, quand vous m'avez dit avoir eu envie de tuer Paradis ?

— Oui.

— Aviez-vous ressenti cela auparavant ?

— Non…

— J'aimerais vous lire quelque chose que vous avez écrit. Un court extrait.

Elle fouille dans son bureau, sort un texte et com-mence à le lire. À mesure qu'elle lit, je le revois dans ma tête.

Un jeune en peine d'amour croit sa vie terminée.
Il jette sa voiture contre celle qui vient en sens inverse.
Il avait dix-sept ans.

Elle a raison. Ce n'est pas la première fois que j'ai envie de tuer quelqu'un.

Le jeune crétin ! Celui qui changé de voie pour préci-piter sa voiture contre celle de ma femme ! Il a peut-être raté son suicide, mais elle, il ne l'a pas ratée !

Von Paulhus n'a pas besoin de me rappeler la suite du texte pour que je m'en souvienne.

Une femme se dépêche d'aller apprendre à son mari la
bonne nouvelle : son cancer est en rémission.
Elle voit surgir devant elle le jeune amoureux désespéré.
Puis, très rapidement, elle ne voit plus rien.

Lui, j'ai vraiment voulu le tuer. Sur le coup, bien sûr, mais surtout plus tard, quand je l'ai vu à la télé. Il disait que cela avait été pour lui, malgré tout, une expérience positive. Enrichissante. Qu'il avait repris goût à la vie et que cela avait fait de lui une meilleure personne…

Je ne sais pas si c'est moi qui pleure ou si les larmes coulent d'elles-mêmes pendant que je revis la rage que j'ai éprouvée en apprenant la cause de la mort de ma femme : un jeune en peine d'amour qui voulait en finir avec la vie.

— Vous avez raison, je dis à von Paulhus. Lui, je l'aurais tué. Deux fois plutôt qu'une. Et je suis sûr que cela aurait été une expérience positive pour moi !

— Vous pensez vraiment que cela vous aurait soulagé ?

— Probablement pas… Quel rapport avec le fait que ma femme ne me parle plus ?

— Il y a peut-être une partie de vous qui ne veut plus faire semblant. Qui trouve épuisant de ne pas la laisser aller.

— Selon vous, je devrais l'oublier ?

Le ton agressif de ma question ne semble pas l'atteindre.

— Qui vous parle de l'oublier ? Il y a peut-être une façon de vivre avec son absence qui ne consiste pas à faire comme si elle n'était pas morte. D'ailleurs, une partie de vous le sait déjà.

— Laquelle.

— Celle qui entendait une voix et qui ne l'entend plus.

De retour chez moi, je retrouve le verre de Diplomatico que je n'ai pas eu le temps de terminer. J'en prends une gorgée, puis j'appelle Balco.

— Au 3845. Dans quinze minutes. C'est possible ?

— J'imagine que c'est urgent ?

— Je pense avoir ce qu'il faut pour clore l'enquête.

— J'ai écouté la conférence de presse du SPVM. J'avais l'impression que c'était fait.

— On n'en a jamais terminé avec les détails.

— Donne-moi vingt minutes.

Quand j'arrive au 3845, elle est déjà à ma table. Tonino est en train d'y déposer deux verres.

— Mad & Noisy et Côté Tariquet, dit-il.

Comme si c'était nécessaire.

Aussitôt qu'il s'éloigne, je me tourne vers Balco :

— Pour les fins de la discussion, imaginons une femme d'une quarantaine d'année qui a vécu en Crimée. Imaginons que, pendant toute son enfance, elle a été témoin des violences subies par sa mère et ses sœurs. Imaginons qu'elle a elle-même subi plusieurs agressions...

— Il existe des centaines de milliers de femmes dont c'est le quotidien. Et pas seulement en Crimée.

— D'accord, soyons plus précis. Imaginons qu'elle s'est enfuie vers l'âge de 12 ans, avec un oncle, parce que le reste de sa famille avait été massacré. Imaginons que sa mère et ses trois sœurs ont été exécutées par des militants pro-russes et que ceux-ci les ont violées à répétition avant de les tuer.

— Là encore, il y a des milliers de femmes dont c'est l'histoire, à quelques détails près.

— Imaginons aussi qu'à la suite de circonstances qu'il n'est pas utile de préciser, cette femme ait atteint une position de pouvoir.

— Tout ça pour en arriver où ?

— Est-ce que cette hypothétique personne n'aurait pas le profil parfait pour être le mystérieux deuxième client de Drouganine ?

— Qu'est-ce qui t'a mis sur la piste de cette hypothétique personne ?

— Des détails qui m'agaçaient... Une remarque de Tonino, comme quoi tu avais commencé à fréquenter le 3845 plusieurs semaines avant qu'on se rencontre. Avant même le bain de sang... Je me suis dit que tu voulais m'observer, voir qui j'étais avant de me proposer une collaboration... J'imagine qu'à l'époque, tu soupçonnais déjà Paradis.

— C'est vrai.

— Il y a aussi la facilité avec laquelle tu nous as laissé accéder au dossier SCRS... Sur le coup, j'ai pensé que tu n'avais peut-être pas le choix ; que tu avais besoin de notre aide et que tu ne pouvais faire confiance à personne à l'interne... Sauf à mon frère, peut-être, et à quelques autres agents pour des interventions limitées.

— C'est tout ?

— Il y a ta remarque ironique sur la profanation des cadavres et la violence quotidienne exercée contre d'innombrables femmes... Et ton insistance, au début de l'enquête, pour privilégier la piste du trafic de danseuses. Comme si tu savais déjà où cela allait nous conduire... Il y a aussi le peu d'empressement que tu as eu à lire le texte de Goulet. Je me suis demandé si c'était parce que tu en connaissais déjà le contenu.

— Tout ça, c'est loin de constituer des preuves.

— Ta réaction avec les danseuses m'a aussi surpris. Ce n'était pas uniquement professionnel. Les sauver était important pour toi. Important personnellement... Sur le moment, j'ai mis ça sur le compte d'une certaine forme d'usure professionnelle.

— D'usure ?

— À force de voir ce genre de choses, j'imagine qu'on ne peut plus prendre ça uniquement comme du travail. Surtout quand on est une femme...

Balco réfléchit un moment avant de répondre :

— Admettons, à titre hypothétique, que cette mystérieuse cliente ait atteint une position professionnelle où elle était en mesure d'agir. Et admettons qu'elle ait décidé de faire quelque chose. Pourrais-tu comprendre ce qu'elle a fait ?

— Comprendre ? Sûrement.

Je me rappelle ma discussion avec von Paulhus sur mon désir de tuer le jeune crétin en peine d'amour... Et Paradis.

Balco enchaîne :

— Les hommes que cette hypothétique cliente a fait tuer, penses-tu que la Justice aurait pu les punir pour les atrocités qu'ils ont commises ?

— Probablement pas.

— Peut-être qu'elle s'est dit qu'il fallait d'abord attirer l'attention sur leur mort, pour qu'on puisse ensuite parler de leurs crimes. Peut-être a-t-elle pensé qu'il fallait des exemples frappants pour décourager tous les autres, tous ceux qui ne se feront jamais prendre, mais qui hésiteront à récidiver par crainte que leurs futures victimes se vengent... Peut-être même qu'elle espérait que son geste serve d'exemple, qu'il incite d'autres victimes à répliquer à la violence, à se défendre.

Balco se tait ensuite assez longtemps pour que je réalise qu'elle attend une réponse.

— La vengeance ne peut pas remplacer la justice.

En le disant, j'ai l'impression de débiter un extrait d'un manuel de morale.

— Qui parle de remplacer ? répond Balco. Il s'agit seulement de compenser quelques-unes de ses lacunes.

— Ça reste un meurtre. Plusieurs meurtres, en fait.

— C'est vrai. Mais si les crimes de ces supposées victimes sont exposés au public, comme ils le sont maintenant, les gens vont trouver leur mort justifiée.

— Pas à mes yeux.

— C'est ça, le problème, tu prends tes yeux pour la norme !

Cette fois, de l'impatience a percé dans sa voix. Et quelque chose de plus, qui ressemble à de la condescendance.

Je réponds à mon tour sur un ton plus sec.

— Je sais que personne ne détient la vérité. Je sais que les lois et les principes sont des pis-aller, qu'ils sont souvent simplistes. Inadaptés à beaucoup de situations particulières… Mais on n'a rien trouvé de mieux.

— Le moindre mal ?

— Si on veut…

— Le vrai danger, beaucoup plus grave, c'est que les gens perdent foi en la justice. Comme ils achèvent déjà de perdre foi en la politique. À ce moment-là, tout le monde va vouloir prendre la justice dans ses mains, mais sans avoir les moyens de s'assurer que les victimes sont vraiment coupables. Sans avoir le même accès aux informations que l'hypothétique personne dont nous parlons… Tu as une idée de ce qui va arriver ?

— Notre travail va devenir un enfer.

— La violence va exploser! Pour se protéger, les gens vont réclamer des lois et des peines plus sévères. En même temps, leur impression que tout ça est injuste va augmenter. Leurs frustrations, aussi. La tentation du recours à la violence va se faire encore plus forte... Tu parlais du moindre mal? Ça, ça va être le mal absolu.

— Au fond, tu penses que tous ces meurtres sadiques vont protéger l'ordre social. Il faudrait donner une médaille à leur auteur, peut-être?

— Je ne prétends pas que cette personne soit un héros. Ou une héroïne, ajoute-t-elle en me regardant droit dans les yeux... Je dis seulement qu'elle a apporté une contribution au maintien d'une apparence de justice.

— Si on arrêtait toute cette charade... C'est toi qui as orchestré tous ces meurtres?

— Bien sûr. Et si tu veux réduire ça à des meurtres, libre à toi.

— Qu'est-ce que ça peut être d'autre?

— Des actes de justice. Que j'assume entièrement.

— Qui a payé pour tout ça?

— Drouganine. Quand j'ai appris qu'il était mourant et qu'il voulait à tout prix protéger sa femme, je lui ai proposé un marché: il exécutait l'opération et il la finançait; en échange, je facilitais l'admission de sa femme dans une des meilleures cliniques ainsi que le transfert de sa fortune dans des comptes protégés.

— Il t'a fait confiance?

— Je ne lui ai pas laissé le choix.

— Mais pourquoi des meurtres aussi... horribles?

— Ça, je te l'ai déjà expliqué. Il ne suffisait pas de tuer ces ordures. Si je voulais que les crimes des victimes

soient largement diffusés, il fallait intéresser les médias…
Et l'horreur, en matière de spectaculaire, c'est une recette
gagnante. Chaque fois qu'il y a un massacre, on parle de
"bain de sang"… C'est ce qui m'a donné l'idée.

Je sors mon téléphone de ma poche et le pose sur la
table devant moi.

— Tu as tout enregistré ? demande Balco.

— Oui.

— Tu vas m'arrêter ?

— Tu viens d'avouer plusieurs meurtres. Je n'ai pas le
choix.

— Tu as seulement des preuves circonstancielles.

— Et des aveux.

— Tu sais que cet enregistrement va être une fête pour
les avocats. Que toute cette histoire risque de se terminer
par un non-lieu. Et cela, c'est si elle se rend en cour. Les
autorités vont tout faire pour éviter un déballage public.

— Ce n'est pas une raison pour ne pas tenter ma
chance.

Ce n'est pas un des moments les plus glorieux de ma
carrière. Une partie de moi me dit que je ne vaux pas mieux
que Paradis.

Curieusement, Balco ne semble pas vraiment affectée
par mes déclarations. Seulement déçue.

— Je pensais que tu pourrais comprendre, dit-elle. Tu
ne me laisses pas le choix.

— Tu vas m'éliminer moi aussi ?

Elle éclate de rire.

— Tu as vraiment une imagination morbide. Pour comprendre les criminels, c'est sûrement un atout, mais pour
les subtilités des rapports humains normaux…

Elle reprend son sérieux.

— Écoute, reprend-elle, je veux bien que les tractations des services secrets ne relèvent pas de ce qu'on pourrait appeler des rapports humains normaux. Mais la violence est habituellement le dernier recours. Et pas pour des raisons de morale : parce que ça crée des complications, la plupart du temps inutiles…

Puis elle ajoute, sur un ton désinvolte à la limite de la moquerie :

— Remarque, si cela avait été nécessaire, je n'aurais eu aucune difficulté à t'éliminer. Cela aurait été dommage, mais bon, dans la vie, on ne fait pas toujours ce qu'on veut. Tu dois le savoir…

Il y a, dans cette fausse désinvolture, une bonne part d'agacement. Mais je suis incapable de savoir si l'agacement est le seul motif de cette provocation.

— Qu'est-ce que tu vas faire, si tu ne m'élimines pas ?

— Ce qui fonctionne le mieux, c'est le chantage… Économie de moyen, parce qu'on n'a généralement pas besoin d'exercer la menace ; et maximum d'effet, car la personne visée se comporte exactement comme on le désire.

— Tu vas me faire chanter ?

— Même pas. Je vais seulement te rappeler quelques faits. Un : Paradis a découvert des éléments qui pourraient être embarrassants sur plusieurs de tes jeunes. Rien d'illégal, je suis d'accord. Ni même de répréhensible. Mais…

— Mais quoi ?

— Imagine que ça devienne public : une enquêtrice qui vient d'une famille de criminels, une autre qui utilise des comptes à numéro pour gérer sa fortune, un enquêteur qui souffre de paranoïa, un accro du casino… Tu veux que je continue ?

— Tu donnerais ces informations aux médias ? Même en sachant ce que ça risque de provoquer ? Même en sachant que ça risque de détruire leur carrière ?

— Je ne donnerai rien aux médias. Paradis l'a déjà fait.

— Quoi !

— Par contre, je sais à quel journaliste il a transmis les informations.

— Qu'est-ce que tu proposes ? Éliminer le journaliste en échange de mon silence ?

Ma remarque la fait rire.

— Tout de suite les grands mots… Ce que je peux faire, c'est lui proposer des informations sur la taupe et sur le vrai rôle de Paradis ; ce sera le scoop de sa carrière. En échange, il me rend tout ce que Paradis lui a donné sur tes jeunes.

— Pourquoi tu ferais ça ?

— Je le ferai de toute façon. J'ai besoin que l'information sorte pour implanter les réformes qui s'imposent au SCRS. La seule différence, c'est que je peux exiger en retour qu'il me cède les infos que lui a données Paradis. À toi de choisir.

Je pense aux jeunes. Méritent-ils d'être sacrifiés à mes principes ? Je pense aussi à l'argument de Balco, sur l'impression de justice, qui est tout aussi importante que le fait de rendre justice pour le maintien de l'ordre social… Je pense à ma dernière conversation avec Drouganine…

Après un moment, je réalise que je n'ai pas le choix. Même si ça me coûte, je lui dis que je suis d'accord. Je renonce à l'arrêter.

— De toute façon, répond-elle, tu n'aurais pas pu.

Elle sourit, un sourire un peu triste, puis elle sort à son tour son téléphone, le place devant elle sur la table.

— Ça m'étonnerait beaucoup que tu aies enregistré quoi que ce soit, explique-t-elle.

Je me souviens de ce qu'elle m'a dit, il y a quelques jours, en posant son téléphone sur la table. Que personne ne pouvait nous écouter à distance ni enregistrer notre conversation.

— Tu ne t'es pas demandé, enchaîne-t-elle, pourquoi tu as pu aussi facilement remonter la piste ?

Elle reprend son téléphone, se lève et, sans attendre ma réponse, se dirige vers la sortie.

Ses dernières paroles me laissent perplexe.

A-t-elle volontairement laissé des indices pour me permettre de découvrir la vérité ?… Pourquoi l'aurait-elle fait ? Parce qu'elle tenait à ce que je sache ce qui s'était réellement passé ? Qu'elle espérait que ce soit la base de notre entente ?… Que voulait-elle de moi ?

Sans compter qu'elle aurait facilement pu me faire éliminer au lieu de me laisser remonter la piste…

Chose certaine, pour l'instant, je n'ai aucun véritable élément de preuve. Bien sûr, je pourrais contacter des gens, tenter de reprendre l'enquête…

La question de Drouganine me revient à l'esprit : « Vous ne trouvez pas ça futile, toutes ces enquêtes ? »

— *Peut-être qu'il a raison, après tout. À quoi est-ce que ça servirait ?*

Évidemment, je n'obtiens aucune réponse de ma femme. Je me lève à mon tour et je retourne chez moi.

En arrivant, je me sers un grand verre de Diplomatico et je pense à ce que va me coûter la bouteille de Paddle.

Ma deuxième gorgée est interrompue par le téléphone : un texto de Balco.

> Il ne s'est rien passé
> entre nous. Tu t'es
> écroulé en arrivant…
> Sans rancune. ;-))

Si seulement je pouvais la croire…

Je termine mon verre, en relisant le rapport de Sarah. Puis je lui envoie un texto.

> Détruis toute trace
> informatique de la
> dernière recherche que
> je t'ai demandée.

Je me rends ensuite dans la cuisine et je brûle le rapport dans l'évier.

De retour au salon, je sors mon calepin et je relis la fin du texte sur la *Bête*.

La Bête règne
de plus en plus indispensable
elle a fait sienne la devise du père Ubu :
Je servirai impitoyablement !

Est-ce ainsi que Balco conçoit l'exercice du pouvoir ? Servir impitoyablement ?

— *Qu'est-ce que tu en penses ?*
— *Moi, tu sais…*

REMERCIEMENTS

Merci d'abord à Lorraine, pour tout...

Merci aussi à Jean-Pierre Cantin, Sylvain David et Christian Sauvé pour leurs questions embêtantes, leurs commentaires, leurs suggestions...

Merci à François Julien, qui m›a éclairé sur le comportement du sang humain en dehors de son milieu naturel.

Merci à Claude Brabant et Martine Latulippe, pour leur travail sur le texte et pour nos longues discussions sur les subtilités de l›écriture.

Merci enfin à André Gagnon... pour être André Gagnon.

Ont également contribué à enrichir explicitement la trame de cette histoire, par leur vie ou par leurs œuvres :

Jello Biafra et les Dead Kennedys, Leonard Cohen, Daesch, Patrice Désilets, Recep Tayyit Erdogan, Claude François, Bruce Geller, Philippe Geluck, Joseph Ignace Guillotin, Martin Handford, Camillien Houde, Hassan Ibn al-Sabbah, Jack l'Éventreur, David Kim et Jason Huck, Lawrence Kolberg, Vincent Lacroix, Michel Ledent (Midam) Philippe Lehman (Bando), Jean-Paul Marat, les Marx Brothers, Mata Hari, Jim Morrisson et les Doors, la N'drangheta, George Orwell, Rammellzee, Sharon Stone, Lili St-Cyr, John Sparrow David Thompson, J.R.R. Tolkien...

Suivez-nous

Achevé d'imprimer en novembre 2016
sur les presses de l'imprimerie Marquis-Gagné
Louiseville, Québec